1/1/2011
4 DE

2019

MANFRED BAUMANN
Wasserspiele

HELLBRUNNGEHEIMNIS Salzburg zu Pfingsten, die Stadt flimmert in Erwartung prunkvoller Festtage. Einheimische und Touristen freuen sich auf die Salzburger Pfingstfestspiele und die berühmten Wasserspiele im Lustschloss Hellbrunn.

Dort feiert auch der Magistratsbeamte und Society-Löwe Wolfgang Rilling seinen fünfzigsten Geburtstag mit einem rauschenden Fest – ganz im Stil der lebenslustigen Fürsterzbischöfe aus früheren Tagen.

Am nächsten Morgen findet man Rilling tot an einem der schönsten Plätze der Wasserspiele – am Fürstentisch im Römischen Theater. Erschlagen. Mit einer roten Schlinge um den Hals. Rache? Eifersucht? Intrige?

Kommissar Martin Merana versucht einen seiner schwersten Fälle zu lösen, im Umfeld barocker Lebensfreude und privater Krisen.

Manfred Baumann, 1956 in Hallein geboren, lebt und arbeitet seit über 20 Jahren in Salzburg. Als langjähriger ORF-Journalist kennt er das Leben in dieser Stadt und die Salzburger Festspiele sehr genau. Sowohl vor als auch hinter den Kulissen. Zusätzlich ist er als Universitätsdozent, Autor, Kabarettist und Regisseur tätig. Nach dem erfolgreichen Kriminalroman »Jedermanntod« veröffentlicht er mit »Wasserspiele« den zweiten Fall des Salzburger Kommissars Martin Merana.

Bisherige Veröffentlichungen im Gmeiner-Verlag:
Jedermanntod (2010)

MANFRED BAUMANN
Wasserspiele

Meranas zweiter Fall

GMEINER *Original*

Personen und Handlung sind frei erfunden.
Ähnlichkeiten mit lebenden oder toten Personen
sind rein zufällig und nicht beabsichtigt.

Besuchen Sie uns im Internet:
www.gmeiner-verlag.de

© 2011 – Gmeiner-Verlag GmbH
Im Ehnried 5, 88605 Meßkirch
Telefon 07575/2095-0
info@gmeiner-verlag.de
Alle Rechte vorbehalten
1. Auflage 2011

Lektorat: Claudia Senghaas, Kirchardt
Herstellung: Christoph Neubert
Umschlaggestaltung: U.O.R.G. Lutz Eberle, Stuttgart
unter Verwendung der Bilder von: © christian-colista / Fotolia.com
und © jme / sxc.hu
Druck: Appel & Klinger, Schneckenlohe
Printed in Germany
ISBN 978-3-8392-1200-4

Gewidmet meiner Großmutter

DUNKELHEIT, VIER STUNDEN NACH MITTERNACHT

Am Anfang hatte der Gedanke noch keine Gestalt. Er war da, aber er war schwer auszumachen. Er war wie Schlamm in einem Meer aus Schlamm. Mit vielen Schichten, die ineinander übergingen. Eine Schicht war Schmerz, eine andere Trauer. Eine war wie eine dumpfe Ahnung. Und am Grund des Gedankenschlammmeeres steckte ein verhärteter Klumpen aus Wut. Die Schichten waren ständig in Bewegung. Mal tauchte der Schmerz an die Oberfläche, dann wieder die Trauer. Die Bewegung hielt an. Rastlos. Tagelang. Nächtelang. Und dann, eines Nachts um 4 Uhr früh, war es soweit. Als würde ihn der deutlich durch das geöffnete Fenster wahrnehmbare Glockenschlag des nahen Kirchturmes endgültig zum Leben erwecken, erhob sich mit einem Mal aus der zähen Masse der Ahnungen der fertige Gedanke. Wie ein Schlammmann tauchte er auf. Schmutzig und furchterregend. So wie der unheimliche Golem aus der jüdischen Legende sich aus braunem, feuchtem Erdschleim erhebt. Eine Schreckgestalt. Zunächst war der Mann noch unsicher auf den Beinen. Er torkelte durch die tiefen Regionen des Gehirns. Die Trauer regte sich, kam an die Oberfläche, warf ihr schwarzes Netz über den Gedanken, schnürte ihn fest, drohte ihn zu erwürgen. Schon meldete sich die Wut.

Heiß und brodelnd. Der Schlamm kochte, das Netz aus Trauer verbrannte. Der Gedanke erhob sich. Da rollten von tief unten Wellen der Furcht heran, drohten den Gedanken noch einmal zurückzudrängen in das schlammige Meer. Ein Schrei aus tiefster Qual gellte durch den Raum. Eine Explosion von Tränen fegte wie eine Sturm-

flut alles weg, was den Gedanken eben noch bedroht hatte. Für einen langen, lichterfüllten Augenblick regte sich nichts mehr. Keine Trauer, keine Wut, keine Angst. Nur der Gedanke blieb. Die Gestalt stand auf festem Grund. Es gab kein Zurück. Der Schlammmann hatte einen Auftrag. Er war der Auftrag. Ruhe war eingekehrt, tiefe Ruhe. Etwas Warmes, Helles leuchtete in der Dunkelheit: Ein Funken Hoffnung, dass der Schmerz ein für alle Mal aufhören würde, wenn der Gedanke sein Ziel erreicht hätte. Doch bis es so weit war, musste er sich tarnen. Eine durchgeschwitzte und zerknüllte Bettdecke wurde zurückgeschoben, zwei nackte Füße auf den Boden gestellt. Draußen begann es zu dämmern.

PFINGSTSAMSTAG

»My Goood!«

Die Stimme der rothaarigen Amerikanerin in dem grässlichen blümchenbesetzten Sommerkleid überschlug sich, als aus den Mäulern der beiden großen Hirschköpfe und den Enden der Geweihe an der Schlossmauer plötzlich Wasserstrahlen schossen. Dann versuchte die Frau mit hysterischem Gekreische den schmalen Wasserfontänen auszuweichen und rammte dabei dem zierlichen Japaner hinter ihr den Ellbogen in die Seite. Der wurde nur durch die dicke Fototasche, die er umgehängt hatte, vor gröberem Schaden bewahrt. »Ahhh, Salzburg is so funny!«

Die Amerikanerin boxte dem kleinen Japaner vor Begeisterung gegen den Oberarm und deutete mit der anderen Hand zur Schlossmauer. Der freundliche Japaner zuckte zusammen, versuchte ein Lächeln, das etwas verkrampft ausfiel, und klammerte sich nervös an den Arm seiner Begleiterin. Die übrigen Besucher nahmen die Tatsache, dass aus zwei Hirschköpfen plötzlich Wasser spritzte, mit mehr Gelassenheit hin als die aufgeregte Dame aus den Vereinigten Staaten. Sie applaudierten und lachten. Ein vielstimmiges helles Geschnatter aus englischen, japanischen, deutschen, italienischen und tschechischen Wortfetzen zog durch das Areal der Wasserspiele. Die Besucher waren begeistert und zeigten es auch, aber so aus dem Häuschen wie die Rothaarige gebärdete sich hier keiner. Schließlich war es keine Viertelstunde her, dass die Besuchergruppe bereits im Römischen Theater am Eingang des Geländes erlebt hatte, wie Wasser aus allen nur erdenklichen Nischen gespritzt war, sogar aus einem Tisch und zehn steinernen Hockern. Nach diesem beeindruckenden Spektakel gleich zu Beginn der Führung erwarteten die Besucher nun an jedem Weiher, in jeder Grotte, an jeder Steinfigur die wunderlichsten Dinge.

Die Stimme der rothaarigen Amerikanerin krähte immer noch im scheußlichen Falsett. »Andrew, darling, look! The deer heads! How funny!«

Der mit ›Andrew darling‹ angesprochene, etwas zu dick geratene zwölfjährige Junge neben ihr schaute kurz zu den wasserspritzenden Hirschgeweihen hoch, grunzte etwas Unverständliches und beschäftigte sich dann wieder intensiv mit seinem Smartphone, wo es galt, im Abknallen von Weltraummonstern einen neuen Highscore aufzustellen. Alles andere interessierte ihn herzlich wenig. Mitten in der bunt zusammengewürfelten Schar fröhlicher Besucher aus aller Welt, die an diesem Pfingstsamstag die berühmten Hellbrunner Wasserspiele in der Nähe der Stadt Salzburg besuchten, stand vor der Neptungrotte, in unmittelbarer Nähe zur aufgebrachten Amerikanerin ein Mann, der sich weit weg wünschte: Kommissar Martin Merana. Es war nicht so, dass der Leiter der Fachabteilung Mord/Gewaltverbrechen der Bundespolizeidirektion Salzburg sich sonst leicht aus der Ruhe bringen ließ. Unter anderen Umständen hätte die Dame im geschmacklosen Blümchenkleid mit ihrem hysterischen Getue Merana nur ein kurzes Achselzucken gekostet. Er hätte sich umgedreht und wäre einfach zur Grotte der Venus mit ihrem wasserspeienden Delfin vorausgegangen. Er hätte dort die Besonderheit dieses magischen Ortes fernab des Rummels für sich allein genossen, wie er es schon öfter getan hatte. Aber die exaltierte Dame aus den USA war Lynn Randolph. Der wie besessen auf seinem Smartphone herumdrückende Junge war Andrew, ihr Sohn. Und der Typ im aschgrauen Sportsakko, der mit säuerlich blassem Gesicht neben den beiden stand, war Deron Randolph, das Familienoberhaupt. Alle drei waren seit gestern Abend in Salzburg, als Gäste von Birgit Moser. Birgit war Meranas Freundin, die Frau, mit der er seit einigen Jahren so etwas Ähnliches wie ein Verhältnis hatte. Deshalb war Merana hier, um zusammen mit Birgit den ›nice friends‹ aus Connecticut die Schönheiten von Salzburg zu zeigen, die besonderen Schauplätze, die touristischen Attraktionen. Also konnte Merana zwar mit den Achseln zucken und sich immer wieder mit gequältem Gesichtsausdruck abwenden, aber Birgit mit den drei Amis einfach stehen lassen, was im Augenblick sein sehnlichster Wunsch war, konnte er dann doch nicht. Dass ihm das verwehrt war, bereitete ihm körperliche Schmerzen. Er spürte, wie sich knapp oberhalb seiner Milz etwas zu verkrampfen begann. Leichte Übelkeit stieg in ihm auf. Das konnte nicht am Weißwein liegen, den sie vor einer halben Stunde im Innenhof des Schlosses zu sich genommen hatten. Der Morillon aus der Südsteiermark mit dem wunderbaren Duft nach reifen Birnen war in Ordnung gewesen. Die immer stärker spürbare Verstimmung musste eine andere Ursache haben. Merana war auch klar, welche. Die Ursache trug ein dottergelbes Kleid mit grünem Margeritenmuster und ließ sich in diesem Augenblick von der jungen Frau, die die Gruppe durch die Wasserspiele führte, zum wiederholten Mal zum Weitergehen überreden. Was ihr schwer fiel, denn Lynn Randolph wollte nicht von den spritzenden Hirschköpfen weichen. Merana liebte Hellbrunn, diese wunderbare Anlage etwas außerhalb der Stadt Salzburg, mit ihren Gärten und Weihern, mit Lustschloss und den berühmten Wasserspielen. Der Salzburger Fürsterzbischof Markus Sittikus hatte diesen riesigen Zauberkasten vor 400 Jahren erbauen lassen. Meranas Arbeitsplatz in der Bundespolizeidirektion Salzburg war kaum zwei Kilometer Luftlinie entfernt. Wann immer er zwischen Arbeitsmeetings und Bürostress Zeit fand, kam er hierher, um wenigstens für eine halbe Stunde zu verweilen und Energie aufzutanken. Er machte es genauso wie in früheren Epochen die Salzburger Fürsterzbischöfe. Die hatte es auch regelmäßig zu diesem Ort der Zerstreuung gezogen, um sich vom mühseligen Alltag des Regierens abzulenken. Hellbrunn war wie eine italienische Villa Suburbana, ein Landhaus in Stadtnähe. Diese suchte man für eine kurze Zeit der Ablenkung auf, oft nur für einen Tag, um der Stadt und ihrer Geschäftigkeit zu entfliehen. Ein kleines Fest, ein fröhliches Mahl, Spaziergänge im Grünen, das war Labsal für die Seelen der Renaissance-Herrschaften in gehobenen Kreisen. Solche Ablenkungen hatten, wie man heute sagen würde, therapeutische Wirkung. Das spürte auch Merana, wenn er bei seinen kurzen Abstechern an den von steinernen Tritonen und Einhörnern bewachten Weihern entlang schlenderte und den großen Goldfischen und dunklen majestätischen Stören zuschaute, die in den Teichen des Wasserparterres still und ruhig ihre Kreise zogen. Allein wenn er das Schloss betrachtete, die ockerfarbene Fassade mit den elf Fensterachsen und der vorgebauten Freitreppe, erinnerte ihn das an die Märchenbücher seiner Kindheit. Dabei wurde es ihm warm ums Herz. Man hatte in Hellbrunn immer das Gefühl, sich in einer anderen Welt zu befinden. Man erwartete ständig, dass hinter den alten Bäumen im Park ein Faun hervorsprang und Flöte spielte; man wäre nicht überrascht gewesen, wenn plötzlich die zarte Hand einer Elfe aus einer Grotte lockte oder eine Göttin im weißen Schleier über den Teichen schwebte. Hellbrunn war seit jeher beides: ein Ort der Ruhe aber auch der Heiterkeit, sowohl der inneren Einkehr als auch der fröhlichen Ausgelassenheit. Aber die übermütige Stimmung entstand aus tief empfundener Freude und hatte nichts mit dem affektierten Gekreische einer aufgetakelten Hysterikerin zu tun. Birgits amerikanische Gäste hatten es tatsächlich geschafft, Meranas gewohnte Herzenslust an Hellbrunn innerhalb von wenigen Minuten zu trüben. In Wahrheit nervten ihn die drei schon, seit er sie zusammen mit Birgit vor knapp vier Stunden vom Hotel abgeholt hatte, für einen kleinen ›Sightseeing-walk‹ in der Altstadt. Dieses Geplärre, als sie vor Mozarts Geburtshaus standen, dieses übertriebene Gefuchtel mit den Händen beim Anblick des Doms und der Festung waren kaum auszuhalten.

Dabei hatte der Tag wunderbar angefangen. Er hatte sich mit Birgit in der Innenstadt getroffen. Sie hatten gemeinsam im ›Demel‹ zwischen Residenzplatz und Mozartplatz im Freien gefrühstückt. Er hatte seinen Stuhl so ausgerichtet, dass er das Treiben auf den Plätzen mitbekam, den Aufmarsch der Gäste und Einheimischen, die die steinernen Kulissen mit Leben füllten. Den ganzen Vormittag über war die flirrende Aufregung des beginnenden Pfingstwochenendes zu spüren gewesen. Die Fiaker hatten ihre adretten Kutschen noch einmal besonders auf Hochglanz gebracht. Morgen Vormittag würden zweitausend Firmlinge samt Eltern und Paten aus dem Dom strömen. Wer nicht gleich zum Mittagessen musste oder zur Dult am Stadtrand, der würde in eine der Kutschen steigen. Eine Fiakerfahrt durch die festlich herausgeputzte Altstadt gehörte einfach zu einer Salzburger Firmung am Pfingstsonntag. Und am Nachmittag würde dann die ganze Stadt klingen, wie sie wohl noch selten geklungen hatte. 7.000 Chorsänger aus allen Teilen der Welt würden sich auf die verschiedenen Plätze verteilen und die gesamte Stadt mit Musik erfüllen.

Inzwischen war es der Führerin, mit nicht unerheblicher Hilfe von Birgit, tatsächlich gelungen, die patschnasse Amerikanerin zum Eintritt in die Neptungrotte zu bewegen. Doch vielleicht wäre es besser gewesen, sie hätten Lynn Randolph draußen im Sprühregen der Hirschgeweihe stehen lassen. Denn eine der verspielten Attraktionen dieser künstlichen Höhle war das sogenannte ›Germaul‹, eine Kupfermaske mit groteskem Gesicht und übergroßen Ohren. Angetrieben von versteckter Wassermechanik verdrehte die Maske in einem fort die Augen und streckte dazu dem Betrachter die Zunge heraus. Zunächst kreischte Lynn Randolph nur, als sie das sah. Doch dann erblödete sie sich tatsächlich, es dem ›Germaul‹ gleichzutun. Und als Merana sah, wie Lynns fette, breite, mit weißen Pusteln überzogene Zunge aus dem lilageschminkten Mund hervorschnellte wie ein leprakranker Grottenolm, und die Amerikanerin durch rollende Augen und zusätzliches Armkreisen ihre Umgebung auf diese Darbietung aufmerksam machte, bedauerte er zutiefst, seine Dienstwaffe nicht dabei zu haben. Er wäre garantiert mit ›Notwehr‹ und ›mildernden Umständen‹ davon gekommen. Das hätte ihm jeder einzelne der 40 Besucher dieser Gruppe bezeugt. Allen voran ganz sicher der bedauernswerte Herr aus Japan. Denn der musste in der anschließenden Vogelsanggrotte, wo zarte Vogelstimmen, erzeugt durch versteckte hydraulische Mechanismen, zu hören waren, wieder einen kräftigen Puffer gegen seinen Oberarm einstecken. Er hatte es nicht rechtzeitig geschafft, den unkontrolliert enthusiastischen Bewegungen der aufgekratzten Lynn auszuweichen. Doch Birgit hatte die rettende Idee, um die peinliche Situation halbwegs zu entschärfen. Sie schlug den Randolphs vor, fortan in jeder Grotte, an jedem Weiher, an jeder Wasserfontäne ein Foto von Lynn und Deron zu machen. Dabei bat sie eindringlich, nur ja still zu halten, damit das Foto auch wirklich gelänge. Nur ein einziges Mal noch konnten Birgits Dompteurversuche nichts ausrichten, als die Gruppe das Mechanische Theater bestaunte. Dieses Miniatur-Theater aus dem 18. Jahrhundert zeigte mit über 100 beweglichen Holzfiguren die Geschäftigkeit einer Kleinstadt. Scherenschleifer werkten in ihren Arbeitsstätten, Bäcker und Metzger boten ihre Ware feil, Zimmerleute zogen über eine Seilwinde einen Stapel Bauholz bis in die oberste Etage des dreistöckigen großen Bürgerhauses mit Balkonen, Erkern und Rundbögen. Auf den Straßen marschierten putzige Soldaten, Zirkusleute tanzten mit einem Bären. Da war Lynn mit ihrem »My God!« und »How funny!« Gekreische nicht zu halten gewesen. Und sie erklärte ihrer Umgebung im breitesten Midwest Dialekt, dass sie auch unbedingt so ein Theater wolle, »for our garden«, und wenn sie dieses hier, »the theatre of the trick fountains«, nicht kaufen könne, dann werde ihr Daddy für sie garantiert ein anderes besorgen. Die Umgebung nahm es gelassen hin und nickte. 20 Minuten später hatte Merana es endlich überstanden. Er wartete nicht mehr bis sich Birgits amerikanische Gäste eines der Gruppenfotos am Ausgang der Wasserspiele aussuchten, sondern ging allein voraus in Richtung Schlosshof. Schon am Eingang bemerkte er hektisches Treiben. Männer schleppten große Tische quer über den Platz und stellten sie vor die Orangerie. Dort war bereits eine Champagnerbar aufgebaut. Vier Frauen schmückten die Aufgänge der großen Schlosstreppe mit Girlanden. Ein Mann in Hirschlederhose und elegantem Trachtenjanker stand in der Mitte des Platzes und gab Anweisungen. Große gusseiserne Fackelständer wurden im Hof verteilt. Merana wandte sich an den Mann in Tracht. Er kannte ihn. Das war Bernhard Candusso, der Chef der ›Fürstenschenke‹, dem Schlossrestaurant von Hellbrunn.

»Hallo, Herr Candusso. Das sieht ganz nach Vorbereitungen zu einem großen Fest aus.« Der Angesprochene drehte sich um.

»Grüß Gott, Herr Kommissar.« Er reichte Merana die Hand. Dazu nahm er sich trotz der Hektik die Zeit. Die junge Frau mit dem riesigen Blumenbouquet neben ihm musste warten. Candusso achtete immer darauf, wichtigen Leuten das Gefühl zu geben, er wäre jederzeit für sie da und sei es nur, um eine schlichte Frage zu beantworten. »Herr Kommissar, hat es sich bis in die Chefetagen der Polizeidirektion nicht herumgesprochen, dass heute in Hellbrunn das ›Fest des Jahres‹ steigt?« Merana sah ihn an. Er hatte keine Ahnung, worauf der Gastwirt anspielte. Candusso machte mit beiden Armen eine weitausholende Geste, die alles umfasste, den Hof, das Schloss, die Wasserspiele, den Park. Dann sagte er mit theatralisch erhobener Stimme: »Hier gibt sich in exakt vier Stunden und zehn Minuten Markus Sittikus die Ehre, mit den Erlauchten der Erlauchtesten seinen Geburtstag zu feiern!«

Merana stutzte. Wollte ihn der Gastwirt auf den Arm nehmen? »Markus Sittikus?« fragte er dann. »Wird hier ein Film gedreht?« Candusso schüttelte lachend den Kopf. »Nein. Obwohl, so weit sind wir gar nicht davon entfernt. Einen Moment ...« Nun erbarmte er sich doch der jungen Frau mit dem schweren Bouquet und erteilte ihr die Anweisung, das Blumenarrangement zum Tortenbuffet in die Orangerie zu tragen. Danach wandte er sich wieder Merana zu.

»Nein, Herr Kommissar. Gartenamtsdirektor Rilling hat bei uns allen den Spitznamen ›Markus Sittikus‹ oder meist nur ›Sittikus‹. Und der feiert heute hier seinen 50. Geburtstag. Wollen Sie noch eine Einladung? Ich kann das im Nu arrangieren.« Merana lehnte dankend ab.

»Nein, danke, Herr Candusso. Wo die Erlauchten der Erlauchtesten feiern, da hat ein unscheinbarer Polizeibeamter keinen Platz.« Und im Gehen fügte er noch hinzu: »Außerdem habe ich heute noch eine Verabredung mit drei Amerikanern und einem antiken Sänger.« Wie sich später zu seiner Beruhigung herausstellte, würden es nur zwei Amerikaner sein.

Aurelia Zobel blickte auf ihre Armbanduhr, eine ›Ballerine‹ von Cartier mit Diamanten, ein Weihnachtsgeschenk ihres Mannes. Es war kurz nach 20 Uhr. Sie hatte noch Zeit. Das Fest begann um 20.30 Uhr, aber sie hatte nicht vor, gleich zu Beginn einzutreffen. Sie würde später kommen, dann würde ihr Erscheinen größere Wirkung erzielen. Sie überprüfte im Spiegel über der Kommode noch einmal den Lidschatten. Sie hatte wie immer eine helle Farbe benutzt. Das ließ ihre ohnehin makellos geschwungenen Augen noch größer erscheinen. Männer liebten den Blick aus großen Augen, die unter einem verführerischen Wimpernvorhang hervorlugten. Zumindest alle Männer, die sie kannte. Und das waren nicht wenige. Sollte sie noch einmal zum Highlighter greifen? Der erneute Blick hielt sie davon ab. Nein. Was sie da sah, war perfekt. Auch wenn ihr Gesicht an manchen Stellen erkennen ließ, dass sie keine 25 mehr war, so sah ihr doch niemand die 42 Jahre an, die sie im nächsten Monat erreichen würde. Sie genoss die anerkennenden Blicke der Männer, wenn sie in der Sauna ihren Bademantel abstreifte. Sie sah sich selbst gerne im Spiegel an. Besonders ihr Gesicht mochte sie. Sie zog ganz leicht die Augenbrauen nach oben, nicht viel, nur einen Hauch. Und dazu ließ sie die Muskeln ihrer Wangen die Mundwinkel ein wenig anheben. Die Andeutung eines Lächelns entstand in ihrem Gesicht. Nicht zu stark, dafür rätselhaft, unterstützt noch durch die leichte Schräglage des Kopfes. Diesen Blick an ihr mochte sie besonders. Sie hatte ihn oft genug vor dem Spiegel geübt. Und sie wusste um die Wirkung dieses Ausdrucks. Damit hatte sie nicht nur vor 15 Jahren ihren Mann betört, den damals schon international renommierten Gefäßchirurgen Edmund Zobel, damit hatte sie auch später von Männern meist das bekommen, was sie wollte. Am Verhandlungstisch genauso wie bei diversen Geschäftsessen. Und sie hatte nur in den seltensten Fällen mit den Kerlen auch noch ins Bett steigen müssen.

Für einen Augenblick erlosch das Lächeln in ihrem Gesicht und sie wirkte müde. Im Grunde widerten sie die meisten Männer an. Sie waren so banal, so berechenbar in ihrer Gockelhaftigkeit. Sogar bei Wolfram Rilling war sie sich nicht mehr sicher, ob sie ihn noch interessant fand. Gut, er hatte Charme und er war großzügig. Manche seiner Ideen hatten auch ihr einiges eingebracht. Und dass Wolfram heute zu seinem Geburtstag ein Riesenfest in Hellbrunn inszenierte, von dem die Leute noch wochenlang schwärmen würden, das gefiel ihr auch, war ganz nach ihrem Geschmack. In der Hinsicht war Wolfram so ganz anders als ihr langweiliger Ehemann, der nur in Fahrt kam, wenn er von Krampfadern und Aortaveränderungen schwärmen konnte. Sie stieß einen tiefen Seufzer aus, ließ das oft geübte Lächeln wieder zu und stand auf. Ihr Schlafzimmer lag im oberen Stock einer großen Villa auf dem Gaisberg, in der Nähe des Hotel Kobenzl. Sie öffnete die Tür, die auf den kleinen Balkon ihres Zimmers führte, und trat hinaus. Unter ihr lag die Stadt. Es war noch nicht ganz dunkel, ein schmaler rötlicher Streifen im Westen ließ den Himmel schwach leuchten. Im Süden blitzten schon die ersten Sterne. Das vielfache Glitzern am Stadtrand waren die Lichter von

Hellbrunn. Das Fest würde bald beginnen. Sie legte die Hände auf das kühle Geländer des Balkons. Tief unter ihr waren in der Dunkelheit die beiden Stadtberge gut auszumachen. Der fast pyramidenförmige Kapuzinerberg mit dem Schlössl und dem Kloster auf der ihr abgewandten Bergseite und etwas weiter entfernt der Mönchsberg, der sich auch zu dieser Nachtzeit wie ein hingestreckter Drache präsentierte, mit der Festung und dem alten Frauenkloster Nonntal an seinem Kopfende. Dazwischen, eingebettet wie in einem Nest, lag die Stadt, deren Lichter bis zu ihr heraufstrahlten. Sie genoss diesen Blick. Sie stand oft stundenlang in der Nacht auf dem kleinen Balkon und schaute auf die Lichter von Salzburg. Sie löste die Hände vom Geländer, trat ins Zimmer, schloss die Balkontür, nahm ihre Handtasche und ging nach unten. Das Haus hatte acht Zimmer, zusätzlich drei Badezimmer, eine große Küche, ein Hallenbad und eine riesige Terrasse, die vom Salon aus zu betreten war. Als sie dort ankam, sah sie ihren Mann mit dem Rücken zu ihr an der geöffneten Glasfront am Terrasseneingang stehen. Er blickte ebenfalls auf die abendlich erleuchtete Stadt. Als sie näher kam, drehte er sich um.

»Du bist ja noch gar nicht umgezogen, Edmund.«

Ihre Stimme klang mehr verärgert als verwundert. Edmund Zobel stellte das halb gefüllte Rotweinglas, das er in der Hand hielt, auf den italienischen Designertisch aus Birnenholz und kam auf sie zu.

»Du siehst einfach wunderbar aus, Aurelia.« Er versuchte sie auf den Mund zu küssen. Sie drehte den Kopf leicht zur Seite.

»Was soll das, Edmund, warum bist du noch nicht fertig?«

Er sah ihr direkt in die Augen. »Ich komme nicht mit.«

Sie reckte energisch das Kinn nach vor. »Warum nicht?«

»Ich denke, es wird ihm ohnehin lieber sein, wenn du ohne mich kommst. Außerdem habe ich Mutter versprochen, sie nach der L'Orfeo-Premiere noch auf der Steinterrasse zu treffen. Ich bleibe dann gleich in der Stadt und übernachte dort.«

Er starrte sie noch ein paar Sekunden an, dann drehte er sich um. Während er nach seinem Glas griff und wieder auf die geöffnete Glasfront zuging, fügte er noch hinzu, ohne sie anzublicken: »Ich wünsche dir einen vergnüglichen Abend.«

Aurelia spürte, wie ihr der Zorn ins Gesicht stieg. Nicht, dass es ihr etwas ausmachte, allein zu Wolframs Geburtstagsfest zu gehen. Das nicht, aber sie hätte es lieber vorher gewusst. Sie konnte es nicht ausstehen, überrumpelt zu werden. Ihr Zorn war immer noch nicht ganz verraucht, als sie mit ihrem Lamborghini Gallardo aus der Ausfahrt brauste und die erste Kurve der Straße ansteuerte, die steil nach unten in die Stadt führte. Sie merkte, dass sie zu schnell war und drosselte das Tempo. Als sie vor der nächsten engen Kurve auf den zweiten Gang zurückschaltete, sprang aus der Dunkelheit ein Schemen auf die Fahrbahn. Sie erschrak und trat kräftig auf die Bremse. Die Gestalt, die sich im Scheinwerferlicht des Lamborghini ausmachen ließ, war ein Mann in Sportkleidung. Er trug Laufschuhe, kurze Hosen und ein T-Shirt. Er kam langsam auf den Wagen zu. Aurelia ließ das Fenster auf ihrer Seite nach unten, steckte den Kopf hinaus und wollte gerade losbrüllen, ob er nicht mehr alle Tassen im Schrank hätte, als sie ihn erkannte. Sie griff rasch zum Fensterheber und ließ das Seitenfenster wieder hochfahren. Der Mann stellte sich breitbeinig vor ihr Auto. Sie drückte auf die Hupe. Die Gestalt rührte sich nicht. Sie öffnete das Seitenfenster wieder einen Spaltbreit, damit der Mann draußen sie hören konnte.

»Gehen Sie mir aus dem Weg!« schrie sie. Der Mann ballte die linke Hand zur Faust und sagte laut und bedrohlich: »Ich will mein Geld zurück!« Aurelia schüttelte zornig den Kopf, was draußen allerdings nicht zu sehen war. »Ich habe Ihnen schon gesagt, dass ich da nichts machen kann«, rief sie. »Es ist nicht meine Schuld!« »Doch!« brüllte der Mann und hieb mit der Faust auf die Motorhaube des Lamborghini. Aurelia schob den Retourgang ein und stieß mit dem Wagen zurück bis zur Kurve. Dann legte sie den Hebel um und drückte aufs Gaspedal. Der Mann hatte sich schon in Bewegung gesetzt und war dem rückwärtsfahrenden Sportwagen nachgelaufen. Jetzt sah er das Auto auf sich zurasen.

»Halt!« war alles, was er noch rausbrachte, ehe er sich mit einem Sprung zur Seite in Sicherheit brachte. Dabei krachte er mit der Schulter gegen einen Baum am Straßenrand und stürzte nieder. Fluchend rappelte er sich hoch und sah nur mehr die Scheinwerferkegel hinter der nächsten Kurve verschwinden.

»Dir werde ich es noch zeigen, du Hure!«, brüllte er und drohte mit der Faust.

Doch sein Schrei und seine Geste verschwammen in der Dunkelheit.

Seit dem Ende des 8. Jahrhunderts ist Salzburg Fürsterzbistum. Die Salzburger Erzbischöfe waren nicht nur hohe Kirchenmänner, sie waren zugleich auch fürstliche Regenten und Landesherren, die in nicht wenigen Fällen auch einen durchaus weltlichen Lebensstil pflegten. Der Reichtum und der Einfluss der Salzburger Erzbischöfe gründeten sich auf den Abbau und den Handel mit Salz, dem ›weißen Gold‹ vom nahen Dürrnberg. Es war Wolf Dietrich von Raitenau, der um die Wende zum 17. Jahrhundert den großteils mittelalterlichen Charakter der Stadt Salzburg veränderte. Er ließ unverfroren Bürgerhäuser und andere Gebäude schleifen, um Raum zu schaffen für den neuen Dom und für repräsentative Plätze und Paläste, wie sie einem Renaissancefürsten gut zu Gesichte standen. Das heute so charakteristische Aussehen der Salzburger Altstadt mit den barocken Fassaden und den vielen großen Plätzen geht auf die hemmungslose Bautätigkeit Wolf Dietrichs zurück. Nebenbei hatte der christliche Kirchenmann 15 leibliche Kinder mit seiner Lebensgefährtin Salome Alt. Für sie ließ er Schloss Altenau bauen, das heute Millionen Salzburgbesuchern als Schloss Mirabell bekannt ist. Wolf Dietrichs Nachfolger auf dem Thron des Salzburger Erzbischofs war dessen Neffe Markus Sittikus. Der in Italien aufgewachsene Markus Sittikus setzte die Bautätigkeit seines Vorgängers fort. Schon im ersten Jahr seiner Regentschaft wollte er sich einen Landsitz ganz nach italienischem Stil schaffen und fand dafür im Süden der Stadt einen idealen Platz. Hier erstreckte sich ein weitläufiges Moor mit zahlreichen natürlichen Quellen. Diese waren ideal für die Errichtung von Gartenanlagen mit Grotten und Weihern, und so begannen die aus Italien geholten Baumeister im Jahr 1613 mit der Planung und dem Bau von Schloss Hellbrunn.

Das Schloss erstrahlte im farbigen Licht der geschickt ausgerichteten Scheinwerfer. Die zwölf Lichtkegel überkreuzten einander und gaben der Fassade mit dem großen Portal und den 21 Fenstern einen zusätzlichen, märchenhaften Glanz. Gerald Antholzer stand, flankiert von sechs kostümierten Posaunenbläsern, auf der obersten Empore der großen Freitreppe des Schlosses und blickte in die Runde. Der offizielle Auftakt zum Fest würde gleich beginnen. Die rund 400 Gäste gruppierten sich um die geschmückten Stehtische im weiten Geviert des Ehrenhofs und wurden vom Servicepersonal in Livree mit Champagner und Begrüßungshäppchen versorgt. Sie amüsierten sich jetzt schon prächtig. Sogar der Bürgermeister war rechtzeitig gekommen und hatte als zusätzliche Überraschung ein ausländisches Filmteam mitgebracht, das in diesen Tagen in Salzburg weilte, um sich geeignete Drehorte für einen internationalen Agenten-Thriller anzuschauen. Der Film sollte zu einem erheblichen Teil in der Salzachmetropole spielen. Im Schlepptau der Produzenten-Crew befanden sich auch einige Schauspieler. Bisher war also alles gut gegangen, Antholzer konnte zufrieden sein. Gerald Antholzer war der Stellvertreter des Gartenamtsleiters Wolfram Rilling, der sich heute hier in Hellbrunn feiern ließ. Der Gartenamtsleiter und sein Stellvertreter hatten seit Jahren eine für beide Seiten perfekte Arbeitsteilung gefunden. Rilling war der Repräsentant, Antholzer der Organisator. Rilling stellte sich gerne mit einnehmendem Lächeln und großem Gestus hin und versuchte mit barockem Charme, die Leute für sich und seine Ideen zu gewinnen. Es war ihm noch bei jedem Sonderprojekt gelungen, potente Sponsoren an Land zu ziehen. Seine eigene Begeisterung für Hellbrunn wirkte ansteckend. In seiner beruflichen Funktion war Rilling nur ein hoher Beamter im Magistratsdienst der Stadt, der Leiter des Gartenamts eben, in dessen Zuständigkeit auch Hellbrunn fiel. Aber so wie er sich bisweilen aufführte, konnte man meinen, ihm gehöre das Lustschloss mit allem Drumherum. Mehr noch. Man gewann den Eindruck, in der Gestalt des pragmatisierten Beamten Wolfram Rilling sei die Zeit der Salzburger Fürsterzbischöfe auferstanden. Gerade heute würde er wieder die Rolle des Schlossherren spielen können, der seine Gunst auf Freunde und Vertraute verteilte. Antholzer zog sein Handy aus der Smokingtasche und blickte auf die Uhr. Es war 20.44 Uhr. Antholzer wählte die Nummer des Schützenhauptmannes, der mit einer Gruppe von Prangerschützen auf der Anhöhe des Monatsschlössls stand. Vom kleinen Schlossgebäude überblickte man vom Hellbrunner Berg aus die gesamte Anlage, und damit war es ein idealer Platz für die Schützen. Im selben Moment, als sich der Schützenhauptmann meldete, bemerkte Antholzer von der Freitreppe aus, wie die Kutsche am anderen Ende des Schlossareals in die Auffahrt einbog.

20.45 Uhr. Wie geplant.

»Jetzt«, sagte er ins Telefon, ruhig und unaufgeregt, als gälte es einen Termin zu bestätigen. Im nächsten Augenblick krachte von der Anhöhe des beleuchteten

Monatsschlössls eine Böllersalve über das Areal und die Bläser auf der Freitreppe schickten den ersten Fanfarenstoß über die Köpfe der Gäste. Alle blickten der geschmückten offenen Kutsche entgegen, die sich über den Weg der Schlossauffahrt langsam dem Ehrenhof näherte. Auf dem Kutschbock saß ein feierlich dreinblickender Mann mit Kaiser-Franz-Joseph-Bart, der sich um eine würdige aufrechte Haltung in seinem Trachtenanzug bemühte. Dahinter thronte Wolfram Rilling und winkte der wartenden Schar seiner Gäste mit dem majestätischen Gehabe eines Renaissancefürsten zu. Auf dem Kopf trug er ein rotes Samtbarett, um den Hals hatte er einen eleganten Schal geschlungen. Es wurde heftig applaudiert, als die Kutsche in der Mitte des Ehrenhofes ankam. Die Fanfarenbläser spielten mit voller Kraft den langgezogenen Schlusston. Gleich darauf stimmte der Auswahlchor des Salzburger Landestheaters eine Hymne an, die mit ›Vivat‹ begann. Antholzer konnte sich einen kleinen Anflug von Stolz nicht verkneifen. Perfektes Timing. Auf die Sekunde genau. Ob das die Zeremonienmeister der Fürsterzbischöfe vor 400 Jahren auch so exakt hinbekommen hätten? In der selben Präzision lief auch die weitere Choreografie des Festes ab. Nur einmal kam leichte Unruhe auf. Mitten in der Rede des Bürgermeisters traf Aurelia Zobel ein. Sie hatte ihr Auto, den gelben Lamborghini, nicht auf dem großen Parkplatz abgestellt wie die anderen Festgäste, sondern war bis zum Eingang des Ehrenhofs, dem ehemaligen ›Hasentor‹, gefahren. Schon als sie den Motor beim Einparken noch einmal kurz aufheulen ließ, hatten einige Besucher die Köpfe in ihre Richtung gedreht. Als sie dann im engen Abendkleid langsam über den Platz schritt, mitten durch die versammelte Gästeschar, kam sogar der Bürgermeister kurz ins Stocken. Antholzer spürte, wie unversehens Wut in ihm hochkroch. Diese aufgedonnerte Schnepfe musste immer ihren Sonderauftritt haben, darunter tat sie es nicht. In letzter Zeit steckte sie auch noch ihre gepuderte Nase in Dinge, die sie nichts angingen, aber er würde auf der Hut sein. Er ließ sich von niemandem seine ausgeklügelten Choreografien vermiesen. Zwei Stunden nach der Rede des Bürgermeisters stand Antholzer wieder auf der Freitreppe, wie zu Beginn des Festes. Von hier aus hatte er den besten Überblick. Er musste lächeln, als er sah, wie Wolfram Rilling eben einer Schar von Schauspielern mit enthusiastischen Worten das Geheimnis der kleinen Grotte unterhalb der Schlossstiege erläuterte. Antholzer war die Rollenaufteilung recht, die er und sein Chef gefunden hatten. Der Platz im Scheinwerferlicht gehörte Rilling. Er, Antholzer, hielt sich lieber im Hintergrund. Er war gerne dort, wo man die Fäden zog, damit das Werk auf der großen Bühne funktionierte. Deshalb war es für alle Beteiligten auch eine Selbstverständlichkeit gewesen, dass niemand anderer als Gerald Antholzer das Fest für Wolfram Rilling auf die Beine stellte. Unterstützung hatte er dabei von einem zweiten Organisationsprofi erhalten, von Bernhard Candusso, dem Wirt der ›Fürstenschenke‹.

»Verdammt!«, entfuhr es Antholzer und er beugte sich unwillkürlich etwas weiter über die Brüstung der Empore. Was ist jetzt schon wieder los mit der Schnepfe? Er sah Aurelia Zobel mit zornigem Gesicht an einem der Tische in der Nähe der Schlosskapelle stehen. Zwei bekannte Salzburger Geschäftsleute redeten auf sie ein. Doch die Frau schenkte den Männern keine Beachtung. In der einen Hand hielt sie ein Champagnerglas, die andere presste sie eng an ihren Körper, als müsste sie sich vor etwas schützen. Der zornige Blick war starr in die Ferne gerichtet. Antholzer folgte dem Blick. Er sah in der Mitte des Hofes Wolfram Rilling im vertrauten Gespräch mit einer gut aussehenden, groß gewachsenen Dame. Die Frau hatte auffallend gelocktes dunkles Haar und trug ein elegantes schwarzes Abendkleid mit einem raffinierten Schlitz an der Seite. Wenn er sich nicht täuschte, war das die neue Marketingchefin von Mercedes in Salzburg. Der Jubilar war groß in Fahrt. Er reichte seiner Gesprächspartnerin eben sein Champagnerglas, nahm mit Schwung das Samtbarett vom Kopf und setzte es der Dame keck aufs gelockte Haar. Dann vollführte er eine galante Verbeugung und deutete einladend aufs hell erleuchtete Schloss. Die Frau lachte, verschüttete etwas Champagner und stellte schnell die Gläser zur Seite, wobei eines vom Tisch auf den Boden fiel und zerbrach. Doch sie achtete nicht darauf, sondern ergriff mit gespielter Eleganz den ihr von Rilling gereichten Arm. Antholzer wandte seinen Blick wieder in Richtung Aurelia Zobel. Die stand nicht mehr an ihrem Platz. Die beiden Geschäftsleute gestikulierten allein am Tisch. Antholzer schaute sich um. Er konnte die Zobel nirgends entdecken. Dafür erblickte er ein anderes erstarrtes Gesicht. Es gehörte einer Frau mit kurz geschnittenen roten Haaren in einem grünen Satinkleid. Das war Sabrina Candusso, die Schwester des Gastwirtes. Antholzer war sich nicht klar, wie er ihren Gesichtsausdruck deuten sollte. Verwirrt? Zornig? Überrascht? Jedenfalls blickte auch sie auf das Paar, das eben langsam die Schlosstreppe hochstieg. Die Mercedes-Lady gluckste dabei hell auf und hielt sich an Rillings Arm fest. Sie wirkte ein wenig beschwipst. Antholzer kannte Rillings Masche, um bei den Damen Eindruck zu schinden. Die Nummer mit dem Barett und der großzügigen Einladung zu einer Schlossführung durch den ›Herrn von Hellbrunn‹ höchstpersönlich, gehörte zu seinem Standardrepertoire.

Das hatte Rilling vor drei Jahren auch bei Aurelia Zobel so gemacht, als deren Wirtschaftskanzlei hier in Hellbrunn zehnjähriges Firmenjubiläum gefeiert hatte. Allerdings in etwas bescheidenerem Rahmen als heute. Aurelia Zobel war damals von Rillings Charme offenbar tief beeindruckt gewesen. Denn ab diesem Zeitpunkt hatte man die beiden immer öfter gemeinsam in der Öffentlichkeit gesehen. Und Rilling hatte den Verführungstrick mit dem Samtbarett vor fünf Jahren auch bei Antholzers Frau versucht. Aber bei Dagmar war er abgeblitzt. Antholzer lächelte seinem Chef und dessen Begleiterin zu, als sie an ihm vorüberschwankten. Die Dame rief ihm noch ein »Gratulation zum wunderbaren Fest!« zu, dann waren die beiden auch schon im Schloss verschwunden. Antholzer ließ seine Augen wieder über die Menge gleiten.

Keine Spur von der Zobel. Und auch Candussos Schwester war nirgends mehr zu sehen. Hatte sein Chef mit der auch etwas gehabt? Oder immer noch? Er wusste es nicht. Und das wurmte ihn. Er konnte es nicht ausstehen, wenn er über etwas nicht bis ins kleinste Detail informiert war. Nur weil er immer alles wusste und kontrollieren konnte, war er bisher so erfolgreich gewesen. Er spürte, wie seine Hände zu schwitzen begannen. Nicht jetzt, dachte er, jetzt kann ich das gar nicht gebrauchen. Ich muss es niederkämpfen. Er wischte sich die Hände an der Hose ab und setzte seinen Weg fort. Am Fischbuffet fand er eines der Service-Mädchen, das gerade nichts zu tun hatte, und schickte es los, um die Scherben des Glases wegzuräumen, das der Marketingdame vorhin runtergefallen war. Die Stimmung im Ehrenhof war inzwischen schon recht ausgelassen. Der gesamte Schlosshof war mit Fackeln ausgeleuchtet, die in großen gusseisernen Ständern steckten. Die für Mitte Mai doch recht milde Nachtluft ließ die Leute offenbar ausharren. Einige tanzten zu den Klängen des Saitenensembles, das sich vor dem Eingang des Museumsshops aufgestellt hatte. Das Quintett spielte Tänze aus der Renaissancezeit im furiosen Tempo der Gegenwart. Eine Dame im weißen Abendkleid hatte die Schuhe ausgezogen und fegte barfuß in wilden Tanzschritten über den Kiesbelag des Schlosshofes, umturtelt von einem schon ziemlich angeheiterten Kerl im Smoking, der andauernd »Oh baby, baby, balla, balla« flötete. Antholzer sah, wie einige Paare eng umschlungen durch den Ausgang des Hofes in Richtung Park schlenderten, begleitet vom Flackern der Fackeln. Ein junger Mann huschte an Antholzer vorüber, ein Mädchen an der Hand, das ihm rasch folgte. Sie verschwanden in Richtung Wasserspiele. Antholzer hatte das Leuchten in den Augen der beiden gesehen. Wenn das Mitternachts-Feuerwerk vorüber war, würden noch mehr Paare in den Nischen, Grotten und Lauben verschwinden. Das hier war nicht umsonst ein Lustschloss mit einem Lustgarten. Antholzer nahm sich vor, morgen die Aufräumtruppe noch einmal extra darauf hinzuweisen, das gesamte Terrain auch wirklich mit großer Sorgfalt abzusuchen. Es machte sich nicht gut, wenn um neun Uhr die ersten Besucher in die Gartenanlage kamen und auf den Weihern zwischen den Seerosen gebrauchte Kondome schwammen. Das hatten sie alles schon gehabt, inklusive zurückgelassenem Damenslip in der Muschelgrotte. Einige Wochen lang hieß sie dann im internen Sprachjargon nur mehr ›Muschi-Grotte‹. Antholzer sah auf die Uhr. Zehn Minuten vor Mitternacht. Er musste sich um das Feuerwerk kümmern. Seine Hände begannen erneut zu schwitzen. Doch er achtete nicht darauf.

Meranas Laune hatte sich kaum gebessert, seit sie am späten Nachmittag die Wasserspiele verlassen hatten. Noch so ein Tag mit den Randolphs und er konnte sich einen Fensterplatz in der Landesnervenheilanstalt reservieren lassen. Glücklicherweise hatte Deron vorhin zugestimmt, dass Andrew im Hotel bleiben durfte, nachdem dieser sich strampelnd auf den Teppich geworfen hatte, weil er um nichts in der Welt in diese ›fucking opera‹ wollte. Wäre es nach Lynn gegangen, hätte ›Andrew darling‹ das Opern-Spektakel keineswegs versäumen dürfen, weil ja in Salzburg alles so ›great and funny‹ war. Doch der tobende Andrew und der sichtlich ebenfalls genervte Deron hatten sich schlussendlich durchgesetzt.

Merana war nicht oft im Großen Festspielhaus. Er hatte sich früher kaum für Opern interessiert. Aber als er im Vorjahr im Rahmen einer Mordermittlung im Festspielmilieu* eine wunderbare ›Don Giovanni‹-Aufführung erlebt hatte, war in ihm eine Sehnsucht erwacht. Er wollte künftig solch bewegende Momente öfter erleben. Früher hatte er auch diesen Auflauf vor den Festspielaufführungen immer spöttisch als Schickimicki-Spektakel abgetan. Dieses andauernde Sehen- und Gesehenwerden-Wollen. Das halsverrenkende Herumstarren nach dem nächsten Pseudopromi, das gesichtsmuskelstrapazierende Dauergrinsen in Fotoobjektive und Fernsehkameras hatte ihn genervt. Er konnte diesem Getue zwar immer noch nichts abgewinnen, aber es war ihm egal geworden. Sollten die anderen tun, was sie nicht lassen konnten. Er näherte sich dem Festspielhaus immer mit Freude, mit Vorfreude auf das kommende Ereignis. Dann schlenderte er durch die Foyers und Gänge in kribbelnder Aufregung wie ein Kind, das sich auf die Geburtstagsüberraschung freut oder auf die Wunderlichter am Christbaum. Schon beim Betreten des Hauses stellte er sich jedes Mal vor, wie er gleich im Saal sitzen würde. Das Orchester würde hereinkommen, begrüßt mit anschwellendem Applaus. Dann würde der Dirigent erscheinen. Großer Applaus. Taktstock heben. Ein Moment der höchsten Konzentration und Sammlung. Atem anhalten. Im Orchestergraben, auf der Bühne, im Zuschauerraum. Dann ginge es los. Und wenn Merana in dieser erwartungsfrohen Stimmung vor dem Konzert oder dem Opernereignis auch noch ein Glas Weißwein trank, bisweilen sogar ein Glas Champagner, dann gab dies dem festlichen Anlass noch eine besondere Note.

---

* Meranas erster Fall ›Jedermanntod‹, erschienen im Gmeiner-Verlag.

Und heute erwartete ihn der Höhepunkt der diesjährigen Pfingstfestspiele, die Premiere der Oper ›L'Orfeo‹ von Claudio Monteverdi. Mit dem Orchester des Maggio Musicale Florenz unter der Leitung von Riccardo Muti. Salzburg hatte nicht nur die berühmten Festspiele im Sommer, die sich über viele Wochen zogen, die Stadt bot ihren Gästen auch Festspiele zu Ostern und zu Pfingsten. Die Osterfestspiele mit den deutlich überhöhten Kartenpreisen waren nicht so sehr Meranas Sache, aber er liebte die Pfingstfestspiele schon seit längerer Zeit. Dort gab es immer besondere musikalische Schätze aus der Zeit zwischen Renaissance und Frühklassik zu entdecken. Heuer stand der ›Orfeo‹ im Mittelpunkt. Dieses Stück über den griechischen Sänger Orpheus, der versucht, seine verstorbene Gattin Eurydike aus der Unterwelt wieder ins Leben zu holen, hatte zudem durch seine Aufführungsgeschichte eine eigene Beziehung zu Salzburg. Die erste Aufführung der Oper ›L'Orfeo‹ außerhalb von Italien hatte hier stattgefunden, und zwar in Hellbrunn, im sogenannten Steintheater, einer Naturarena auf dem Hellbrunner Berg am anderen Ende des Parks. Diese besondere Beziehung der Orpheus-Oper zu Hellbrunn hatte am Nachmittag auch die Führerin angesprochen, als sie nach dem Römischen Theater zur Orpheusgrotte gekommen waren. Davon hatten allerdings Lynn und Deron Randolph nichts mitbekommen. Sie waren damit beschäftigt gewesen, ihrem Sprössling klar zu machen, dass er hier nicht mit Leuchtstift seinen Namen in Tuffstein verewigen könnte. Worauf dieser maulend das Smartphone aus der Tasche gezogen hatte und fortan für seine Umgebung und die Attraktionen von Hellbrunn nicht mehr erreichbar war. Das war wohl auch mit ein Grund gewesen, warum er vorhin partout nicht mehr mitkommen wollte. Merana war es mehr als recht gewesen, auch wenn sie dadurch auf das gewohnte Glas Wein vor Beginn der Vorstellung verzichten mussten. Durch die inneramerikanische Familienauseinandersetzung, ob der Randolph'sche Sohnemann nun im Hotel bleiben könne oder nicht, war einfach zu viel Zeit verstrichen.

Als sie vor dem Festspielhaus aus dem Taxi stiegen, waren nur mehr vereinzelt Festspielbesucher zu sehen. Die livrierten Billeteure an den großen Eingangstüren deuteten den rasch Herbeikommenden, sich zu beeilen. Merana wäre schon fast an den eifrig bemühten Türstehern vorbei gewesen, als sein Blick auf ein paar Leute fiel, die auf der Straße neben dem Haupteingang standen und kleine selbst gemalte Schilder in den Händen hielten. ›Suche Karte‹ stand darauf. Merana fasste in die Tasche seiner Anzugsjacke. Er hatte ja noch das Ticket, das für Andrew gedacht war. Das brauchte er nicht mehr. Er drückte Birgit die übrigen Karten in die Hand und bedeutete ihr, sie möge mit den Amerikanern vorausgehen. Dann drehte er um, eilte auf die Gruppe zu und hielt der ersten Person, die sich ihm in den Weg stellte, Andrews Karte hin. Die junge Frau, kaum älter als 20, sah ihn mit großen Augen an. »For me?«, fragte sie. Merana nickte. Die Augen der jungen Frau begannen zu leuchten. Doch dann hielt sie inne.

»How much? Ick will sagen ... äh wie viele kosten diese ...?« Noch eine Amerikanerin, fuhr es Merana durch den Kopf.

»Sind Sie Studentin?«

»Yes. An die Hochschule Mozarteum. Ick komme aus Sacramento, California und studiere hier die Violoncello.«

»Wann haben Sie Geburtstag?«

Sie sah ihn verwirrt an. »Äh ... in die nächste Monat.« Merana drückte ihr die Karte in die Hand.

»Dann, happy birthday, Miss California. Und viel Spaß beim Konzert.« Er drehte sich in Richtung der großen Eingangstüren und machte eine einladende Geste.

»Oh, thank you. You are very kind.« Sie eilte an seiner Seite ins Große Haus, vorbei an den Billeteuren, die ihr zulächelten und sich offenbar mit ihr freuten.

Merana war es gelungen, für die Vorstellung gute Plätze zu bekommen. Sie saßen am Rang in der ersten Reihe. Er hatte die anderen noch kurz mit der jungen Studentin bekannt gemacht, die sich als Sandy Lamargue vorstellte. Dann war es auch schon dunkel geworden im Saal und die Aufführung begann.

Die Begegnung mit der Studentin und die erfrischende Art, wie sie sich über das Geschenk der Karte und vor allem über das Geschehen auf der Bühne freute, hatten Merana etwas abgelenkt. Trotzdem brauchte er lange, bis er sein Innerstes für die Musik öffnen konnte. Zu sehr brodelte noch der Ärger über den grässlichen Tag in ihm. Inzwischen waren sie schon in der Mitte des dritten Aktes, bei jener Szene, in der Orpheus seinen herzergreifenden Gesang anstimmt, damit Charon, der Fährmann des Totenreiches, ihm, dem Lebenden, Eintritt in die Unterwelt gewähre. Und

Orpheus' Gesang, der in der griechischen Sagenwelt nicht nur wilde Tiere zähmte, sondern sogar Steine erweichen ließ, hatte endlich auch eine beruhigende Wirkung auf Martin Meranas aufgewühltes Inneres. Die schlechte Stimmung, die er wegen Birgits amerikanischen Gästen hatte, verblasste immer mehr, und er ließ sich ganz einhüllen von Claudio Monteverdis wunderbarer Musik. Nach dem dritten Akt war Pause. Sandy Lamargue strahlte immer noch wie ein kleines Kind und fragte Merana, ob sie ihn als Dank für die Eintrittskarte auf ein Glas Champagner einladen dürfe. Merana kannte die Champagnerpreise im Großen Festspielhaus und meinte, er würde einen Espresso vorziehen, wenn es ihr recht wäre. Lynn Randolph hatte sich natürlich sofort auf die Studentin gestürzt und sie nach Strich und Faden ausgefragt wie bei einer billigen Quizshow. Sandy Lamargue war freundlich geblieben, hatte knapp, aber höflich, geantwortet und nebenbei immer wieder versucht, mit Merana ins Gespräch zu kommen. Erfreulicherweise hat dieses 300 Millionen Volk nicht nur grässliche Schreckschrauben wie Lynn Randolph vorzuweisen, dachte Merana, sondern auch so angenehme Erscheinungen wie Sandy Lamargue. Dann saßen sie wieder auf ihren Plätzen und warteten auf den Beginn des zweiten Teiles. Und gerade, als im Orchestergraben die Tür aufging und Riccardo Muti mit energischem Schritt seinem Dirigentenpult zustrebte, krähte Lynn Randolph in einer Lautstärke, dass es bis zur Bühne zu hören sein musste, wie ›wonder-wonder-wonderful‹ es sein würde, wenn sie und Deron morgen mit ›lovely Birgit‹ und dem so ›very-very-very nice Martin‹ die ›beautiful Sound of Music

Tour‹ machen würden. Dabei beugte sie sich schnell über Birgit hinweg, packte Merana mit ihren breiten kräftigen Fingern links und rechts an der Wange und drückte ihm laut schmatzend einen Kuss auf die Stirn. Der spürte, wie ihm gleichzeitig die Röte ins Gesicht und die Wut aus dem Bauch hochschoss.

Einige Leute in der Reihe hinter ihnen zischten ärgerlich »Ruhe.«

Das Orchester setzte ein. Merana warf einen schnellen Blick über die Brüstung hinunter ins Parterre. Das sind mindestens fünf, sechs Meter, schätzte er. Wenn ich sie da runter schmeiße, dann überlebt sie das garantiert nicht. Und dann könnte ich gegen mich selbst ermitteln. Und wenn ich geschickt bin, fälsche ich die Spuren und schiebe es dem Ehemann in die Schuhe.

»Stay cool«, flüsterte eine Stimme an seiner Seite, »and enjoy the music. Das ist alles, was im Moment wichtig ist.« Merana entspannte sich. Sie hatte recht, die Cellostudentin aus Sacramento, California. Er wollte lieber Proserpina zuhören, die da unten auf der Bühne gerade dabei war, ihren Gemahl Pluto, den Herrn der Unterwelt, zu bitten, Eurydike mit Orpheus ins Leben zurückzuschicken.

Claudio Monteverdis Musik klang immer noch in ihm nach, als Merana zwei Stunden später vor seiner Wohnung in Aigen mit Birgit aus dem Taxi stieg. Deron wäre nach der Oper noch gerne mit ihnen auf einen Drink gegangen, aber Lynn hatte darauf bestanden, sofort zurück ins Hotel zu gehen, damit ›Andrew darling‹ nicht noch länger allein wäre. Weder Birgit noch Merana hatten widersprochen, sondern hatten den beiden einen erquicklichen Schlaf gewünscht und waren zum nächsten Taxistand geeilt. Die amerikanische Studentin hatte sich schon vorher von ihnen verabschiedet.

In Meranas Wohnung warf sich Birgit auf die Couch, streifte die Stöckelschuhe ab und begann ihre Zehen zu reiben.

»Wenn ich mir vorstelle, wie das morgen wird, graut mir jetzt schon«, begann Birgit, ohne ihre Fußmassage zu unterbrechen. »Am Vormittag wollen sie die ›Sound of Music Tour‹ machen und am Nachmittag geht es nach Berchtesgaden und zum Obersalzberg, ein wenig Nazi-Luft schnuppern. Dabei sein, wo der Führer mit seiner Eva Braun herumturtelte und nebenbei die halbe Welt in Brand setzte. Gut, dass du mitgehst, Martin, sonst würde ich durchdrehen.«

»Nein, ich geh' nicht mit. Tut mir leid, aber mir reicht es.«

Merana stellte zwei Gläser und eine Flasche Grappa auf den Couchtisch und schenkte ein.

Birgit unterbrach ihre Massage und meinte verwundert, »aber du hast es versprochen.«

»Ja. Aber da hattest du mit keiner Silbe erwähnt, dass deine Amerikaner derartige Nervensägen sind.«

»Wie hätte ich das auch wissen sollen?« Birgit nahm eines der Grappagläser und nippte am Getränk. »Als ich vor 20 Jahren bei den Randolphs zu Gast war, hat sich Deron als sympathischer Junge gezeigt, ein wenig schüchtern vielleicht, aber sonst ganz in Ordnung.« Birgit war gleich nach der Matura für ein Jahr nach Philadelphia gegangen. Die Randolphs waren ihre Gastfamilie gewesen. Danach hatte es zwischen ihr und der

Familie losen Brief- und Mailkontakt gegeben. Deron war später nach Manchester in Connecticut gezogen, hatte Lynn kennengelernt und geheiratet. Und diese war vor einem Monat auf die Idee gekommen, ›the famous Birgit‹, von der Deron so oft schwärmte, zu besuchen. Dabei könnte man auch gleich ›this famous Salzburg town‹ kennenlernen. Und deshalb waren sie jetzt da. Merana trank seinen Grappa aus, schenkte sich das kleine Glas noch einmal voll und erklärte, dass er gedenke, morgen auszuschlafen, schließlich wäre das sein erstes freies Wochenende seit langem. Und am Nachmittag würde er sich in der Altstadt unter die Leute mischen, um den Tausenden Sängern zuzuhören, die aus aller Welt gekommen waren, um mit Salzburger Chören ein riesiges Fest zu feiern. So eine einmalige Gelegenheit dürfe man sich als Bewohner dieser Stadt nicht entgehen lassen. In Birgits Gesicht tauchte ein schiefes Lächeln auf.

»Merana, versteck dich nicht hinter einer plötzlich aufwallenden Begeisterung für interkulturellen Gesangsaustausch. Du willst doch nur vor der kleinen braunhaarigen Streifenbeamtin Eindruck schinden, die seit kurzem ihren kehligen Sopran im ›Singkreis Nonnberg‹ erklingen lässt.« Merana merkte, wie er leicht rot wurde. Woher wusste Birgit, dass Andrea Lichtenegger, die junge Streifenbeamtin, die ihm im vergangenen Sommer beim spektakulären Fall rund um die Salzburger Festspiele zur Seite gestanden war, in einem Chor sang? Egal. Er würde morgen auch einem Chor uralter Frauen, die mit zahnlosem Mund erbärmliche Schlager röchelten, zuhören. Alles besser, als die Gesellschaft von Lynn und Deron Randolph zu ertragen. Birgit beugte sich vor und begann langsam Meranas Hemd aufzuknöpfen.

»Okay, Herr Kommissar«, sagte sie und versuchte ihrer Stimme einen verruchten Klang zu verleihen, »ich gönne Ihnen morgen Nachmittag den Chorgenuss samt braunhaariger Sopranschönheit. Aber am Vormittag sind Sie um Punkt 10 Uhr an meiner Seite im Mirabellgarten, um Connecticuts schrecklichster Familie des Jahres die Schönheiten Salzburgs zu zeigen.«

Merana schüttelte energisch den Kopf. »Nein, Birgit. Ich war heute dabei, dir zuliebe. Morgen will ich nicht mehr. Basta. So ist es.« Birgit hielt in ihrer Bewegung inne. Sie schaute ihn lange an. Er hielt dem Blick stand. Dann zog sie mit einem heftigen Ruck die Hand zurück. Sie fauchte kurz. Wie eine Wildkatze.

»Okay, Martin. Es war ein langer, anstrengender Tag. Auch ich bin müde und gereizt.« Sie erhob sich, griff nach ihren Schuhen und der Tasche. »Es ist vielleicht besser, wenn ich jetzt gehe.« An der Tür drehte sie sich noch einmal um. »Falls du es dir noch anders überlegst, weißt du, wann wir morgen zur ›Sound of Music Tour‹ aufbrechen.« Dann war sie draußen. Einen Augenblick überlegte er, ob er ihr nachgehen sollte, ließ es aber bleiben. Er war schon so oft in ähnlichen Situationen hinter ihr hergelaufen. Er fühlte sich ausgelaugt. Schlafen war alles, was er jetzt wollte. Und morgen konnte er immer noch entscheiden, ob er einen ruhigen Pfingstsonntag genießen wollte oder doch Birgit und ihre Gäste begleitete. Dass ihm das Schicksal diese Entscheidung abnehmen würde, konnte er in diesem Augenblick nicht wissen. Als er ins Badezimmer ging, explodierten über Hellbrunn die ersten

Feuerwerksraketen und verwandelten den Salzburger Nachthimmel in ein rot und gelb sprühendes Lichtermeer. Der Schein war bis in Meranas Schlafzimmer in Aigen zu sehen.

PFINGSTSONNTAG

Die Schläge der Turmuhr der Aigner Kirche waren bis ins Areal der Wasserspiele zu hören. Wolfram Rilling umklammerte seinen Weinpokal und zählte mit. Vier helle Schläge. Dann vier tiefe. 4 Uhr morgens. Rilling hob seinen halbgefüllten Pokal, ein Geschenk des Bürgermeisters zu seinem zwanzigjährigen Dienstjubiläum, und prostete seinem eigenen doppelten Konterfei an der Wand des Römischen Theaters zu.

»Zum Wohl, doppelter Sittikus, sollst leben!« Er saß am großen steinernen Fürstentisch, mit dem Rücken zum Schloss, das Gesicht der Rundung des Theaters zugewandt. Die Fackeln warfen bizarre Lichtstreifen auf die Figur des römischen Kaisers Marc Aurel, der in steinerner Ruhe aus der zentralen Wandnische die Szenerie überblickte. Neben dem steinernen Kaiser hingen links und rechts zwei überdimensionale Fotos. Sie zeigten jeweils das Porträt des lachenden Wolfram Rilling, einmal mit und einmal ohne Samtbarett. Dieser Gag war eine besondere Überraschung seiner Mitarbeiter gewesen, ein Höhepunkt des Festes. Rilling stellte den Weinpokal vor sich auf den Marmortisch und rief sich noch einmal das Geschehen der letzten Stunden in Erinnerung. Er sah sich selbst, wie er um Mitternacht im Park am großen Weiher stand und in den vielfarbig erleuchteten Nachthimmel aufschaute. Bei jeder neuen Lichtergirlande des Feuerwerks, bei jeder neuen unerwarteten himmlischen Farbkombination erklang ringsum ein vielstimmiges »Ahhh« und »Ohhh« der begeisterten Zuschauer. Nach einer halben Stunde verglühte die letzte vielstrahlige Lichterblüte am Himmel in exakter Übereinstimmung mit dem Schlussakkord des Streicherensembles, das inmitten des großen Weihers spielte. Das Ensemble saß in kleinen, mit Fackeln beleuchteten Booten. Die Streicher hatten das gesamte Feuerwerk mit einer Serenade von Antonio Vivaldi begleitet. Gleich nach dem Schlussakkord wurde Rilling von Gerald Antholzer am Arm gefasst. Er war noch ganz dem Zauber der Musik und des Feuerwerks verfallen, als ihm zwei sanfte Hände von hinten eine Binde über die Augen legten. Er drehte sich um, vernahm das vielstimmige Gelächter seiner Gäste, konnte aber wegen der Binde nichts sehen. Die sanften Hände strichen über seine linke Schulter und hakten sich an seinem Oberarm ein. Eine Überraschung stand bevor. So viel war ihm klar. Er liebte Überraschungen. Eine Oboe setzte ein. Gleich darauf vernahm er die satten Akkorde einer Laute. Und unter Spiel und Gelächter setzte sich die Gruppe der Feiernden in Bewegung, er, Wolfram Rilling, das Geburtstagskind des Abends, mitten unter ihnen. Auch mit verbundenen Augen bemerkte er, dass sie in Richtung Wasserspiele unterwegs waren. Jetzt schritten sie über den Schlosshof, steuerten auf die kleine Pforte zu, durch die man zur Rückseite des Schlosses gelangte, direkt ins Areal der Wasserspiele. Auch wenn ihn die sanften Hände immer wieder stärker anfassten, um ihn im Gehen um die eigene Achse zu drehen, auch wenn er immer wieder helles Lachen ganz nahe vor seinem Gesicht vernahm und ihm ein Glas an die Lippen gedrückt wurde, aus dem er perlenden Champagner trinken musste. Selbst als man versuchte, ihn zu necken, zu verwirren, abzulenken – ihn,

Wolfram Rilling, den Herrn von Hellbrunn, konnte man nicht täuschen. Er wusste genau, wann sie den Weiher erreichten, dessen nahezu quadratische Einfassung sich zu einem Rondell öffnete, das schließlich in das kleine Wasserparterre vor dem Römischen Theater führte. Er spürte es förmlich, als sie auf Höhe der steinernen Figur waren, die mitten in der Rundung des Weihers thronte. Dann der unvergessliche Moment. Die sanften Hände nahmen ihm die Binde von den Augen. Vor sich sah er das hell erleuchtete Römische Theater mit der Statue von Marc Aurel in der Mitte der terrakottafarbenen gewölbten Wand. Neben der Statue des Kaisers, wo sonst links und rechts die über Kreuz angelegten riesigen Mosaikrankenmuster zu bewundern waren, hingen zwei große schwarze Tücher. Rilling blinzelte mit den Augen, schaute in die Runde, dann wieder auf die Tücher. Was würde das werden? Antholzer hob die Hand. Die sechs Fanfarenbläser, die schon seine Kutschenfahrt von der Freitreppe des Schlosses aus begleitet hatten, tauchten plötzlich wie aus dem Nichts auf und gruppierten sich auf den Stufen unterhalb des steinernen Kaisers. Zwei seiner Mitarbeiter aus der Tischlerei, Franz Wenger und Sepp Grödiger, fassten die schwarzen Tücher und schauten gespannt auf Antholzer. Dieser gab mit der Hand ein Zeichen. Die Fanfaren setzten ein, und die beiden Mitarbeiter zogen die Tücher mit einem Ruck weg. Frenetischer Jubel brandete auf. Rilling riss die Augen auf. Das war doch nicht möglich! Mit allem hatte er gerechnet, aber nicht damit. Von der Wand des Theaters lachte ein riesiger doppelter ›Sittikus‹ und ließ selbst den stolzen Kaiser in der Mitte kümmerlich ausschauen. Sein überdimensionales Konterfei in goldenem Rahmen prangte im Theaterrund. Und das gleich zwei Mal.

»Alles Gute, dem Herrn von Hellbrunn«, rief Antholzer und die Gäste begannen zu skandieren: »Sittikus! Sittikus! Sittikus!« Rilling spürte, wie ihm die Tränen in die Augen schossen. Er umarmte seinen Stellvertreter. Er umarmte den Bürgermeister, gleich darauf die amerikanische Schauspielerin. Dann fühlte er die sanften Hände der Marketingdame von Mercedes auf seinen Wangen. Sie trug sein Barett auf dem Kopf und ihr leicht geöffneter feuchter Mund war so verführerisch, dass er spürte, wie ihm das Blut heiß in die Lenden schoss. Er drückte einen Kuss auf diesen Mund, fühlte kurz ihre zuckende Zunge, wäre gerne noch länger in dieser Umarmung geblieben, aber da waren noch so viele, die er auch umarmen und herzen musste. Ja, so waren sie, seine Gäste, seine Freunde, seine Mitarbeiter, auf die er immer mit Stolz blickte! Sie liebten ihn alle. Das Leben war einfach geil!

Es wurde noch eine lustige Runde mit Tafelmusik und viel Champagner. Mit eng aneinandergedrückten Leibern, mit heißen Händen, die gierig suchten und fanden. Mit Lippen, die an nackter Haut saugten und an vollgefüllten Pokalen. Rilling konnte sich zudem erinnern, dass irgendjemand andauernd »Oh baby, baby, balla, balla« sang.

Zwei Stunden später, als die meisten Gäste schon aufgebrochen waren, wurde es dann weniger lustig. Es hätte nicht viel gefehlt und Aurelia hätte ihm den Rest des Champagners aus ihrem Glas ins Gesicht geschüttet, ehe sie zornentbrannt verschwand. Er hatte kurz überlegt, ihr nachzulaufen, aber schon, als er sich halb erhoben hatte, war ihm klar geworden, dass er eindeutig zu besoffen war, um irgendwohin zu eilen. Die wird sich schon wieder beruhigen, dachte er. Und wenn nicht, dann ist es auch egal.

Ein metallisches Scheppern dröhnte unvermittelt durchs Areal. Rilling schreckte aus seiner Erinnerung hoch und realisierte, dass er immer noch im Römischen Theater saß. Der Pokal war zu Boden gefallen, eine kleine Lache von Rotwein breitete sich auf den Steinfliesen aus. Rilling bückte sich schwerfällig und hob das Trinkgefäß auf.

»Was soll es! So ist das Leben!«, rief Rilling mit schwerer Zunge und setzte den Pokal an die Lippen. Er bemerkte, dass dieser leer war, beugte sich vor und tastete nach der Flasche, die im Kühlbecken des großen Tisches stand. Er zog sie raus und goss sich den Rest des Weines ein. Er hob erneut den schweren Becher und hielt ihn in Richtung Statue.

»Sollst auch hochleben, Marc Aurel! Ein Kaiser wie du und ein Sittikus wie ich lassen sich von nichts und niemandem unterkriegen!« Er setzte mit schwungvoller Geste den Pokal an den Mund und trank. Die Hälfte des Weines rann ihm übers Kinn aufs Hemd. Mit einem Mal hielt er inne. War da ein Geräusch gewesen? Er setzte den Pokal ab und lauschte. Richtig, das waren Schritte. Jemand kam langsam vom Schloss her, vom Eingang der Wasserspiele. Also doch. Er hatte es gewusst. Er hätte sein Samtbarett verwettet, dass es so sein würde. Die Schritte kamen näher. Rilling nahm einen weiteren Schluck und versuchte, sich zu entspannen. Er wollte einen möglichst gelassenen Eindruck machen, wenn er sich dann umdrehte. Oder sollte er überrascht tun? Nein, er entschied sich lieber für eine Haltung aus Gleichgültigkeit und Coolness. Die Schritte hinter ihm waren jetzt ganz nahe. Dann war nichts mehr zu hören. Die Person hinter ihm war stehen geblieben.

»Na, hast du es dir doch anders überlegt?«

Von hinten kam keine Antwort.

Rilling drehte sich langsam um. Nur schön lässig bleiben, hallte es durch die vom Alkohol benebelten Gedanken in seinem Kopf. Er war überrascht, als er von schräg oben einen länglichen Schatten auf sich zufliegen sah. Er liebte Überraschungen. Aber auf diese hätte er gerne verzichtet. Es war noch dazu die letzte in seinem Leben. Er war gerade noch fähig, einen kurzen Schrei auszustoßen, bevor ihn die Wucht des Schlages traf. Sein Kopf wurde nach hinten gerissen. Den zweiten Schlag spürte er schon nicht mehr.

Die alten Eichen der Hellbrunner Allee flogen links und rechts vorbei, während in den Stöpseln der Ohrhörer Rihannas ›You don't love me‹ dröhnte. Die Hellbrunner Allee mit ihren 400 Jahre alten Bäumen ist die älteste erhaltene Allee Mitteleuropas. Sie ist dreieinhalb Kilometer lang. Sie erstreckt sich von der Hofhaymer Allee bis zum Fürstenweg, verbindet also die Stadt mit dem Gelände von Hellbrunn und war einst als repräsentativer Zufahrtsweg zum Schloss Hellbrunn geschaffen worden, mit weit ausgreifenden Landschaftsgärten zu beiden Seiten. Die Anlage dieser Gärten kann man heute noch erkennen. Zudem finden sich gleich in der Nähe der Allee ehemalige Herrensitze wie die Emsburg und die Fronburg, deren Anblick das Erscheinungsbild des südlichen Salzburg prägen. Die gesamte Hellbrunner Allee ist heute ein Naturdenkmal. Doch für historische und landschaftliche Besonderheiten dieser Art hatte Elke Haitzmann keine Zeit. Sie war wie immer in Eile. Sie wollte nicht schon wieder zu spät kommen. Es war vier Minuten vor 6 Uhr und um Punkt 6 Uhr begann ihr Dienst. Heute, am Morgen des Pfingstsonntags, war es ein Sonderdienst. Aufräumen nach dem großen Fest. ›Sittikus‹, wie sie ihren Chef inzwischen auch schon gelegentlich nannte, bezahlte das aus eigener Tasche. Das hatte zumindest der Antholzer in der letzten Besprechung gesagt. Obwohl, sie hatte da so Gerüchte gehört, dass sich manche fragten, wie das Geld in Rillings Tasche gelangte. Na ja, ihr war es egal, woher es stammte, Hauptsache, es gab welches. Heute würde es obendrein eine ordentliche Zulage setzen, für drei Stunden Mist wegräumen. Sie konnte das Geld gut gebrauchen. Da könnte sie sich endlich den schicken Rock kaufen, den sie neulich in der Boutique in der Linzergasse gesehen hatte. Dann würde sie die sieben Kilo abnehmen, die sie sich bis zum Sommer vorgenommen hatte, und alle würden große Augen machen. Elke drehte den Gasgriff ihres grünen Mofas bis zum Anschlag. Sie erreichte das Ende der Allee, als Rihanna gerade mit den ersten Takten von ›Music for the Sun‹ begann, bog im Höllentempo in den Fürstenweg ein und erreichte gleich darauf den kleinen Parkplatz am Eingang zum Schloss. Sie stellte den Motor ab, hängte den Helm auf den Mofalenker, riss sich die Stöpsel des iPods aus den Ohren und lief auf die kleine Gruppe von Leuten zu, die sich vor dem Eingang zur Fasanerie versammelt hatte. Natürlich waren alle schon da. Der stets zu Scherzen aufgelegte Franz Wenger von der Tischlerei erzählte gerade einen Witz, aber nur Nicole von der Verwaltung und Sascha aus der Schlosserei hörten ihm zu. Daneben stand die mürrische Charlotte Berger. Die war sicher die Erste gewesen. Gut, die hatte es nicht allzu weit. Aber die wäre auch als Erste da, wenn sie jeden Morgen vom anderen Ende der Stadt anreisen müsste. So eine war die. Immer vorbildlich. Elke konnte sie wenig leiden. Zum Glück waren auch Boris und Heidi da. Mit den beiden gab es immer Spaß. Die anderen in der Gruppe kannte sie nicht. Sie war erst seit Ostern hier im Dienst bei den Gärtnern. Ihre Freundin Marion, die als Kunststudentin aushilfsweise durch die Wasserspiele führte, hatte ihr den Job verschafft, nachdem Elke es in der Gärtnerei in Wals-Siezenheim, in der Nähe der Stadt, nicht mehr ausgehalten hatte. Die alte Berger musterte sie von oben bis unten, als sie sich etwas außer Atem mit einem krächzenden »Guten Morgen« zur Gruppe gesellte. Elke schaute verstohlen auf die Uhr. 6.02 Uhr. Das ging ja. Noch dazu, wo der Antholzer jetzt erst aus dem Hof herüber zu ihnen kam, mit drei Männern und einer Frau, die sie auch alle nicht kannte. Antholzer ließ ihnen nicht viel Zeit für große Begrüßungen, bremste auch den redseligen Franz Wenger ein, der eben schilderte, wie toll das Fest gestern gewesen sei, und welch wichtige Rolle er dabei eingenommen hätte, als Enthüller der Überraschung.

»Tut mir leid, Franz, für Geschichten haben wir später mehr Zeit, wenn wir uns nach getaner Arbeit zum späten Frühstück in der Kantine treffen. Jetzt heißt es anpacken.«

Er gab genaue Anweisungen, wer was zu tun hatte. Boris und Heidi sollten als Teichfeger arbeiten und als zusätzliche Hilfe Sascha von der Schlosserei mitnehmen. Milica Antovic würde mit ihren Reinigungsdamen im Schlosshof beginnen, wo das Gröbste schon in der Nacht weggeräumt worden war. Dann wandte er sich an die Berger.
»Charlotte, kannst du bitte die Wasserspiele durchgehen. Und nimm die Neue mit, unser Fräulein …«, er drehte sich zu Elke, »Haitzmann«, setzte er hinzu. Ein Gerald Antholzer vergaß keine Namen. »Franz und Otto, ihr räumt bitte die Podien aus dem Hof in die Tischlerei und checkt anschließend die Technik in den Wasserspielen. Und nehmt auch die beiden Sittikus-Bilder im Theater ab.« Die bis jetzt Angesprochenen setzten sich in Bewegung, während Antholzer den übrigen der Gruppe noch weitere Anweisungen gab. Herrgott noch mal! schoss es Elke durch den Kopf. Ich ziehe immer die Arschkarte. Ausgerechnet mit der mürrischen Alten hat mich der Antholzer zusammengespannt. Elke blickte hinüber zu Charlotte Berger. Die hatte die Hände in den Taschen ihrer grauen Jacke vergraben. So alt war die gar nicht, fiel Elke zum ersten Mal auf. Vielleicht Mitte 50. Eine kleine, drahtige Person mit kurz geschnittenen grauen Haaren, die früher wohl einmal dunkel gewesen waren. Aber Elke mochte den verhärmten Gesichtsausdruck der Frau nicht. Sie sah immer so verschlossen aus. Charlotte Berger sprach kein Wort, drehte sich nur um und ging auf den Eingang der Wasserspiele zu. Natürlich, brummte Elke vor sich hin, immer die Erste sein, Frau Berger! Aber wenn ich schon sonst immer zu spät komme, dann will

ich wenigstens heute gleich mit der Arbeit beginnen. Sie begann zu laufen, überholte Charlotte Berger und erreichte vor ihr den Eingang. Dort fiel ihr sofort das starke Plätschern auf. Nanu, dachte sie, haben die in der Nacht vergessen, das Wasser abzudrehen? Sie lief den schmalen Weg am Weiher mit den zwei wasserspeienden Tritonen entlang und sah schon aus der Entfernung die silbrigen Strahlen der Fontänen, die sich aus den Steinfliesen, aus dem Tisch und den Sitzen ergossen. Und noch etwas sah sie. Eine Gestalt lag in verkrümmter Haltung mit dem Oberkörper vornüber auf dem Steintisch. War da jemand im Rausch eingeschlafen? Aber das viele hernieder prasselnde Wasser müsste ihn doch längst geweckt haben. Sie konnte die Gestalt nicht genau erkennen, denn der querliegende steinerne Flussgott am Ende des Weihers verdeckte ihr etwas die Sicht. Sie ging rasch weiter. Noch bevor sie ›He, Sie da!‹ rufen konnte, sah sie von der Seite den Kopf des Liegenden. Besser gesagt, sie sah das, was davon noch übrig war. Ihr Herzschlag setzte aus und sie begann zu schreien, so wie sie in ihrem ganzen Leben noch nie geschrien hatte. Sie merkte nicht, wie die kleine drahtige Frau neben ihr stehen blieb, einen kurzen Blick auf die Leiche warf und dann durch die herabprasselnden Fontänen auf die Wand zuging. Dort öffnete sie eine kleine Metalltür, die nur angelehnt war, und zog an einem Hebel. Im nächsten Augenblick versiegten die Wasserstrahlen. Elke bemerkte auch nicht, wie Otto Helminger, der Wassermeister, zusammen mit Franz Wenger angerannt kam. Helminger beugte sich über den Toten und wollte ihn umdrehen, wurde aber von Antholzer durch Zuruf zurückgehalten, der plötzlich ebenfalls da war und nach seinem Handy tastete. Elke bemerkte von alldem nichts. Sie schrie und schrie und schrie, bis die kleine drahtige Frau, auf deren grauem Haar ein paar Wassertropfen glitzerten, sie an den Schultern packte und schüttelte. Als auch das nichts nützte, hob Charlotte Berger die Hand und versetzte dem schreienden Mädchen links und rechts zwei leichte Schläge ins Gesicht. So abrupt wie sie begonnen hatte, hörte Elke auf zu schreien. Sie riss die Augen weit auf, bemerkte wo sie war, drehte sich um und kotzte das halbverdaute Heidelbeermuffin, das sie in der Früh hinuntergewürgt hatte, auf die nassen Steinfliesen des Römischen Theaters, dem Prunkstück der berühmten Hellbrunner Wasserspiele, die einmalig sind auf der Welt.

Als Merana kurz vor acht in Hellbrunn ankam, hatte die Sonne gerade das oberste Stockwerk des Schlosses erreicht. Die Erbauer hatten das Gebäude so ausgerichtet, dass im Frühsommer und Sommer die Strahlen der aufgehenden Sonne exakt durch die von Stallungen gesäumte langgezogene Schlosszufahrt fielen und wie durch einen Lichtkanal auf die Fassade trafen. Merana blieb kurz stehen und bewunderte das Spiel des Sonnenlichtes auf den Gesimsen der obersten Fensterreihe. Er war jedes Mal aufs Neue fasziniert, wenn er diesen Platz betrat. Heute bin ich zum ersten Mal hier an einem Tatort, ging es ihm durch den Kopf. Gestern noch Besucher. Heute im Einsatz. Wer hätte das gedacht. Der kleine Parkplatz vor dem Schlosseingang zwischen Kiosk und Fasanerie war von Polizeifahrzeugen abgesperrt. Er wandte sich nach rechts zum Eingang der Wasserspiele. Seine Stellvertreterin, Chefinspektorin Carola Salmann, hatte ihn schon am Handy über die wichtigsten Fakten in Kenntnis gesetzt. Und dennoch war Merana seltsam berührt, als er sich dem Römischen Theater näherte und das groteske Bild wahrnahm, das sich ihm bot. Nichts stimmte an diesem Ort. Dieses kleine Meisterwerk der Renaissance-Gartenbaukunst war verunstaltet durch zwei ans Mauerwerk geknallte überdimensionale Poster, von denen ein Männergesicht in doppelter Ausfertigung grinste. Aber auch verunstaltet durch Leute in orangefarbenen Overalls, die sich zwischen gelben Absperrbändern geschäftig bewegten. Und vor allem war der Platz verunstaltet durch einen verkrümmten Körper im dunklen Anzug, der halb über den Tisch gelehnt lag, und dessen klaffende Kopfwunde man schon von weitem sah. Merana verzögerte die letzten Schritte. Er hatte immer große Scheu, einen Tatort zu betreten. Das hatte sich in über zwanzig Jahren Polizeiarbeit nicht geändert. Es fiel ihm schwer, in den unsichtbaren Kreis zu treten, den der Tod hinterlassen hatte. Als Trennung zwischen seinem Reich und dem der Lebenden. Selbst hier in dieser bizarren Umgebung spürte Merana die unsichtbare Grenze. Carola Salmann kam ihm entgegen, reichte ihm kurz die Hand. »Guten Morgen Martin. Da hat jemand an einem der schönsten Plätze in deinem geliebten Hellbrunn eine ziemliche Sauerei angerichtet.« Merana atmete tief durch, gab sich einen Ruck und ging langsam auf die Leiche zu. »Hat sich seit deinem Telefonbericht irgend etwas Neues ergeben, Carola?« Die Chefinspektorin mit den dunklen Haaren schüttelte den Kopf. »Nein. Wir haben die Mitarbeiter drüben in der Kantine ver-

sammelt. Ein Psychologe des Roten Kreuzes ist bei ihnen. Otmar ist verständigt, er müsste bald hier sein.«
Otmar Braunberger gehörte zu Meranas engsten Mitarbeitern, er war noch länger im Ermittlerteam als Carola Salmann. Merana trat an den steinernen Tisch heran und wandte sich an einen der Männer im Overall, den Polizeiarzt Richard Zeller, der eben dem Fotografen der Spurensicherung Platz gemacht hatte.
»Kannst du schon etwas sagen, Richard?«
Der Arzt schüttelte den Kopf. »Nicht viel mehr, als du ohnehin siehst, Martin. Tatzeit, grob geschätzt, vor vier bis sechs Stunden. Als man die Leiche fand, war das Wasser der Anlage eingeschaltet, das muss ich in meiner späteren genauen Beurteilung mit einbeziehen ...«
Der Kommissar unterbrach ihn verblüfft. »Das Wasser war eingeschaltet?«
»Ja, hat man mir zumindest berichtet. So, wie die Kleidung des Toten durchnässt ist, wird es wohl stimmen.« Merana schaute sich um. Die vielen unsichtbaren Düsen, die seit Jahrhunderten ihre Wasserfontänen zum Gaudium fürsterzbischöflicher Gäste und heutiger Touristen emporschießen ließen, hatten also heute Nacht ihr Wasser über einer Leiche ergossen. Was für eine groteske Situation an diesem ohnehin skurrilen Ort. Meranas Blick fiel auf die steinernen Skulpturen, die zur Szenerie dieses kleinen Theaters gehörten. In der Mitte der römische Kaiser und Feldherr Marc Aurel, der durch seine stolze Haltung Macht und Herrschaft ausdrückte. Ganz außen, in den Randnischen, krümmten sich die Statuen zweier gefangener Barbarenfürsten. Davor kauerten links und rechts die Figu-

ren von zwei trauernden Frauen. Sie standen offenbar in Beziehung zu den Gefangenen und beklagten deren Niederlage. Dieser Ort symbolisierte nicht nur einen Platz übersprudelnder Lebensfreude, er erinnerte auch an Trauer und Leid. Jetzt lag hier ein grausam zugerichteter Toter. Merana nahm sich vor, nachzuforschen, ob es in den fürsterzbischöflichen Wasserspielen schon einmal einen ähnlich tragischen Vorfall gegeben hatte. So weit er die Geschichte Hellbrunns kannte, war das nicht der Fall gewesen. Aber er hatte sich auch noch nie speziell damit beschäftigt. Bis dahin nehmen wir einmal an, dass Wolfram Rilling, den seine Mitarbeiter ›Sittikus‹ nannten, das erste Mordopfer an diesem Ort der Lustbarkeit ist, entschied Merana für sich. Hingestreckt auf dem Fürstentisch, im durchweichten Abendanzug, einen eleganten Schal um den Hals, mit eingeschlagenem Schädel. Zu Füßen des Toten lag ein silberner Trinkpokal. Erst jetzt fiel Merana das rote Samtbarett auf. Es lag in der tiefen Rinne, die sich in der Mitte des Tisches über dessen gesamte Länge zog. In dieser Einlassung hatten die fürstlichen Gastgeber früher die Weinflaschen gekühlt. Neben dem Barett entdeckte er auch eine leere Weinflasche, die mit dem Etikett nach oben dalag. Der Kommissar wandte sich wieder dem Arzt zu.

»Tatwaffe?«

Doktor Zeller deutete auf einen metallenen Gegenstand, der am Rand des von Marmorplatten belegten Innenbereiches des Theaters lag. »Mit ziemlicher Sicherheit dieser Fackelständer.« Merana warf einen Blick auf den schweren gusseisernen Kandelaber. Das Wasser hatte nicht das gesamte Blut abgewaschen. Zwei kleine rote Flecken waren noch zu erkennen. Merana schaute sich um, blickte den Weg entlang in Richtung Schloss. Er entdeckte noch zwei ähnliche Ständer, etwa eineinhalb Meter hoch. Sie waren ihm bisher gar nicht aufgefallen.

»Es könnte auch die Schlinge sein, aber das glaube ich nicht.«

»Welche Schlinge?« Doktor Zeller drehte sich zur Leiche um und lüftete behutsam den Schal. Um den Hals des Toten war ein dünnes rotes Seil geschnürt. Merana beugte sich vor. Das Seil hatte die Form einer Schlinge und war verknotet. Auch wenn die Schlinge eng zugezogen war, sah es nicht so aus, als wäre der Tote damit erwürgt worden. Merana richtete sich auf.

»Hast du eine Erklärung dafür?«

Der Arzt schüttelte den Kopf. »Nein, ich bin aber auch nur Dr. Watson. Sherlock Holmes ist deine Rolle.« Er wandte sich zum Gehen. »Wenn ich ihn bis 10 auf meinem Tisch habe, dann kriegst du bis 14 Uhr meinen Bericht.«

Merana blieb noch einige Minuten stehen und ließ die seltsame Szenerie auf sich wirken. Eine Passage aus den Aufzeichnungen des bayerischen Hofpoeten Domenico Gisberti fiel ihm ein, der Ende des 17. Jahrhunderts Hellbrunn besucht hatte. ›*Der Garten ist ein Wasserlabyrinth, ein Spiel der Najaden, ein Blumentheater, ein Amphitheater aus Laubengängen, ein Museum der Grazien*‹.

Nun war der Garten ein Schauplatz des Todes, der Tatort eines Mordes. Er wandte sich an einen der Techniker der Spurensicherung.

»Macht um Himmels willen diese grässlich grinsenden Riesenposter ab. Das ist ja eine Beleidigung für die Augen.«

Merana öffnete die Tür zur Mitarbeiterkantine des Schlosses und bemerkte, dass Carola Salmann und Otmar Braunberger schon mitten in der Befragung waren. Die Kantine war Teil der lang gestreckten Gebäude, die zu beiden Seiten die Schlossauffahrt säumten. Diese Gebäude waren ganz im Sinne des Manierismus angelegt.

In der Zeit des Manierismus, am Übergang von der Renaissance zum Barock, Ende des 16. Jahrhunderts, waren die Künstler bestrebt, das Groteske, das Pathetische und vor allem das Überraschende zu betonen. Wenn die Salzburger Fürsterzbischöfe in ihren Kutschen die Residenzstadt verließen und entlang der Allee nach Hellbrunn fuhren, dann war das Schloss weithin nur schwer auszumachen. Sie näherten sich ihm von der Seite. Erst wenn man das Ende der Allee erreichte und dann scharf im rechten Winkel in die von den Gebäuden begrenzte Schlossauffahrt einbog, zeigte sich plötzlich und völlig überraschend die Vorderfront des Schlosses in all ihrer Pracht. Ganz Hellbrunn war zu Stein, Park und Weiher gewordener Ausdruck manieristischer Verspieltheit. Unerwartetes an allen Ecken. Und selbst die Lage der heutigen Kantine passte in dieses Bild der Überraschung im Verborgenen. Früher waren in den lang gezogenen Gebäuden der Schlossauffahrt Stallungen, Sattelkammern, Futterräume und Remisen für die Kutschen untergebracht. Von außen war der historische Charakter der Gebäude bewahrt worden. Doch man staunte nicht schlecht, wenn man eine der großen alten Holztüren öffnete und entdeckte, was sich dahinter befand. Da gab es eine modern eingerichtete Tischlerei, daneben eine Schlosserwerkstatt. Auf der gegenüberliegenden Seite waren Garderoben, Toilettenanlagen und Duschen und auch Aufenthaltsräume samt Kantine und Küche fürs Personal. Merana wusste, dass rund 30 Mitarbeiter in Hellbrunn beschäftigt waren. Knapp die Hälfte davon saß jetzt vor ihm. Er blickte in die Runde, betrachtete die Gesichter. Der Schock der grausigen Entdeckung war den meisten noch anzusehen. Einen der Mitarbeiter kannte er vom Sehen, den stellvertretenden Leiter des Gartenamtes der Stadt Salzburg, Ingenieur Gerald Antholzer. Merana stellte sich der Versammlung vor und betonte, er wolle die bereits laufenden Ermittlungen seiner Beamten nicht lange unterbrechen. Er habe schon erfahren, dass gestern auf dem Areal ein großes Fest mit vielen Gästen stattgefunden hätte. Ihm sei im Augenblick nur eine Frage wichtig.

»Hat jemand von Ihnen eine Erklärung dafür, was Wolfram Rilling noch so spät in der Nacht im Römischen Theater gemacht hat?«

»Ein gewohntes Ritual vollzogen.« Die Antwort kam von Antholzer. »Unser Chef hat es sich zur liebgewonnenen Gewohnheit gemacht, jedes Fest mit dem Genuss eines besonders edlen Tropfens im Römischen Theater zu beschließen.« Merana erinnerte sich an die leere Weinflasche auf dem steinernen Tisch. Er hatte das Etikett vorhin gelesen. Ein ›Brunello di Montalcino‹, Jahrgang 1970, war tatsächlich ein ›besonders edler Tropfen‹.

»War er bei diesem ›Ritual‹, wie Sie es nennen, allein oder in Gesellschaft?«

Wieder war es Antholzer, der antwortete. »Nein, er pflegte dabei nie, allein zu sein.«

»Und heute Nacht?«

»Als ich mich gegen 2 Uhr von ihm verabschiedete, war noch eine Dame bei ihm.«

»Kennen Sie ihren Namen?«

»Selbstverständlich. Es war Frau Doktor Aurelia Zobel.«

Respekt, dachte Merana, aus besten Salzburger Kreisen. Unternehmerin des Jahres. Wirtschaftskanzlei mit prominentem Kundenregister. Er blickte zu Braunberger.

»Wenn du hier fertig bist, Otmar, dann versuch' bitte gleich, Frau Dr. Zobel zu erreichen.«

Die Festung Hohensalzburg mit ihren Türmen und weißen Mauern strahlte im hellen Sonnenlicht. Die vielen Kirchtürme und die große Kuppel des Domes blitzten von Weitem und fügten sich in das prächtige Bild, das die Stadt an diesem Pfingstsonntagmorgen bot. Die Festlichkeit der Szenerie wurde noch durch das Läuten der vielen Kirchenglocken verstärkt. Das Leben in der Stadt war schon vor einer Stunde erwacht. Stattlich herausgeputzte Firmlinge und ihre Begleiter waren in Scharen in Richtung Dom unterwegs. Touristen strömten durch die Gassen und begannen die ersten Kaffeehaustische auf den Plätzen zu besetzen. Das vielstimmige Geläute, das über die Stadt zog, war sogar auf der Anhöhe des Gaisberges zu hören, aber Aurelia Zobel nahm es nicht wahr. Sie stand auf der Terrasse ihrer Villa und starrte seit einer halben Stunde hinunter auf die Stadt, doch ihre Gedanken waren anderswo. Sie hatte keinen Sinn für das feiertägliche Schauspiel unter ihr. Ihr Kopf war mit den Geschehnissen der vergangenen Nacht beschäftigt. Auf einem kleinen Tisch neben ihr stand eine weiße Porzellantasse mit Kaffee. Dort hatte sie sie vor einer halben Stunde abgestellt und seitdem nicht mehr angerührt. Sie trug immer noch das elegante Kleid von gestern Abend. Als sie sich vorhin gedankenverloren in der Küche den Kaffee zubereitet hatte, war sie kurzzeitig erschrocken. Sie hatte ein Geräusch gehört und gemeint, ihr Mann wäre nach Hause gekommen. Doch es war nur die Katze des Bauern aus der Nachbarschaft gewesen. Die war offenbar über die Mauer gesprungen und hatte den Blumentopf neben der Eingangstüre umgeworfen. Irgendwo in der Ferne läutete ein Handy. Aurelia fuhr aus ihren Gedanken hoch und blickte sich um. Ihre Handtasche lag auf dem großen Tisch im Salon. Sie wartete, bis das Handyläuten verstummte. Als sie sich wieder umwandte, fiel ihr der kleine Tisch mit der Porzellantasse auf. Sie griff danach. Der Kaffee war kalt. Sie würde sich später einen frischen machen. Da begann das Handy in ihrer Handtasche erneut zu läuten. Ärgerlich stieß sie sich vom Geländer ab, ging ins Wohnzimmer und kramte das Mobiltelefon aus der Tasche. ›Unbekannte Rufnummer‹ las sie auf dem Display. Sie nahm das Gespräch trotzdem an. Es war ein Mann. Schernthaner. Sie wollte das Gespräch sofort beenden, aber er hielt sie davon ab.

»Hören Sie gut zu, Frau Doktor Zobel. Ich mache Ihnen einen Vorschlag, und ich mache ihn nur einmal.«

Sie hörte zu. Zwei Minuten lang.

Dann sagte sie: »Wann?«

»Am besten heute noch.«

»Heute geht nicht. Morgen auch nicht.«

»Dann am Dienstag, und das gleich in der Früh.«
»Gut, am Dienstag.«
»Sie kommen zu mir, sonst komme ich zu Ihnen.«
Sie legte auf und schaltete das Handy aus. Sie wollte keine Gespräche mehr führen.

Schernthaner wurde zum Problem. Sie musste sich etwas einfallen lassen. Sie ging zurück auf die Terrasse, nahm die Tasse mit dem kalten Kaffee und trug sie in die Küche. Sie würde ein Bad nehmen und sich umziehen. Dann würde sie in die Stadt fahren und sich mit Yvonne treffen. Das würde sie ablenken. Yvonne Nelville war Leiterin einer Werbeagentur und seit zwei Jahren mit Aurelia befreundet. Sie hatten sich im Tennisclub kennengelernt. Mit Yvonne zu blödeln, sich die Bettgeschichten und kleinen Skandälchen der Salzburger Society anzuhören und dabei ein paar Cocktails zu trinken, würde ihr gut tun. Sie wollte heute nicht in Gesellschaft von Männern sein. Sie hoffte, Edmund würde nicht nach Hause kommen, ehe sie weg war.

Bevor Merana zur Team-Sitzung in den großen Besprechungsraum im ersten Stock des Polizeipräsidiums ging, überflog er noch schnell die spärlichen Informationen, die ihm bisher von seinen Mitarbeitern per Mail gesendet worden waren. Viel war nicht dabei. Und er würde wohl gleich direkt hören, was es Neues gab. Er schaltete das Fernsehgerät ein, das neben dem Fenster stand, und klickte auf den Teletext. Die Meldung vom Mord an Wolfram Rilling hatte es schon bis in die Schlagzeilen geschafft, zusammen mit der Meldung, dass sich der Papst wieder einmal weigerte, zu den neuerlichen Missbrauchsvorwürfen in der Kirche klar Stellung zu nehmen. Die dritte Schlagzeile wies darauf hin, dass die Tätigkeit des Eyjafjalla-Vulkans auf Island sich in den vergangenen Stunden noch weiter verstärkt hatte. Der Flugverkehr in halb Europa war nach wie vor blockiert. Das würde den Chef bald zur Weißglut bringen. Ein prominenter Mordfall in seiner Stadt und der zuständige Polizeipräsident Hofrat Günther Kerner, der an einem Interpol-Kongress teilnahm, saß seit zwei Tagen in Edinburgh fest, nur weil irgendwo über Schottland eine unsichtbare Aschenwolke kreiste. So wie es aussah, würde er dort noch eine Weile bleiben müssen. Merana hatte dem Chef am Vormittag, gleich nachdem er vom Tatort zurück gekommen war, eine kurze Nachricht auf die Box des Blackberry geschickt, aber bis jetzt noch keine Antwort erhalten. Er hatte auch die zuständige Staatsanwältin, Gudrun Taubner, verständigt und mit ihr am Telefon die weitere Vorgangsweise abgesprochen. Das hatte nicht viel Zeit in Anspruch genommen. Frau Doktor Taubner ließ Merana freie Hand. Er kannte Gudrun Taubner seit über 20 Jahren, er hatte mit ihr an der Juridischen Fakultät in Salzburg studiert. Mit Wismut Oberholzer wäre das nicht so schnell gegangen. Das war ein Staatsanwalt, der immer alles besser wusste und sich für eine Salzburger Ausgabe von Arthur Branch hielt, dem republikanischen Staatsanwalt aus der Serie ›Law&Order‹. Merana schloss sein Notebook und begab sich zu seinem Team ins Sitzungszimmer.

Carola und Otmar waren schon da. Seine Stellvertreterin wirkte angespannt. Nahm sie die Sache so mit? Das konnte sich Merana nicht vorstellen. Vielleicht hatte sie Sorgen wegen Hedwig, ihrer geistig behinderten kleinen Tochter. Auf dem Platz am Fenster, den sich meist Gebhart Kaltner bei Besprechungen aussuchte, saß jetzt Thomas Brunner, der Leiter der Spurensicherung. ›Tatortgruppe‹ hieß das eigentlich offiziell, aber jeder im Haus sagte schlicht und einfach ›Spurensicherung‹. Der abwesende Kaltner war seit zwei Jahren Meranas Team zugeteilt. Der Kommissar hatte mit dem 29-jährigen Gruppeninspektor seine Probleme. Er hielt ihn für einen karrieregeilen Schnösel, musste allerdings zugeben, dass er ein guter Ermittler war. In nächster Zeit brauchte er sich über den dienstlichen Umgang mit seinem Untergebenen allerdings keine großen Gedanken zu machen. Kaltner war vor einer Woche beim Kite-Surfen an der Adria gegen ein Segelboot gekracht und hatte sich einen komplizierten Schulterbruch zugezogen. Seit seiner Überstellung lag er im Salzburger Unfallkrankenhaus. Merana nahm Platz.

»Hast du die Zobel erreicht, Otmar?« Der Abteilungsinspektor schüttelte den Kopf. »Nein, sie hat das Handy ausgeschaltet. Ich habe es über ihren Mann versucht, den Gefäßchirurgen, aber der hat sich auch nicht gemeldet. Ich habe eine Nachricht hinterlassen, sie möge zurückrufen.« Die Tür wurde geöffnet. Doktor Zeller betrat das Sitzungszimmer.

»Eigentlich hatte ich meiner Enkeltochter versprochen, mit ihr heute auf die Pfingstdult zu gehen«, sagte er und setzte sich neben Brunner. »Und was Opa verspricht, das hält er auch.« Alle im Raum wussten, dass Richard Zeller nur zwei Leidenschaften hatte: Das Sammeln von Stichen aus der Biedermeierzeit und seine

Enkeltochter Gabriele. Wobei er Gabriele den alten Stichen gegenüber meist den Vorzug gab.

Merana schaute auf die Uhr. »Das mit der Dult wird sich noch ausgehen, Richard. Ich denke nicht, dass wir allzu lange brauchen. Du fängst am besten gleich an.« Richard Zeller fasste kurz zusammen, was er an der Leiche festgestellt hatte. Todesursache war laut seiner Aussage der Schlag auf den Kopf. »Besser gesagt, die beiden Schläge. Der Täter hat zwei Mal zugeschlagen, und das mit großer Wucht. Einmal hätte gereicht.«

»Wieso nimmst du an, es sei ein Mann gewesen? Könnte es nicht auch eine Täterin gewesen sein? Oder hat der Fackelständer ein derartiges Gewicht, dass du eher auf einen Mann tippst?« Die Fragen hatte Carola gestellt. Der Polizeiarzt brummte etwas Unverständliches vor sich hin. Auch nach über 30 Jahren im Polizeidienst konnte er sich noch immer nur schwer an die Vorstellung gewöhnen, dass auch Frauen morden und mit heftiger Brutalität zuschlagen können. Dabei hatte er gerade vor kurzem Bilder von Opfern gesehen, die von zwei jungen Frauen auf grausame Art und Weise zugerichtet worden waren. Er kannte die Zeitungsberichte, die sich in den letzten Monaten gehäuft hatten: Mädchenbanden, die in Straßenbahnen regelmäßig Schlägereien anzetteln, junge Frauen, die mit Füßen und Stöcken auf Wehrlose einprügeln. Die Gewaltbereitschaft unter den 14- bis 19-jährigen Mädchen steige an, bestätigten Psychologen und lieferten auch gleich Erklärungen dazu. Wer Schwäche zeige, habe schon verloren. Es war so, auch wenn Richard Zeller es nicht verstehen konnte.

»Nein, Carola«, entgegnete er der Chefinspektorin.

»Der Fackelständer ist zwar schwer, aber jede halbwegs körperlich fitte Frau könnte den Ständer heben und damit zuschlagen.«

»Was ist mit der Schlinge?«, mischte Merana sich ins Gespräch ein.

»Die hatte mit dem Tod des Opfers nichts zu tun, wie ich dir schon am Tatort sagte. Sie wurde dem Toten erst nachträglich um den Hals gelegt.« Das war das Stichwort für Thomas Brunner. Er drehte sein Notebook so, dass die anderen auf den Bildschirm sehen konnten. Der Schirm zeigte zwei leicht überbelichtete Aufnahmen der roten Schnur. Das linke Bild war eine Vergrößerung. Die Faserung und der Querschnitt waren gut zu erkennen. Auf dem rechten Bild, einer Darstellung im Verhältnis 3:1, sah man deutlich die Schlinge und den Knoten.

»Es ist eine ganz normale Schnur aus synthetischem Material, etwa 6 Millimeter stark«, erklärte der Chef der Spurensicherung. »Solche Schnüre sind vielleicht nicht gerade in jedem Baumarkt zu bekommen, aber sicher in Spezialgeschäften, die Camping- und Sportausrüstung führen. Meine Leute gehen dem noch nach.« Er klickte auf das nächste Bild. Auf dem Schirm erschien die Aufnahme des Fackelständers. »Von diesen Ständern gibt es in Hellbrunn 52 Stück, laut Inventarliste der Schlossverwaltung. Sie waren gestern beim Fest alle im Einsatz. Dieser eine Ständer, die Mordwaffe, war vermutlich im Eingangsbereich der Wasserspiele aufgestellt. Genau lässt sich das nicht mehr feststellen, wie mir Gerald Antholzer bestätigte, da schwer nachzuprüfen ist, welche Fackelständer in der Nacht noch weggeräumt und welche stehen geblieben waren. Aber ich

denke, der Standort ist vielleicht auch nicht so wichtig.«
Merana stimmte ihm zu. Doch bevor sie hier gemeinsam ihre ersten Vermutungen über den Tathergang äußerten, wollte er noch alle bisher ermittelten Fakten auf dem Tisch haben.

»Habt ihr Fingerabdrücke am unmittelbaren Tatort gefunden?«

Brunner verneinte. »Das Wasser hat so ziemlich alles versaut. Auch am Fackelständer war nichts zu entdecken. Am schwereren Ende, am Fußteil, sind Spuren von Blut, Haaren und Knochensplitter. Am oberen Teil, wo der Täter ... oder die Täterin ... zugefasst hatte, war nichts zu finden. Er oder sie hat vielleicht Handschuhe getragen oder die gusseiserne Tatwaffe mit einem Tuch abgewischt. Die einzige Stelle, wo wir Fingerabdrücke sicherstellen konnten, war an der Metalltür, die den Kasten zur Wassermechanik öffnet, und am Wasserhebel selbst. Wir haben von den Mitarbeitern, die heute Morgen da waren, für alle Fälle Fingerabdrücke genommen, um vergleichen zu können.«

»Ich denke, da wird nicht viel dabei herauskommen.« Merana blickte in die Runde. »Ihr werdet Abdrücke von der Frau finden, die das Wasser abgedreht hat, und darunter den einen oder anderen alten Abdruck von den Führern in den Wasserspielen, die die Mechanik betätigen. Doch wer weiß, vielleicht ist der Täter oder die Täterin ja unter diesen zu finden.« Sonst hätten sie bisher keine Spuren gefunden, die auf den ersten Blick Hinweise auf eine mögliche Täterschaft ergeben könnten, ergänzte Thomas Brunner. Aber seine Abteilung würde natürlich jedes am Tatort gefundene Haar und jedes Papierfutzerl gründlich untersuchen. »Wir haben sogar die Reste des halbverdauten Muffins eingesammelt, den die Kleine aufs Pflaster gekotzt hat.«

Dann waren Carola Salmann und Otmar Braunberger an der Reihe. Die Vernehmung der schockierten Mitarbeiter hatte nicht viel ergeben. Keiner könne sich vorstellen, wer ihrem allseits beliebten Chef so etwas Grässliches antun könnte. Von möglichen Feinden wusste niemand. Die Mutmaßung vom großen Unbekannten, der per Zufall vorbeigekommen sein könnte, war von Seiten der Mitarbeiter auch schnell verworfen worden, denn in Wirklichkeit wollte keiner so recht daran glauben. Für den rätselhaften Umstand, dass die Wasserfontänen im Römischen Theater aufgedreht waren, hatte niemand eine Erklärung. Auf keinen Fall sei es ein technisches Gebrechen gewesen, hatte der Wassermeister betont, die Mechanik müsse jemand von Hand aus betätigt haben. Merana blickte in die Runde. Das war nun der Moment, wo jeder in seinem Team seine eigene Sicht des vermutlichen Tathergangs und des damit verbunden Mordmotivs äußern konnte, ja sogar sollte. Und sei der Gedanke noch so weit hergeholt. Jetzt waren die Eindrücke vom Tatort noch frisch. Da ließ sich vielleicht noch etwas aus einer Ahnung, einem vagen Gefühl, festmachen, was später unter dem Wust der Ermittlungsdetails, die noch kommen würden, vergraben war. Merana hielt viel von Intuition in der Ermittlungsarbeit, was ihm nicht nur einmal Schwierigkeiten mit seinen Vorgesetzten eingebracht hatte.

›Der Herr Kommissar Merana, der wieder einmal Fakten vernachlässigt und lieber seinem berühmten Bauchgefühl nachgibt!‹ war ein Vorwurf, den ihm der Chef noch bei fast jedem Fall gemacht hatte. Es war still im Raum. Offenbar wollte keiner beginnen. Thomas Brunner gab sich einen Ruck, schaltete sein Notebook aus und klappte es langsam zu.

»Wer immer es war, muss wütend gewesen sein. Wie Richard schon sagte, ein Schlag hätte genügt. Er oder sie hat ein zweites Mal zugeschlagen, mit ähnlicher Wucht. Das deutet auf Wut hin, wenn auch kein weiteres Mal mehr zugeschlagen wurde. Auch wenn Rillings Schädel kein schöner Anblick ist, ich habe schon übler zugerichtete Leichen gesehen. Bei denen hatte jemand 20, 30 Mal zugedroschen. Es ist, als ob hier in unserem Fall wohl eher kalkulierte Wut im Spiel war, falls es so etwas überhaupt gibt.«

»Carola?« Seine Stellvertreterin reagierte nicht. Wieder war dieser Ausdruck von Angespanntheit in ihrem Gesicht. Sie wirkte abwesend. Merana wiederholte seine Frage. »Carola, wie schätzt du die Situation ein?« Jetzt reagierte die Chefinspektorin. Sie murmelte ein kaum verständliches »Entschuldigung.« Dann hatte sie sich wieder im Griff. »Ich denke, es hat mit Leidenschaft zu tun. Und es war mit großer Wahrscheinlichkeit jemand aus Rillings Umfeld. Wir stochern hier zwar noch alle im Nebel herum, aber ich habe das starke Gefühl, der Mord war nicht für diesen Zeitpunkt geplant. Jemand hat die Gelegenheit wahrgenommen und genutzt.«

»Ich stimme Carola zu«, bekräftigte Braunberger. »Und ich habe zudem das Gefühl, wir werden lange brauchen, bis wir dahinterkommen, was sich tatsächlich abgespielt hat.« An diesen Satz seines Abteilungsinspektors sollte Merana später noch oft denken.

Der Kommissar schaute zum Polizeiarzt. »Und was sagt Doktor Watson?«

Der Arzt hob die Hände. »Der sagt: Ich war es nicht. Und für meine Enkelin kann ich auch die Hand ins Feuer legen. Also sind wir beide von jedem Verdacht befreit und dürfen uns für die Pfingstdult verabschieden.« Damit stand er auf und verbeugte sich auf theatralische Art, was die anderen im Raum zum Lachen brachte. Alle erhoben sich.

»Und was denkt der große Meister selbst?« fragte Brunner beim Hinausgehen.

»Ich denke«, erwiderte Merana und blieb stehen, »ihr habt alle recht. Ich denke, alles, was ihr gesagt habt, trifft auf diesen Fall zu.« In diesem Augenblick läutete sein Handy. Das wird der Chef aus Edinburgh sein, dachte er und meldete sich. Es war nicht der Polizeipräsident, sondern Aurelia Zobel.

Eine Viertelstunde später saß Merana im Polizeiwagen und ließ sich in die Innenstadt bringen. Aurelia Zobel hatte Braunbergers Telefonnachricht abgehört und sich daraufhin in der Polizeidirektion gemeldet. Offenbar hatte sie noch nicht von Rillings Tod erfahren. Merana wollte ihr am Telefon keinen Hinweis geben und auch keine Fragen stellen. Die Wirtschaftstreuhänderin hatte gemeint, sie säße auf der Terrasse des ›Demel‹ zusammen mit einer Freundin. Sie könne sich ein Taxi nehmen und zur Polizeidirektion in die Alpenstraße kommen, wenn es dringend sei. Merana hatte geantwortet, dass dies nicht nötig sei. Wenn sie noch eine Weile auf der Terrasse des Caférestaurants warte, dann komme er gerne zu ihr. Im Stillen hatte er gedacht: Dann bekomme ich noch etwas vom lebhaften Trubel in der Stadt mit, vom groß angelegten Treffen der Chöre auf den Plätzen.

Und bei dieser Gelegenheit könnte er vielleicht auch noch den Singkreis Nonnberg mit Andrea Lichtenegger hören. Gerade als er an die junge Streifenbeamtin dachte, läutete sein Handy. Wieder war es nicht der Chef, sondern Birgit. Es war nicht das erste Mal, dass ihn Birgit genau in dem Moment anrief, wenn er an eine andere Frau dachte. Manchmal war ihm das unheimlich. Ich muss einmal mit der Großmutter darüber reden, hatte Merana bei solchen Gelegenheiten schon öfter gedacht. Vielleicht hat sie dafür eine Erklärung. Seine Großmutter lebte in einem kleinen Ort im salzburgischen Pinzgau. Dort war er aufgewachsen, bevor er mit 19 zum Jusstudium in die Stadt übersiedelt war. Seine Großmutter war Mitte 80 und bis auf ein paar kleinere körperliche Gebrechen immer noch eine rüstige Person. Vor allem war sie geistig hellwach. Sie hatte ihm geholfen, ein gutes Feeling für andere Menschen zu entwickeln. An das Gespür, das die Großmutter selbst hatte, würde er wohl nie heranreichen. Seine Großmutter sah Dinge, die andere nicht sahen. Sie hatte oft eine Ahnung von Ereignissen, bevor diese noch eintraten. Auch wenn sie selten darüber sprach. Merana liebte seine Großmutter. Sie war über viele Jahre seine wichtigste Bezugsperson gewesen. Vielleicht kann ich sie nächste Woche besuchen, dachte Merana. Dann drückte er die Empfangstaste und meldete sich.

Birgit ging mit keinem Wort auf ihren kleinen nächtlichen Disput ein, sondern sprudelte drauflos, als sei nichts gewesen.

»Martin, ich sage dir, falls meine Tochter je vorhat, in die USA zu einer Gastfamilie zu gehen, dann lasse ich sie eigenhändig eine Erklärung unterschreiben, dass kein einziges Mitglied aus dieser Familie je einen Fuß auf Salzburger Boden setzen wird.« Birgit hatte eine 15-jährige Tochter, Daniela, die während der Pfingstferien bei ihrem Vater in Innsbruck weilte. Birgit war seit vier Jahren geschieden. Dann erzählte sie, was sie mit ihren Gästen an diesem Tag schon alles mitgemacht hatte. Während sie am Obersalzberg die Dokumentationsausstellung zur NS-Zeit besichtigt und über Politik geredet hätten, sei sie draufgekommen, dass die Randolphs bei den letzten US-Wahlen republikanisch gewählt hatten. Und bei den Wahlen davor auch. »Stell dir das vor, Martin! Deron war mit seinen 17 Jahren damals ein halber Hippie, der für Che Guevara und Bruce Springsteen schwärmte, jetzt trauert er George Bush nach und faselt von Sarah Palin und der Tea-Party. Ich fasse es nicht!«

Merana schwieg.

»Bist du noch da, Martin?«

»Ja.«

»Was ist los, was machst du gerade?«

»Ich bin auf dem Weg in die Innenstadt, um eine Zeugin zu verhören. Ich bin mitten in einer Mordermittlung.«

Am anderen Ende der Leitung war es kurz still. Dann hörte er Birgit sagen: »Willst du mich auf den Arm nehmen, Martin?«

»Nein.« Er schilderte ihr kurz, was mit Wolfram Rilling passiert war.

»Und du bist sicher, dass du ihn nicht selber um die Ecke gebracht hast, damit du einen plausiblen Grund hast, dich vor meinen amerikanischen Gästen zu drücken?«

Merana musste kurz lachen. Ihm fiel der Moment von gestern Abend im Festspielhaus ein, als er die Fallhöhe für Lynn Randolph vom Rang bis ins Parterre geschätzt hatte. Er versprach, sich später zu melden, und legte auf.

Merana stieg auf dem Kajetaner Platz direkt vor der Kirche aus dem Polizeiwagen, und gab dem Fahrer Anweisung, wieder ins Präsidium zurückzufahren. Die paar Minuten bis ins Zentrum der Altstadt wollte er zu Fuß zurücklegen. Es war für Fahrzeuge ohnehin schwer weiterzukommen. Die ganze Stadt war voller Menschen. Er nahm nicht die belebte Kaigasse, sondern wählte den kürzeren Weg durch die Pfeifergasse. Auch hier bewegten sich dicke Menschentrauben von Touristen und Einheimischen in Richtung Innenstadt. Als Merana in der Masse der stadteinwärts strömenden Menschen die Hälfte der Pfeifergasse hinter sich gebracht hatte, hörte er schon die ersten Chorstimmen. Das klang afrikanisch und kam von vorne, aus der Richtung Papagenoplatz. Der Strom der Menschen geriet ins Stocken. Merana versuchte sanft aber bestimmt, sich einen Weg zu bahnen. Er schaffte es auch, sich entlang der Hausmauern bis zu dem kleinen Platz vorzuarbeiten. Tatsächlich, rings um den Brunnen mit der Figur des Vogelfängers in der Mitte des Platzes war eine Gruppe afrikanischer Sänger postiert. Sie sangen ein rhythmisch mitreißendes Lied in irgendeinem afrikanischen Dialekt. Die dichtgedrängten Zuhörer, die den gesamten Platz ausfüllten, klatschten mit. Mitten unter den dunkelhäutigen afrikanischen Sängern in ihren bunten Gewändern konnte Merana auch acht junge weiße Männer ausmachen, die das afrikanische

Lied stimmkräftig mitsangen. Merana kannte die Burschen. Das waren die Sänger des Salzburger A-cappella-Ensembles ›Voices Unlimited‹. Er wusste von Birgit, dass diese gute Verbindungen zu afrikanischen Chorgruppen hatte. Wahrscheinlich waren die afrikanischen Sänger auf Einladung der Salzburger Gruppe hier beim großen Amadeus Chorfestival. Merana spürte, wie der Rhythmus der Musik seinen Körper erfasste. Er begann mitzuwippen. Eine junge Frau mit hell gefärbten Haaren neben ihm stieß ihn mit der Hüfte an, lachte und sagte etwas in einer Sprache, die er nicht verstand. Es klang russisch. Ein wunderbares, sicher nicht alltägliches Bild bot sich Merana. Da standen graumelierte Herren in Smokingjacken zusammen mit Damen in eleganten Roben neben jungen Leuten in Jeansjacken und bunten Blusen, daneben Menschen in Volkstrachten mit Samtjacken und Stiefeln. Viele der Frauen hatten kunstvoll geschlungene Bänder und Blumen in den Haaren. Ein junger stiernackiger Mann mit Lederjacke lachte mit zwei Frauen, die vielleicht aus der Türkei waren oder aus dem Iran. Salzburger hatten sich bei Gästen aus dem Ausland untergehakt, Festspielbesucher bei Blumenkindern. Afrikanerinnen bei Herren, die wie Italiener aussahen. Und alle bildeten eine mitwippende, mitklatschende, mitsingende Gemeinschaft, mitgerissen vom Gesang der Afrikaner. Merana wäre gerne stehengeblieben und hätte sich weiter von der Melodie und dem Feuer dieses Liedes anstecken lassen, aber er musste weiter, er hatte ja einen Termin. Er drängte sich durch die Menge in Richtung Mozartplatz. Als er das Ende der Pfeifergasse erreichte, hatte er plötzlich ein eigentümliches Erlebnis. Von hinten hörte er noch den afrikanischen Gesang, von vorne mischten sich die leisen langgezogenen Töne eines Jodlers dazu. Mit jedem Schritt, den er machte, wurde der Jodler lauter und der Gesang der Afrikaner schwächer. Merana blieb stehen, versuchte inmitten der Menge genau auszutarieren, an welcher Stelle der Gasse die beiden auf ihn einströmenden Gesänge im Gleichgewicht waren. Es war wunderbar. Er war eingehüllt in eine Wolke aus afrikanischen Lauten und heimischen Jodlersilben, und die Mischung aus diesen beiden Gesängen ergab etwas ganz Eigenes, ein eigenes Lied, ein eigenes musikalisches Werk, ungewollt, nur für ihn hier wahrnehmbar und nur an dieser Stelle der Gasse. Drei Minuten lang fühlte sich Merana wie entrückt. Dann war es vorbei. Die Afrikaner hatten ihr Lied beendet. Applaus rauschte vom Papagenoplatz die Pfeifergasse herauf. Gleich darauf war auch vor ihm der Jodler zu Ende. Merana setzte seinen Weg fort und erreichte den Mozartplatz, wo auf einem großen Podest der Salzburger Volksliedchor stand und sich von der begeisterten Menge für den eben gehörten Jodler feiern ließ. Neben dem Volksliedchor hatte bereits eine andere große Gruppe Aufstellung genommen, offenbar aus Litauen. Die jungen Sänger und Sängerinnen trugen ein riesiges Transparent mit der Aufschrift ›Kaunas Choir Greets the Town of Mozart‹. Dann legten die jungen Litauer los. In den Köpfen der Zuhörer stiegen Bilder von der unendlichen Weite nordischer Landschaft auf, von dunklen Wäldern und stillen Seen, während sie gleichzeitig hier auf dem Mozartplatz in der barocken Kulisse der Salzburger Altstadt standen. Ja, das war das Salzburg, wie Merana es liebte. Ein klingender Ort, mit Menschen aus aller Welt, die sich bei aller Unterschiedlichkeit in der gemeinsamen Sprache der Musik fanden. Ein Schauplatz für Begegnung, für Umarmungen, für Feste. Merana war mitten in einer Mordermittlung. Er war bei seiner Arbeit, die wie immer mit Gewalt zu tun hatte, mit menschlichen Tragödien und Verbrechen konfrontiert. Aber jetzt in diesem Augenblick, war er dennoch glücklich. Was hätte er versäumt, wenn er Aurelia Zobel ins Präsidium kommen hätte lassen und nicht die Chance genutzt hätte, einzutauchen in dieses Meer aus Klängen, in dieses festliche Treiben mit singenden, lachenden, herzoffenen Menschen aus aller Welt.

Aurelia Zobel saß an einem kleinen Tisch direkt an der Brüstung der Terrasse im ersten Stock des ›Demel‹. Sie war allein und beobachtete das Geschehen auf dem Mozartplatz unter ihr, wo der litauische Chor gerade sein zweites Lied anstimmte. Offenbar war ihre Freundin schon gegangen. Merana stellte sich vor, zeigte seinen Ausweis und fragte, ob es ihr lieber wäre, ins Innere des Restaurants zu gehen, wo sie mehr Ruhe hätten. Sie verneinte, und der Kommissar nahm Platz. Sofort war ein Kellner zur Stelle und fragte nach seinen Wünschen. Merana bestellte einen Espresso. Dann wandte er sich der Frau zu.

»Frau Doktor Zobel, ich muss Ihnen eine traurige Mitteilung machen.« Wie oft hatte er diesen Satz schon gesagt. Das gehörte mit zum Schwersten in seinem Beruf. Leuten zu erklären, dass ein Mensch, dem sie bisher nahegestanden waren, nicht mehr lebte, niemals mehr durch die Tür kommen würde. Ja, mehr noch, dass ein geliebter Mensch, ein Freund, ein guter Bekannter auf brutale Art und Weise ums Leben gekommen war. Ermordet. Erschossen. Erstochen. Erschlagen. Vergewaltigt. Merana suchte jedes Mal nach einer besseren Floskel, aber es fiel ihm keine andere ein als: Ich muss Ihnen eine traurige Mitteilung machen. So auch jetzt. »Wolfram Rilling ist tot.« Er beobachtete ihre Reaktion.

Wenn sie es tatsächlich gewusst hatte oder wenn sie gar etwas damit zu tun hatte, dann war sie eine grandiose Schauspielerin. In ihrem Gesicht spiegelte sich Ungläubigkeit.

»Wolfram? Aber der hat doch gestern sein Fest gegeben?«

War das ein Anflug von Angst, der sich allmählich in ihre graublauen Augen schlich?

»Was ist passiert? Ein Unfall?« Merana ging nicht auf die Fragen ein.

»Wann haben Sie Herrn Rilling zuletzt gesehen, Frau Doktor Zobel?« Wieder eine Floskelfrage aus dem abgedroschenen Standardrepertoire eines Ermittlers. Sie nahm fast mechanisch einen Schluck vom Mineralwasser, das neben einem leeren Cocktailglas stand. Ihre Hand zitterte.

»Heute Nacht. Ich war zu seinem Fest in Hellbrunn eingeladen. Aber können Sie mir jetzt bitte sagen, was passiert ist?«

Wieder ließ Merana ihre Frage unbeantwortet. »Laut Aussage von Herrn Antholzer waren Sie die Letzte, die mit Wolfram Rilling zusammen war, und zwar im Römischen Theater der Wasserspiele.«

»Ja, Wolfram wollte mich noch auf ein Glas Wein einladen, auf einen besonderen Brunello. Aber ich habe dankend abgelehnt und bin gegangen.«

Der Kellner brachte den Espresso und nahm das leere Glas mit.

»Ist Herr Rilling allein im Römischen Theater geblieben?«

»Das nehme ich an. Jedenfalls hat er mich nicht begleitet. Ich bin zu meinem Wagen am Schlossausgang gegangen und heimgefahren.«

»Haben Sie jemanden gesehen auf dem Weg von den Wasserspielen zum Parkplatz?«

Sie schüttelte unwirsch den Kopf und beugte sich vor. »Nein. Ich kann mich nicht erinnern, jemanden gesehen zu haben.« Obwohl ihr Körper leicht zitterte, war ihre Stimme gefasst. »Ich möchte jetzt sofort wissen, was mit Wolfram passiert ist und welchen Zweck Ihre Fragen haben. Das klingt ja wie ein Verhör.«

»Das tut mir leid, Frau Doktor Zobel. Das ist nur eine Routinebefragung. Ich hoffe, es gibt keinen Grund, sie zu einem Verhör werden zu lassen.«

Sie sah ihn mit leicht konsterniertem Blick an.

»Wolfram Rilling ist heute Nacht ermordet worden. Im Römischen Theater. Erschlagen mit einem Fackelständer.«

Entsetzen kroch langsam in ihr Gesicht. Die Augen wurden weit. Geht ihr das tatsächlich so nahe oder spielt sie mir etwas vor? Noch ehe Merana die nächste Frage stellen konnte, wandte sich Aurelia Zobel von ihm ab. Sie krümmte sich zusammen, als wäre ihr plötzlich speiübel. Dann fuhr sie mit einem »Entschuldigen Sie mich kurz!« in die Höhe, zwängte sich an ihm vorbei und stöckelte hastig in Richtung Ausgang. Merana sah ihr nach, wie sie im Inneren des Restaurants verschwand. Was war das? Spielte sie nur die tief Getroffene? Flucht?

Echtes Mitgenommensein? Sollte er ihr nachgehen? Er beschloss, abzuwarten.

Auf dem Platz unten hatten die Litauer eben ihren Gesangsblock beendet und der Salzburger Volksliedchor war wieder an der Reihe.

›*Von der hohen Alm auf die Niederalm …*‹ zog es über den Platz. Merana kannte dieses Lied. Er hatte es oft mit der Großmutter gesungen. Es war ein Liebeslied.

Ein Abschiedslied. Aurelia Zobel kam rascher zurück, als Merana erwartet hatte. Ihr Gesicht war bleich, glich der Farbe des cremigen Schlagobers, das sich auf der Schwarzwälder Kirschtorte am Nebentisch türmte. Die Wirtschaftstreuhänderin hatte eine dunkle Sonnenbrille aufgesetzt. Sie nahm wieder Platz am Tisch. Ihr Blick war an Merana vorbei in die Ferne gerichtet. Der Kommissar ließ ihr noch etwas Zeit, dann stellte er die Frage, zu der er vorhin nicht gekommen war: »Fällt Ihnen ein Grund ein, warum jemand Wolfram Rilling das antun könnte?« Sie schüttelte stumm den Kopf. »Sie waren mit Herrn Rilling befreundet, Frau Doktor Zobel.« Merana zögerte, dann fügte er mit fester Stimme hinzu. »Sie waren, wie ich erfahren habe, gestern allein auf dem Fest, ohne Ihren Ehemann. Sie sind bis zum Schluss geblieben. Offenbar wollte der Gartenamtsdirektor mit Ihnen in trauter Zweisamkeit eine Flasche Wein leeren. Waren Sie mit Herrn Rilling mehr als befreundet?«

Um ihre Mundwinkel legte sich ein angewiderter Ausdruck. Ihre Stimme war leise, fast tonlos.

»So eine Frage hätte ich von einem Mann mit Manieren nicht erwartet, Herr Kommissar. Ich habe nicht vor, darauf einzugehen.« Noch immer war ihr Kopf leicht abgewandt. Merana beugte sich weit nach vorne, sodass sie ihn durch ihre dunklen Sonnenbrillen anschauen musste.

»In einem Mordfall, Frau Doktor Zobel, kommt man mit Manieren meistens nicht weit.«

Dann stand er auf und winkte dem Kellner. Er legte seine Karte auf den kleinen Caféhaustisch. »Wenn Ihnen noch etwas einfällt, rufen Sie mich bitte an.« Sie nickte kurz und wandte sich ab, starrte hinunter auf den Platz. Sie legte die Arme um ihren Körper. Merana sah, wie sich die langen lackierten Fingernägel in den Stoff des Kleides gruben. Sie saß starr. Sie erlaubte sich kein Zucken. Nur die Fingernägel gruben sich tiefer ein.

›*Pfiati Gott, du schene Alma* …‹ tönte es von unten.

Merana drückte dem Kellner ein paar Münzen in die Hand und verließ langsam das ›Demel‹.

›*Pfiati Gott, du saubers Diandl, hast mir a amal recht sakrisch g'falln* …‹

Hatte diese Frau etwas zu tun mit dem Mord oder nicht? Merana dachte an die Großmutter und wie sie ihm beigebracht hatte, seinen eigenen Gefühlen zu vertrauen. Meist stimmt der erste Eindruck, Martin, hatte sie ihm immer wieder gesagt. Es ist nur oft schwer, den ersten Eindruck richtig zu deuten. Merana blieb mitten auf der Straße zwischen all den Passanten stehen und versuchte es. Was hatte er gespürt, als er Aurelia Zobel gegenüber gesessen war? Er schloss die Augen. Es war ihm egal, ob ihn die Leute verwundert anschauten. So wie es ihm auch gleichgültig war, dass er bei seinen Vorgesetzten manchmal Unmut hervorrief, weil er seiner Intuition mehr vertraute als Indizien und Fakten. Er versuchte, sich noch einmal in die Situation vorhin am

Caféhaustisch zu versetzen. Er ließ das Gespräch erneut auf sich wirken. Aurelia Zobels Antworten, ihre Reaktionen, die Spannung ihres Körpers. Ja, sie hat etwas mit dem Vorfall zu tun, entschied er. Er wusste nur nicht, in welcher Weise, aber er würde es herausfinden. Dann beschloss er, noch einen kleinen Umweg über den Alten Markt zu machen. Dort war der Standplatz des Singkreises Nonnberg. Falls der Chor seinen Auftritt noch nicht beendet hatte, würde er dem Programm lauschen. Er erreichte den Platz gerade noch rechtzeitig, um die Zugabe mitzubekommen. Die Damen und Herren des Singkreises hatten sich auf den Stufen um den alten Marktbrunnen gruppiert, der die Mitte des Platzes beherrschte. Die steinerne Figur des Heiligen Florian mit Helm und Standarte ragte über die Köpfe der Sänger und Besucher in den tiefblauen Himmel.

›*Bona nox, bist a rechta Ox*‹ hallte es von den steinernen Fassaden der Bürgerhäuser wieder. ›*Bona notte, liebe Lotte, bonne nuit, pfui, pfui..*‹.

Merana kannte diesen beliebten Kanon von Wolfgang Amadeus Mozart. Und offenbar war er nicht der Einzige, denn einige der Zuhörer stimmten in den Gesang mit ein. Hier wurde allerdings die ›entschärfte‹ Version gesungen und nicht der Originaltext mit dem ›Arsch zum Mund recken‹, wie es der oft zu derben Scherzen aufgelegte Wolfgang Amadeus geschrieben hatte. Merana drängte sich durch die Menge der Besucher, die vor dem ›Café Tomaselli‹ stand, und erreichte die kleine eiserne Treppe, die zur Terrasse des Kaffeehauses führte. Es gelang ihm, ein paar Stufen hochzusteigen, dann kam er wegen der vielen Menschen, die auf der Treppe standen, nicht mehr weiter. Aber es reichte ihm. Über die Köpfe der Zuhörer hinweg, die den Platz füllten, entdeckte er links außen beim Sopran Andrea Lichtenegger, Streifenbeamtin im Dienst der Salzburger Polizei. Sie trug, wie alle anderen Damen des Chores, eine weit geschnittene weinrote Bluse mit einem bunten Seidenschal. Und als ob sie spürte, dass sie beobachtet wurde, hob sie das Gesicht und entdeckte ihn. Das helle Lächeln, das sie ihm quer über den Platz zuschickte, fuhr Merana direkt ins Herz. Er hielt sich am Geländer der Treppe fest und lauschte hingerissen. Dann war das Lied aus. Die begeisterte Menge applaudierte und forderte eine weitere Zugabe. Merana klatschte mit, hielt seine Augen immer noch auf Andrea gerichtet. Die hatte nochmals zu ihm rübergeschaut, ehe der Chor die letzte Zugabe anstimmte. Eine vierstimmig arrangierte a cappella-Version eines Liedes, das er von den ›Prinzen‹ kannte.

›*Jeden Abend knipst der Mann im Mond sein Licht an, damit man auf der Erde noch was sieht*‹.

Merana dachte an den vergangenen Sommer, als er zusammen mit Andrea Lichtenegger eine Jedermann-Aufführung auf dem Domplatz erlebt hatte. Wieder stieg dieses warme Gefühl in ihm auf, das er immer spürte, wenn er an die junge Frau dachte. Sie erinnerte ihn an Franziska, seine verstorbene Frau, obwohl sie ihr gar nicht ähnlich sah.

›*Manchmal wird der Mann im Mond für seinen treuen Dienst belohnt. Und wenn du ihn ganz lieb anschaust dann holt er die Laterne raus*‹.

Auch diese Darbietung wurde im Anschluss frenetisch bejubelt. Dann sammelte man die Noten ein. Für heute war das Konzert des Singkreises vorbei. Er überlegte kurz, ob er sich durch die Leute drängen sollte, um Andrea zu begrüßen und sie eventuell auf einen Kaffee einzuladen. Doch da mischte sich zum Gefühl der Wärme ein anderes. So etwas wie Angst, vielleicht auch nur Schüchternheit? Er drehte sich um und ging.

Um 18 Uhr berief Merana das nächste Team-Meeting ein. Er informierte die anderen über sein Gespräch mit Aurelia Zobel. Otmar Braunberger und Carola Salmann fassten zusammen, was sie selbst und die zusätzlich ermittelnden Kollegen aus der Befragung der Festgäste bisher erfahren hatten, und das war wenig. Keiner hatte etwas gesehen. Niemand hatte eine Erklärung für das Verbrechen.

»Was verdient ein Leiter des Gartenamtes im Dienste der Stadt?«, fragte Merana und blickte in die Runde.

»Sicher nicht mehr als ein Fachabteilungsleiter im Rang eines Kommissars bei der Polizei«, antwortete Carola und lächelte ihn an. Der gab das Lächeln zurück.

»Dann frage ich mich, woher der Rilling das Geld hatte, um so ein feudales Fest zu schmeißen. Ich könnte mir das nie und nimmer leisten.«

»Ich werde mich darum kümmern«, versprach Braunberger und machte sich eine Notiz in seinem abgegriffenen Notizbuch. »Der offizielle Weg, Einblick in Rillings finanzielle und dienstliche Verhältnisse zu bekommen, wird erst am Dienstag möglich sein, morgen ist ja Feiertag. Aber vielleicht kriege ich etwas auf inoffiziellem Weg raus.« Im Fährtenlesen und Spurensammeln auf inoffiziellen Wegen waren Meranas Mitarbeiter eine Klasse für sich. Dann gab Thomas Brunner einen kurzen Bericht über den aktuellen Ermittlungsstand der Technikergruppe. Auf der Metalltür an der Wand des Römischen Theaters und am Griff der Wassermechanik hatten sich bisher tatsächlich nur die Fingerabdrücke von Charlotte Berger eindeutig zuordnen lassen, die das Wasser beim Auffinden der Leiche abgedreht hatte, aber man sei noch dran, vielleicht ergebe sich noch etwas. Merana verteilte die Aufgaben für den nächsten Tag. Er selber wollte nach Hellbrunn, um sich in aller Ruhe am Ort des Geschehens noch einmal einen Eindruck zu verschaffen. Carola bot an, ihn zu begleiten. Damit war die Besprechung beendet. Auf dem Weg ins Büro läutete sein Handy. Dieses Mal war es der Chef. Er hatte Meranas Nachricht abgehört und wollte auf der Stelle einen detaillierten Bericht über den Stand der Ermittlungen. Und was der Herr Hofrat dann noch über den isländischen Vulkan äußerte, muss hier nicht wiederholt werden.

Kurz nach 20.15 Uhr drückte Elke Haitzmann den Knopf der Fernbedienung. Auf dem kleinen Fernsehmonitor neben ihrem Bett erschien der Kopf von Heidi Klum. Eine neue Folge von ›Germany's Next Top Model‹ hatte eben begonnen, aber Elke schaffte es nicht, dem Geschehen auf dem Bildschirm wirklich zu folgen. Dabei machte Natascha, die 19-jährige Laborassistentin aus Leipzig, Elkes erklärte Favoritin, heute beim Shooting am Strand von Rimini eine besonders gute Figur. Doch über das Gesicht der dunkellockigen Natascha mit dem nachgemachten Angelina Jolie-Lächeln schob sich in Elkes Vorstellung immer wieder der halb zertrümmerte blutige Schädel von Wolfram Rilling. Elke griff nach ihrem Handy und rief ihre Freundin an.

»Marion, mir geht es gar nicht gut. Könntest du nicht vorbeikommen und heute Nacht bei mir bleiben?« Eine halbe Stunde später traf Marion ein, bereitete in Elkes kleiner Kochnische eine heiße Schokolade zu, füllte sie in zwei Tassen und legte sich zu ihrer Freundin auf die auseinandergeklappte Couch. »Danke, Marion, bist ein Schatz.« Elke nippte an der heißen Schokolade. Dann erzählte sie noch einmal, was sie Marion bereits mehrfach am Telefon geschildert hatte. Wie unfassbar grässlich es gewesen war, als sie erkannt hatte, dass der blutige, zertrümmerte Schädel vor ihr der Kopf ihres Chefs war. Sie begann wieder zu weinen. Marion legte den Arm um sie. Tränen kollerten übers Elkes Gesicht, während auf dem Bildschirm Heidi Klum gerade die 17-jährige Viola aus Bremerhaven zur Schnecke machte, weil sie beim Shooting einmal zu wenig gelächelt hatte.

»Aber stell dir vor, die Berger war total nett zu mir«, erzählte Elke und wischte sich mit einem Zipfel der Bettdecke die Tränen aus dem Gesicht. »Die hat mich zu sich nach Hause mitgenommen, mir einen wunderbaren Kräutertee zur Beruhigung gebraut, und mich dann sogar mit dem Auto nach Hause gebracht. Das hätte ich nie und nimmer von ihr gedacht.« Elke richtete sich auf und sah ihre Freundin an. Auf dem Bildschirm zoomte die Kamera gerade auf Violas völlig verheultes Gesicht. Heidi Klum grinste. Damit war schon klar, wer dieses Mal beim Casting rausfliegen würde.

»Die Berger ist schon in Ordnung«, antwortete Marion und stellte die leere Tasse auf den Boden. »Sie ist nur eine arme Haut. Hat innerhalb kurzer Zeit ihre gesamte Familie verloren. Theresa, ihre Tochter, ist vor vier Monaten an Krebs gestorben. Sie war erst 21. Ich kannte sie von der Uni. Zwei Monate später hat die Berger auch noch ihren Mann verloren.« Elke schluckte. »Kein Wunder, dass sie immer so verbittert dreinschaut.« Für einen Moment hatte sie die schreckliche Szene mit dem Leichenfund von heute Morgen vergessen. Ihr Mitgefühl war bei der kleinen drahtigen Frau, die sich am Vormittag so rührend um sie gekümmert hatte. Sie nahm den letzten Schluck ihrer heißen Schokolade und überlegte kurz, ob sie das Stück Sachertorte essen sollte, das Marion ihr mitgebracht hatte. Auf dem Bildschirm drehte sich gerade eine glücklich strahlende Natascha auf der Strandpromenade von Rimini im hautengen, todschicken Badeanzug um die eigene Achse. Zwei dunkelhaarige Männer applaudierten. Elke zögerte. Sie wollte bis zum Sommer sieben Kilo abnehmen. Im vergangenen Jahr hatte sie es nicht geschafft. Aber dieses Mal war sie fest dazu entschlossen. Da war ja auch noch der megatolle Rock aus der Boutique in der Linzergasse. Mit Schrecken fiel ihr ein, dass sie durch den Vorfall von heute Morgen gar nicht mehr zum Arbeiten gekommen war. Würde sie dann überhaupt die Sonderzulage bekommen und sich den Rock leisten können? Sie griff nach der Gabel und stach ein kleines Stück von der Sachertorte ab. Warum hatte sie nicht eine Figur wie Natascha aus Leipzig, ihre Favoritin für ›Germany‹s Next Top Model‹? Oder wenigstens eine wie Marion? Sie seufzte und machte sich über den Rest der Sachertorte her. Als sie den zweiten Bissen runtergeschluckt hatte, fiel ihr etwas ein.

»Marion, kennst du den Helminger näher?«

»Den Wassermeister? Otto Helminger?«

Elke nickte und schaufelte das nächste Stück Sachertorte in den Mund. Marion dachte kurz nach.

»Von dem weiß ich so gut wie gar nichts. Manchmal steckt er mit dem Candusso zusammen. Aber das tun ja viele. Wieso fragst du?«

»Ach, nichts«, quetschte Elke aus vollem Mund hervor. »Ist nicht so wichtig.«

Vielleicht war es doch wichtig, aber sie wollte sich jetzt dem Rest der Torte und dem Finale der heutigen Top Model-Show widmen.

Um 22.30 Uhr saß Merana eine völlig erschöpfte Birgit gegenüber. Sie waren im ›Da Sandro‹, einem kleinen Lokal in der Altstadt. Das ›Da Sandro‹ lag in einer der Passagen, durch die man von der Getreidegasse zum Universitätsplatz gelangt. Geführt wurde das Lokal von Alessandro Calvino, der vor 18 Jahren aus Sizilien nach Salzburg gekommen war. ›Wegen amore!‹ wie er immer wieder betonte. Die ›amore‹ war bald zerbrochen, aber Sandro war geblieben. Sein Lokal hatte sich bald vom Insidertipp zum gefragten Treffpunkt für ganz Salzburg entwickelt. Merana und Birgit waren mit Sandro befreundet. Heute empfahl er ihnen ›Pasta alla Norma‹, ein sizilianisches Nudelgericht mit Melanzani und dem für Sizilien typischen Schafskäse.

»›Norma‹? Ist das nicht eine Oper?« fragte Merana.

Der kleine Sizilianer fuchtelte mit der rechten Hand durch die Luft und rollte die Augen.

»Si, ist eine Oper. Eine opera bellissima des berühmten Maestro Vincenzo Bellini.« Er legte Merana die Hand auf die Schulter. »Amico mio, du weißt immer noch viel zu wenig über meine Heimat. Vincenzo Bellini ist geboren in Catania, der zweitgrößten Stadt von Sicilia. Und diese Pasta tragen ihren Namen zur Erinnerung an die große Compositore. Und zu dieser wunderbaren Pasta empfiehlt der Patron des Hauses einen Orvieto Classico.«

Merana war einverstanden. Den trockenen Weißwein mit der leichten Note von Melonen holte Sandro jedes Jahr persönlich von einem kleinen Weingut in der Nähe der umbrischen Stadt Orvieto. Auch wenn Sandro im Herzen stolzer Sizilianer war, so verachtete er dennoch keineswegs die Spezialitäten, die in den anderen Regionen Italiens zu finden waren. Birgit sprach den ganzen Abend über wenig. Nur einmal hatte sie sich nach dem Stand der Ermittlungen im Mordfall Rilling erkundigt. Sie wirkte müde und leer. Ob das nur mit den anstrengenden Randolphs zusammenhing oder auch mit ihrer gestrigen Auseinandersetzung, konnte er nicht einschätzen. Als Sandro sie zu einem Dessert ermuntern wollte oder wenigstens zu einem Espresso, fragte Merana: »Sandro, kennst den Wirt der ›Fürstenschenke‹, Bernhard Candusso?« Der Sizilianer wiegte den Kopf leicht hin und her. »Ich nicht direkt kenne ihn, aber weiß, dass er ist eine erfolgreiche Geschäftsmann. Aber ob Geschäfte auch immer sauber, kann nicht sagen. Ist auch nicht importante. In Sicilia auch niemand fragt, ob Geschäfte sauber oder schmutzig.

Hauptsache, bringen Geld.« Mehr war aus Sandro nicht mehr herauszubringen. Merana bestellte einen doppelten Espresso. Birgit wollte nichts mehr.

Um 23.20 Uhr stand Gerald Antholzer im Badezimmer seines Reihenhauses in Salzburg-Taxham und spülte sich zum wiederholten Male den Mund aus. Er hasste das Gefühl, wenn er auf Zunge und Gaumen diesen schalen Geschmack nach trockenem Metall bekam, und zudem seine Hände zu schwitzen begannen. Er wusste, was das zu bedeuten hatte. Er spürte die heraufkribbelnde Nervosität. Sein Magen fühlte sich an, als hätte sich ein Knoten gebildet, aus dem ein säuerlicher Geschmack aufstieg, der die Speiseröhre hochkroch und sich mit dem Metallgeschmack in seinem Mund vermengte. Antholzer spülte noch einmal kräftig und spie den Rest des Mundwassers ins Waschbecken. Dann löschte er das Licht und ging nach unten ins Wohnzimmer. Seine Frau und seine Kinder waren nicht da. Sie waren über Pfingsten bei Dagmars Eltern in Kärnten. Die Eltern besaßen ein Haus am Millstätter See. Antholzer versuchte, systematisch die Gedanken zu ordnen, die wild in seinem Kopf herumschwirrten. Hatte er etwas übersehen? Er war doch sorgfältig vorgegangen. Hatte alle Spuren verwischt. Auf seinen Hang zur Perfektion war er stolz. Einem Gerald Antholzer würde niemand so schnell etwas nachweisen. Seine Hände begannen wieder zu schwitzen. Ein Gedanke schälte sich aus allen anderen heraus und drängte sich in den Vordergrund. Er versuchte, ihn zu unterdrücken. Es hatte keinen Sinn, wieder hinzugehen. Das wusste er. Mechanisch schaltete er den Fernseher ein. Ablenkung war jetzt gut. Nur nicht immer daran denken. Auf dem Bildschirm beugte sich ein Mann in zerknautschtem Regenmantel gerade über eine Frau, die an einem Strand lag. Diese uralte Columbo-Folge hatte er mindestens schon fünf Mal gesehen. Er switchte weiter durch die Programme. Alte Filme und stinklangweilige Talk-Shows erwarteten ihn. Dazwischen nackte Frauen, die sich stöhnend auf irgendwelchen Matten räkelten, mit der Zunge an ihren eigenen Brustwarzen leckten und dabei Telefonnummern flüsterten. Auch wenn er spürte, wie sich sein Glied zu versteifen begann, das war so gar nicht, was er jetzt brauchen konnte. Der Gedanke von vorhin war immer da, ließ sich nicht unterdrücken. Antholzers Unruhe wurde stärker. Die Hände waren bereits triefend nass. Er stand auf, ging zur Bar und holte eine Flasche Birnenbrand heraus. Fast wäre ihm die Flasche aus den glitschigen Händen gerutscht. Er wischte sie an einer Serviette ab, schenkte ein kleines Glas halbvoll und trank es in einem Zug aus. Das Brennen des Schnapses tat ihm gut, beruhigte ihn kurzzeitig. Doch das Händeschwitzen fing wieder an. Er wusste, es würde nicht aufhören, wenn er nicht auf der Stelle losging. Er schaltete den Fernseher aus, nahm seine Jacke und verließ das Haus.

Zur selben Zeit stand Edmund Zobel im Schlafzimmer seiner Stadtwohnung und schaute aus dem Fenster zum Mozartplatz hinunter. Bis zum frühen Abend war dieser Platz gerammelt voll mit Menschen gewesen, so wie überhaupt die gesamte Innenstadt. Er war am Nachmittag kurz hinunter gegangen und hatte einem litauischen

Chor zugehört. Jetzt lag der Mozartplatz verlassen da. Fast, wie er feststellte. Ein junges Paar saß auf der Einzäunung des Denkmals, das den Platz beherrschte. Die beiden jungen Leute küssten einander leidenschaftlich. Wolfgang Amadeus, der bronzene Genius Loci auf seinem Marmorsockel, nahm keine Notiz davon, was sich zu seinen Füßen abspielte. Er hielt seinen erhabenen Blick wie immer in die Ferne gerichtet. Der Anblick der jungen Verliebten gab Edmund Zobel einen Stich im Herzen. Er erinnerte sich, wie er Aurelia das erste Mal geküsst hatte, oder besser gesagt, sie ihn. Es war auf einer Party in Mondsee gewesen. Er hatte sich vom ersten Augenblick an in diese junge zielstrebige Frau verliebt. Schon in dieser ersten Nacht hatten sie miteinander geschlafen. Unter freiem Himmel, auf einem Segelboot, das am Ufer festgemacht war. Er spürte manchmal heute noch im Traum die Schrammen, wo sich Aurelias Fingernägel tief in seine Haut eingegraben hatten.

An die Beule musste er auch denken, die er sich zugezogen hatte, als er mit dem Kopf gegen den Mast krachte. Sie war wochenlang zu sehen gewesen, aber das hatte ihm nichts ausgemacht. Edmund Zobel trat vom Fenster zurück, ging hinüber in den kleinen Salon und setzte sich an den Tisch. Er hatte vorhin versucht, Aurelia zu erreichen, aber sie hatte nicht abgenommen. Er griff zu seinem Blackberry, das auf dem Tisch lag, und tippte auf den Touch Screen, bis er das Web geöffnet hatte. Er überflog die Agenturmeldungen zum Mord an Rilling. Nichts Neues zu dem, was er schon am Nachmittag gelesen hatte. Er spürte, wie wieder die Wut hochkam, gegen die er in den letzten Monaten so oft angekämpft hatte. Dann schob sich in seinem Kopf ein Gesicht vor seine Gedanken. Das Gesicht einer Frau. Er schaltete das Smartphone aus, steckte es in die Tasche seines Jacketts und verließ die Wohnung.

PFINGSTMONTAG

Merana stand vor dem verschlossenen Eingang der Wasserspiele. In der Ferne schlug eine Kirchturmuhr. Viermal hell. Einmal tief. Das kann nur der Turm der Kirche von Morzg sein, dachte Merana. 1 Uhr. Er hatte Birgit ein Taxi gerufen und war hierher gefahren, nach Hellbrunn. ›Totenwache‹ nannte Birgit Meranas eigenartiges Ritual. Er hatte nie nachgedacht, warum er das tat. Aber er machte es, seit er das erste Mal vor einer Leiche gestanden war. Das Bild des erwürgten kleinen Mädchens aus seinem ersten Fall tauchte immer noch ab und zu in seinen Träumen auf. Damals hatte er in der Nacht nach dem Leichenfund den Tatort aufgesucht, war stundenlang in der Dunkelheit auf dem verkommenen Hinterhof gestanden und hatte die Stille auf sich wirken lassen.

Merana hatte jung geheiratet. Die fünf Jahre Ehe mit Franziska waren die glücklichsten, an die er sich erinnern konnte. Dann war seine geliebte Frau aus ihrem Leben gerissen worden und zugleich aus seinem. Morbus Hodgkin. Lymphdrüsenkrebs. Vielleicht hatte er sein Ritual bis heute nicht aufgegeben, weil er dabei auch immer an Franziska dachte, wenn er an Orten stand, wo der Tod plötzlich zugeschlagen hatte, ohne Vorwarnung. Merana legte die Hände an die leicht angerosteten Metallstäbe der Gittertür. Er hätte sich denken können, dass er nicht weiter als bis zum verschlossenen Eingang der Wasserspiele kommen würde. Er überlegte kurz, ob er Antholzer anrufen sollte oder jemand aus der Schlossverwaltung. Aber das erschien ihm doch zu absurd. Womit hätte er erklären sollen, dass er ausgerechnet jetzt, zu dieser nachtschlafenden Zeit, noch einmal an den Tatort wollte? Das Team der Spurensicherung hatte die Wasserspiele heute ohnehin bis in den Nachmittag blockiert und dann erst für Besucher wieder frei gegeben.

Bis zum eigentlichen Tatort, dem Römischen Theater, würde er also wegen der abgesperrten Gittertür nicht kommen. Aber wenn er schon einmal hier war, dann wollte er wenigstens in den Schlosshof gehen. Der war auch in der Nacht zugänglich. Er durchschritt das Hasentor, stellte sich mitten in den Ehrenhof und blickte auf die Fassade des Schlosses. Die Scheinwerfer, die jeden Tag bis Mitternacht das Gebäude beleuchteten, waren längst ausgeschaltet. Auch die ›Fürstenschenke‹ lag verlassen da. Sie hatte am Pfingstsonntag ausnahmsweise schon um 23 Uhr geschlossen. Es war dunkel im Hof. Dennoch schälte das schwache Sternenlicht ein paar Details aus der Schwärze der Nacht. Merana konnte sogar in der Grotte unter der doppelläufigen Treppe die Umrisse des bärtigen wilden Mannes erkennen, der zwei wasserspeiende Steinböcke mit den Armen umfasste. Der Kommissar hielt den Atem an und lauschte in die Nacht. Nichts war zu hören. Trotz der Stille wurde er allmählich unruhig. Das Schloss und der Hof waren nicht der richtige Ort für ihn. Hier konnte er keine Totenwache halten. Hier spürte er nichts mehr von der Präsenz des toten Wolfram Rilling. Wenn er sich der besonderen Atmosphäre des Ortes hingeben wollte, an dem der Tote gelegen hatte, dann musste er in die Wasserspiele. Merana blickte sich um. Auf der rechten Seite des Schlosses gab es, etwas zurückversetzt, einen kleinen Durchgang, der ebenfalls direkt zu den Wasserspielen führte. Er kannte den Durchgang und steuerte darauf zu. Doch auch dieses Tor war verschlossen. Im Grunde hatte er nichts anderes erwartet. Er spähte durch die Öffnungen des Rautengitters. Zwischen den Säulen hindurch, die den Übergang vom Schloss zum Areal der Wasserspiele markierten, waren schwach eine Statue und die Umrandung des nächstgelegenen Weihers zu erkennen. Dieser lag zwischen der Rückseite des Schlosses und dem etwas weiter entfernten Römischen Theater. Merana wartete, bis sich seine Augen noch mehr an das Dunkel gewöhnt hatten. Da bemerkte er plötzlich auf der anderen Seite des Weihers, am Rand einer eckig geschnittenen Hecke, einen ungewöhnlichen Schatten. War das einer der Tritonen, eine der wasserspeienden Meeresgottfiguren? So weit er sich erinnern konnte, stand dort, wo er eine Gestalt wahrzunehmen glaubte, keine Statue. Plötzlich begann der Schatten sich zu bewegen. Merana spürte, wie sein Herzschlag einen Tick schneller wurde. Da war jemand in den Wasserspielen. Der Schatten bewegte sich auf das Römische Theater zu und wurde gleich darauf von der Dunkelheit völlig verschluckt. Merana schaute noch oben. Der Durchlass mit dem Gittertor war Teil der turmartigen Flanke des Schlosses. Hier kam er nicht weiter, aber auf der anderen Seite, beim Besuchereingang der Wasserspiele, müsste es gehen. Dort war nur eine Mauer. Und die war nicht allzu hoch, wenn er sich recht erinnerte. Er trat zurück und versuchte dabei, so leise wie möglich zu sein. Dann schlich er die paar Schritte über den Hof bis zum Ausgang. Dort hielt er sich links und eilte durch die Fasanerie weiter. Er hätte die Taschenlampe aus dem Auto mitnehmen sollen, doch zurückzulaufen und sie zu holen, würde zu viel Zeit kosten. Am Besuchereingang prüfte er die Mauer, ob sich irgendwo ein Halt fände, an dem er sich hochziehen konnte. Sie bildete hier eine Ecke, die im rechten Winkel nach innen ins Gelände der Fasanerie reichte. Am oberen Abschluss der Mauer entdeckte Merana eine Dachrinne. Er zog sein Jackett aus, sprang in die Höhe und schaffte es, sich an der Dachrinne festzuhalten. Er zog sich nach oben und wälzte sich mit Mühe auf die Dachschräge. Als seine Hose riss, hatte er das Gefühl, das Geräusch müsste bis in jeden Winkel von Hellbrunn zu hören sein. Die kann ich nach dem Ausflug in den Müll werfen, aber man kletterte auch nicht in einem Armanianzug des Nachts über dunkle Schlossmauern, dachte er kurz. Auf der anderen Seite der Mauer ließ er sich vorsichtig auf den Boden gleiten. Er spähte zu der Stelle, wo er vorhin vom Schloss her den Schatten gesehen hatte. Da war nichts Auffälliges mehr. Behutsam setzte Merana einen Fuß vor den anderen und bewegte sich auf das Römische Theater zu. Wenigstens spendeten die Sterne hier so viel Licht, dass er nicht irrtümlich in den Weiher trat. Es war still. Dort, wo tagsüber beständig Wasser aus Tritonenhörnern und Löwenmäulern plätscherte, herrschte jetzt gespenstisches Schweigen. Merana erreichte das Römische Theater und blieb stehen. So weit er erkennen konnte, war auch hier alles so, wie er es kannte. Er sah die breit ausgestreckte Statue des Meeresgottes am Ende des Weihers vor dem Theater. Dahinter waren der Fürstentisch und das Theaterensemble mit den Figuren. Merana blieb ein paar Minuten ruhig stehen und lauschte in die Nacht. Nichts war zu hören. Dann machte er kehrt und suchte, durch die Dunkelheit tappend, auch noch den Rest der Wasserspiele ab. Das dauerte fast eine Stunde. Dass er dabei nicht öfter als einmal mit seinen maßgefertigten Halbschuhen ins Wasser trat, grenzte an ein kleines Wunder. Doch entdeckt hatte er nichts. War er vorhin einer Täuschung seiner Sinne erlegen? Nein, er war felsenfest davon überzeugt, dass da jemand gewesen war. Wenn er nicht außen herum hätte laufen müssen, um über die Mauer zu steigen, dann hätte er den nächtlichen Unbekannten vielleicht erwischt. Wie war dieser hereingekommen? Durch einen Merana nicht bekannten Seiteneingang? Mit einem Schlüssel? Oder, ähnlich wie er, über die Mauer. Er würde sich das morgen bei Tageslicht genauer anschauen. Er ging zurück zum Römischen Theater und setzte sich auf einen der steinernen Hocker am Fürstentisch. Er blieb ein paar Minuten ruhig sitzen, aber das Gefühl der Stille, das ihn sonst bei seinen Totenwachen am Tatort immer einholte, wollte sich nicht mehr einstellen. Er tappte zurück zum Besuchereingang und kletterte über die Mauer wieder nach draußen.

Es war fast 3 Uhr, als Merana nach Hause kam. Die zerrissene Anzughose stopfte er in einen Müllsack und warf das verschmutzte Hemd in den Wäschekorb.

Er duschte und setzte sich anschließend im Bademantel ins Wohnzimmer. Er schenkte sich aus der Grappaflasche, die immer noch auf dem Tisch stand, ein halbes Glas voll. Dann legte er eine seiner Lieblings CDs mit Renaissancemusik in den Player und setzte sich wieder auf die Couch. Während die samtigen Stimmen des Hilliard Ensembles das erste Madrigal anstimmten und die zarten Klänge von ›Una leggiadra nimpha‹ (Eine anmutige Nymphe) sich im Raum ausbreiteten, nahm Merana den ersten Schluck vom Grappa und dachte nach. Eine Frage ging ihm dabei ständig durch den Kopf, die ihn schon den ganzen Tag über beschäftigte. Was hatte die rote Schlinge um den Hals des Toten zu bedeuten?

DUNKELHEIT, FÜNF STUNDEN NACH MITTERNACHT

Im Morgengrauen war der Schlammmann zurückgekehrt. In Wirklichkeit war er immer da gewesen, hatte sich nur hinter anderen Gedanken verborgen, die nötig waren, um den Alltag zu bewältigen. Jetzt stand er wieder alles beherrschend mitten im Kopf. Und mit ihm kamen auch die Bilder zurück: das entsetzte Gesicht, die weit aufgerissenen Augen, der herabdonnernde gusseiserne Ständer. Das Krachen der zersplitternden Schädeldecke, die riesigen Fratzen, die im zuckenden Schein der Fackeln von der Theaterwand grinsten, als die abgespreizten Eisenfüße des Ständers beim zweiten Schlag den halben Schädel wegrissen. Das dunkle Blut. Die kleine Tür in der Mauer. Die Hand, die die Tür öffnete und den Hebel zog, das Wasser, das aus den Fugen spritzte und in sich schnell vergrößernden Lachen über den Boden rann. Über den Tisch und die Hocker. Über den Toten. Das Wasser, das alles wegwusch. Auch den Funken Hoffnung, der bis dahin noch immer schwach geleuchtet hatte. Hoffnung, dass nach dem Schlag die Erleichterung kommen würde, doch der Schmerz war nicht verschwunden, war immer noch da. Brannte wie eh und je. Mit dem Verlöschen der Hoffnung kehrte die Verzweiflung zurück. Der Schlammmann wusste, dass er seine Tarnung aufrechterhalten musste. Seine Aufgabe war noch nicht erledigt.

Die Luft in der Kantine war stickig. Obwohl hier striktes Rauchverbot herrschte, sagte niemand etwas, als sich Boris Ortner nun schon die zweite Zigarette innerhalb einer Viertelstunde anzündete. Die Asche ließ er in seine leere Kaffeetasse fallen. Gerald Antholzer hatte Kopfschmerzen, er spürte ein heftiges Pochen an der Schädeldecke über dem rechten Ohr. Seit zehn Minuten saß der Kommissar mit der braunhaarigen Polizistin, die gestern zuerst am Tatort angekommen war, bei ihnen am Tisch. Ihren Namen hatte Antholzer vergessen. Irgendetwas mit Salzmann oder so ähnlich. Er schätzte sie auf Ende 30. Sie sah gut aus, wirkte durchtrainiert. Das war ihm schon gestern aufgefallen. Anfangs hatte er nicht verstanden, warum die Polizei sie alle schon wieder verhörte. Dann hatte er gemerkt, dass man bei den Ermittlungen offenbar einen Schritt weitergekommen war. Er musste vorsichtig sein. »Hat jemand von Ihnen eine Schnur dieser Art schon einmal gesehen?«, fragte die Polizistin und legte zwei Fotos auf den Tisch. Die Bilder wurden in der Runde herumgereicht. Die Reaktion war allgemeines Verneinen.

»Wir haben schon Schnüre drüben in der Werkstatt«, erklärte Franz Wenger und nickte eifrig, »aber keine von dieser Art. Und rote Schnüre sind meines Wissens ohnehin selten.« Dieser Wichtigtuer musste sich wieder aufspielen, bei der feschen Braunhaarigen Eindruck schinden. Antholzer merkte, wie der pochende Schmerz unter der Schädeldecke zunahm. Er hätte gestern nicht mehr hingehen sollen. Es hatte ohnehin nichts gebracht. Dabei hatte er viel riskiert. Jetzt fragte der Kommissar, wie denn das Geburtstagsfest für Wolfram Rilling zustandegekommen sei.

»War das eine Einladung der Stadtverwaltung für einen besonders verdienstvollen Mitarbeiter?« Niemand in der Runde erwiderte etwas. Alle schauten zu Antholzer hin. Der bemühte sich, mit klarer Stimme zu antworten.

»Nein, keineswegs. Das wäre ja noch schöner, wenn die Steuerzahler für Feste der Beamten aufkommen müssten. Das Fest war eine private Initiative von Herrn Rilling. Er bezahlte natürlich alles aus eigener Tasche.«

»Sogar die Extrastunden für die Aufräumarbeiten«, fügte die immer noch sehr blasse Elke Haitzmann schnell hinzu. Antholzer merkte, wie sie dabei rot wurde. Der Kommissar tat erstaunt, aber vielleicht spielte er das auch nur. Antholzer war jedenfalls auf der Hut.

»Das muss ja eine schöne Stange Geld gekostet haben, bei 400 Gästen und dem ganzen Aufwand. War er immer so großzügig? Konnte er sich das leisten?«, fragte der Kommissar. Antholzer sah, wie einige in der Runde verlegen wurden. Boris Ortner drückte seine Zigarette aus. Die junge Tscherma von der Schlossverwaltung biss sich auf die Lippen. Nur die Berger saß kerzengerade auf ihrem Stuhl und blickte den Kommissar an. Was hat der Mann vor?, dachte Antholzer. Laut sagte er: »Unser auf so tragische Art und Weise aus dem Leben geschiedener Chef, unser ›Sittikus‹, wie wir ihn gerne nannten, weil er Hellbrunn über alles liebte, war immer ein großzügiger Mensch. Ganz im Geiste der alten Erzbischöfe. Was die finanzielle Lage des Verstorbenen anbelangt, kann ich Ihnen leider nicht weiterhelfen und ich denke, auch sonst niemand hier.« Antholzer maß den Kommissar und dessen Stellvertreterin mit festem Blick. Was ging in den Köpfen der beiden vor? Wie viel wussten sie, wovon sie nichts sagten? Die Polizistin saß ruhig auf ihrem Stuhl, den Kopf leicht geneigt, und fixierte ihn mit eindringlichem Blick. Sie erinnerte ihn an die Figur der Wassergöttin vom Weiher in der Nähe des römischen

Theaters. Der Kommissar tat, als sei er mit Antholzers Antwort voll und ganz zufrieden und wandte sich an den Wassermeister mit der Bitte, ob es möglich sei, dass ihm dieser im Anschluss an die Vernehmung die Technik in den Wasserspielen erklären könnte.

»Selbstverständlich, Herr Kommissar, jederzeit«, erwiderte Otto Helminger. Antholzer bemerkte, wie die kleine Haitzmann nervös auf ihrem Stuhl herumrutschte.

»Hat sonst jemand von Ihnen in den letzten Tagen, Wochen, auch Monaten etwas Ungewöhnliches bemerkt?«, fragte die Polizistin nun in die Runde. »Es muss gar nicht direkt mit dem Tod von Wolfram Rilling zusammenhängen, aber vielleicht ist es etwas, das uns irgendwie weiterbringen könnte.« Antholzer fixierte Elke Haitzmann. Er sah, wie sie unruhig wurde, als kämpfe sie mit sich. Immer wieder ging ihr Blick zu Otto Helminger, dann zurück zum Kommissar. Wusste sie etwas? Sie zögerte immer noch. Antholzer sah, wie das Mädchen sich anschickte, die Hand zu heben. Er gab sich einen Ruck und stand schnell auf.

»Manchmal beobachtet man ja etwas und hat es dann auch gleich wieder zur Hälfte vergessen. Man kann das Beobachtete schlecht einordnen. Da ist es wohl besser, sich ein wenig Zeit zu nehmen, bis die Erinnerung wieder voll einsetzt.« Er drehte sich zu Merana um. »Wir sind alle ein wenig überfordert, Herr Kommissar. Geben Sie uns bitte etwas Zeit.« Antholzer merkte, dass ihn der Chef der Mordermittlung mit einem nachdenklichen Blick fixierte.

Dann sagte er: »Natürlich geben wir Ihnen und Ihren Mitarbeitern Zeit, Herr Antholzer.«

Der stellvertretende Gartenamtsleiter wandte sich ab und warf von der Seite einen schnellen Blick auf Elke Haitzmann. Die hatte die Hände unter ihre Oberschenkel geschoben und saß ruhig auf ihrem Stuhl. Antholzers Kopfschmerzen hatten nachgelassen. Dafür schwitzten sein Hände wieder.

»Im Grunde funktioniert das noch genau so wie vor 400 Jahren, auch wenn im Lauf der Zeit natürlich viele Teile erneuert worden sind.« Sie standen in der sogenannten Kronengrotte. Der Wassermeister hielt die Hand an einen der Hebel, die in einem Armaturenkasten im vorderen Teil der Grotte angebracht waren. »Wenn ich jetzt an diesem Griff ziehe, Herr Kommissar, dann öffnet sich über ein Hebelsystem der Zulauf an den hinter dem Gemäuer verborgenen Rohren. Das Bassin, aus dem das Wasser kommt, liegt höher als wir hier stehen. Und dieser Niveauunterschied genügt, dass das Wasser mit einigem Druck hier in der Mitte der Grotte ankommt. Passen Sie auf.« Merana schaute, wie schon vor zwei Tagen, auf den eigenartigen künstlichen Felsen aus Marmor in der Mitte des Raumes. Kröten, Schlangen und ähnliches Gewürm zeigten sich hier ineinander verschlungen. Oben auf dem Felsen lag ein kleiner, spitzer, goldener Hut, eine Art Krone. In der nächsten Sekunde wurde die Krone wie von unsichtbarer Hand nach oben getrieben. Er verfolgte mit den Augen den Wasserstrahl, der plötzlich aus dem Felsen wuchs, und die Krone in der Luft hielt. Am Ausgang der Grotte stand auf der anderen Seite des Weges die Statue der römischen Göttin Minerva im Sonnenlicht. Merana sah ihre Umrisse durch den Wasserstrahl mit der tanzenden Krone hindurch. Ein zauberhaftes Bild. Der Strahl hatte die Krone inzwischen bis fast unter die Grottendecke hochgetrieben. So schnell, wie das kleine Wunder geschehen war, so schnell verebbte es auch wieder. Die Krone sank zurück auf den Felsen. Kein Wasser floss mehr. Der Wassermeister hatte die Zufuhr wieder abgedreht und kam zu Merana in die Mitte des Raumes.

»Diese Technik haben italienische Gartenbaumeister im 16. Jahrhundert entwickelt. Markus Sittikus, der in Italien erzogen worden war, hat wohl einige solcher Wundergärten dort gesehen und schließlich, als er 1612 Salzburger Erzbischof wurde, sich mithilfe italienischer Baumeister ein ähnliches Wunderwerk hier erschaffen lassen.« Von außen hörte man laute Stimmen. Eine Besuchergruppe näherte sich mit einem Führer. Bevor Merana mit dem Wassermeister die künstliche Höhle verließ, warf er noch schnell einen Blick auf die zwei großen hellen Marmorfiguren, die in einer Nische an der Rückwand der Grotte standen. Sie zeigten zwei Männer. Der eine trug eine kurze Tunika und war gerade dabei, dem anderen, der an einem angedeuteten Baumstamm hing, die Haut vom Leib zu ziehen. Auch wenn diese Szene durch die klassische Pose der beiden sehr unwirklich erschien, fühlte Merana dennoch dieses leichte Schaudern, das er auch als Achtjähriger gespürt hatte, als er die beiden Statuen bei seinem ersten Hellbrunnbesuch gesehen hatte. Die beiden Männer waren Figuren aus der griechischen Mythologie. Der eine war Apoll, der griechische Gott der Musen, der andere Marsyas, ein Satyr, ein ungeschlachter Waldgeist. Marsyas hatte es gewagt, den Gott zu einem musikalischen Wettstreit herauszufordern und dabei verloren. Zur Strafe zog ihm dieser die Haut bei lebendigem Leibe ab. Der achtjährige Martin Merana hatte nicht verstehen können, wie ein und der selbe Gott, der die Musik erfunden hatte und mit seinem Spiel auf der Kithara das Firmament erklingen ließ, auf der anderen Seite so brutal sein konnte. Merana ging mit dem Wassermeister zurück Richtung Eingang. »Derjenige, der in der Mordnacht das Wasser im Römischen Theater aufdrehte, muss also über Insiderwissen verfügt haben.« Der Wassermeister blieb stehen und schüttelte den Kopf.

»Das würde ich nicht unbedingt so sehen, Herr Kommissar. Wenn Sie einmal eine Führung durch die Wasserspiele mitgemacht haben, dann wissen Sie bald, wie der Trick funktioniert. Und gerade der Armaturenkasten im Römischen Theater ist für alle sichtbar angebracht.«

»Aber braucht man dazu nicht einen Schlüssel?«

»Der Kasten war in der Festnacht nicht abgesperrt, damit man jederzeit die Wasserfontänen aktivieren konnte.«

Merana blieb stehen und rief sich das Bild des Römischen Theaters in Erinnerung. Der Mörder hatte also problemlos an die entsprechenden Hebel kommen können. Aber wozu? Warum hatte der Täter nach dem brutalen Mord das Wasser aufgedreht? Er gab die Frage an den Wassermeister weiter. »Fällt Ihnen eine Erklärung ein, warum derjenige, der Wolfram Rilling erschlug, das Wasser aufgedreht hat, Herr Helminger?« Der Wassermeister war ebenfalls stehen geblieben.

»Haben Sie schon einmal in Erwägung gezogen, dass gar nicht der Mörder Hand an die Hebel gelegt hat, Herr Kommissar? Vielleicht war das Wasser schon vorher aufgedreht. Vielleicht hat es aber auch jemand anderer später aufgedreht, nach dem Mord.« Nein, daran hatte der Kriminalist noch nicht gedacht.

»Wie sind Sie mit Ihrem Chef ausgekommen, Herr Helminger?«

In das Gesicht des Wassermeisters schlich ein wachsamer Ausdruck.

»Gut. Wieso? Haben Sie etwas anderes gehört?« Merana schüttelte den Kopf. »Nein. Hätte ich etwas anderes hören können?« Helminger verneinte, vielleicht eine Spur zu schnell. »Ich hatte nicht viel mit ihm zu tun. Als Wassermeister bin ich mehr mit den Dingen beschäftigt, die im Hintergrund zu erledigen sind.« Damit verabschiedete er sich und eilte davon. Beim Rundgang mit dem Wassermeister hatte Merana immer wieder darauf geachtet, ob er etwas entdecken würde, das an den nächtlichen Besucher erinnerte. Es war ihm nichts aufgefallen. Wenn er ehrlich war, hatte er es auch nicht erwartet. Er hatte nur gesehen, dass die Mauer auf dem leicht ansteigenden Gelände zur Straße hin an manchen Stellen nicht sehr hoch war. Da konnte man ohne größere Probleme drüberklettern. Otto Helminger verschwand in Richtung Schloss, während Merana die Grotte des Orpheus zwischen Weinkeller und Römischem Theater ansteuerte. Dieser antike Musikant war ihm um einiges sympathischer als der rachsüchtige Apoll. Orpheus war auch kein Gott, sondern ein normaler Sterblicher. Und dennoch hatte ihn der verzweifelte Versuch, seine Gattin Eurydike aus der Unterwelt zu befreien, unsterblich gemacht. Vielleicht auch deshalb, weil er daran gescheitert war. Zugegeben, die Statue des Orpheus in der niedrigen Felsengrotte war kitschig. Die Geige, auf der er spielte, war ein Zugeständnis an den Geschmack der Zeit, in der die Figur entstanden war. Der Orpheus der griechischen Sage hatte selbstverständlich auf einer Lyra gespielt, einem antiken Zupfinstrument. Auch die grazile Haltung, mit der Eurydike zu Füßen ihres Mannes hingestreckt lag, den Kopf auf einem Doppelkissen, die Beine neckisch übereinander geschlagen, entsprach dem Ausdrucksbedürfnis des Bildhauers von damals. Ähnlich anmutig und gar nicht wild waren die Tierskulpturen in der Grotte. Im Hintergrund räkelten sich ein Bär und ein Wolf. Im Vordergrund, neben der Figur des Sängers, ruhten ein Löwe und ein Steinbock.

»Numen vel dissita iungit«, sagte plötzlich eine Stimme hinter Merana.

Der Kommissar drehte sich überrascht um. Vor ihm stand der Wirt der ›Fürstenschenke‹, Bernhard Candusso. Merana kannte den lateinischen Spruch. Er war Teil eines Freskos über einer Tür im großen Festsaal des Schlosses. Die Malerei zeigte zwei Tiere, die einander umarmten, ein goldener Löwe und ein schwarzer Steinbock. Dieselben Tiere, die auch hier in der Grotte zu sehen waren, die Wappentiere von Markus Sittikus.

»Eine göttliche Macht verbindet sogar das Entgegengesetzte«, übersetzte Merana. Candusso nickte anerkennend.

»Bravo, Herr Kommissar, Sie kennen sich aus mit der Geschichte Hellbrunns und dem Motto des Markus Sittikus.«

»Sie offenbar auch, Herr Candusso.«

Der Gastwirt lächelte. »Nur in bescheidenem Ausmaße, Herr Kommissar. Als ich vor fünf Jahren die

›Fürstenschenke‹ übernommen habe, wollte ich mehr über den Ort wissen, an dem mein Restaurant steht.«

»Sie haben mich gesucht, Herr Candusso?«

»Nicht direkt gesucht, Herr Kommissar. Der Wassermeister hat mir gesagt, wo Sie sind. Ich wollte Sie zum Mittagessen einladen. Mein Küchenchef hat heute einen Rehrücken in Rotweinsauce zubereitet und sich dabei wieder einmal selbst übertroffen. Den müssen Sie einfach probiert haben.« Er machte eine einladende Geste in Richtung Ausgang. Während sie langsam den querliegenden Flussgott am Römischen Theater umrundeten, fragte Merana:

»Wie deuten Sie den Wahlspruch von Markus Sittikus, Herr Candusso?«

Der Gastronom blieb stehen. »Steinbock und Löwe sind in der Natur Feinde. Der Stärkere will den Schwächeren fressen. Als Sternbilder liegen sie einander im Tierkreis gegenüber, können also nie in Konjunktion treten. Sie symbolisieren das absolut Gegensätzliche. Aber hier ...«, er holte mit der Hand weit aus und machte eine Geste, die alles umfassen sollte, »hier in Hellbrunn ist alles Gegensätzliche vereint. Sie stoßen ununterbrochen auf weit auseinanderliegende Phänomene, die hier nebeneinander und gleichzeitig existieren. Festes Land und Teiche, helles Licht und dunkle Grotten. Oberwelt und Unterwelt, Menschen und Geister. Sichtbares in Gestalt von Gärten, Statuen, Gebäuden. Unsichtbares in Gestalt von verborgenem Wasser, dessen Kraft plötzlich spürbar wird. Fröhliches Spiel und bizarrer Schrecken. Hellbrunn ist ein Spiegelbild der Welt, in der alles gleichzeitig da ist, und jedes Ding zwei Seiten hat. Hier in Hellbrunn ist es eingekleidet in ein zauberhaftes Ambiente.

In erster Linie sehen wir das Schöne im Vordergrund, und erst viel später entdecken wir das Verborgene, das oft mit Schrecken und dunklen Albträumen verbunden ist. Wussten Sie, dass hier lange Zeit gleichzeitig zum Garten der Lust auch ein Kreuzweg mit Kapellen, eine Strecke des Leidens, bestanden hat? Markus Sittikus selbst hat in seiner Person das Gegensätzliche vereint. In der Stadt war er Regent und Kirchenmann. Er ließ den neuen Dom erbauen, eine Stätte des Gebetes und der inneren Einkehr. Hier in Hellbrunn war er der Lebemann, der sich Statuen nackter antiker Göttinnen in den Garten stellte und rauschende Feste veranstaltete.«

Dann ist wohl auch hier der richtige Platz für einen widersprüchlichen Gott wie Apoll, der den einen die Freuden der Künste schenkt und den anderen die Haut abzieht, dachte Merana. Ein Satz aus der Mitarbeiterbefragung kam ihm in den Sinn. Eine Bemerkung, die Gerald Antholzer über den Charakter von Wolfram Rilling gemacht hatte.

»Was meinen Sie, Herr Candusso, waren die alten Salzburger Erzbischöfe großzügig?«

»In erster Linie zu sich selbst, denke ich. Freiwillig hat von denen keiner etwas hergegeben, außer es brachte ihm Vorteile. Die, die ihn gut kannten, haben unseren Wolfram Rilling nicht umsonst ›Sittikus‹ genannt. Er war dem alten Erzbischof nicht nur in seinem Faible für schöne Dinge ähnlich. Er hat sich auch genommen, was er wollte.«

»Haben Sie auch einen Spitznamen, Herr Candusso?«

»Sie meinen, so etwas wie ›Sittikus‹?« Merana nickte. »Nun, manchmal nennt man mich Midas.«

»Midas? Das ist doch der König aus der griechischen Mythologie, dem alles, was er anfasst, zu Gold wird.«

»Stimmt, Herr Kommissar. Das denken manche meiner Freunde auch von mir. Dass meine bescheidenen Erfolge in der Gastronomie und der Wohlstand, den ich mir dadurch erworben habe, einzig und allein durch beinharte Arbeit entstanden sind, das sehen die Wenigsten.«

Merana dachte einen Augenblick nach, welche Gestalt aus der griechischen Mythologie für einen Spitznamen in Bezug auf seine Person taugen könnte.

Es fiel ihm keine eine. »Nichtsdestotrotz habe ich hier eine eigene Grotte«, ließ sich der Gastwirt vernehmen.

»Eine eigene Grotte?« Merana verstand nicht, was sein Gesprächspartner meinte.

»Die Kronengrotte hieß früher Midasgrotte. Ist Ihnen das nicht bekannt?« Merana wusste zwar einiges über Hellbrunn, aber davon hatte er noch nie gehört. Candusso fuhr mit seiner Erklärung fort. »König Midas steht der Sage nach auch mit Apoll in Verbindung, dessen Statue in der Grotte zu sehen ist, aber das ist eine sehr lange Geschichte. Davon, wenn es Sie interessiert, ein anderes Mal mehr. Jetzt ist es Zeit für den Rehrücken.« Sie gingen durch den Hof auf das Restaurant zu. Merana bemerkte auf dem Platz die Frau, die zusammen mit dem Mädchen den Toten gefunden hatte. Sie war langsam unterwegs in Richtung Park.

»Kennen Sie diese Frau näher, Herr Candusso?«

Der Gastwirt war stehen geblieben. »Charlotte Berger? Ja, natürlich. Sie gehört zum Hellbrunner Stammpersonal. Sie hat ein gutes Gespür für Pflanzen, einen ›grünen Daumen‹, wie man so sagt. Unter ihrer liebe-

vollen Pflege ist noch aus jedem Gestrüpp ein blühender Strauch geworden. Als ich sie vor Jahren kennenlernte, war sie eine fröhliche unternehmungslustige Person. Ich habe sogar einmal eine Bergtour mit ihr und ihrem Mann gemacht, auf den Watzmann. Ihr Mann hat auch hier über 20 Jahre lang in der Gärtnerei gearbeitet. Aber das Leben ist oft grausam, Herr Kommissar. Die beiden hatten eine Tochter. Das arme Mädel ist vor vier Monaten an Krebs gestorben. Der Vater hat sie vergöttert. Hat alles versucht, dass ihr eine teure Spezialbehandlung in den USA ermöglicht wird. Aber es war schon zu spät, sie ist ganz plötzlich verstorben. Er hat den Tod der Tochter nicht überwunden. Zwei Monate später war er auch tot. Er soll sich umgebracht haben.«
Merana schaute der kleinen Frau nach, die langsam mit leicht gesenktem Kopf auf das Wasserparterre im Park zuging. Ihre ganze Haltung strahlte tiefes Leid aus.
»Wissen Sie, welche Art von Krebs die Tochter hatte?«
»Ich glaube, es war Lymphdrüsenkrebs.«
Morbus Hodgkin. Dieselbe Krankheit, die auch Franziska hatte. Merana spürte einen Stich in seinem Innern. Die beiden schauten eine Zeit lang der kleinen Frauengestalt hinterher. Dann wurden sie von einer Gruppe Franzosen abgelenkt, die aus dem Museumsshop kamen und fröhlich plappernd auf das Schloss zueilten.
»Wenn ich Sie jetzt bitten darf, Herr Kommissar. Der Rehrücken wartet.«
Das Essen war ein Gedicht. Als Beilage hatte Küchenchef Fabian Miklas kleine Polentatörtchen und mit Preiselbeerkompott gefüllte Äpfel serviert. Jetzt saß er

zusammen mit Candusso an Meranas Tisch und sonnte sich im Lob des Kommissars.

»Wenn ich mich nicht gänzlich täusche, Herr Miklas, dann haben Sie etwas verwendet, was ich noch nie bei einem Rehrücken geschmeckt habe, nämlich Zitronenmelisse.« Der Küchenchef strahlte über sein breites, rotbackiges Gesicht. »Wie meistens bei Ihren Ermittlungen liegen Sie auch hier völlig richtig, Herr Kommissar. Es ist nur ein Hauch von Zitronenmelisse. Sie darf sich nicht in den Vordergrund drängen. Gratuliere zum sensiblen Gaumen.« Er hob das Digestifglas mit dem Schlehenbrand. Merana stieß mit dem Küchenchef an und trank sein Glas leer. Der Schnaps stand dem Rehrücken an Qualität in nichts nach. Er kam aus dem Guglhof, einer kleinen, erlesenen Brennerei, einem Familienbetrieb aus Hallein in der Nähe von Salzburg. Merana kannte den Betrieb. Ab und zu holte er sich dort den einen oder anderen erlesenen Tropfen. Als Geschenk für besondere Anlässe oder zu seiner eigenen Freude. Besonders der alte Birnenbrand aus dem Guglhof hatte es ihm angetan.

»Ich werde leider gebraucht, Herr Kommissar.« Miklas wuchtete seinen massigen Körper von der Bank hoch und verschwand in Richtung Küche. Bevor Merana aufbrach, befragte er noch den Restaurantchef über dessen Beziehung zum Ermordeten. Sie seien gute Bekannte gewesen, antwortete Candusso. Rilling war oft Gast im Restaurant. Man habe miteinander viel zu tun gehabt bei Festen und Empfängen. Bei der Frage nach Rillings Verhältnis zu Aurelia Zobel gab Candusso nur vage Auskunft. Die beiden seien wohl gut befreundet gewesen. Sie hätten sich oft hier im Restaurant getroffen. Mehr wollte er offenbar nicht dazu sagen. Merana erhob sich, lobte noch einmal das ausgezeichnete Essen und bestand darauf, die Rechnung zu bezahlen.

»Aber, Herr Kommissar, Sie sind doch mein Gast.«

»Ich danke für das Angebot, Herr Candusso, aber ich lasse mich prinzipiell bei meinen Ermittlungen von niemandem einladen.«

Der Gastwirt machte mit den Händen eine Geste des Bedauerns.

»Dann nehmen Sie wenigstens noch einen Schnaps auf Kosten des Hauses.«

Der Kommissar schüttelte den Kopf. »Danke, sehr freundlich. Vielleicht ein anderes Mal.«

Bevor Merana zurück in die Polizeidirektion fuhr, um sich per Rundruf von seinen Mitarbeitern über den Stand der Ermittlungen zu informieren, wollte er noch die Gelegenheit nutzen und sich vom Hellbrunner Ambiente begeistern lassen. Er verließ den Schlosshof und schlenderte ins Areal des Wasserparterres. Die Sonne stand inzwischen im Südwesten und ließ die rechte Seite des kleinen Monatsschlössls hoch über den Wasserspielen aufleuchten. Aus dem dahinter liegenden Tiergarten drangen seltsame Laute. Merana konnte sie nicht zuordnen. Beim Monatsschlössl war der Kommissar schon lange nicht mehr gewesen, also machte er sich auf den Weg dorthin. Er durchquerte die Gartenanlage, ging vorbei an den zwei steinernen Einhörnern, die, auf ihren Hinterhufen stehend, grazil die Köpfe mit den gedrechselten Hörnern in die Luft reckten. Am Weiher, der gleich nach dem Ausgang der Wasserspiele lag, blieb er kurz stehen und schaute auf die schlanken schwarzen Körper, die elegant ihre Bahnen knapp über dem Grund zogen. Das waren Störe.

Er setzte seinen Weg fort, passierte nach wenigen Schritten das kleine Ausgangstor am Fuß des Berges und nahm den steilen Anstieg. Einige Minuten später hatte er das Monatsschlössl erreicht. Der Name dieses kleinen Gebäudes kam von seiner Baugeschichte. Es war auf Anweisung von Markus Sittikus angeblich innerhalb eines Monats errichtet worden. Heute diente das Gebäude als Museum. Wer sich für Schätze und Besonderheiten der Salzburger Volkskunst interessierte, der kam hier voll auf seine Rechnung. Merana traf auch einige Besucher, die im Inneren des Gebäudes verschwanden. Ihm war jetzt aber nicht nach Trachten und Perchtenmasken, außerdem kannte er die Sammlung schon. Er ging lieber ein paar Schritte nach vorn, so weit es der steil abfallende Hellbrunner Berg zuließ. Von hier aus hatte man den besten Überblick über die gesamte Anlage. Merana setzte sich auf einen Baumstamm und schaute nach unten. Der Anblick war einfach grandios. Auf der linken Seite war das Schloss auszumachen mit seinen gelben Mauern, den vielen Fenstern und den helmartigen Dächern. Direkt unter ihm lag die Parkanlage des großen Wasserparterres. Wie mit dem Lineal gezogen, schienen die Wege und Weiher, die Rasenanlagen und Blumenbeete. Die großen Beete in der Mitte des Parterre erinnerten ihn mit ihren arabesken Pflanzenmustern an die Rückseite von Tarotkarten. Genau diesen Platz in der kreisrunden Mitte des Parterres mit dem Blick zu den beiden Einhörnern auf der anderen Seite hatte Merana damals gewählt, um mit klopfendem Herzen Franziska zu fragen, ob sie seine Frau werden wolle. Sie hatte ihn lange angeschaut mit ihren Augen, die ihn immer an Birkenblätter im Frühling erinnerten, dann hatte sie ihn an sich gedrückt und ›ja‹ geflüstert. Im Herbst hatten sie geheiratet. Merana hatte das Studium abgebrochen und war in den Polizeidienst eingetreten. Plötzlich wurde das Bild vor ihm grau, die Farben des Wasserparterres verblassten. Merana stand auf. Eine Wolke hatte sich vor die Sonne geschoben. Er überlegte kurz, ob er hinüberwandern sollte zum Steintheater, wo vor 400 Jahren zum ersten Mal der ›Orfeo‹ außerhalb Italiens aufgeführt worden war. Er liebte die Magie dieses aus dem Felsen gehauenen Theaterschauplatzes. Doch dann entschied er sich anders und machte sich wieder auf den Weg nach unten. Als er am Fuß des Berges durch das kleine Tor schritt und die Gartenanlage erreichte, sah er am parkseitigen Ende des Wasserparterres Charlotte Berger auf einer Bank sitzen. Sie schaute den Schwänen zu, die elegant übers Wasser zogen. Langsam ging er auf die Frau zu. Sie drehte den Kopf in seine Richtung, als er näher kam. Merana fragte, ob er sich einen Augenblick zu ihr setzen dürfe. Sie nickte kaum wahrnehmbar. Eine Zeit lang sprachen beide kein Wort. Es war warm auf der Bank. Die meisten der vorbeispazierenden Besucher trugen T-Shirts oder kurzärmelige Hemden. Merana zog sein Sakko aus. Der Frau neben ihm machte die Wärme offenbar nichts aus. Sie trug eine Strickjacke. Sie vermittelte eher den Eindruck, als würde sie frieren.

»Herr Candusso hat mir erzählt, dass Sie Schweres durchgemacht haben«, begann Merana. Die Frau erwiderte nichts. Sie schaute nur weiterhin ruhig den Schwänen zu. »Es muss unvorstellbar schlimm sein, innerhalb so kurzer Zeit gleich zwei Menschen, die man liebt, zu verlieren.« Charlotte Berger schwieg noch immer. Und dann begann Merana auf einmal zu erzählen. Er sprach über Franziska. Wie jung sie beide gewesen waren, als sie geheiratet hatten. Welche Pläne sie geschmiedet hatten. Wie sie davon überzeugt gewesen waren, die wunderbarste Zukunft stünde ihnen offen und sie hätten alle Zeit der Welt. Dann redete er über Franziskas Krankheit und über ihr Sterben. Und er sprach über sich. Über den Knoten, den er seit damals im Herzen trug, über die vielen schlaflosen Nächte und über den Schmerz, der nie ganz vergeht. Er war über sich selbst verwundert. Er konnte sich nicht erinnern, jemals irgendwem so viel über sich und Franziskas Tod erzählt zu haben. Nicht einmal Birgit. Aber bei dieser Frau in der Strickjacke, hier im Sonnenlicht auf der Parkbank in Hellbrunn, war es ihm mit einem Mal leicht gefallen. Endlich zeigte Charlotte Berger eine erste Regung. Sie löste ihren Blick von den Schwänen und sah Merana lange ins Gesicht. Dann fragte sie mit leicht zittriger Stimme: »Wie ist es Ihnen mit Ihrer Trauer und dem Schmerz ergangen, Herr Kommissar? Haben Sie damals je daran gedacht sich umzubringen?« Die Augen der Frau waren dunkel, fast schwarz. Sie fixierten ihn. Merana erinnerte sich an die Jahre, wo er nahezu jeden Tag daran gedacht hatte, und an die verzweifelten Momente, wo er knapp davor gestanden war. Doch er antwortete nichts, schaute die Frau nur an. Sie verstand ihn offenbar auch so. Sie senkte ihren Kopf und fragte leise: »Hatten Sie jemanden, der Sie davon abhielt? Der Sie vor sich selbst beschützte?« Merana war über die Frage verwirrt. Hatte er jemanden gehabt? Er erinnerte sich an eine ganz bestimmte Nacht.

Als ihm alles egal war. Es hatte an der Tür geläutet. Draußen war die Großmutter gestanden.

»Ja«, sagte er, laut. »Ich denke, ich hatte jemanden.«

»Das ist gut«, flüsterte sie. Daraufhin schwiegen beide. Ein Kind auf einem blauen Alu-Scooter sauste vorbei, ein kleines Mädchen mit Pferdeschwanz. Gleich dahinter lief ein junger Mann, der »Nicht so schnell, Schatz« rief. Einer der Schwäne war an den Teichrand gekommen, schlug mit den Flügeln und watschelte an Land.

»Möchten Sie mich sonst noch etwas fragen, Herr Kommissar?«

Eine kleine Wolke hatte sich wieder vor die Sonne geschoben. Über Charlotte Bergers Gesicht lag ein Schatten.

»Ja, Frau Berger, das möchte ich. Sie sind seit Langem hier beschäftigt, wissen viel über den Betrieb, kannten wohl auch Wolfram Rilling gut. Wie war er als Chef?«

Sie ließ sich Zeit mit der Antwort. Diese Frau überlegte offenbar gut, was sie sagte.

»Er war als Chef kaum spürbar. Er trug immer den Kopf in den Wolken und hat nicht wirklich wahrgenommen, was rings um ihn herum passierte. Dafür war er viel zu sehr mit Repräsentieren und Pläneschmieden beschäftigt. Die Personalführung lag seit jeher mehr bei Gerald Antholzer.«

Sie bestätigte damit den Eindruck, den Merana bereits gewonnen hatte.

»Und wie war er privat? Hatten Sie und Ihr Mann Umgang mit Herrn Rilling?«

Wieder dachte sie eine Weile nach. »Ich nicht, mein Mann schon. Ich wollte ihn einmal zu einer Bergtour einladen, aber daran hatte er wenig Interesse. Wenn er schon nach oben müsse, dann ziehe er Gondelbahnen vor, hat er damals gesagt.«

»Was hatte Ihr Mann mit ihm zu tun?«

»Nichts Großes. Sie tranken manchmal zusammen ein Glas Wein in der Fürstenschenke. Mein Mann hatte sich an Rilling auch wegen eines Praktikums für unsere Tochter gewandt. Theresa studierte Kunstgeschichte. Daraus ist dann nichts mehr geworden.« Ihre Stimme war beim letzten Satz fast weggebrochen. Er spürte ihre Verzweiflung über den Verlust von Mann und Tochter. Er konnte ihren Schmerz aus eigener Erfahrung nachfühlen. Merana wartete etwas, ehe er die nächste Frage stellte.

»Ich glaube, Sie sind eine gute Beobachterin, Frau Berger. Können Sie mir etwas über die Beziehung von Wolfram Rilling zu Frau Zobel sagen? War da mehr als nur Freundschaft? Ich habe da so Andeutungen vernommen.«

Die Frau in ihrer Strickjacke blickte ihn lange an, bevor sie antwortete. »Ich glaube, Sie überschätzen meine Fähigkeiten, Herr Kommissar. Aber wenn Sie schon meine Meinung hören wollen, dann denke ich, dass zwischen den beiden nicht viel mehr war als gegenseitige Sympathie. Und im Übrigen bin ich der Ansicht, die meisten Leute reden zu viel.« Damit wandte sie sich wieder den Schwänen zu. Ob sie mit den Leuten, die zu viel reden, auch mich meint, dachte Merana und zog sein Jackett an. Die Sonne war noch immer hinter der Wolke verborgen. Nein, ich denke, mich meint sie damit nicht. Sonst hätte sie mir vorhin nicht so lange zugehört. Er spürte immer noch die Erleichterung in sich. Für einen Augenblick war sein Innerstes nach außen gekehrt gewesen. Sich lange Aufgestautes von der Seele zu reden hatte gut getan. Er wusste nicht, ob es an der Frau lag oder an diesem Ort, an dem Schmerz und Freude so dicht beieinanderlagen.

Numen vel dissita iungit. Hier wird Gegensätzliches offenbart.

Er stand auf, verabschiedete sich und ging langsam in Richtung Parkplatz.

Der Rundruf bei seinem Team hatte nichts Wesentliches gebracht. Sie ermittelten jetzt seit 33 Stunden. Noch hatte Merana nicht das Gefühl, dass sie auf der Stelle traten, aber für den nächsten Tag hoffte er, endlich einen entscheidenden Schritt weiter zu kommen. Er erwartete sich vor allem Aufschlüsse über Rillings Vermögensverhältnisse. Außerdem sollten sie bald wissen, wer von seinem Tod durch Erbschaft profitierte. Ein Testament hatten sie in Rillings Unterlagen nicht gefunden, dafür die Adresse eines Notars. Rilling hatte keine Kinder. Er war kurze Zeit verheiratet gewesen, aber seit 22 Jahren geschieden. Seine Ex-Frau lebte inzwischen in Holland, wie Carola herausgefunden hatte. Kurz vor 20 Uhr rief Birgit an. Sie war aufgekratzt und sprudelte drauflos.

»Endlich meint es das Leben wieder gut mit mir, Martin. Wurde auch höchste Zeit. Morgen früh habe ich es überstanden. Die Randolphs sind bald Geschichte. Sie fliegen morgen von München aus zurück in die Staaten.«

»Was ist passiert? Sie wollten doch erst am Freitag abreisen?«

»Lynns Vater, dessen Familie bis auf Captain Richard

Pitkin zurückgeht, der 1783 in Manchester/Connecticut die erste Glashütte erbaut hat, wie ich heute mehrmals belehrt wurde, pfeift das Töchterchen samt angeheiratetem Schwiegersohn offenbar zurück. Es gibt irgendwelche plötzlich aufgetauchten Schwierigkeiten in der Firma. Somit hat die Finanzkrise auch ihr Gutes.« Er konnte sich ein Lachen nicht verkneifen und fragte, ob sie noch vorbeikommen wolle.

»Nein, heute nicht. Ich schau noch für eine Stunde im Fitnessstudio vorbei und dann will ich bald ins Bett.« Damit beendete sie das Gespräch. Merana schaltete den Fernseher ein, um die Nachrichten zu sehen. In Thailand gab es weiterhin blutige Zusammenstöße zwischen Aufständischen und Regierungstruppen. Der Finanzminister in Wien betonte erneut, dass Österreich ganz sicher nicht vor dem Bankrott stünde, wie vielleicht manch anderer Staat der europäischen Gemeinschaft. Über mögliche Steuererhöhungen wolle er nicht reden, schloss sie aber auch nicht aus. Und der Vulkan in Island pumpte nach wie vor in majestätischer Ruhe dicke Aschenwolken in den Himmel über Europa. Die letzte Meldung war ganz aktuell. Auf der Tauernautobahn hatte es vor einer Stunde einen schrecklichen Unfall mit zwei Toten und neun Schwerverletzten gegeben.

Eine halbe Stunde vor Mitternacht rief Otmar Braunberger an. Merana lag schon im Bett und war über einem dicken Buch zur Geschichte Hellbrunns kurz eingenickt.

»Der Rilling und die Zobel hatten doch was miteinander«, begann der Abteilungsinspektor seinen Bericht. Merana schob den Wälzer weg und war sofort hellwach. »Woher weißt du das, Otmar?«

»Von Franz Wenger.« Braunberger erzählte, er habe sich mit Franz Wenger auf ein Bier getroffen. Er kannte den redseligen Tischler von früher, von einem gemeinsamen Kuraufenthalt. Es sei nicht bei dem einen Bier geblieben und dann habe Wenger schließlich losgelegt. Dass die Zobel und der Rilling ein Verhältnis hatten, das wisse in Hellbrunn doch fast jeder. Nur rede man halt nicht gern darüber. Er selber habe die beiden einmal im großen Saal des Schlosses ertappt, ohne dass sie ihn bemerkt hätten. Frau Doktor Zobel liebte es offenbar gerne unter prunkvollen Deckengemälden.«

»Das klingt ja wie aus einem billigen Sex-Film aus den 70er-Jahren. ›Lustschreie im Lustschloss‹. Regie: Franz Antel. Bist du sicher, dass bei deinem Zeugen da nicht die Fantasie durchgeht, Otmar?«

»Vielleicht hat er die Story ein bisschen ausgeschmückt, Martin, aber der Kern stimmt. Und noch etwas hat der Wenger erzählt. Beim Geburtstagsfest hat es Zoff gegeben. Die Zobel sei stinksauer gewesen, weil der Rilling ständig mit der Marketingdame von Mercedes rumgeturtelt hat.« Merana dachte an das Gespräch vom Nachmittag. Vielleicht hatte er die Menschenkenntnis von Charlotte Berger doch falsch eingeschätzt. Oder die Frau in der Strickjacke hatte ihm nicht die Wahrheit gesagt. Doch warum hätte sie das tun sollen? Hatte sie einen Grund, den guten Ruf von Rilling zu schützen? Oder den von Aurelia Zobel?

»Wir werden morgen beiden Damen ein paar Fragen stellen müssen, Otmar. Ich kümmere mich am Vormittag um die Zobel. Du übernimmst die Mercedes-Dame.«

»Mache ich.« Otmar Braunberger wünschte noch eine gute Nacht und legte auf. Im Aufspüren von inoffiziellen Ermittlungswegen waren seine Leute tatsächlich einmalig. Manchmal musste man dazu nur eine alte Kuraufenthaltsbekanntschaft aufwärmen und ein paar Biere spendieren. Merana sah auf die Uhr. Mitternacht. Vor 40 Stunden hatten sie mit den Ermittlungen begonnen. Und jetzt hatten sie zumindest so etwas wie eine erste Spur: Das Opfer hatte ein Verhältnis mit jener Frau, die ihn als Letzte lebend gesehen hatte. Das Vorhandensein einer Ermittlungsfährte würde auch den Polizeipräsidenten freuen, der immer noch in Edinburgh festsaß. Morgen würde der Chef versuchen, mittels Fähre und Eisenbahn zurück nach Salzburg zu kommen. Aber Ähnliches wollten Hunderttausende andere gestrandete Touristen in ganz Europa auch.

Merana hatte der Ausbruch dieser Naturgewalt und deren Folgen von Anfang an fasziniert. Ständig unterliegen wir dem Größenwahn, mit unserer Technik und unserem Wissen alles kontrollieren zu können, für jedes Problem eine Lösung zu finden. Und dann spuckt so ein mittelgroßer Berg im fernen Island ein paar Aschebrocken in die Luft und legt im gesamten Europa den Flugverkehr lahm.

Und wir können nichts, aber auch schon gar nichts dagegen tun. Außer uns fügen und abwarten. Gott sei Dank kann der Mensch noch nicht alles nach seinen Wünschen beeinflussen, fuhr es Merana durch den Kopf, die Natur hält schon noch einige Überraschungen für uns bereit. Mit welchen Überraschungen würde er morgen rechnen müssen, wenn er seine Ermittlungen fortsetzte? Was würde ihm Aurelia Zobel erzählen, wenn er sie mit der Aussage des Tischlereimitarbeiters konfrontierte? Würde sie wieder auf seinen

Mangel an Manieren hinweisen und sich herauswinden? Und wenn sie das Verhältnis mit Rilling zugab, was hieß das schon? Oder war es dieses Mal tatsächlich so einfach? Eine verheiratete Frau hat seit einiger Zeit ein Verhältnis. Dann macht ihr Liebhaber bei einer Party vor den Augen aller mit einer anderen Frau rum. Die eifersüchtige Geliebte macht ihm eine Szene. Es kommt zum Streit. Alkohol ist im Spiel. Sie greift in ihrem Zorn zum Eisenständer und zieht ihm das Ding über den Schädel. Und schlägt dann gleich noch einmal zu. Wie hatte Thomas Brunner, der Chef der Spurensicherung, sich ausgedrückt? Kalkulierte Wut? War es tatsächlich so einfach? Merana griff wieder nach seinem Buch und atmete tief durch. Er machte sich keine großen Hoffnungen. So einfach war es selten. Bald würde er mehr wissen. Er begann gedankenverloren, die Seiten durchzublättern und stieß auf die Stelle mit der Beschreibung der Kronengrotte. Sie hieß tatsächlich auch Midasgrotte. Warum Apoll als Statue ausgerechnet in der Midasgrotte stand, erfuhr er nicht. Dafür wurde er durch die Lektüre belehrt, dass die Statuen des jungen Gottes und des bedauernswerten Marsyas aus weißlichem Untersberger Marmor gefertigt waren, aus demselben Material wie der mächtige Salzburger Dom in der Altstadt. Und mit dem Gefühl, wenigstens etwas erfahren zu haben, legte er das Buch beiseite und löschte das Licht.

DUNKELHEIT, DREI STUNDEN NACH MITTERNACHT

Die Turmuhr schlug siebenmal. Viermal hell, dreimal tief. Beim letzten Schlag erwachte der Schlammmann. Er stand groß und breit im Kopf, ganz ohne Tarnung. Durch das geöffnete Fenster drang von weit her das Bellen eines Hundes. Eine Bettdecke lag auf dem Boden. Zwei Füße wurden auf den Teppich gestellt. Die nackten Zehen stießen an die Bettdecke. Die Füße hinterließen Abdrücke auf dem Teppich. Es entstanden kleine Mulden aus niedergepressten Teppichfasern. Die Fasern richteten sich wieder auf, wenn die Füße weitergegangen waren. Die Mulden verschwanden. Eine Hand zog eine Schublade auf. Eine andere Hand griff in die Schublade. Die Hand kam wieder heraus. Sie hielt eine Schlinge. Für einige Sekunden beleuchtete das durchs Fenster fallende Mondlicht die Schlinge. Sie war rot. Die Hand mit der Schlinge tauchte wieder in die immer noch geöffnete Schublade. Dann kam die Hand zurück. Nun war sie wieder leer. Die andere Hand schloss die Schublade. Die Füße hinterließen beim Zurückgehen Abdrücke auf dem Teppich. Die Fasern des Teppichs richteten sich auf, nachdem die Füße sie freigaben. Eine Hand griff nach der Bettdecke auf dem Boden. Die nackten Füße hoben vom Boden ab und verschwanden im Bett. Draußen bellte ein zweiter Hund.

DIENSTAG

Als Merana kurz vor 8 Uhr in der Bundespolizeidirektion ankam, sah er die Autos von zwei Fernsehteams wegfahren. Er wunderte sich, was die Medienleute hier gewollt hatten. Vielleicht hätte er doch in der Früh die Nachrichten hören sollen, aber er hatte es eilig gehabt und wollte sich erst im Büro mittels Internet informieren.

Im Gebäude wandte er sich zum Treppenhaus. Aus der Ferne hörte er eine schreiende Männerstimme, und dazwischen, etwas leiser, aber ebenfalls erregt, die Stimme einer Frau. Was war da los? Merana beschleunigte seine Schritte. Als er im oberen Stockwerk um die Ecke des Korridors bog, erkannte er Kilian Kahlhammer, den Einsatzleiter der Streifenkommandos, der seinen Zweimeterkörper vor der geöffneten Bürotüre postiert hatte und auf eine Beamtin einbrüllte. Die ließ ihre Hände durch die Luft sausen wie einen Degen und schrie zurück. Daneben standen, mit betretenen Gesichtern, drei Kollegen in Uniform. Als Merana die Beamtin erkannte, fuhr ihm ein leichter Schreck durch den Magen. Die Frau war Andrea Lichtenegger. Was um alles in der Welt war hier nur passiert?

»Sie haben sich im Zuge einer Amtshandlung ungebührlich und anmaßend verhalten, Frau Inspektor, und Sie haben nicht nach Befehl gehandelt! Sie sind eine Schande für die Polizei!«, donnerte die Stimme des Einsatzleiters durch den Korridor.

»Ich bin eine Schande für die Polizei?«, schrie die junge Streifenbeamtin zurück.

»Was die Polizei heute Morgen gemacht hat, das ist eine Schande. Eine Schande für die Menschheit!«

»Darf man erfahren, was hier los ist?«, fragte Merana laut und mit scharfer Stimme.

Für eine Sekunde war es still. Dann hob Kahlhammer abwehrend die Hand.

»Martin, halt dich da raus. Das ist nicht deine Abteilung. Das geht dich nichts an.«

Merana ging zwei Schritte auf den Einsatzleiter zu.

»Wenn in den Gängen der Polizeidirektion eine solch aggressive Stimmung herrscht, und ein Vorgesetzter seine Untergebene derartig anschnauzt, dann geht mich das sehr wohl etwas an.«

»Danke, Herr Kommissar. Das ist sehr anständig von Ihnen, aber ich kann mich allein wehren«, rief die junge Polizistin. Ihre Stimme war leiser geworden, aber sie hatte nichts an Schärfe verloren. »Und es ist mir völlig egal, ob ich gemäß Dienstvorschrift im Unrecht bin, oder nicht. Ich bin nicht Polizistin geworden, um im Morgengrauen zwei kleine Kinder aus dem Schlaf zu reißen und sie zusammen mit ihrem Vater unter Androhung von Waffengewalt in einen Bus zu zerren, damit sie irgendwohin abgeschoben werden.«

»Glauben Sie, mir bereitet das Vergnügen, Frau Lichtenegger?« Der Einsatzleiter konnte sich noch immer nicht zurückhalten. Er wurde wieder laut. »Aber die Polizei ist kein Spaßverein. Unsere Arbeit ist eben manchmal brutal. Wir sind ausführende Organe. Wir handeln nach Befehl. Wenn Sie das nicht verstehen, dann sind Sie hier fehl am Platz!« Merana wollte eingreifen, aber eine deutliche Handbewegung von Andrea Lichtenegger stoppte ihn. Sie griff an die Schnalle ihrer Koppel, öffnete den Gurt samt der Dienstwaffe und nahm ihn ab.

»Dann bin ich eben hier fehl am Platz.« Ihre Stimme war leise, sie zitterte vor Wut. »An einem Ort, wo man sich nicht dagegen wehrt, wenn uniformierte Schergen kleine Kinder verschleppen, will ich auch nicht sein.« Sie drückte dem Einsatzleiter mit einer raschen Bewegung den Gurt in die Hand, drehte sich um und stapfte mit energisch ausholenden Schritten davon. Merana wollte ihr nacheilen, aber der Einsatzleiter des Streifenkommandos hielt ihn an der Schulter zurück.

»Zum letzten Mal, Martin. Das ist nicht deine Abteilung. Jeder weiß, dass du auf die Kleine scharf bist, aber halt dich da raus.« Merana blieb stehen, als wäre er gegen eine Lokomotive gerannt. Was hatte der Kerl da eben gesagt? Er wischte Kahlhammers Hand von seiner Schulter und drehte sich um.

»Was hast du eben gesagt? Kannst du das noch einmal wiederholen?«

»Ach, Martin. Spiel hier nicht den Ahnungslosen. Es ist mir auch vollkommen schnuppe, ob du mit der Lichtenegger etwas hast oder nicht. Aber ganz und gar nicht egal ist es mir, dass sie heute gegen jegliche Vorschrift verstoßen hat durch den Versuch, einen Polizeieinsatz zu sabotieren.« Mit diesen Worten ließ er Merana einfach stehen, drehte sich um, betrat sein Büro und knallte die Türe zu. Der Kommissar kochte vor Wut. Er wusste nicht, was ihm mehr die Galle hochtrieb. Diese hinterhältige Verleumdung, er hätte ein Verhältnis mit Andrea Lichtenegger oder dass ihn der impertinente Kerl da einfach mitten auf dem Gang stehen ließ, ohne weitere Erklärung, worum es bei der Auseinandersetzung gegangen war. Merana blickte den Korridor entlang. Die Kollegen, die Zeugen dieser Szene gewesen waren, hatten inzwischen das Weite gesucht. Aber auch von der jungen Streifenbeamtin war nichts mehr zu sehen. Er eilte den Gang entlang, über den Andrea verschwunden war. Er suchte sie, fand sie aber nicht. Der Kommissar ließ sich von der Vermittlung mit Andreas Handy verbinden, aber das war ausgeschaltet. Er blickte auf die Uhr. In einer halben Stunde hatte er Teambesprechung. Er lief zurück, pochte einmal mit dem Knöchel kurz und hart an die Tür von Kahlhammers Büro und trat sofort ein. Der schaute ihn erstaunt an, legte aber sofort den Telefonhörer, den er in der Hand hielt, zurück auf die Gabel.

»Wenn du noch einmal eine blöde Bemerkung machst über mein angebliches Verhältnis zur Kollegin Lichtenegger, dann wirst du mich kennenlernen, Kilian. Und jetzt will ich wissen, was los war.«

Der Einsatzleiter stierte ihn mit leicht blutunterlaufenen Augen an. Die hart aufeinander gepressten Lippen bebten. Dann deutete er mit der Hand auf einen der freien Stühle. Merana blieb stehen.

»Wir hatten heute Morgen um sechs Uhr einen Assistenz-Einsatz direkt für das Innenministerium zur Unterstützung der Einsatztruppe aus Wien. Einsatzort: ein Haus in Liefering. Abzuholen waren ein Mann aus dem Kosovo, der sich seit fünf Jahren illegal in Österreich aufhält und seine beiden Kinder, ein vierjähriges Mädchen und ein elfjähriger Junge. Die drei müssen dorthin zurück, wo sie herkommen.«

»Was ist mit der Mutter?« »Weiß ich nicht. Geht mich auch nichts an. Wir machen die Gesetze nicht, wir sorgen nur dafür, dass sie eingehalten werden. Wir haben Befehle auszuführen, ob uns das passt oder nicht.« Merana wollte das im Augenblick nicht kommentieren. Er wusste auch, dass Kilian Kahlhammer Mitglied jener Partei war, die sich in Österreich besonders vehement für Abschiebungen von Fremden stark machte.

»Was ist dann passiert? Was hat Andrea Lichtenegger damit zu tun?«

»Sie hat sich in einer Art und Weise verhalten, wie ich es in 15 Jahren Dienstzeit noch nie erlebt habe.« Kahlhammers Stimme war wieder lauter geworden. »Als der abzuführende Mann und die Kinder Widerstand leisteten und die Gruppe aus Wien entsprechende Maßnahmen setzte, um ihrem Auftrag nachzukommen, hat sich die Streifenbeamtin Andrea Lichtenegger einem der Kollegen in den Weg gestellt.«

»Die Kinder haben Widerstand geleistet?« Merana konnte nicht glauben, was er eben gehört hatte. »Wie haben sie das gemacht? Hat die Vierjährige etwa einen bis an die Zähne bewaffneten Abschiebungsspezialisten der Polizei mit ihrem Teddybär bedroht?« Kahlhammer war aufgesprungen. Die Falten an seinem Hals zitterten.

»Kollege Merana, ich habe die Nase voll von dir und deinen sarkastischen Unterstellungen. Da ist die Tür, mach sie von außen zu. Aber dalli. Du hast mit der Sache nichts zu tun. Für Inspektorin Lichtenegger gibt es eine Anzeige an die Disziplinarkommission. Dir sind die erforderlichen Maßnahmen sicherlich bekannt. Und du wirst dich da gefälligst raushalten!« Merana spürte, dass er die in ihm erneut aufkeimende Wut nur schwer unter Kontrolle halten konnte. Am liebsten hätte er seine Faust geballt und in das vor Selbstgerechtigkeit triefende Gesicht des anderen gerammt. Aber das war auch keine Lösung. Er riss die Tür auf und ging nach draußen. Die Tür ließ er demonstrativ offen. Die sollte sich das Arschloch selber zumachen.

Als er in seinem Büro am Schreibtisch saß, versuchte er noch einmal, Andrea Lichtenegger zu erreichen. Wieder Fehlanzeige.

Er würde sich später darum kümmern, nun musste er sich mit voller Konzentration seiner Ermittlungsarbeit zuwenden. Die erste Besprechung hatte er für 9 Uhr angesetzt. Er überlegte, ob er Aurelia Zobel dieses Mal ins Präsidium bestellen sollte oder ob es besser wäre, sie zu Hause oder in ihrem Büro zu vernehmen. Er wollte das nach dem Team-Meeting entscheiden. Die erste Nachricht, die er auf seinem Notebook fand, war vom Chef. Wenn alles klappte, würde der Polizeipräsident am Nachmittag mit einem Armeehubschrauber nach Calais gebracht werden und könnte von dort den Nachtzug nach Salzburg nehmen. Also keine Fähre. Hubschrauber war ohnehin besser. Merana war gespannt, wer die Kosten für diesen Extraflug übernehmen würde. Die nächste Nachricht bekam Merana aufs Handy. Sie war von Birgit. Sie schickte ihm ein Foto, das sie vor einer Minute mit ihrer Handykamera aufgenommen hatte. Das Bild war leicht verschwommen, aber Merana konnte dennoch deutlich die Rückseite eines Vans erkennen, der offenbar gerade am Wegfahren war. Der Van gehörte einem Salzburger Busunternehmen und trug die Aufschrift ›Flughafen-Taxi – Salzburg-München‹. Das war etwas, was er an Birgit mochte:

Botschaften dieser Art mit einem Augenzwinkern. Er konnte sich Birgits schelmisches Lächeln vorstellen, als sie auf den Auslöser gedrückt hatte, und die Randolphs endgültig Richtung Flughafen verschwanden. Er ging die weiteren ungelesenen Mailnachrichten durch, versuchte Bürokram zu erledigen und Anfragen anderer Dienststellen zu beantworten.

Plötzlich öffnete sich auf dem Bildschirm ein Fenster mit einer Nachricht. ›Kaltner anrufen‹ stand da in roter Schrift auf gelbem Grund. Er hatte sich diesen Hinweis programmiert. Er erschien zweimal täglich auf seinem Notebook als Erinnerung. Aber bis jetzt hatte er noch nie die richtige Lust verspürt, seinen Mitarbeiter zu kontaktieren, der seit einigen Tagen im Krankenhaus lag. Also dann eben jetzt, sagte er sich, viel schlimmer kann es heute nicht mehr werden. Er griff zum Handy. Nach zwei Freizeichen meldete sich eine Männerstimme.

»Herr Kommissar, ich bin überrascht, dass Sie mitten in den Ermittlungen Zeit finden, mich anzurufen.«

»Ich muss auch gleich zur nächsten Besprechung. Ich wollte mich nur erkundigen, wie es Ihnen geht, Herr Kaltner.«

»Ganz gut. Wenn es nach mir ginge, wäre ich schon längst zu Hause. Aber der Herr Primar sieht das anders. Und wir wollen dem Golfpartner meines Schwiegervaters so viel fachliche Kompetenz unterstellen, dass er tatsächlich ausschließlich medizinisch begründete Bedenken hat und nicht etwa auf den Betrag schielt, den ihm ein verlängerter Aufenthalt eines Patienten der Sonderklasse für den Umsatz seiner Abteilung bringt.«

Merana verkniff sich ein kurzes Auflachen. Einerseits konnte er sich gut vorstellen, wie die halbe Belegschaft, von der kleinsten Krankenschwester bis hinauf zum Primar um den Patienten Gebhart Kaltner herumscharwenzelte. Immerhin war dieser mit der Tochter einer der angesehensten und einflussreichsten Salzburger Familien verheiratet. Sein Herr Schwiegerpapa war mit jedem, der in dieser Stadt auch nur halbwegs wichtig war, bestens vertraut. Andererseits spürte Merana, wie dies dem ans Bett gefesselten Gruppeninspektor wohl auch auf die Nerven ging.

»Lassen Sie sich ruhig noch etwas verwöhnen, Herr Kaltner. Damit Sie dann wieder hundertprozentig einsatzfähig sind.«

»Ich denke mir, 80 Prozent müssten auch genügen. Wie kommt das Team mit dem Fall voran? Ich weiß nur das, was in der Zeitung steht und was ich im Internet gelesen habe.« Merana hielt kurz inne. Kaltner war alles andere als beliebt in der Abteilung. Er wusste, dass ihn einige Mitarbeiter im Krankenhaus angerufen hatten, und die Kollegen vom Betriebsrat waren auch mit einem Blumenstrauß am Krankenbett aufmarschiert. Aber ihn gar über laufende Ermittlungen zu informieren, das wäre wohl keinem eingefallen. Wozu auch? Merana schaute auf die Uhr. Sollte er Zeitknappheit vortäuschen und auflegen? Er hatte den Gruppeninspektor schon einmal bei einem Fall schlecht behandelt und links liegen gelassen, den Fehler aber schließlich eingesehen. Nun denn. Merana holte tief Luft und berichtete so knapp wie möglich über den Stand der Dinge. Kaltner hörte ruhig zu und stellte nur einmal eine Zwischenfrage über die Art der Schlinge. Ja, dachte Merana, auch wenn er meist ein Widerling ist, so ist er doch ein guter Ermittler. Stellt immer die richtigen Fragen. Dann beendete er seinen kurzen Bericht.

»Klingt noch nach Tappen im Dunklen und jeder Menge Arbeit, Herr Kommissar.«

»Das können Sie laut sagen, Kaltner. Aber ich muss jetzt wirklich auflegen.«

Er wünschte noch »Gute Besserung« und beendete das Gespräch. Jetzt habe ich am Schluss wieder nur ‹Kaltner› gesagt, statt ‹Herr Kaltner›, wie ich es mir vorgenommen hatte, schoss es ihm durch den Kopf. Egal, er wird es schon aushalten. Er stand rasch vom Schreibtisch auf, um ins Besprechungszimmer hinüberzugehen, als die Tür zu seinem Büro aufgerissen wurde. Carola Salmann stürmte herein. Etwas Unvorhergesehenes war passiert. Merana las es seiner Stellvertreterin vom entsetzten Gesichtsausdruck ab.

»Die Zobel ist tot!«

»Was?«

Carola schüttelte den Kopf, als könne sie es selbst nicht glauben.

»Ihr Mann hat angerufen. Er hat sie eben gefunden. Sie liegt in der Küche ihrer Villa auf dem Gaisberg. Mit eingeschlagenem Kopf.«

Merana brauchte ein paar Sekunden, bevor er vollständig kapierte, was ihm Carola gerade mitgeteilt hatte. Aurelia Zobel würde ihm also keine Fragen mehr beantworten können über ihre Beziehung zu Wolfram Rilling.

Merana und Carola Salmann trafen fast gleichzeitig mit dem Wagen der Spurensicherung vor der Villa auf dem Gaisberg ein. Auf dem mit Grünstreifen gesäumten Parkplatz hinter der Einfahrt standen bereits drei Autos, ein dunkler Mercedes, ein Streifenwagen und der grüne Toyota des Notarztes. Carola, die am Steuer saß, ließ den Wagen der Spurensicherung vorbeifahren und parkte das Dienstauto mitten in der Einfahrt. Die Villa war ein langgezogener Bau mit zwei Stockwerken aus hellem Stein. Zwei Stufen, flankiert von Oleanderbäumen in Töpfen, führten zum Eingang. In der geöffneten Türe stand eine Streifenbeamtin.

»Guten Morgen, Herr Kommissar«, grüßte die Beamtin. Merana grüßte zurück. Er kannte die junge Frau nicht. »Wo müssen wir hin, Frau Kollegin?«

»In die Küche, am Ende des Vorraumes links. Und seien Sie vorsichtig. Es ist überall nass.« Merana lächelte der jungen Frau zu und folgte dem beschriebenen Weg. ›Überall nass‹, war leicht untertrieben. Der gesamte Vorraum mit seinem Marmorfußboden war ein einziger See. Das Wasser reichte bis an die Wände. Merana hörte das quatschende Geräusch unter seinen Schuhsohlen. Er drehte sich zu Carola um. Die hatte ihre Hosenbeine leicht nach oben gezogen und folgte ihm. Die Schiebetür zwischen Flur und Küche war offen. Merana konnte nicht viel sehen, denn die Leute von der Spurensicherung verstellten ihm die Sicht.

»Wo ist der Ehemann?«, fragte Merana den uniformierten Streifenbeamten am Eingang zur Küche.

»Im Salon. Der Notarzt kümmert sich um ihn.«

»Ich gehe in den Salon«, hörte Merana Carola hinter sich. »Bleib du hier, Martin.« Der Kommissar stellte sich an den Eingang. Die Küche war kleiner, als er bei der Größe der Villa vermutet hätte, aber sie war geschickt eingerichtet. Auf der rechten Seite, die zum anschließenden Esszimmer hin offen war, dominierte ein großer in Schwarz und Silber gehaltener Küchenblock mit Keramikkochfläche und Arbeitsplatte das Ensemble, begrenzt von einem Kühlschrank und einem schmalen hohen Regal mit Gewürzen. Links erstreckte sich eine Zeile aus Schränken und Regalen, unterbrochen von einem Fenster, unter dem sich zwei große Spülbecken befanden. Eines davon war voll mit Wasser. Auch die Schranktüre unterhalb des Spülbeckens war nass. Merana drückte sich am Streifenbeamten vorbei, um besser sehen zu können. Auf dem mit grauem Marmor gefliesten Fußboden stand das Wasser etwa zwei Zentimeter hoch. Im Bereich der Spüle lag eine Frau, bekleidet mit einem fliederfarbenen Morgenmantel, von der er nur die nackten Beine und einen Teil des Oberkörpers sehen konnte. Den Rest verdeckte der Polizeiarzt, der sich in Hockstellung über die Leiche beugte.

»Guten Morgen, Richard«, sagte Merana. »Lass mich bitte nur einen kurzen Blick auf die Frau werfen. Dann kannst du weitermachen.« Der Arzt richtete sich auf, nickte Merana zu und stellte sich mit dem Rücken zum Kühlschrank. Der Kopf von Aurelia Zobel war zur Seite gedreht. Aus der riesigen klaffenden Wunde am Hinterkopf rann Blut, das sich mit dem Wasser mischte. Der Bademantel war am Kragen und an einem Teil des Rückens ebenfalls rot gefärbt. Und noch etwas Rotes fiel Merana sofort auf. Die rote Schlinge, die um den Hals der Leiche geschnürt war. »Warum ist es hier so nass?«, fragte Merana.

»Der Wasserhahn des Spülbeckens war aufgedreht«, antwortete der Streifenbeamte vom Kücheneingang her. »Der Ehemann hat das Wasser abgedreht, als er seine tote Frau entdeckte.« Wieder eine Leiche mit einer roten Schlinge um den Hals, überlegte Merana, während er sich umdrehte und den Arzt seine Untersuchung fortsetzen ließ. Wieder ein brutaler Schlag auf den Schädel. Und wieder ist alles voll Wasser.

Der Kommissar ging zurück in den Vorraum und schaute sich kurz um. Das war nicht einfach ein Vorraum, das war ein elegant eingerichtetes Vestibül mit Glasvitrinen, zwei großen Bodenvasen, einem eleganten Tisch mit geschwungenen Beinen und dazu passendem Biedermeiersofa. Eine großzügig angelegte Treppe führte in den oberen Stock. Merana öffnete vorsichtig die Türe zu seiner Linken und stand in einem großen Raum. Das war offenbar der Salon. Was ihm sofort auffiel, waren die mächtige Glasfront mit der dahinterliegenden Terrasse und der atemberaubende Blick auf die Stadt. Auf der rechten Seite des Salons sah er Edmund Zobel in einem Fauteuil sitzen, den Kopf zurückgelehnt. Die Augen hatte er geschlossen. Der Notarzt nahm eben seine Tasche und war im Begriff zu gehen. Auf einem Hocker neben Edmund Zobel saß Carola Salmann und sprach ruhig auf den Hausherren ein. Merana ließ den Notarzt passieren. Der grüßte im Vorbeigehen mit einem Kopfnicken. Der Kommissar schloss die Türe von außen und ging zurück ins Vestibül. Er wollte auf den Polizeiarzt warten. Er betrachtete den Inhalt der Glasvitrinen. Sie enthielten aufgeschlagene Folianten mit alten Handschriften. Die Texte waren in Latein, die Anfangszeilen mit Blumenbildern verziert. Die alten Schriften bildeten einen spannenden Kontrast zu den modernen Bildern an den Wänden.

Merana hörte Schritte und drehte sich um. Richard Zeller blieb vor dem Kommissar stehen.

»So viel ich auf den ersten Blick feststellen konnte, wurde sie mit einem schweren Gegenstand erschlagen, mit einem großen Hammer oder etwas Ähnlichem. Der Wunde nach zu urteilen, waren es wohl wieder zwei Schläge wie bei Rilling. Dem Blutaustritt nach ist sie nicht viel länger als eine Stunde tot. Ich erspare dir die Floskel von wegen ›Genaueres erst nach der Obduktion‹, Martin.«

»Danke, Richard.« Merana klopfte Zeller anerkennend auf die Schulter. »Wie war es auf der Pfingstdult mit deiner Enkelin?« Der Polizeiarzt ging langsam auf den Ausgang zu.

»Am besten haben ihr das Gruselkabinett und die Schreckenskammer gefallen. Ich hoffe, sie muss nie in ihrem Leben etwas wirklich Grässliches sehen, so wie das hier.« Er drehte sich um und deutete in Richtung Küche. »Es wäre gut, wenn du diesen Irren bald erwischst, Martin. Zwei Leichen mit eingeschlagenem Schädel innerhalb von drei Tagen reichen mir.« Dann ging Richard Zeller nach draußen zu seinem Wagen. Gleich darauf kam Carola aus dem Salon und stapfte durch das Wasser auf Merana zu.

»Lass uns rausgehen, Martin, ich habe schon ganz nasse Füße.« Sie verließen das Haus, gingen um die Villa herum und stießen auf eine kleine Rasenfläche mit zwei blühenden Magniolensträuchern. Sie zwängten sich durch das Dickicht und waren im selben Moment überwältigt von der Aussicht, die sich ihnen bot. Sie hatten einen freien Blick über das gesamte Salzachtal, vom Hagengebirge im Süden bis zum sich öffnenden Alpenvorland im Norden. Und vor dem Massiv des Untersberges, der in der Ferne wie eine schützende Wand aufragte, lag die Stadt mit ihren Türmen und Kuppeln, mit der Festung und den Stadtbergen und dem silbernen Band der Salzach, das sich dazwischen durchschlängelte. Eine Minute lang sagten sie beide gar nichts. Sie waren nicht das erste Mal auf dem Gaisberg. Aber der Ausblick war jedes Mal aufs Neue faszinierend. Carola drehte sich zuerst um.

»Er sagt, er wäre um 8.30 Uhr nach Hause gekommen. Normalerweise habe er als Primar kaum Nachtdienste, aber gestern war ein Notfall. Er wurde wegen des schrecklichen Unfalles länger im Krankenhaus gebraucht.«

Merana erinnerte sich. Tauernautobahn, zwei Tote, neun Schwerverletzte.

»Er wunderte sich über das viele Wasser in der Eingangshalle«, fuhr Carola fort, »und ist auf direktem Weg in die Küche gelaufen. Dort fand er seine Frau. Er hat sofort erkannt, dass sie tot war. Das rinnende Wasser hat er abgestellt.«

»Wann hat er uns angerufen?«

»Gleich danach. Er ist nicht in Panik geraten, schließlich ist er Arzt. Hat professionell reagiert.«

»Hat er sich vorher gar nicht umgeschaut, ob derjenige, der das angerichtet hat, vielleicht noch im Haus ist?«

»Ich habe ihn danach gefragt. Er sagte, auf den Gedanken sei er gar nicht gekommen. Erst später, nachdem er uns verständigt hatte.«

»Und?«

»Er hat nichts Verdächtiges entdeckt. Und er hat auch keine Erklärung für das Geschehen.«

Merana hob die Hand und kratzte sich am Kinn.

»Vielleicht braucht er auch keine Erklärung.«

»Du meinst, weil er es selber gewesen sein könnte?«

Merana nickte zustimmend.

»Und das Motiv?«

»Das könnte darin zu finden sein, worüber Otmar heute dem Team beim 9-Uhr-Meeting berichten wollte und worüber er mich gestern Nacht noch informierte. Aurelia Zobel hatte ein Verhältnis mit Wolfram Rilling.«

»Und du meinst, Edmund Zobel hat davon gewusst?«

»Wir werden ihn danach fragen, aber erst später. Zuerst wollen wir abwarten, was Thomas mit seiner Truppe herausfindet.«

Als sie zum Haus zurückgingen, läutete Carola Salmanns Handy. Sie meldete sich.

Ihr Gesichtsausdruck veränderte sich schlagartig.

»Ich komme.«

Sie steckte das Telefon rasch in ihre Tasche.

»Martin, kommst du hier allein zurecht? Ich muss dringend weg.« Merana sah sie an. Aus ihrem Gesicht war jede Farbe gewichen.

»Ist etwas mit Hedwig?«

Sie schüttelte nur energisch den Kopf, drehte auf der Stelle um und lief zum Wagen.

Auf den Eingangsstufen der Villa stand immer noch die Streifenbeamtin, die er nicht kannte.

»Frau Kollegin, verständigen Sie bitte Abteilungsinspektor Braunberger. Er soll mit ein paar Leuten herkommen und nach möglichen Zeugen in der Nachbarschaft suchen.« »Sofort, Herr Kommissar.« Sie nahm ihr Funkgerät vom Gürtel und entfernte sich ein paar Schritte. Der Chef der Spurensicherung kam heraus. Er streifte energisch die Plastikhandschuhe von den Fingern und warf sie in den kleinen silbernen Koffer, den er bei sich hatte.

»So wie es aussieht, hatte der Täter einen Schlüssel oder Frau Zobel hat ihn selbst hereingelassen. Es gibt nirgendwo auch nur den Ansatz einer Spur für ein gewaltsames Eindringen.« Wir müssen sofort klären, wer alles einen Schlüssel zum Haus hat, notierte sich Merana im Kopf. Wenn wir unter diesen Personen niemanden finden, der für den Mord infrage käme, wird es noch enger für den Ehemann.

»Im Spülbecken liegt ein Glas«, fuhr Thomas Brunner fort. »Es könnte sich folgendermaßen abgespielt haben: Sie hat sich über den Wasserhahn der Spüle gebeugt, um das Glas zu füllen. Dabei wurde sie von hinten erschlagen. Eine Tatwaffe haben wir bisher nicht gefunden. Aber meine Männer sind gerade dabei, das ganze Haus auf den Kopf zu stellen.« Merana fiel das abschüssige Gelände hinter dem Haus ein.

»Wenn der Ehemann es war, hätte er genug Zeit gehabt, die Waffe verschwinden zu lassen. Vielleicht hat er sie einfach den steilen Berg hinuntergeworfen und sie liegt irgendwo zwischen Felsblöcken und Bäumen.«

»Wenn er das getan hat, dann werden wir sie finden. Verlass dich darauf. Zur Not holen wir uns die Bergputzer.« Thomas Brunner meinte damit die Spezialisten der Stadt, die sich mehrmals im Jahr in die steilen Wände der Stadtberge hängen, um den Felsen nach lockerem Gestein und anderen gefährlichen Dingen abzusuchen. Das machten die Bergputzer schon seit über 300 Jahren. Zumindest behauptete das die Stadtchronik. Diese wagemutigen Männer wurden von den Stadtbewohnern und der Lokalpresse fast wie Helden verehrt.

»Was ist mit der Schlinge um den Hals der Toten?«, wollte Merana wissen.

»Auf den ersten Blick würde ich sagen: das gleiche Material und ein ähnlicher Knoten wie beim anderen Opfer.« Dann war es wohl ein und derselbe Täter, dachte Merana. Oder jemand versuchte hier eine groteske Nachahmung des ersten Mordes, mit Schlinge um den Hals und Wasserspielen aus der Küchenspüle. Auch wenn Merana sich während der Ermittlungen nie auf eine einzige Richtung festlegte, um keine noch so schwache mögliche andere Spur zu übersehen, neigte er in diesem Fall doch stark zu der Ansicht, es gäbe nur einen Täter. Wer stand in Beziehung zu beiden Opfern? Sie mussten ihre Ermittlungen ausweiten.

»Danke, Thomas, wir sehen uns später bei der Besprechung im Präsidium.«

Merana stieg die Stufen hoch, latschte durch die Wasserlachen des Vestibüls und betrat den Salon. Edmund Zobel saß immer noch im selben Fauteuil, doch jetzt war seine Haltung aufrechter als vorhin. Seine Augen waren gerötet. Hatte er geweint? Merana begann das Gespräch behutsam und ließ sich noch einmal die Situation schildern, wie der Arzt nach dem Nachtdienst in die Villa gekommen war. Der Chirurg gab bereitwillig Auskunft, bemühte sich, alle Eindrücke mit derselben Präzision wiederzugeben, mit der er sonst sein Skalpell führte. Merana ließ ihn dabei nicht aus den Augen.

»Sie haben vom Tod des Stadtgartendirektors in Hellbrunn gehört?«

Zobel nickte. »Ja, natürlich, davon habe ich gelesen.«

»Haben Sie mit Ihrer Frau darüber geredet?«

Der Arzt schüttelte kurz den Kopf. Als sei er von etwas angewidert. »Nein. Es fand sich keine Gelegenheit dazu.« Soll ich ihn schonen oder nicht?, überlegte Merana kurz. Dann entschied er bei sich: keine Schonung.

»Sie wissen, Herr Professor, dass Ihre Frau mit Wolfram Rilling seit Längerem ein Verhältnis hatte?« Würde er jetzt ähnlich reagieren wie seine tote Frau und Merana schlechte Manieren vorwerfen? Doch der Chirurg sagte nach einer kleinen Pause mit erstaunlicher Gelassenheit: »Ja, ich habe es gewusst.«

Merana wartete, ob sein Gegenüber diesem Eingeständnis noch etwas hinzufügen wollte, aber Zobel schwieg.

»Wolfram Rilling ist vorgestern Nacht ermordet worden, etwa gegen 4 Uhr früh. Können Sie mir sagen, wo Sie um diese Zeit waren, Herr Professor?«

Zobel nahm die Hände von seinen Knien und legte sie auf die Armlehnen des Polstersitzes. »Da war ich in unserer Stadtwohnung. Allein. Dafür gibt es keine Zeugen.« Und nach einer Pause fügte er hinzu: »Sie meinen, ich sollte meinen Anwalt anrufen, Herr Kommissar?«

Merana erhob sich. »Das wäre vielleicht nicht schlecht.«

Bevor Merana die Salontüre erreicht hatte, drehte er sich noch einmal um.

»Entschuldigen Sie meine Unhöflichkeit. Ich möchte Ihnen mein Beileid zum schrecklichen Tod Ihrer Frau aussprechen.« Der Chirurg hatte den Kopf wieder zurückgelehnt.

»Danke, Herr Kommissar. Ich nehme Ihnen sogar ab, dass dies für Sie nicht nur eine Floskel ist.« Merana bemühte sich, die Tür so leise wie möglich zu schließen.

Am Nachmittag versuchte Merana, vom Büro aus zwei Mal Andrea Lichtenegger und Carola Salmann zu erreichen. Jetzt hatte er schon zwei Frauen, die ihm am Herzen lagen und die einfach auf und davon gestürmt waren. Carola hatte wenigstens ihr Handy nicht ausgeschaltet und somit konnte er ihr eine Nachricht auf der Mobilbox hinterlassen. Er wollte um 18 Uhr sein Team zur Besprechung sehen. Als er zwei Minuten nach sechs den Raum betrat, waren nur Otmar Braunberger und Thomas Brunner da.

»Wir wollen nicht auf Carola warten«, entschied Merana. »Fangen wir an.«

Braunberger fasste zusammen, was er und seine Leute bei der Befragung in der Nachbarschaft der Zobels herausgefunden hatten.

»Keiner der Befragten hat etwas Auffälliges bemerkt. Die Zobel'sche Villa ist kaum einzusehen. Das nächste Nachbarhaus liegt gut einen halben Kilometer entfernt. Ein Bauer, der heute früh mit dem Milchwagen unterwegs war, gab an, er hätte einen Jogger im Wald gesehen. Aber das muss nicht viel bedeuten. Wie wir wissen, ist der Gaisberg ein beliebtes Gebiet für Läufer, die es ein bisschen extremer mögen.«

»Hat der Bauer den Jogger genauer gesehen? Mann oder Frau?«

»Konnte er nicht sagen. Die Person war zu weit weg.

Dem Bauer kam es vor, als ob der Sportler eine Kapuze trug und einen kleinen Rucksack dabeihatte, aber sicher war er sich nicht.«

»Gibt es sonst irgendwelche Beobachtungen?«

Braunberger schüttelte den Kopf. »Nein, aber wir sind auch noch nicht alle infrage kommenden Häuser durch. Das Gebiet ist sehr weitläufig. Viele der Bewohner waren nicht zu Hause.« Merana wandte sich an den Leiter der Spurensicherung.

»Und bei euch, Thomas?« Thomas Brunner hatte wieder sein Notebook aufgeklappt und deutete auf den Bildschirm.

»Wie ihr hier am Vergleich der Bilder beider Opfer seht, hatte die Zobel die rote Schnur in ganz ähnlicher Art um den Hals wie Wolfram Rilling. Material und Farbe des dünnen Seiles sind identisch.« Merana und Braunberger ließen sich die Großaufnahmen von beiden Tatorten mehrmals zeigen.

»Habt ihr innerhalb oder außerhalb der Villa etwas gefunden, das uns weiterbringt? Fußspuren?« Der Chef der Spurensicherung drückte auf die Tastatur und ein weiteres Foto erschien auf dem Bildschirm. Es zeigte ein Stück Rasen. Nur ein geübtes Auge konnte an der schwachen Ausnehmung am Boden so etwas wie einen Fußabdruck erkennen.

»Das ist alles, was wir haben. Und ich fürchte, es wird uns keine großen Erkenntnisse bringen.«

»Dann halten wir uns an das, was wir haben«, sagte Merana. »Du hast gesagt, Schnüre dieser Art gibt es in speziellen Sportgeschäften.«

»Ja, das hat meine Abteilung inzwischen recherchiert. Solche Stricke verwenden Tourengeher, Extremsportler, Trekking-Spezialisten, auch Segler. Die rote Farbe ist selten, aber auch nicht unüblich.«

»Ist Edmund Zobel ein Extremsportler? Oder hat er ein Boot?«, fragte Braunberger.

Merana wusste es nicht.

»Ich habe vor, Zobel morgen noch einmal eingehender zu vernehmen, wenn wir mehr über ihn und seine Frau wissen. Dann werde ich ihn dazu befragen.« Ein paar Minuten später war die Besprechung beendet. Thomas Brunner klemmte sich den Laptop unter den Arm und verließ rasch den Raum.

Merana wandte sich an Braunberger. »Hast du etwas von Carola gehört, Otmar? Sie musste heute, als wir auf dem Gaisberg waren, ganz plötzlich weg und hat sich immer noch nicht gemeldet. Kann das mit Hedwig zusammenhängen?«

Merana wusste, dass Otmar der kleinen Hedwig sehr zugetan war und umgekehrt. Wenn Hedwig auf Braunbergers Knien saß und er ihr mit einer Stimme, die sonst wohl niemand als angenehm empfand, Kinderlieder vorsang, dann war das kleine behinderte Mädchen meistens beruhigt.

»Ich denke nicht, dass mit Hedwig etwas ist. In letzter Zeit gab es fast nie Probleme mit ihr.« Er sah Merana direkt an. »Vielleicht hat es mit Friedrich zu tun. Hat dir Carola nicht erzählt, dass er wieder angefangen hat, zu trinken?« Friedrich war Carolas Mann.

»Nein, hat sie nicht. Seit wann?«

»Seit ein paar Tagen.«

Merana überlegte. Vielleicht war das der Grund für Carolas zeitweilige Anspannung bei der Besprechung am Sonntag gewesen.

»Sag ihr, bitte, sie soll mich dringend anrufen, falls du etwas von ihr hörst.« Braunberger nickte und schickte sich an, zu gehen. »Natürlich, Martin, aber ich denke, sie wird sich ohnehin zuerst bei dir melden, ehe sie mich kontaktiert.«

Eine halbe Stunde später rief Carola an. Sie klang müde. Sie kämpfte, während sie sprach, immer wieder damit, ihre Stimme unter Kontrolle zu halten. Die Dienststelle ihres Mannes hatte sie am Gaisberg angerufen. Friedrich war heute Vormittag mit zwei Stunden Verspätung zum Dienst erschienen. Er war stockbetrunken. Daraufhin war Carola sofort in die Pacherstraße gefahren. Friedrich Salmann arbeitete dort im Landesreferat für Bautechnik. Sie habe Friedrich nach langem Überreden dazu gebracht, sich von ihr in die Klinik bringen zu lassen. Sie kannte dort den Leiter der Abteilung für Suchtkranke persönlich. Sie sei immer noch in der Klinik, um mit dem Arzt die weitere Vorgehensweise zu besprechen.

»Du weißt, Martin, jede Behandlung hat nur Sinn, wenn Friedrich freiwillig mitmacht. Und im Augenblick sieht es nicht danach aus. Das hatten wir alles schon einmal.« Merana versuchte sie zu beruhigen. Er gab ihr zu verstehen, sie solle in der Klinik bleiben, solange sie es für notwendig halte. Und wenn er etwas tun könne, dann solle sie es einfach sagen.

»Soll ich mich um Harald kümmern?« Harald war Carolas 15-jähriger Sohn.

»Danke, Martin, das ist nicht nötig. Meine Mutter ist bei den Kindern. Ich bleibe noch ein wenig hier und melde mich später wieder.« Sie legte auf. Merana konnte seine Stellvertreterin nicht nur gut leiden, er hatte auch große Hochachtung vor ihr. Sie war eine starke Frau, die mit unglaublicher Energie versuchte, ihr ohnehin schwieriges Familienleben mit dem stressigen Beruf einer Kriminalpolizistin zu vereinbaren. Sie hatte Jus und Politologie studiert und sogar einen akademischen Abschluss. Carola trug einen Doktortitel vor ihrem Namen, auch wenn sie darauf wenig Wert legte. Nach dem Abgang von Rupert Haigermoser vor vier Jahren hatte Carola sich ebenfalls um die Leitung der Fachabteilung beworben. Vielleicht hatten ihre schwierige Familiensituation und die Tatsache, dass sie sich sehr um ihre behinderte Tochter kümmerte und dadurch nicht immer voll einsatzfähig war, den Ausschlag dafür gegeben, dass nicht sie den Leiterposten erhalten hatte, sondern Merana. An der Qualifikation hatte es sicher nicht gelegen. Carola war auch die einzige Person, unter deren Führung zu arbeiten sich Merana vorstellen konnte. Glücklicherweise war das auch umgekehrt so. Die Tatsache, dass nicht sie, sondern Merana die Abteilung übernommen hatte, war zwischen ihnen beiden nie ein Problem gewesen.

Merana versuchte sich wieder auf seine Arbeit zu konzentrieren. Er ging noch einmal alles durch, was die beiden Morde gemeinsam hatten. Er notierte sich jede bisher bekannte Verbindung zwischen den Opfern. Wolfram Rilling und Aurelia Zobel waren in den letzten drei Jahren oft gemeinsam in der Öffentlichkeit aufgetreten. Sie hatten ein Verhältnis miteinander. Das hatte sogar der Ehemann gewusst. Sie waren beide bis zum Schluss auf dem Fest gewesen. Merana las noch einmal die Aussagen der Unternehmerin durch und verglich sie mit denen der übrigen Zeugen. Dann versuchte er abzugleichen, welche Gemeinsamkeiten im Tathergang steckten. Es waren jeweils zwei tödliche Schläge gewesen. An beiden Tatorten war Wasser geflossen. Beide Opfer hatten eine rote Schlinge um den Hals, die aber in beiden Fällen nichts mit dem Tötungsakt an sich zu tun hatten, sondern erst nachträglich angebracht worden waren.

Warum legt der Täter den Opfern nach der Tat eine Schlinge um den Hals? Was bezweckt er damit? Hat die Farbe Rot eine Bedeutung? Will er uns damit auf etwas Bestimmtes hinweisen? Ist das ein Zeichen? Beim Wort ›Zeichen‹ schoss Merana ein Gedanke durch den Kopf. Er öffnete das Kontakt-Menü in seinem Computer und suchte nach der Telefonnummer von Ulrich Peterfels. Professor Peterfels war Dozent an der Universität Salzburg mit Schwerpunkt Kunstgeschichte, Altgermanistik und Semiotik. Erst kürzlich hatte Merana einen Vortrag des Wissenschaftlers über die Funktion von Symbolen gehört. Dabei hatte Peterfels einen spannenden Vergleich zwischen den Darstellungen spätgotischer Altarbilder aus dem Mittelalter und der Zeichensprache politischer Wahlwerbeplakate der Gegenwart gezogen. Merana war beeindruckt von den Parallelen gewesen.

»Peterfels.«

Der Universitätsprofessor verfügte über eine wohlklingende Stimme. Das hatte der Kommissar schon beim Vortrag festgestellt. Merana stellte sich vor, erklärte, dass er die Hilfe eines Fachmannes in einer Mordermittlung benötige, und kam auch gleich zur Sache.

»Herr Professor Peterfels, können Sie mir mehr über

die symbolische Bedeutung zweier Dinge sagen, die mit dem Fall zu tun haben, an dem ich gerade arbeite. Das eine ist Wasser, das andere ist eine Schlinge?« Am anderen Ende der Verbindung war es kurz still. Dann fragte er.

»Welche Art von Schlinge? Hat sie ein bestimmtes Muster, einen besonderen Knoten, eine oder mehrere Maschen?«

»Nein, ich habe hier einen ganz gewöhnlichen roten Strick, der zu einer einfachen Schlinge geknotet ist.«

»Nun, die Schlinge, Herr Kommissar, hat in der Darstellung eine eher eingegrenzte symbolische Bedeutung.« Peterfels schlug einen Dozententon an, als stünde er im Lehrsaal vor der Schar seiner Studenten. »In China ist die Schlinge ein Glückssymbol. Schlingen in Karoform sind Teil der rituellen Gegenstände im Buddhismus. Vielleicht erinnern Sie sich an das chinesische Bewerbungs-Emblem der Olympischen Spiele 2008 in Peking? Das Emblem hatte auch ein Schlingenmuster. In unserem westlich abendländischen Verständnis hat die Schlinge eine ganz andere Bedeutung. Im Gegensatz zum chinesischen Symbol für Glück steht die Schlinge bei uns eher in einem negativen Kontext. Sie ist oft Zeichen für Falschheit. Dies wird in verschiedensten Darstellungen ausgedrückt, manchmal durch einen Mann mit Netz, manchmal auch durch eine Angel oder eine Schlinge.«

»Hat die Farbe dabei auch eine Bedeutung?«

»Kann sein, muss aber nicht. Wie allgemein bekannt ist, steht Rot für die Liebe. Aber das ist nicht die einzige mögliche Bedeutung. Rot ist auch die Farbe des Verrates. Vielleicht ist Ihnen schon einmal an Bildern des Apostel Judas aufgefallen, dass der Verräter des Heilandes oft mit roten Haaren dargestellt wird.« Merana dachte nach, ob ihm besondere Judasdarstellungen einfielen. Aber bis auf das berühmte Abendmahl von Leonardo da Vinci konnte er sich im Augenblick an keine anderen Bilder erinnern. Welche Haarfarbe der Judas auf diesem Gemälde hatte, wusste er beim besten Willen nicht. Aber das tat hier auch nichts zur Sache. Er notierte sich das eben Gehörte auf einem Block.

»Und das Wasser?«, fragte Merana weiter. Der Experte am anderen Ende der Leitung legte eine bedeutungsvolle Pause ein.

»Mein lieber Herr Kommissar, dazu würde der Abend nicht reichen, um Ihnen auch nur einen halbwegs umfassenden Überblick zur Symbolik des Wassers zu geben. Wasser spielt in allen Kulturen der Welt seit Jahrtausenden eine bedeutende Rolle. Die, ich betone das ausdrücklich, sehr vereinfachte zentrale Bedeutung des Wassers ist wohl: Wasser steht generell für Leben. Für Leben in jeglicher Form. Das reicht vom christlichen Taufwasser, das ewiges Leben symbolisiert, über die Fruchtbarkeitsrituale der alten Ägypter mit dem Wasser des Nil, bis zu den Werbebotschaften heutiger Mineralwasserhersteller. Wenn wir das vertiefen wollen, brauchen wir viel Zeit. Aber vielleicht genügt Ihnen das fürs Erste.« Es genügte. Merana bedankte sich und legte auf. Er versuchte sich vorzustellen, wie die Wasserfontänen im Römischen Theater und das Leitungswasser aus der Küchenspüle in der Villa sich über die Leichen ergossen. Zwei völlig unterschiedliche Tatorte. Und dennoch hatten sie etwas gemeinsam. Beide Schauplätze des Todes standen in Verbindung mit dem Sym-

bol des Lebens. Bei beiden waren die Gegensätze Tod und Leben vereint.
Numen vel dissita iungit.

Am Abend telefonierte er mit Birgit. Daniela war aus Innsbruck nach Hause gekommen. Sie musste morgen wieder zur Schule. Birgit würde also nicht mehr vorbeikommen. Gegen 22.30 Uhr rief Carola an. Sie klang besser als bei ihrem letzten Gespräch.

»Sag mir, was morgen zu tun ist, Martin. Ich freue mich direkt auf die Arbeit. Sie lenkt ab.« Merana teilte ihr mit, er wolle am Vormittag noch einmal mit Edmund Zobel reden. Er würde Carola mitnehmen. Später schaltete er den Fernseher ein. Auf ORF2 lief gerade ein Sonderbericht über den Polizeieinsatz des Morgens. Merana sah in verwackelten Bildern, wie bewaffnete Polizisten einen Mann und zwei Kinder in einen grünen Kleinbus schoben. Eine Sprecherin von Caritas Österreich empörte sich in einem Interview über das ›ungeheuerliche Vorgehen der Behörde‹ und redete von einer ›Schande für Österreich.‹ Der Vorsitzende eines Integrationsvereines kündigte Proteste in Form eines Schweigemarsches an. Der Sprecher des Innenministeriums verschanzte sich hinter Floskeln und betonte, dass man auf Basis des Rechtsstaates vorgegangen sei. Merana griff zum Handy und wählte die Nummer von Klaus Freimeier, dem Vorsitzenden des Polizei-Betriebsrates. Als Freimeier sich meldete, wollte Merana wissen, was der Betriebsrat in der Angelegenheit Andrea Lichtenegger unternehmen werde.

»Die junge Kollegin hat natürlich unsere volle Unterstützung, Martin. Aber wir müssen zuerst die Ergebnisse der Untersuchung abwarten. Zuständig ist das Landespolizeikommando, wie du weißt.«

»Ist sie vom Dienst suspendiert?« Der Betriebsratsvorsitzende zögerte mit der Antwort, als müsse er genau überlegen, was er sagte.

»Nein, Martin, ist sie nicht. Wir haben uns mit ihrer Dienststelle vorerst darauf geeinigt, dass sie zwei Tage Urlaub nimmt. Dann sehen wir weiter.«

Merana bedankte sich für das Gespräch und legte auf. Eine Weile saß er ruhig auf der Wohnzimmercouch und starrte vor sich hin. Dann stand er auf, griff nach seiner Jacke und den Autoschlüsseln und verließ die Wohnung.

Als er eine Viertelstunde später an der Wohnungstüre läutete, spürte er, wie sein Herz heftig klopfte. Das konnte nicht daran liegen, dass er in den vierten Stock hochgestiegen war. Die paar Stufen machten einem Polizisten, der mehrmals in der Woche joggte, nichts aus. Sie öffnete die Tür und sah ihn erstaunt an.

»Herr Kommissar? Sie?«

Merana fielen ihre leicht geröteten Wangen auf.

»Guten Abend, Andrea. Entschuldigen Sie die späte Störung. Aber ich wollte mich nur erkundigen, wie es Ihnen geht.« Sie war verwirrt, wusste nicht recht, was sie sagen sollte.

»Das ist sehr nett von Ihnen, ich denke, soweit ist alles in Ordnung.« Dann schwieg sie. Sie stand immer noch in der geöffneten Tür, die Hand an der Klinke.

»Ja, dann ...«, Merana überlegte, was er diesem ›dann‹ nun folgen lassen sollte. Sein Herz pochte immer noch stark. Er kam sich ein wenig hilflos vor mitten auf dem

Gang im vierten Stock, knapp vor Mitternacht. Plötzlich ging das Licht aus, auf dem Korridor wurde es finster. Nur aus der Wohnung fiel durch die halb geöffnete Tür ein schmaler Streifen gedämpften Lichtes nach draußen. Das Gesicht der jungen Frau vor ihm lag nun im Halbdunkel. Durch den Schein aus der Wohnung erstrahlten ihre braunen gelockten Haare im Gegenlicht. Erst jetzt bemerkte Merana, dass sie einen beigefarbenen Bademantel trug, der bis über die Knie reichte, zusammengehalten von einem schmalen Gürtel. Andrea im Gegenlicht, mit gelocktem Haar und seidig glänzendem Bademantel, sah aus wie ein Engel. So kam es zumindest Merana vor. Er schaute ein paar Sekunden gebannt auf diese Erscheinung. Dann überlegte er, ob er bis zur Mitte des Korridors zurückgehen sollte, um den Kippschalter für das Etagenlicht zu drücken, aber dann müsste er seine Augen von dem Bild abwenden, das sich ihm bot, und das fiel ihm schwer. Aus der Tiefe des Hauses drang ein Geräusch. Der Fahrstuhl war auf dem Weg nach oben. Durch das Geräusch aufgeschreckt, erwachte Andrea aus ihrer leichten Verwirrtheit und sagte:

»Vielleicht möchten Sie einen Augenblick hereinkommen, Herr Kommissar. Ich habe mir gerade einen Tee gemacht. Darf ich Ihnen eine Tasse anbieten?« Merana hielt sonst nicht sehr viel von Tee, aber jetzt wollte er unbedingt einen. Er folgte der jungen Frau in die Wohnung. Das Vorzimmer war klein, mit drei weinroten Garderobehaken, einem Spiegel und einem schmalen Schrank. Dann standen sie im Wohnraum der kleinen Garconniere. Einen Teil des Raumes nahm das Bett ein, eine ausgezogene Couch, die mit Leintuch und Bettwäsche bedeckt war. Offenbar war Andrea gerade dabei gewesen, sich niederzulegen. An der Längsseite zum Bett sah Merana ein großes Fenster mit hellblauen Vorhängen, die nicht zugezogen waren, sodass in der Ferne der Lichterkranz der Festung Hohensalzburg zu sehen war. In einer Ecke des Raumes stand ein Tisch aus geflochtenem Material mit einer Glasplatte. Eine Vase mit Blumen befand sich darauf. Dicht an den Tisch herangerückt waren zwei bequeme kleine Korbsessel.

»Nehmen Sie bitte Platz, Herr Kommissar.« Andrea deutete auf einen der Sessel und verschwand in der kleinen Kochnische. Merana setzte sich und ließ seinen Blick ein wenig verstohlen durch das Zimmer wandern. Er bemerkte einen schmalen Schreibtisch an der Wand, daneben ein großes Bücherregal. Die Stehlampe neben dem Bett tauchte den Raum in angenehm warmes Licht. Merana bewunderte die Bilder an den Wänden. Es waren Zeichnungen, Landschaften und Tiere. Aus einer Bodenvase ragten lange schmale Schilfblätter. Andrea kam zurück und stellte ihm eine Tasse Tee auf den Tisch. Ihre eigene Tasse behielt sie in der Hand. Sie setzte sich aufs Bett. Mit der freien Hand fasste sie den Ausschnitt ihres Bademantels zusammen. Merana bedankte sich und nahm einen Schluck des heißen Getränks. Wenn ihn seine Geschmacksnerven nicht täuschten, war da ein gehöriger Anteil Pfefferminz dabei. Verstohlen lugte er über die Tasse zu der jungen Frau. Wieder überkam ihn dieses Gefühl von behutsamer Vertraulichkeit, das er auch schon vor zehn Monaten in ihrer Gegenwart gespürt hatte. Damals war sie im eleganten Blazer neben ihm auf dem Salzburger Domplatz bei einer Jedermann-Aufführung gesessen. Merana erinnerte sich an den Hauch von Pfirsichduft, den er an ihr wahrgenommen hatte. Nur die Wenigsten wussten, dass ausgerechnet die junge Streifenbeamtin es gewesen war, die mit einer ihrer Bemerkungen Merana schlussendlich auf die richtige Spur zur Lösung des damals aktuellen Falles gebracht hatte. Als sie einander nach der Jedermann-Aufführung und dem Abschluss der Ermittlungen zum ersten Mal wieder gesehen hatten, auf dem Flur im Polizeipräsidium, hatten sie beide nicht so recht gewusst, wie sie sich verhalten sollten. Der Versuch eines kurzen Gespräches war bald ins Stocken geraten. In den Wochen und Monaten darauf hatte Merana das Gefühl bekommen, die junge Frau ginge ihm aus dem Weg. Oder er ihr. Aber es musste offenbar Gerede gegeben haben. Anders war die Bemerkung von Kahlhammer heute Morgen nicht zu verstehen.

»Der Betriebsratsvorsitzende hat mir mitgeteilt, Sie hätten zwei Tage Urlaub.« Sie reagierte auf seine Bemerkung mit einem schwachen Lächeln.

»Ja, ich war überrascht, dass sie mich nicht gleich rausgeworfen haben.« Sie senkte den Kopf, strich mit dem Zeigefinger über den Rand der Teeschale. Merana stellte seine Tasse ab.

»Andrea, möchten Sie mir erzählen, was heute früh bei diesem Einsatz vorgefallen ist?« Sie hob den Kopf. Tränen blitzten in ihren Augenwinkeln.

»Das Schlimmste ist: Ich komme mir so ohnmächtig vor. Ich habe es nicht verhindern können, dass sie die Kinder einfach abgeschoben haben, rein in das Auto und weg damit. Wie Schwerverbrecher.«

»Andrea, Sie können nichts dafür. Sie haben diese fragwürdigen Gesetze nicht gemacht.« Sie stellte die Tasse mit einem Ruck auf den Boden.

»Wenn es solche Gesetze gibt, dann können wir alle etwas dafür, Herr Kommissar. Vielleicht verstehe ich zu wenig von Politik, mag schon sein, aber wenn es erlaubt ist, dass schwerbewaffnete Polizisten hilflose Kinder im Morgengrauen aus einem Haus zerren und einfach abschieben, dann kann etwas nicht stimmen in unserer Gesellschaft.« Sie stand abrupt auf. Der Gürtel ihres Bademantels öffnete sich. Sie bemerkte es gar nicht. Merana sah, dass sie darunter ein dünnes weißes Nachthemd trug, fast durchsichtig. Verhaltener Zorn schwang in ihrer Stimme mit.

»Das kleine Mädchen weinte und klammerte sich an die Frau, bei der die Familie wohnte. Das war mir zu viel. Ich habe den Kollegen, der die Hand nach dem Mädchen ausstreckte, einfach zurückgerissen. Auch habe ich mich geweigert, weiter mitzumachen.« Immer noch blitzten Tränen in ihren Augen. Aber das kam nicht aus Selbstmitleid, das waren Zornestränen. Sie griff mit fahriger Bewegung nach den losen Enden ihres Bademantelgürtels und band ihn wieder zu. »Was hätten Sie an meiner Stelle gemacht, Herr Kommissar?«

»Ich hoffe, ich hätte mich ähnlich verhalten, Andrea, aber ich weiß nicht, ob ich so mutig bin wie Sie.« Sie starrte ihn an, sagte nichts. Dann setzte sie sich wieder aufs Bett. Eine Zeit lang sprachen beide nichts. Merana sah zu ihr hinüber. Sie hielt den Kopf leicht schräg und spielte gedankenverloren mit ihrer Tasse. Was mache ich hier, mitten in der Nacht, in der Wohnung einer jungen Frau?, ging es Merana durch den Kopf. Das Pochen seines Herzens war wieder stärker geworden. Schließlich gab er dem kribbelnden Gefühl in seinem Inneren nach und erhob sich. Er ging auf sie zu und setzte sich neben sie aufs Bett. Dabei streifte seine Hand die ihre. Die Haut fühlte sich warm an und sanft. Sie schaute ihn mit leicht verwundertem Blick an. Merana legte seine Hände auf die Knie.

»Warum sind Sie Polizistin geworden, Andrea?« Er schaute sie von der Seite an. Das matte Licht der Stehlampe lag wie ein Schimmer auf ihren Wangen.

»Weil ich Menschen mag«, sagte sie und ihr Gesicht wurde ganz weich. Merana nahm ihre Nähe wahr, die sich wunderbar anfühlte. Ein sanftes Verlangen kroch aus der Tiefe seines Körpers. Er wollte gerne einen Arm um ihre Schultern legen, ließ es aber bleiben. Ihm wurde warm. Seine Hände auf den Knien begannen leicht zu schwitzen.

»Ich bin froh, dass Sie bei uns sind, Andrea. Sie sind eine gute Polizistin.« Sie drehte ihm ihr Gesicht zu und blickte ihn lange an. In ihren Augen lag ein zarter Glanz. Eine Minute lang herrschte Schweigen. Dann sagte sie leise:

»Warum sind Sie hergekommen, Herr Kommissar?« Merana schluckte. Sein Hals fühlte sich eigenartig trocken an. Das musste am Pfefferminztee liegen.

»Weil ich wissen wollte, wie es Ihnen geht.« Ihr Blick war unverändert auf ihn gerichtet, als läse sie in seinem Gesicht. Dann nickte sie langsam. Stille. Beide sprachen kein Wort. Merana schaute durchs Fenster. Dann fragte sie mit leiser Stimme:

»Sind Sie nur deshalb gekommen?« Was sollte er darauf antworten? Seine Augen suchten wieder das Fenster. Die Lichter der Festung waren inzwischen erloschen. Er entschied sich dafür, nichts zu erwidern, zuckte nur kurz mit den Schultern. Schweigen breitete sich wieder aus, aber es hatte nichts Bedrückendes. Es war wie eine warme Decke, die sich über sie beide legte. Merana wollte am liebsten die ganze Nacht so sitzen bleiben. Es vergingen wohl gut zehn Minuten, in denen keiner ein Wort sprach. Sein Herz pochte immer noch stark, er spürte das Schlagen bis in die Ohren. Schließlich nahm er langsam die Hände von seinen Knien.

»Ich werde jetzt gehen«, sagte er und schaute ihr ins Gesicht. »Ich wünsche Ihnen eine gute Nacht. Wenn ich etwas tun kann für Sie, Andrea, dann sagen Sie es einfach.«

Sie entgegnete nichts, nickte nur. Er drückte sich vom Bett hoch und ging auf die Tür zu. »Herr Kommissar ...« Ihre Stimme kam leise. Er drehte sich um. »Ich freue mich sehr, dass Sie gekommen sind.« In ihren Augen war wieder dieser sanfte Glanz.

»Ich freue mich auch.« Das Leuchten in ihren Augen wurde noch eine Spur heller. Das bekam er noch mit, bevor er nach draußen ging und die Tür schloss.

MITTWOCH

Merana hatte schlecht geschlafen. Ein paar Mal war er aus seinen wirren Träumen hochgeschreckt. Er hatte Kinder gesehen, die mit großen roten Schlingen um den Hals in Autos gezerrt wurden. Dazwischen waren bizarre Fratzen aufgetaucht, versteinerte Gesichter von Flussgöttern, die Wasser spien, Wasser, das sich bald zu schwarzem Blut färbte. Eine Frau lag in einer Küche. Er dachte, es sei Franziska. Als er sich über die Frau beugte, bemerkte er, dass es Birgit war. Sie sah ihn mit traurigem Blick an. An der Küchentür stand eine Gestalt. Es war die Großmutter. Er eilte auf sie zu. Da wandelte sich das Gesicht der Großmutter in das von Andrea. Sie streckte die Arme aus, er wollte danach greifen. Da spürte er plötzlich eine rote Schlinge um seinen Hals. Er wurde zurückgerissen und zusammen mit einem weinenden Mädchen in ein graues Auto geschoben. Ein Lachen dröhnte in seinen Ohren. Es kam von Wolfram Rilling, der mit blutendem Kopf an dem steinernen Tisch im Römischen Theater saß und einen Silberpokal schwenkte. Plötzlich hörte er einen Jodler. Er stand auf dem Salzburger Mozartplatz inmitten von Tausenden Menschen. In seinen Armen hielt er das Mädchen aus dem Bus. Es weinte und trug immer noch die rote Schlinge um den Hals. Gerade als er mit der Hand danach griff, läutete der Wecker.

Merana fuhr hoch, setzte sich im Bett auf und brauchte einige Sekunden, um zu realisieren, wo er war. Was sollte das? Er träumte selten. Und kaum einmal verfolgten ihn Details aus seinen Ermittlungen im Schlaf. Was war los mit ihm? Er fühlte sich, als hätte er die halbe Nacht steinerne Statuen herumgeschleppt. Er quälte sich aus dem Bett und tappte ins Badezimmer.

20 Minuten später wählte er die Nummer von Edmund Zobel und kündigte ihren Besuch gegen 10 Uhr an. Der Chirurg klang müde. Vielleicht hatte Merana ihn gerade aufgeweckt. In der Nacht hatte der Kommissar noch eine SMS an Carola geschickt und ein gemeinsames Frühstück um 8.30 Uhr im ›Wernbacher‹ vorgeschlagen. Merana machte sich auf den Weg. Als er kurz vor 8.30 Uhr dort eintraf, saß Carola schon an einem der Tische. Das ›Café Wernbacher‹ lag auf der rechten Salzachseite in der Franz-Josef-Straße, in unmittelbarer Nähe zum Kongresshaus. Es war ein Lokal ganz im Stil der Wiener Kaffeehaustradition, wie man es in Salzburg, mit Ausnahme des ›Cafe Bazar‹ kaum mehr findet. Die Einrichtung des ›Wernbacher‹ strahlte den Charme der 50er-Jahre aus. In den 60er-Jahren war in einem Teil der Räumlichkeiten der legendäre ›Scotch Club‹ eröffnet worden, eines der ersten Nachtlokale von Salzburg. Durch die besondere Attraktion des Clubs war das Café rasch in den Rang eines beliebten Szene-Treffpunktes aufgerückt. ›Tout Salzburg‹ traf sich dort. Carola, die wie Birgit in Salzburg aufgewachsen war, erzählte Merana von ihrer Tanzschulzeit zu Beginn der 80er-Jahre. Selbst damals gehörte ein Abstecher ins ›Wernbacher‹ noch zum regelmäßigen Ritual der jungen Leute.

Merana bestellte ein Wiener Frühstück mit zwei Eiern im Glas, Carola entschied sich für eine Melange und zwei Buttercroissants. Auf dem Schild neben dem Eingang stand: ›Heute Mittag: Legierte Grießsuppe und Krautwickler mit Kartoffeln‹. Hausmannskost dieser Art erfreute die Stammgäste, genauso wie die gar nicht so wenigen Touristen, die noch den Blick fürs Besondere haben und kulinarische Schmankerl abseits von Pommes und Hamburgern schätzen. Das Café war gut besucht an diesem Mittwochmorgen, das Publikum zeigte sich, wie immer, wohltuend gemischt. Weißhaarige Damen mit Perlenohrringen und eleganten Halsketten führten mit würdevoller Bewegung ihre kleinen Kaffeetassen zum Mund oder prosteten einander schelmisch lächelnd mit einem Glas Prosecco zu, um gleich darauf zum Lachsbrötchen zu greifen. Geschäftsleute in dunklen Anzügen aßen Spiegeleier mit Schinken und vertieften sich in die heimischen Tageszeitungen. Studenten hatten ihre Laptops aufgeklappt, schlürften Latte macchiato und diskutierten heftig über Gott, die Welt und die immer noch nicht fertige Seminararbeit. Es war kühl an diesem Morgen, sonst hätte Merana einen Platz im Freien vorgezogen. Er liebte besonders auch die Atmosphäre vor dem Caféhaus. Die Franz-Josef-Straße bildete in diesem Abschnitt eine kleine Allee, umgeben von hohen Häusern im Gründerzeitstil. Die Gehsteige zwischen Häusern und Alleebäumen waren breit und boten auch Platz für Caféhaustische. Merana erinnerte das immer an Paris. Für ihn waren diese paar 100 Meter der Franz-Josef-Straße wie einer der Boulevards in der Stadt an der Seine. Als sie mit dem Frühstück fertig waren, rief Merana Otmar Braunberger an, und ließ sich von ihm berichten, was er inzwischen über die Zobels herausgefunden hatte. Er machte sich Notizen auf einem Block: Verheiratet seit 14 Jahren, keine Kinder. Edmund Zobel war 62 und seit 20 Jahren Primar am Salzburger Landeskrankenhaus. Er kam aus einer Salzburger Bankiersfamilie. Er war bereits vorher einmal verheiratet gewesen. Aurelia Zobel war 42, stammte aus Wien, wo sie auch ein Wirtschaftsstudium absolviert hatte. Sie war gleichberechtigte Teilhaberin der Wirtschafts-Treuhand-Kanzlei ›Waldbrunner&Zobel‹. Das Ehepaar galt als äußerst wohlhabend: Villa auf dem Gaisberg, Stadtwohnung am Eingang der Kaigasse, Wochenendhaus am Attersee. Apartment an der französischen Riviera. Bei beiden gab es keinen Eintrag im Strafregister. Merana bedankte sich bei seinem Mitarbeiter und schob Carola den Block hin, damit sie sich die Notizen ansehen konnte.

»Hast du Zobel gefragt, ob er seinen Anwalt beiziehen möchte, Martin?«

Merana schüttelte den Kopf. Nein, hatte er nicht. Er wählte die Nummer des Chirurgen und fragte ihn danach. Edmund Zobel bedankte sich für das Angebot, lehnte aber ab. Er sei bereit, sie zu empfangen. Allein.

Als ihnen Edmund Zobel um punkt 10 Uhr die Tür öffnete, bemerkte der Kommissar sofort das Pflaster am Kinn des Chirurgen. Zobel registrierte Meranas leicht erstaunten Blick und bemühte sich, eine Erklärung abzugeben:

»Ich habe mich heute Morgen beim Rasieren geschnitten. Habe die Nacht über kaum geschlafen und bin etwas zittrig.« Mit der Andeutung eines schwachen Lächelns fügte er hinzu: »Kein Renommee für einen Chirurgen.« Dann ging er voraus in Richtung Salon. Die beiden Kriminalbeamten folgten ihm. Der Fußboden war inzwischen wieder trocken. Bevor sie den Salon betraten, fragte Merana, ob er noch einen Blick in die Küche werfen dürfte. »Natürlich, Herr Kommissar. Soll ich mitkommen?«

»Nicht nötig, gehen Sie mit Frau Doktor Salmann einstweilen in den Salon. Ich bin gleich bei Ihnen.« Merana öffnete vorsichtig die Schiebetüre zur Küche. Er hatte gestern Abend tatsächlich einen Moment überlegt, sich ins Auto zu setzen und hierher auf den Gaisberg zu fahren. Zur Totenwache. Er hatte den Gedanken aber gleich wieder verworfen. Er wusste nicht, wie er sein Verhalten dem Arzt hätte erklären können. Merana sah sich um. So wie im Vestibül war auch der Boden in der Küche längst trocken gewischt. Alle Spuren des grausamen Geschehens waren beseitigt. In der Mitte des Fußbodens entdeckte er eine große rote Rose, daneben brannte auf einem kleinen silbernen Ständer eine weiße Kerze. Machte das ein Mann, der eben seine Frau umgebracht hatte? Eine Kerze neben einer Rose anzünden? Oder war das ein geschicktes Ablenkungsmanöver? Als Merana nach dem Abstecher in die Küche zurück in den Salon kam, sah er Zobel und Carola auf der Terrasse im Freien sitzen. Ihm sollte es recht sein. Er genoss gerne den wunderbaren Ausblick auf die Stadt. Heute war es nicht mehr so strahlend schön wie am Tag zuvor. Vom Untersberg her schob sich ein schmales graues Wolkenband heran. Aber das nahm der Aussicht nichts von ihrer Faszination.

»Darf ich Ihnen etwas anbieten, Herr Kommissar, eine Tasse Tee, einen Espresso?«

Merana lehnte dankend ab und setzte sich zu den beiden an den Tisch. Er wollte lieber gleich zur Sache kommen.

»Ist Ihnen zu dem schrecklichen Vorfall noch etwas eingefallen, das uns, Ihrer Meinung nach, weiterhelfen könnte, Herr Professor?«

Das Gesicht des Arztes wirkte fahl, fast lehmfarben. Einige vereinzelte Bartstoppeln an der Kehle hatten die morgendliche Rasur offenbar überlebt. Sie staken wie kleine graue Minisonden in der schon stellenweise faltigen Haut. Edmund Zobel gab sich Mühe, den Rücken durchzustrecken, die Schultern nicht hängen zu lassen.

»Bedauerlicherweise nein, Herr Kommissar. Ich habe überhaupt keine Erklärung für diesen grässlichen Vorfall.« Merana hatte es auch nicht erwartet. Er schaute zu seiner Stellvertreterin.

Die wandte sich dem Arzt zu. »Genau genommen haben Sie kein stichfestes Alibi, Herr Professor. Sie waren als Erster am Tatort. Ihre Frau hat sie betrogen. Sie haben ein Motiv. Es sieht nicht so besonders gut aus für Sie. Warum wollen Sie keinen Anwalt beiziehen?«

Der Chirurg schluckte. Die kleinen Bartstoppelsonden glitten ruckartig wie auf einer Welle nach oben und sanken wieder zurück.

»Ich verstehe, dass Sie das so sehen müssen, Frau Doktor Salmann. Aber ich bin mir sehr wohl bewusst, dass ich nichts Unrechtes getan habe. Also brauche ich auch keinen Anwalt.«

Ist Edmund Zobel tatsächlich so naiv ehrlich oder sitzt uns hier ein begnadeter Bluffer gegenüber?, fragte sich Merana insgeheim. Ein Mann, der tagtäglich unter schwierigsten Bedingungen komplizierte chirurgische Eingriffe vornahm und mit der Präzision eines Uhrwerkes zwischen feinstem Gewebe und lebenswichtigen Nervensträngen operieren muss, der hat sich wohl die Coolness für jede noch so schwierige Situation antrainiert. Selbst wenn er sich heute beim Rasieren geschnitten hatte. Aber vielleicht war auch dieser kleine Betriebsunfall nur ein raffiniertes Ablenkungsmanöver. Laut sagte er:

»Besitzen Sie ein Boot, Herr Doktor Zobel?«

Der Arzt schaute ihn leicht verwundert an. »Ja, sogar zwei. Ein kleines Segelboot am Attersee und ein etwas größeres in Nizza.«

»Sie segeln gerne?« Der Arzt ließ an seinem Gesichtsausdruck erkennen, dass er nicht so recht wusste, was er mit diesen Fragen anfangen sollte, aber er gab Antwort.

»Wenn ich ehrlich bin, mache ich mir nicht so viel daraus. Aber meine Frau ...« Er schluckte, die Bartstoppeln hüpften erneut. Er riss sich zusammen, versuchte der Stimme weiterhin einen klaren Klang zu geben. »Meine Frau liebte es sehr. Es war ihr Wunsch gewesen, die Boote anzuschaffen.« Eine Zeitlang sprach keiner ein Wort. Der Arzt hielt den Kopf gesenkt. Carola schaute Merana an. Da begann der Mann wieder zu sprechen. Leise, den Kopf immer noch gesenkt. »Wissen Sie, meine Frau liebte einfach all die schönen Dinge. Schmuck, Kleider, Boote, Partys, elegant gekleidete Menschen. Und wenn wir mit Leuten, die sie für interessant hielt, auf unserer Yacht unterwegs waren oder wenn wir an der Riviera in einem extravaganten Strandrestaurant saßen und sie von allen Seiten bewundert wurde, dann fühlte sie sich wohl. Sie konnte sich über solche Momente freuen. Über die Blicke der anderen. Über einen teuren Ring. Über ein gelungenes Fest oder einfach über den Sonnenuntergang am Meer. Dann war sie glücklich.« Er hob langsam den Kopf. Seine Augen wirkten müde. Doch dann blitzten sie mit einem Mal auf und ein Lächeln huschte über sein Gesicht. »Und wenn sie glücklich war, dann ...« Er sprach den Satz nicht zu Ende. Das Lächeln erlosch wieder. Er begann die Handflächen aneinander zu reiben, als friere er. »Was möchten Sie sonst noch von mir wissen?«

Man sah ihm den Drang an, aufstehen zu wollen. Vielleicht konnte er einfach nicht mehr stillsitzen. Vielleicht hatte er das Bestreben, die innere Bewegung mit der äußeren ausgleichen. »Haben Sie Ihre Frau geliebt, Herr Doktor Zobel?«

Der Arzt sah ihn an. »Liebe ist so ein großes Wort, Herr Kommissar. So ein rätselhaftes Zauberwort. Ich habe mich immer gefreut, wenn es Aurelia gut ging. Wenn sie ihr Leben genießen konnte.«

»Auch wenn dieser Genuss damit zu tun hatte, dass sie mit einem anderen Mann ins Bett ging?« Die Frage war von Carola gekommen, etwas schärfer, als sie es beabsichtigt hatte. »Sie wollen uns doch nicht einreden, dass Sie nie eifersüchtig waren, Herr Professor.«

Edmund Zobel stieß ein kurzes verächtliches Schnauben aus, wie ein fehl geleitetes Lachen. Dann hielt er es auf dem Platz nicht mehr aus und stand auf. Er musterte Carola. »Nein, Frau Doktor Salmann, das will ich nicht. Auch wenn ich versucht habe, diese Art von Amüsement meiner Frau so gut wie möglich zu ignorieren, so hat es mir dennoch etwas ausgemacht.« Er machte rasch ein paar Schritte zum Ende der Terrasse und blieb am Geländer stehen. Er legte die Hände auf die Balustrade und starrte in die Ferne. Die Wolkenbank, die sich vom Untersberg her über die Stadt schob, wurde dichter. Nach einer Minute drehte sich Zobel mit einem Ruck um und kam zurück an den Tisch. Er stemmte die Hände auf die Tischplatte, beugte sich vor und versuchte Merana und Carola gleichzeitig anzuschauen. »Aber ich hätte Aurelia nie etwas zuleide tun können. Nie!«

»Glaubst du, dass er es war?«, fragte Merana, als sie wieder im Auto saßen und hinunter in die Stadt fuhren. »Zuerst den Liebhaber erschlagen und dann die eigene Frau?«

»Schwer zu sagen.« Carola hielt sich am Handgriff fest. Die Gaisbergstraße war steil und kurvig. »Ich glaube, er hing sehr an ihr. Vielleicht hat er sie eher vergöttert als geliebt. Und es hat ihm wohl mehr ausgemacht, als er vor sich selber zugeben kann. Wenn er fürchten musste, sie zu verlieren, dann kann es schon sein, dass er sie umgebracht hat.«

Merana sah sie von der Seite her an. »Aber das ist nicht logisch. Wenn er sie umbringt, hat er sie doch ganz verloren. Für immer.«

Carola biss sich leicht auf die Unterlippe und nickte bedächtig. »Das stimmt schon. Aber gleichzeitig hat sie auch kein anderer mehr.« Merana bremste heftig, um nicht bei der nächsten Kurve tief unten in der Stadt zu landen.

»Was heißt, kein anderer? Den Rivalen Wolfram Rilling hat er doch ausgeschaltet. Jetzt hätte er sie wieder für sich allein.«

Nun sah Carola ihren Chef von der Seite an. »Und beim nächsten Rivalen? Oder beim übernächsten? Glaubst du wirklich, Martin, der Gartenamtsleiter war ihr erster Seitensprung? Und wie ich die Frau einschätze, wäre er auch nicht ihr letzter gewesen. Sie war 20 Jahre jünger als ihr Ehemann. So etwas geht nur in den seltensten Fällen auf Dauer gut.« 20 Jahre waren eine ganze Menge. Merana hatte sich in letzter Zeit öfter dabei ertappt, dass ihn genau diese Frage beschäftigte.

»Warum hat sich die Zobel nicht von ihrem Mann scheiden lassen, anstatt ihn dauernd zu betrügen? Das Geld kann nicht der Grund gewesen sein. Erstens dürfte sie selber einiges davon gehabt haben und zweitens macht ihr Ehemann nicht den Eindruck, als hätte er sie bei einer Scheidung finanziell hängen lassen.« Carola schwieg. Sie war in Gedanken. Erst als sie das Ende der Minnesheimstraße erreicht hatten und Merana in die Linzer Bundesstraße einbog, sagte sie unvermittelt:

»Auch wenn es vielleicht blöd klingt, Martin, ich glaube, Aurelia Zobel hat sich deshalb nicht scheiden lassen, weil sie im Grunde ihres Herzens an ihrem Mann hing. Vielleicht liebte sie ihn sogar. Er mag zwar etwas langweilig sein, aber er strahlt etwas aus, was Männer nur selten haben – Seriosität und Stärke. An ihn kann man sich anlehnen. So etwas mögen Frauen.« Merana versuchte das eben Gehörte einzuordnen. Er drosselte das Tempo. Die Linzer Bundesstraße in Richtung Innenstadt war wie meist verstopft.

»Und du glaubst, Carola, auch wenn sie beide aneinander hingen, könnte es sein, dass er dieses Mal dachte, er würde sie nun doch verlieren. Und deshalb könnte er zugeschlagen haben? Zwei Mal.«

Carola nickte. »Ja, Martin, er könnte es genau aus diesem Grund getan haben.

Das Herz denkt nicht immer logisch. Schon gar nicht, wenn es Angst hat.«

Merana stiegen Bilder aus seiner Kindheit auf. Er musste an seine Eltern denken. An seine Mutter und an seinen Vater, an den er sich kaum erinnern konnte. *Das Herz denkt nicht immer logisch. Schon gar nicht, wenn es Angst hat.* Der Satz pochte noch in seinen Ohren, als sie den Parkplatz der Polizeidirektion erreicht hatten.

Die Besprechung am Nachmittag begann und endete mit einer Überraschung. Die erste passierte, als Merana sich gerade mit Carola und Otmar Braunberger ins Sitzungszimmer zurückgezogen hatte. Der Kollege hatte noch gar nicht die Zeit gefunden, sein mindestens so legendäres wie abgewetztes Notizbuch aus der Tasche zu ziehen, das er jedem Hightech Notebook vorzog, da wurde die Tür mit großem Schwung aufgerissen. Herein trat ein schwer atmender Polizeipräsident Günther Kerner mit hochrotem Kopf, schnaubend wie ein Ochse, dem der angehängte Karren zu schwer ist. Er drehte sich zu dem jungen Polizeischüler um, der ihn begleitet hatte, rief:

»Schwarz, mit zwei Stück Zucker!« und ließ sich in den nächstbesten Sessel plumpsen. »Was schaut ihr mich so an?«, fragte er in die Runde. »Schon vergessen, wer ich bin? Euer Chef! Ich hätte den sehr verehrten Herrn Fachabteilungsleiter ja von meiner Ankunft informiert, aber der Herr Kommissar ist offenbar so beschäftigt, dass er nicht ans Handy geht.« Damit warf er Merana einen Blick zu, der an einen zornigen Löwen erinnern sollte, aber eher in die Kategorie zerzaustes Kuscheltier fiel. Merana hatte sein Handy im Dienstwagen liegengelassen. Es war ihm noch gar nicht abgegangen. Der Chef hätte ihn ja auch über die offiziellen Dienststellentelefone erreichen können, aber das hatte er wohl nicht gewollt. So hatte er wenigstens einen Grund für einen seiner effektvollen Auftritte, die er so liebte. Der Herr Hofrat fuhr sich mit der Linken über sein struppiges, kurzgeschorenes Haar. Dann zog er den Knoten seiner Krawatte fest und brummte: »Was ist nur mit euch los? Kann euch euer Chef, der stets um euer Wohl besorgt ist und sich im fernen Schottland einer intensiven und höchst anstrengenden Fortbildung unterzieht, damit er euch auch weiterhin mit großem Wissen durch die Untiefen des Polizeialltags führen kann, nicht einmal fünf Tage allein lassen? Kaum bin ich weg, schon knallt ihr mir zwei Leichen vor den verwaisten Schreibtisch! Tut man das als loyale Untergebene?« Carola ging zuerst auf das Spiel ein.

»Nein, Chef«, lächelte sie und übte sich in einem reumütigen Blick. »Wir geloben Besserung. Noch dazu, wo wir in unseren Ermittlungen noch kaum weiter gekommen sind.«

»Na, dann ist es ja gut, dass ich wieder da bin. Was wir jetzt machen ...« In diesem Augenblick erschien der Polizeischüler von vorhin mit einer Tasse in der Hand, »... ist einen Kaffee trinken, schwarz und mit zwei Stück Zucker«, vollendete Otmar Braunberger den Satz.

»Genau!«, rief der Chef, nahm dem Polizeischüler die Tasse ab und trank einen kräftigen Schluck. »Und dann werden wir den ganzen Fall von vorne bis hinten noch einmal durchackern, damit ich mir ein genaues Bild machen kann.« Carola drehte die Augen zur Decke, aber das nahm nur Merana wahr. Sie legten zu dritt dem

Chef das Geschehen in allen Einzelheiten dar, vom Fund der ersten Leiche in den Wasserspielen bis zum letzten Gespräch, das Merana und Carola am Vormittag mit Edmund Zobel geführt hatten. Nur von seinem Gespräch mit dem Universitätsdozenten erwähnte der Kommissar nichts. Der Herr Hofrat war ein Anhänger von Fakten, von hieb- und stichfesten Beweisen, die man gegebenenfalls auch angreifen konnte. Von dubiosen Ahnungen und schwer nachvollziehbaren symbolischen Bedeutungen hinter den Dingen hielt er wenig. Als sie mit ihrem Bericht fertig waren, nahm der Polizeipräsident den letzten Schluck Kaffee, der inzwischen längst kalt geworden war und sagte kopfschüttelnd:

»Kinder, Kinder, wenn ihr euch schon in dieser Stadt zwei Leute abmurksen lasst, aus Angst, dass euch vielleicht sonst die Arbeit ausgehen könnte und ihr stempeln gehen müsst, dann hätten es ja nicht unbedingt zwei namhafte Persönlichkeiten der Society sein müssen. Das bringt uns nur in Schwierigkeiten.«

»Keine Angst, Herr Hofrat«, konterte Otmar Braunberger. »Die von Ihnen so gern frequentierten besseren Kreise sind in dieser Stadt personell ohnehin gut bestückt. Da fallen zwei mehr oder weniger gar nicht so auf.«

Der Polizeipräsident hob mahnend den Zeigefinger. »Das will ich jetzt aber nicht gehört haben, Herr Abteilungsinspektor Braunberger. Noch so eine Bemerkung und Ihre Dienstakte ist um einen Disziplinarverweis reicher. Also schweigen Sie! Der Weg zu allem Großen geht durch die Stille.« Zitate liebte er auch, der Herr Hofrat und er brachte sie bei jeder passenden und unpassenden Gelegenheit an. Doch mit diesem Ausflug ins Klassische hatte auch er genug vom Wortgeplänkel. Er stand auf, verschränkte die Hände hinter dem Rücken und sah die besten Mitarbeiter seiner Mordermittlung fragend an. »Wie wollt ihr weiter vorgehen, Martin?« Merana setzte gerade zu einer Antwort an, als jemand von draußen an die Tür klopfte. »Herein!« rief der Polizeipräsident. Die Tür wurde zaghaft geöffnet. Dann stand die nächste Überraschung mitten im Raum.

»Kaltner, was machen Sie hier?« Merana schaute fragend. Gebhart Kaltner versuchte ein schiefes Lächeln. Sein leicht angewinkelter linker Arm steckte in einer Art Stützverband, der sich über die Brust und die linke Schulter zog. Darüber trug der junge Mann eine dunkelrote Trainingsjacke.

»Herr Kommissar, Herr Hofrat.« Kaltner deutete eine leichte Verbeugung an. »Ich melde mich zum Dienst.« Merana rang immer noch ein wenig um Fassung.

»Seit wann sind Sie aus dem Krankenhaus entlassen?«

Der Gruppeninspektor grinste. »Ich habe mich vor zwei Stunden selbst entlassen. Dazu musste ich nur einen Zettel unterschreiben, dass ich die Verantwortung übernehme. Und jetzt bin ich hier.« Und dann passierte etwas, was in den vergangenen zwei Jahren, seit Kaltner in der Abteilung war, noch nie passiert war. Der Gruppeninspektor ging von sich aus auf Carola und Braunberger zu und reichte ihnen die Hand. Dasselbe machte er anschließend mit Merana und dem Polizeichef. »Und da haben Sie sich gedacht«, meinte der Hofrat, nachdem er Kaltners Hand wieder losgelassen hatte, »wenn hier schon der interessanteste Mordfall des Jahres passiert, ein Ereignis für Presse und Rampenlicht, dann wollen

Sie gerne an vorderster Front dabei sein, anstatt in Ihrem Krankenbett zu verkümmern?«

»So präzise wie Sie, Herr Hofrat, hatte ich das noch gar nicht überlegt. Aber es wird wohl hinkommen.« Dann wandte er sich an Merana. »Was ist, Herr Kommissar? Lassen Sie mich dabei sein? Können Sie mich gebrauchen?« Merana schaute kurz in die Runde. Otmar Braunberger starrte in sein aufgeschlagenes Notizbuch. Carola schaute auf Kaltner, dann drehte sie den Kopf zu Merana. Ihr Nicken war kaum wahrnehmbar, aber Merana sah es.

»Gut, Kaltner, ich meine, Herr Gruppeninspektor Kaltner, willkommen im Team. Ich überlasse es Ihrer professionellen Einschätzung, wie viel Sie sich in den nächsten Tagen zumuten können.« Der Angesprochene nickte und nahm Platz. Der Polizeipräsident wuchtete sich aus seinem Sessel.

»Na gut, dann will ich euch allein lassen und meine Sachen auspacken. Wenn jemand Lust hat, hernach noch in meinem Büro vorbeizuschauen, ich habe einige interessante Dinge aus Schottland mitgebracht. Das beste davon ist 18 Jahre alt und befindet sich in einer Glasflasche.« Damit verließ er den Raum. Sie brauchten noch eine Viertelstunde, um in groben Zügen Kaltner auf den letzten Stand zu bringen. Wobei hauptsächlich Merana sprach. Danach legte der Kommissar die Hände vor sich auf den Tisch, verschränkte die Finger und schaute erwartungsvoll auf seine Mitarbeiter.

»Was schlägst du vor, Martin?«, fragte Carola. »Weiterhin nach allen Seiten ermitteln, wie wir das sonst immer machen? Oder konzentrieren wir uns auf den Hauptverdächtigen, den Ehemann?«

»Nachdem Herr Kaltner wieder zurück ist und wir sicher mithilfe des Chefs noch aus den anderen Abteilungen Verstärkung bekommen können, möchte ich es so halten wie immer: Gebündelte Konzentration auf die Hauptermittlung, den Ehemann und das engste Umfeld beider Opfer. Und gleichzeitig jeder noch so kleinen Spur nachgehen.«

Otmar Braunberger tauchte aus den Tiefen des Notizbuches auf. »Wie verteilen wir die Aufgaben?« Merana erhob sich und ging an die mit einer hellen Folie beschichtete Glastafel. Er nahm einen Stift und begleitete seine Ausführungen mit kurzen Notizen.

»Carola und Gruppeninspektor Kaltner kümmern sich um das Ehepaar Zobel. Berufsumfeld, Freundeskreis, Nachbarn. Was weiß wer über die persönlichen Beziehungen der beiden? Hat oder hatte Edmund Zobel vielleicht auch ein Verhältnis? Gab es Streit? Zeugen? Finanzielle Situation? Wie viel an Vermögen hatte Aurelia Zobel? Wer erbt? Man kann nie wissen, was unter der Oberfläche alles zutage kommt. Also die ganze Litanei, wie gewohnt. Er hat auch kein Alibi für die erste Mordnacht. Er sagt, er sei in seiner Stadtwohnung gewesen. Überprüfen. Vielleicht hat ihn jemand gesehen.«

Carola und Kaltner nickten. »Otmar und ich scannen das Umfeld von Rilling noch einmal gründlich. Seine Mitarbeiter, seinen riesigen Freundeskreis, seine vielen Kontakte.« Er hielt kurz inne. »Da fällt mir etwas ein. Was ist mit der Marketingchefin von Mercedes? Hast du sie erreicht, Otmar?«

»Ja, hätte ich beinahe vergessen zu erwähnen.« Die Finger des Abteilungsinspektors pflügten durch die vollgeschriebenen Blätter des Notizbuches. »Die Dame heißt Tamara Jankens. Ist seit drei Monaten in Salzburg. War vorher für Toyota in Barcelona tätig. Wolfram Rilling hat sie erst beim Fest kennengelernt. Sie habe ihn überaus charmant und sympathisch empfunden, meinte sie in unserem Gespräch. Von Spannungen zwischen Rilling und Frau Zobel wollte sie allerdings nichts mitbekommen haben.«

»Sonst etwas?«

Braunberger zögerte. »Vielleicht ...«

Merana sah ihn erwartungsvoll an. »Was?«

»Die Dame kennt Doktor Zobel. Sie hat ihn gleich nach ihrer Ankunft in Salzburg bei einer Charityveranstaltung auf Schloss Fuschl kennengelernt.«

»Da schau her!« Dieser Ausruf kam von Kaltner. »Das könnte doch interessant sein. Der langweilige Krampfadernschnipsler und die rassige Marketinglady.« Und wie zur Bestätigung stieß er auch noch einen Pfiff aus.

»Das muss gar nichts heißen«, entgegnete Merana. »Aber da Sie uns in Societyangelegenheiten ohnehin einiges voraus haben, Herr Kaltner, wäre es wunderbar, wenn Sie sich vielleicht einmal umhören, ob es bei dieser einen Begegnung zwischen den beiden geblieben ist, oder ob da mehr dahinterstecken könnte.« Merana stand auf und ging wieder zur Tafel. Er nahm den Stift und malte hinter den Namen ›Wolfram Rilling‹ ein großes dickes Fragezeichen. »Ob es nun ein Eifersuchtsmord ist oder nicht, eines frage ich mich immer noch: Wie konnte sich Rilling einen derart prunkvollen Lebensstil leisten? Aus den bisherigen Ermittlungen wissen wir: Sein Gehalt als Gartenamtsdirektor war nicht schlecht, aber weit weg von dem, was er so auszugeben pflegte. Es gab auch kein ererbtes Vermögen. Also, woher hatte er das Geld?« Merana blickte auf seine drei Mitarbeiter. Auf Kaltners Stirn entdeckte er Schweißtropfen. Die Anstrengung, dem Gespräch mit der notwendigen Aufmerksamkeit zu folgen, war dem jungen Mann anzusehen. Er hätte besser im Krankenhaus bleiben sollen, dachte Merana. Aber zumindest was Sturheit anbelangt, stand der Gruppeninspektor den anderen in seinem Team um nichts nach.

Kaltner zog mit der Rechten umständlich ein Taschentuch aus seinen Jeans, wischte sich kurz übers Gesicht und sagte: »Das habe ich mich auch gefragt, als ich zum ersten Mal davon erfuhr. Wie kann sich der Rilling das alles leisten? Und ich habe die Frage sogar an meinen Schwiegervater weiter gegeben. Aber der hat auch keine Ahnung.«

»Na, dann«, mischte sich Carola ein, »wenn sogar Herr Kommerzialrat Heinrich Tannhauser mit allerbesten Beziehungen zum Netzwerk dieser Stadt es nicht weiß, schaut es düster aus. Dann werden wir weiterhin wie die fleißigen Maulwürfe graben müssen.« Ein kurzer heller Knall tönte durch den Raum. Otmar Braunberger hatte sein Notizbuch mit Schwung zugeklappt und verschränkte die Arme vor der Brust. Er hatte eine Idee, das erkannte Merana an dem leichten Zucken an Braunbergers Mundwinkeln.

»Wie würde unser allseits geliebter zitatenkundiger Herr Hofrat so schön formulieren«, begann Braunberger, »Immer, wenn du glaubst, es geht nicht mehr ...« Er schaute belustigt in die Runde. Die anderen drei starrten ihn an. Kam jetzt das ›Lichtlein‹ daher? Und welches Lichtlein schwebte Otmar vor? Aber der Abteilungsinspektor wandelte den Spruch etwas ab.

»Immer wenn du glaubst, es geht nicht mehr ... dann hilft dir wer?« Das ›Lichtlein‹, das sie erwartet hatten, war schon da. Es strahlte in den verschmitzten Augen von Braunberger.

»Na, wer schon, Otmar?«, drängte Carola. »Das Orakel von Salzburg!«, kam es laut aus Braunbergers Mund. Kaltner schüttelte den Kopf. Er hatte keine Ahnung, wovon der Kollege da faselte.

Aber Merana hatte verstanden. Nun musste auch er schmunzeln. »Du meinst Seine Durchlaucht, den Fiaker-Rudi?«

»Genau den meine ich.«

»Na, dann viel Glück, Kollegen«, meinte Carola. »Glaubt ihr wirklich, der ominöse Fiaker-Rudi hat mehr Informationen als Kommerzialrat Tannhauser?« Otmar Braunberger beugte sich vor und sah dabei auch Kaltner von der Seite ins Gesicht. »Gegen das Netzwerk Fiaker, Hotelportiers, Taxler und Schrannenmarkt-Standlerinnen ist die CIA ein Dilettantenverein. Wenn jemand etwas rauskriegt, dann der Rudi.«

»Gut«, entschied Merana. »Machen wir uns an die Arbeit. Otmar, du versuchst, bitte, den Fiaker-Rudi zu erreichen.«

»Ich werde mich bemühen, Martin. Aber Seine Durchlaucht ist schwer anzutreffen und auch äußerst knauserig mit Audienzterminen.« Sie standen auf, Kaltner mit einem leichten Stöhnen. Er verließ den Raum.

Carola sah ihm nach. »Ist euch das aufgefallen? Kollege Kaltner ist vorhin offen auf uns zugegangen und hat uns die Hand gegeben. Dass ich das noch erleben darf.«

»Vielleicht sollte er öfter mit dem Kopf gegen Segelboote krachen. Das verändert offenbar seine sozialen Umgangsformen«, setzte Merana hinzu.

Otmar Braunberger sah die anderen beiden an und schüttelte den Kopf. »Macht euch da bloß keine allzu großen Hoffnungen, liebe Kollegen. Arschloch bleibt Arschloch. Auch wenn es kurzzeitig mit Zuckerguss überzogen ist.« Und mit diesem unmissverständlichen Statement stapfte er davon.

Bevor Merana sein Büro aufsuchte, schaute er noch beim Polizeipräsidenten vorbei. Er legte kurz dar, wie sie weiter vorzugehen planten. Die ins Auge gefasste Audienz beim Fiaker-Rudi ließ er unerwähnt. Der Chef versprach, sich um Personalverstärkung zu kümmern, aber das würde nicht leicht sein, wegen Krankenständen, Urlauben und den ewigen Fortbildungen.

»Und dass wir seit Jahren keine Nachbesetzungen haben und uns das Ministerium einen Posten nach dem anderen kürzt, brauche ich dir nicht zu sagen, Martin!« Das Angebot, den 18-jährigen Whiskey zu probieren, den der Hofrat aus Schottland mitgebracht hatte, lehnte Merana dankend ab. Vielleicht nach Dienstschluss, aber jetzt sicher nicht. Auch wenn sich der Polizeipräsident meist penibel an Vorgeschriebenes hielt, damit seiner vorbildlichen Karriere nur ja keine Trübung widerfuhr, nahm er es mit der Vorschrift ›Kein Alkohol im Dienst‹ nicht allzu genau. »Schade, Martin«, meinte er, drehte den Schraubverschluss der Flasche auf und goss sich einen großen Schluck Whiskey ins Glas. »Dann auf dich und einen raschen Abschluss der Ermittlungen! Ich möchte nicht, dass noch etwas in dieser Art passiert!« Das möchte ich auch nicht, dachte Merana und verließ das Chefbüro. Er wollte nicht zu einem weiteren Tatort gerufen werden, wo eine Leiche mit eingeschlagenem Schädel lag, eine rote Schlinge um den Hals und mit Wasser übergossen. Kurze Zeit später saß er an seinem Schreibtisch und starrte aus dem Fenster. Doch heute hatte er keinen Blick für die Bäume von Hellbrunn, die in der Ferne auszumachen waren. Zwei Gedanken kreisten in seinem Kopf. Der eine Gedanke beschäftigte sich mit der Frage nach der roten Schnur. Was hatte es mit der Schlinge auf sich? Merana war kein vergleichbarer Fall geläufig, bei dem eine Schnur eine ähnliche Rolle gespielt hatte. Er drehte sich zum Schreibtisch und tippte eine Nachricht für Carola in den Computer. Sie möge sich, falls sie es nicht schon getan hatte, im internationalen Polizeinetz schlau machen, ob in anderen Ländern ein ähnlicher Fall bekannt sei. Er drückte auf ›senden‹. Der zweite Gedanke war nicht so klar, eher schemenhaft, aber er tauchte immer wieder auf und ließ sich schwer zurückdrängen. *Das Herz denkt nicht immer logisch. Schon gar nicht, wenn es Angst hat*, hallte es in seinem Inneren. Herrgott, Merana, du bist mitten in einer Ermittlung. Du sollst einen Mörder finden. Und das möglichst rasch! Das ist jetzt die falsche Zeit für Seelengerümpel aus der Vergangenheit!, schalt er sich selbst. Doch immer wieder tauchte das Bild seiner Mutter auf und ließ sich nicht wegwischen. Er sah ihr versteinertes Gesicht mit den müde geweinten Augen, als sie ihm sagte, sein Vater würde nicht mehr wiederkommen. Er war damals nicht viel älter als fünf Jahre gewesen, doch dieses Bild hatte sich auf dem Grund seiner Seele eingegraben und stieg manchmal hoch, wenn er nachts wach lag.

»Aber nicht jetzt!«, sagte Merana laut, sprang auf und begann in seinem Büro ziellos herumzumarschieren. Das war nicht der richtige Zeitpunkt für schmerzliche Erinnerungen. Er versuchte, sich auf das andere Bild zu konzentrieren, auf die rote Schlinge. Die Tür ging auf, Otmar Braunberger betrat das Büro, blieb verwundert stehen, als er Merana mitten im Zimmer stehen sah, die Fäuste geballt. Der Abteilungsinspektor sagte nichts, sondern setzte sich in einen der Stühle. Auch Merana nahm wieder Platz.

»Hast du den Fiaker-Rudi erreicht, Otmar?«

Braunberger nickte. »Habe ich. Wir kommen in den Genuss einer kurzen Audienz im ›Triangel‹, in zwei Stunden.«

»Wieso sagen eigentlich die meisten ›Durchlaucht‹, wenn sie vom Fiaker-Rudi reden?«

»In seiner Ahnenreihe findet sich irgendwo auf der Urgroßvaterseite ein Baron. Aber er selbst hört ›Durchlaucht‹ gar nicht so gern.« Merana erzählte kurz über das Gespräch beim Chef und dass es vielleicht doch nicht so einfach sein würde, Verstärkung zu bekommen.

Braunberger sah Merana an. Dann sagte er: »Schade, dass die junge Kollegin von der Streife sich ein paar Tage Urlaub nehmen musste. Die könnten wir gut gebrauchen.«

Der Kommissar schaute sein Gegenüber überrascht an. Warum kam Otmar gerade jetzt darauf?

»Oder willst du sie nicht in deiner Nähe haben, weil du fürchtest, es könnte Schwierigkeiten geben?«

»Wieso Schwierigkeiten? Ich halte Andrea Lichtenegger für eine tüchtige Polizistin, die …«

Der Abteilungsinspektor unterbrach ihn. »Herrgott,

Martin, lass doch einmal das Dienstliche beiseite. Ist es für dich so schwer zuzugeben, dass du sie magst?«

Merana schaute auf seinen Mitarbeiter und Freund. »Wie meinst du das, Otmar?«

»So, wie ich es sage. Und ich denke, umgekehrt ist es nicht viel anders. Sie mag dich auch«

Merana stand von seinem Stuhl auf und fixierte Braunberger. »Otmar, was soll das Gerede? Das Mädel ist 22. Ich bin über vierzig.« Ich habe eine glückliche Beziehung, wollte er noch hinzufügen, aber irgendwie kam ihm das nicht über die Lippen.

Otmar Braunberger schaute zu Merana hoch, der etwas hilflos hinter seinem Schreibtisch stand. Dann sagte er ruhig: »Du bist nicht ganz auf dem aktuellen Stand, Martin. Andrea ist 23. Sie hatte vor zwei Wochen Geburtstag. Aber was macht das schon? Bei meinen Eltern betrug der Unterschied auch 17 Jahre. Und es ist gut gegangen.« Und bei meinen 21 Jahre, fuhr es Merana durch den Kopf. Und es ist nicht gut gegangen. Wieder sah er das trostlose Gesicht seiner Mutter vor sich.

»Martin, es wird Zeit, dass du endlich Franziska loslässt.« Wie kam sein bester Fährtenleser jetzt ausgerechnet auf seine vor 15 Jahren verstorbene Frau? Was hatte die damit zu tun?

»Aber die habe ich doch längst losgelassen. Das ist doch schon ewig her.« Braunberger erhob sich und drückte mit seinen großen prankenartigen Händen Merana zurück auf dessen Bürostuhl.

»Nein, hast du nicht. Du holst sie jedes Mal wieder aufs Neue zurück, wenn du an einem Ort sitzt, wo kurz davor jemand gestorben ist und du deine Totenwache hältst.« Merana spürte plötzlich einen schalen

Geschmack im Mund. Bitter. Er hätte doch vorhin im Büro des Chefs den Whiskey trinken sollen. Er stand auf, ging um den Schreibtisch herum und stellte sich vor Braunberger.

»Otmar, es ist sehr nett von dir, dass du dir um mein Seelenheil Sorgen machst. Aber wir haben jetzt absolut keine Zeit dafür.« Der Freund schaute ihm direkt ins Gesicht.

»Wir haben nie Zeit dafür, Martin.« Damit erhob er sich ebenfalls.

»Und außerdem«, sagte Merana, bevor er die Tür öffnete, »gibt es noch Birgit. Ich bin in einer ...« Er gab sich einen Ruck und vollendete den Satz. »Ich lebe in einer glücklichen Beziehung.« Merana griff zur Türschnalle. Hinter seinem Rücken hörte er Braunberger sagen:

»Ich bin mir nicht sicher, ob du den Lügendetektortest bestehen würdest.«

Zwei Stunden später saßen Merana und Braunberger an einem Tisch des ›Triangel‹ einem älteren Mann gegenüber, der mit hoch aufgerichtetem Oberkörper und Backenbart eine stattliche Erscheinung abgab. Das ›Triangel‹ war ein Lokal in der Salzburger Innenstadt, direkt gegenüber den Festspielhäusern. Es lag am Anfang der Philharmonikergasse, die in weiterer Folge zum Universitätsplatz mit dem Grünmarkt und zur Kollegienkirche führt. Das Innere des Lokales war klein. Aber vor dem Lokal war genug Platz für eine stattliche Anzahl von Tischen. Diese waren wie die gesamte Ausstattung des Lokales eher schlicht gehalten. Einfache Holztische, kein übertriebener Schnickschnack wie Tischdecken oder Dekoration. Das Essbesteck nahm man sich einfach aus kleinen Metallkübeln, die auf den Tischen standen. Aber trotz seiner Schlichtheit, oder vielleicht gerade deswegen, war das ›Triangel‹ der angesagteste Treffpunkt der Festspielstadt Salzburg. Nicht die Pausenfoyers der Festspielhäuser, nicht die Förderer-Lounges, wo sich Sponsoren und Adabeis präsentierten, auch nicht die exklusiven Altstadtrestaurants zu beiden Seiten der Salzach. Nein, wenn man einen Startenor wie Michael Schade im lockeren Gespräch mit Sängerkollegen sehen wollte, am Nebentisch die Feuilletonredakteure der großen deutschen Zeitungen, Seite an Seite mit Salzburger Geschäftsleuten aus der Umgebung, und wieder einen Tisch weiter Festspielgäste in Abendrobe, flankiert von Salzburger Gemeinderäten und einfachen Touristen aus aller Welt, dann ging man hierher. Man liebte die lockere Atmosphäre, das einfache, aber hervorragende Speisenangebot, und man schätzte auch den Wirt, der, wenn auch um Jahre jünger, ein ähnliches Original war wie der stattliche Herr, der jetzt den beiden Ermittlern der Salzburger Polizei gegenüber saß, und den jeder in Salzburg unter dem Namen ›Fiaker-Rudi‹ kannte. In seiner Geburtsurkunde stand allerdings sein voller Name, Rudolf Nepomuk Glanstein. Er pflegte sommers wie winters in der gleichen Aufmachung zu erscheinen: Knickerbocker-Hirschlederhose, Trachtenstutzen, schwarze Haferlschuhe, Trachtenhemd. Darüber einen Trachtenjanker, den er bei besonders feierlichen Anlässen auch gegen eine Smokingjacke tauschte. In der Seitentasche der Lederhose trug er traditionsgemäß ein kurzes Messer, den Hirschfänger. Die tiefen Taschen des Jankers bargen meist einen Beutel Schnupftabak. Der Fiaker-Rudi liebte es, sich von Zeit zu Zeit eine Prise zu gönnen. Wer von diesem Original gar einen Schnupftabak angeboten bekam, durfte sich zum innersten Kreise der Auserwählten zählen. Dem Tenor Michael Schade war diese Ehre bisher zu Teil geworden, ebenso einem Fleischhauermeister aus einem Salzburger Vorort für dessen ausgezeichnete Würste, einer jungen Rettungsfahrerin und wenigen anderen. Man munkelte auch, dass Herbert von Karajan die Ehre des Schnupftabaks sogar doppelt genossen habe. Aufgrund seiner eigenwilligen Erscheinung war der Fiaker-Rudi auch ein beliebtes Fotomotiv für Gäste und Touristen. Allerdings ließ er sich nur ablichten, wenn die Fotografen auch bereit waren, einen angemessenen Obolus zu entrichten und zwar für die Ausbildung von Behinderten-Hunden. Dazu hatte der Rudi immer eine kleine Spendendose bei sich. »Was dürfen wir für Sie bestellen, Rudi?«, fragte Merana, als der Kellner auf ihren Tisch zukam.

»Soviel ich weiß, hat der Wirt gestern einen 2009er Muskat Ottonel aus dem Burgenland bekommen«, erwiderte der Angesprochene. »Den sollten wir uns nicht entgehen lassen, wenn die Herren einen Hauch von Brombeeren im Aroma mögen.«

Die Herren mochten. Merana bestellte drei Gläser. Das Thema ‹Alkohol im Dienst› stellte sich hier nicht. Mit dem Fiaker-Rudi konnte man nicht mit Mineralwasser anstoßen. Ein Gespräch mit diesem Salzburger Original hatte einem ganz bestimmten Ritual zu folgen. Das wussten beide Polizisten. Sie hielten sich daran, und das nicht ungern. Bestimmte Traditionen und Zeremonien zu befolgen, war man in der Stadt der Erzbischöfe seit Jahrhunderten gewohnt. So gehörte es eben auch im Umgang mit dem Fiaker-Rudi dazu, nicht gleich mit der Tür ins Haus zu fallen. Rudolf Nepomuk Glanstein war ein Mann, der die Langsamkeit schätzte, das Bedachtsame. Mit eben dieser Bedachtsamkeit nahm er jetzt das Glas in die Hand, das der Kellner vor ihn hinstellte, hob es hoch, roch den Inhalt, spürte dem Duft nach, der sich in seiner Nase ausbreitete, neigte leicht den Kopf, als müsse er noch überlegen, roch noch einmal, bevor er die beiden Männer am Tisch ansah.

»Was meinen die Experten für Spuren und Indizien?« Otmar Braunberger rutschte ein wenig verlegen auf seinem Stuhl herum. Er war kein großer Weintrinker. Bier war ihm erheblich lieber. Da hätte er sich bei jeder Blindverkostung wacker geschlagen.

»Also, ich kann Ihre Brombeeren nicht ausmachen«, brummte er und steckte noch einmal die Nase ins Glas. »Irgendwie riecht das nach einer Blumenwiese im Spätsommer. Und das Bild, das mir dazu einfällt, ist Irland. Da war ich einmal auf Angelurlaub.« Merana staunte. So poetisch hatte er seinen Mitarbeiter noch nie erlebt. Der alte Mann mit dem Backenbart setzte zu einem freundlichen Lachen an. »Erstaunlich, Herr Abteilungsinspektor. Ein treffenderes Bild hätte ich auch nicht finden können. Na dann, meine Herren, lassen Sie uns mit dem ersten Schluck einen Spätsommeranglerurlaub in Irland genießen.« Alle drei hoben das Glas, prosteten einander zu und tranken. Alle Achtung, dachte Merana, der Wein kann was. Wenn die anderen Tipps des Herrn Rudi auch so gut sind, dann haben wir den Fall bald gelöst. Während er noch überlegte, wie er vorsichtig auf ihr Anliegen zu sprechen kommen sollte, wandte sich schon Braunberger an sein Gegenüber.

»Ich habe gehört, Sie haben ein neues Pferd in Ihrem

Gespann. Wie macht es sich?« Der alte Mann stellte das Weinglas ab und antwortete ruhig: »Im Großen und Ganzen nicht so schlecht. Die Arabella ist noch ein wenig nervös, wenn ein Moped allzu laut an uns vorbeidröhnt oder die Taxler zu knapp heranfahren. Aber die gute alte Sophie, das zweite Pferd, hilft ihr schon dabei. Nur das mit den Windeln ist halt ein Problem.« Otmar Braunberger nickte. Er wusste, wovon der Fiaker-Rudi sprach. Die Diskussion beschäftigte die Stadt seit Monaten. Pferdewindeln, ja oder nein? Die Stadtverwaltung bestand darauf, dass die Salzburger Fiakerpferde, ähnlich wie in anderen Städten, ebenfalls große kübelähnliche Behälter, sogenannte ‹Pooh-Bags› umgeschnallt bekämen, die den anfallenden Pferdemist und den Urin auffangen sollten. Die Salzburger Fiaker wehrten sich dagegen. Erstens bringe es kaum etwas, waren ihre Argumente, die Hälfte des Mistes falle sowieso neben die Kübel, weil die Pferde etwas anderes zu tun hätten, als sich auf das ›Zielen ins Topferl‹ zu konzentrieren. Und zweitens habe die Testphase gezeigt, dass die meisten Pferde diese Windeln ablehnen. Diejenigen, die sich die Dinger doch umschnallen ließen, hätten bald wundgeriebene Beine. Die Fiaker fänden es sinnvoller, die Zahl der Reinigungskräfte zu erhöhen, die die Straßen der Stadt mit Wasser und Besen säuberten. Man drohte auch mit Streik und Fiaker-Aufmarsch vor dem Rathaus im Schloss Mirabell. Aber die Stadt schaltete bisher auf stur.

»Ich habe dem Bürgermeister einen Kompromiss vorgeschlagen«, erläuterte der Fiaker-Rudi und nahm bedächtig einen weiteren Schluck aus dem Glas. »Ich habe gesagt, wir machen für drei Wochen mit ausgewählten Pferden eine zweite Testphase, wenn die zuständigen Magistratsbeamten sich bereit erklären, einen ganzen Tag lang ebenfalls mit unter den Arsch geschnallten Kübeln herumzurennen, damit sie wenigstens ein bisschen Ahnung davon bekommen, wie es den Pferden dabei geht.«

»Wie hat der Bürgermeister darauf reagiert?«, wollte Merana wissen.

Das Salzburger Original machte eine abfällige Handbewegung, schneller als er sonst zu gestikulieren pflegte.

»Er hat genau das getan, was er immer macht, wenn er nicht mehr weiter weiß. Er hat sich ein Lachen abgerungen, hat mir, ohne auch nur in Erwägung zu ziehen, ob mir das auch recht sei, auf die Schulter geklopft, und hat gemeint, er schätze meine sprichwörtliche Authentizität. Dann hat er mich einfach stehen lassen. Es ist ihm gar nicht in den Sinn gekommen, dass ich meinen Vorschlag völlig ernst gemeint habe.« Wer die Miene des alten Mannes sah, für den bestand daran kein Zweifel. Doch mit einem Male erhellte sich der Blick des Fiaker-Rudi wieder. Er hatte offenbar jemanden im Rücken der beiden Beamten entdeckt.

»Entschuldigen Sie mich für einen kurzen Augenblick, meine Herren, ich bin gleich wieder zurück.« Mit diesen Worten stand er auf und ging langsam durch die Tischreihen. Merana und Braunberger sahen ihm nach. Am oberen Drittel der Tischreihen, in Richtung Furtwänglerpark und Alte Universität entdeckten die beiden die Präsidentin der Salzburger Festspiele. Sie saß neben einem schwarzhaarigen Mann, dessen Profil eine scharf geschnittene Adlernase dominierte.

»Ist das nicht der Muti?«, fragte Otmar Braunberger.

»Ja«, stimmte Merana zu. Auch er hatte Riccardo Muti, den weltberühmten Dirigenten, erkannt. Hier war er ihm noch näher als bei der Aufführung des ›Orfeo‹ vor vier Tagen im Großen Festspielhaus. Noch bevor der Fiaker-Rudi den Tisch erreicht hatte, traten zwei junge Frauen dazwischen und hielten dem Dirigenten ein kleines Buch hin. Offenbar ein Programmheft der Pfingstfestspiele, wie Merana aus der Entfernung zu sehen glaubte. Eines der Mädchen erkannte er wieder. Es war Sandy Lamargue, die amerikanische Studentin, der er die Orfeo-Karte geschenkt hatte. Muti unterbrach das Gespräch mit der Festspielpräsidentin und redete die beiden freundlich an. Die Mädchen zögerten ein wenig, doch dann sprudelte es aus beiden Mündern. Merana verstand ein paar Wortfetzen. Offenbar studierte auch das andere Mädchen am Mozarteum. Der italienische Maestro nahm das Programmheft und den dargebotenen Stift entgegen, schrieb kurz etwas auf die Titelseite und gab das Buch zurück. Die beiden bedankten sich und rauschten davon. Riccardo Muti wollte sich wieder der Festspielpräsidentin zuwenden, als er den näher kommenden Fiaker-Rudi bemerkte. Auch die Festspielpräsidentin reagierte mit einer freundlichen Handbewegung auf das Erscheinen des alten Mannes. Fiaker-Rudi beugte sich zur Präsidentin und küsste ihr elegant die Hand, was diese mit einem netten Lächeln quittierte. Dann schüttelte er dem Dirigenten die Rechte. Die einladende Geste des Italieners, sich zu setzen, lehnte er höflich dankend ab und deutete in Richtung der beiden Polizeibeamten. Muti und die Festspielpräsidentin drehten ihre Köpfe in die Richtung von Merana und Braunberger und nickten den beiden zu. Merana spürte, wie ihm ein wenig warm wurde. Wahrscheinlich war ihm eben kurz die Röte ins Gesicht gestiegen. So reagierte er immer noch, wenn er sich Prominenten gegenüber sah. Das war nicht seine Welt. Da kam er sich immer noch wie der kleine Pinzgauer Landjunge vor, der mit 19 seine Koffer gepackt hatte, um in die große Stadt zu ziehen. Einige Augenblicke später kam der Fiaker-Rudi zurück an ihren Tisch.

»Ich bitte noch einmal um Vergebung für meinen kurzen Ausflug. Aber Maestro Muti fliegt heute Abend nach Mailand zurück und ich war ihm noch eine Auskunft schuldig.« Welch sonderbarer Mann, dachte Merana im Stillen. Läuft herum mit Trachtenhose und Trachtenjanker, sorgt sich um das Wohlergehen von Pferden, weiß immer, welcher Wirt gerade welchen besonderen Wein im Angebot hat, und plaudert dazwischen mit einem Riccardo Muti, als wäre das sein Nachbar.

»Sind Sie mit allen Großen dieser Stadt so vertraut wie mit Maestro Muti und der Festspielpräsidentin?«, fragte er. Der alte Mann strich sich mit der Linken über den Backenbart, bevor er antwortete.

»Nein, Herr Kommissar, nicht mit allen. Darauf lege ich auch keinen Wert.«

»Und wie kommt es, dass Sie mit einem großen Dirigenten wie Riccardo Muti unbefangen plaudern können, als seien Sie auf …«, er wusste nicht, wie er es ausdrücken sollte, »… auf gleicher Höhe mit ihm?«

Jetzt huschte ein Lächeln über das Gesicht des alten Mannes und grub sich zwischen Backen und Backenbart ein. »Aber, Herr Kommissar, das haben Sie doch sicher auch schon festgestellt. Die wirklich großen Persönlichkeiten kennen keine Standesdünkel. Die haben es nicht nötig, Stufen zu unterscheiden. Für die ist es eine Selbstverständlichkeit, ihr Gegenüber auf derselben Augenhöhe zu sehen.« Er hatte recht, der weise alte Mann. Merana erinnerte sich, wie auch er im Vorjahr bei seinem Jedermann-Fall dem Festspielintendanten und einigen bedeutenden Künstlern stets auf gleicher Augenhöhe begegnet war.

»Sie sind ein interessanter Mann.« Merana hob das Glas und prostete dem Alten zu. Der erwiderte die freundliche Geste.

»Sicher nicht interessanter als der allseits bekannte Leiter der Fachabteilung für Mord und Gewaltverbrechen und dessen auch von mir hoch geschätzter Mitarbeiter.« Alle drei tranken und stellten dann die leeren Gläser auf den Tisch.

»Noch ein Glas vom Muskat Ottonel?«

Der Fiaker-Rudi hob abwehrend die Hände. »Danke, im Augenblick nicht. Vielleicht später.« Dann lehnte er sich zurück und sah die beiden Männer lächelnd an. Vielleicht lag sogar eine Spur von Neugierde in seinem Blick.

»Darf der von Ihnen hoch geschätzte Mitarbeiter eine Frage stellen?«, bemerkte Otmar Braunberger.

»Aber sehr gerne. Vielleicht kann ich sie sogar beantworten.«

»Welche Auskunft waren Sie Riccardo Muti noch schuldig?« Ja, dachte Merana, das interessiert mich auch.

Der alte Mann überlegte kurz. Dann entschloss er sich zu einer Antwort. »Durch meine bescheidenen Bekanntschaften quer durch alle sozialen und beruflichen Schichten der Stadt erfahre ich manchmal so ganz nebenbei die erstaunlichsten Dinge. Ich werde bisweilen von den

Salzburger Festspielen für besondere Fahrten und Festlichkeiten engagiert. Bei einer dieser Fahrten kam ich mit Maestro Muti ins Gespräch. Wir entdeckten beide unsere Vorlieben für alte Handschriften, für bisher noch unbekannte Texte und Notenmaterial. Im Vergleich zu ihm, der ja ständig für seine Aufführungen in alten Bibliotheken forscht, zeigt sich dieser Hang bei mir natürlich nur in bescheidenen Ausmaßen. Dennoch habe ich etwas entdeckt.« Er beugte sich vor und senkte seine Stimme. »Sie glauben gar nicht, was in manchen Salzburger Klosterarchiven noch an ungehobenen Schätzen zu finden ist. Und diesbezüglich habe ich dem Maestro eine Empfehlung gegeben.«

Damit lehnte er sich wieder zurück. Mehr wollte er offenbar dazu nicht sagen.

Dieser Mann erstaunte Merana immer mehr. Und den Hinweis auf seine ›bescheidenen Bekanntschaften‹ hatte er völlig ohne Geziertheit gesagt. Er meinte das auch so. Merana wusste von Otmar, dass ihr Gegenüber ein sehr bewegtes Leben hinter sich hatte. Dass er, obwohl er auf die Siebzig zuging, immer noch tagtäglich arbeitete, und wenn er nicht mit der Fiakerkutsche unterwegs war, hin und wieder am Würstelstand seiner Schwester auf dem Grünmarkt aushalf. Er hatte auch eine Lizenz als Fremdenführer. Er war Buchautor, hatte einen Wirtshausführer herausgegeben und er hielt an der Universität Vorlesungen über die Stadtgeschichte.

Jetzt wird es Zeit, dass wir dieses Wissen ein wenig für uns anzapfen, entschied Merana. Wir sind nicht mit der Tür ins Haus gefallen, die Aufwärmphase müsste lange genug gedauert haben.

»Ich will ganz offen mit Ihnen reden, Rudi. Sie können sich ja denken, warum wir um dieses Gespräch gebeten haben. Es hat zwei Morde gegeben, an zwei prominenten Bürgern dieser Stadt. Kannten Sie Gartenamtsdirektor Wolfram Rilling gut?«

Der alte Mann wackelte mit dem Kopf. »Gut wäre übertrieben. Ein wenig schon. Ich habe ihn bei seinem Geburtstagsfest kutschiert.«

»Sie waren bei Rillings Geburtstagsfest?« Meranas Stimme war unwillkürlich ein wenig lauter geworden.

»Ja, aber nur zu Beginn. Nach der Einfahrt in den Ehrenhof bin ich noch für ein, zwei Gläser geblieben und dann mit dem Gespann heimgefahren.«

Natürlich, dachte Merana, das hätte ich mir doch denken können. Von wem würde ein selbsternannter Nachfahre der Fürsterzbischöfe, ein Sittikus, sich bei seinem Jubelfest schon fahren lassen, wenn nicht vom berühmtesten Kutscher der Stadt.

»War das Antholzers Idee, der das Fest ja organisiert hat?«, fragte Braunberger.

Rudi schüttelte den Kopf. »Nein, Herr Antholzer und ich sind nicht vom selben Geiste. Das war ausdrücklich Rillings Wunsch gewesen.«

»Was heißt das, Sie sind nicht vom selben Geiste?«

»Gerald Antholzer, seines Zeichens stellvertretender Gartenamtsdirektor, schätzt eher Leute, die er, sagen wir es einmal so, an unsichtbaren Fäden halten und dirigieren kann. Solcherlei Umgang mit anderen Menschen entspricht weder meiner grundlegenden Haltung noch ließe ich es zu, so mit mir zu verfahren.« Merana gab sich damit zufrieden, denn jetzt war es allmählich Zeit jene Frage zu stellen, deretwegen sie den alten Mann aufgesucht hatten.

»Wolfram Rilling pflegte einen eher luxuriösen Lebensstil. Wir fragen uns: Wie konnte er sich das leisten? Wir haben schon nachgeforscht, aber niemand kann uns sagen, woher er das Geld hatte.« Wieder griff der alte Kutscher mit der Linken nach seinem Backenbart. Er dachte nach. Es dauerte fast eine Minute, ehe er antwortete. »Es wäre möglich, dass ich mir vorstellen kann, woher er es vielleicht hatte.« Das war eine sehr vage Antwort. »Könnten Sie das etwas genauer erklären?«

Der Fiaker-Rudi schüttelte den Kopf. »Nein, meine Herren. Im Augenblick nicht. Dazu muss ich ein paar Leute aufsuchen und einige Gespräche führen. Das könnte zu einem Ergebnis führen, muss es aber nicht. Eine Garantie gibt es nicht.« Mehr sagte er nicht mehr. Dafür deutete er in Richtung Kellner. »Was halten Sie davon, wenn wir noch einmal kurz im irischen Spätsommer die Angel auswerfen?« Wäre er nicht im Dienst, hätte Merana das für eine ausgezeichnete Idee gehalten. Aber da er den alten Mann nicht vergrämen wollte, stimmte er dennoch zu. Das Ritual musste eben eingehalten werden. Der Kellner brachte den Wein und die drei Männer am Tisch prosteten einander erneut zu, tranken und begannen ein eher zwangloses Gespräch, das sich um Kutschpferde, um die Qualität von Debreziner Würsteln und um die Geschichte der Salzburger Erzbischöfe drehte. Nach einer knappen halben Stunde hatten sie ausgetrunken und erhoben sich. Der alte Mann reichte den beiden Polizisten die Hand. Bevor er sich zum Gehen wandte, sagte er noch: »Wenn Sie erlauben, meine Herren, möchte ich Ihnen noch eine kleine Empfehlung mitgeben, die Ihnen vielleicht weiterhilft. Fragen Sie doch den Herrn Antholzer einmal nach einer schwarzen Dame.« Die beiden schauten den Fiaker-Rudi verständnislos an. »Was für eine schwarze Dame?«, fragte Merana. »Sollen wir ihn nach einer Frau mit schwarzen Haaren fragen? Oder nach einer Afrikanerin?« Der Alte hob die Hand zum Gruß.

»Nach einer schwarzen Dame, die auch noch drei manchmal sehr einträgliche Schwestern hat.« Dann drehte er sich endgültig um und ging davon, in Richtung Furtwänglerpark.

»Hast du eine Ahnung, wen er mit dieser schwarzen Dame meint, Otmar?« Doch der Abteilungsinspektor war genauso ratlos wie sein Chef.

»Ich schätze ihn zwar, den alten Mann, und vor allem sein umfangreiches Wissen über das Leben in dieser Stadt, aber bisweilen ist er auch ein wenig schrullig. Vielleicht nimmt er seine Rolle als Orakel etwas zu ernst.«

Kann schon sein, stimmte Merana in Gedanken zu. Das Orakel von Delphi aus der griechischen Antike pflegte auch ständig in Rätseln zu sprechen. Wie er aus seiner Kenntnis der griechischen Sagen wusste, war dabei selten etwas Gutes herausgekommen. Sie gingen langsam die Philharmonikergasse hinunter in Richtung Grünmarkt. Merana hatte immer ein gemischtes Gefühl, wenn er diesen Weg entlangschritt. Einerseits mochte er die Umgebung. Rechts die Häuser mit den kleinen Geschäften und Stehtischen im Freien. Vor ihnen das Menschengewühl des Universitätsplatzes mit Grünmarkt, Würstelstandeln und der breiten Front der herausgeputzten Häuser, die die Rückseite der Getreidegasse bilden. Das alles mochte er, wie auch die barocke Pracht der Kollegienkirche, der alten Universitätskirche, auf der linken Seite. Aber da gab es auch diese unflätigen, bis unters Vordach vollgerammelten Verkaufsbuden, die all den billigen Ramsch anboten, den man in jeder Touristenstadt dieser Welt findet. Sie taten ihm einfach weh, die hässlichen Kitschkrüge und Kappen, die aneinandergepferchten Stofftiere und geschmacklosen Tücher, die T-Shirts mit ihren saublöden Aufschriften und die Schilder für Currywurst und Hotdogs. Auch die Leute in ihren kurzen Hosen und Badeschlapfen, die sich zwischen diesen Verkaufsständen drängten und ab und zu ein ›Kieck mal, Klaus Rüdiger, det süße Püppchen mit der Perücke‹ oder ähnliche Ausrufe von sich gaben, konnte er nicht ausstehen. Da wäre er am liebsten Jesus gewesen, der einst die Händler aus dem Tempel getrieben hatte. Die vielzitierte Freiheit von Handel und Wirtschaft war ihm in diesem Fall egal. Für ihn gab es auch so etwas wie eine Menschenrechtskonvention des guten Geschmacks. Und gegen den wurde hier eindeutig verstoßen. Was ihn tröstete, war die kleine Ecke auf der anderen Seite der Gasse, gleich schräg gegenüber den Ramschbuden. Hier eröffnete sich auf ein paar Quadratmetern so etwas wie die Miniausgabe eines italienischen Dorfplatzes. Zwischen einem Renaissancebogen, der den Übergang von der Gasse zum Platz bildete, und dem im rechten Winkel dazu gelegenen, mit Girlanden geschmückten Lokaleingang, standen ein paar Tische mit Stofftischdecken, an denen fast immer gut gelaunte Menschen einander zuprosteten. Hier gab es zwar auch ›Pizza‹ im Angebot, aber ebenso Würstel mit Saft und vor allem Brote mit Schmalz oder Verhackertem. Und die einfachen aber ausgezeichneten Weine, die man dazu anbot, waren auch ganz nach seinem Geschmack.

»Herr Kommissar, Zeit auf a Glaserl?« Merana und Braunberger blieben stehen, drehten sich nach der Stimme um. Aus der Tür mit den Girlanden kam gerade eine Frau und stellte einen Teller mit Schmalzbroten auf einen der Tische an der Wand. Dort saßen vier Männer unterhalb des ovalen Schildes ›Zur Vera‹, auf dem man die Preise der Weine ablesen konnte. Einer der Männer winkte ihnen zu. Merana erkannte ihn. Es war ein ehemaliger Nachbar aus Itzling. Auch an diesem Nachmittag waren alle Tische besetzt. Vor allem Einheimische hatten sich niedergelassen, um miteinander Wein zu trinken. Es herrschte ein lebhaftes Schwatzen und Gestikulieren, während in unmittelbarer Nähe Touristen und Stadtbewohner mit Einkaufstaschen vorbeizogen. Eine kleine Insel des Innehaltens im geschäftigen Treiben. Die Verlockung, sich dazuzusetzen, war groß. Aber sie mussten weiter. Merana winkte zurück.

»Danke, heute nicht. Vielleicht das nächste Mal.« Sie gingen rasch weiter, bogen nach rechts durch das Ritzertor, querten die Sigmund Haffnergasse und erreichten das Café Tomaselli am Alten Markt. Auf Höhe des Tomaselli Gastgartens blieb Otmar Braunberger auf einmal wie angewurzelt stehen. Er schlug sich mit der flachen Hand an die Stirn. Ein junger Asiate, in der linken Hand einen Geigenkoffer, in der rechten ein Mango-Eis, wich erschrocken aus.

»Ich glaube, ich habe das Orakelrätsel gelöst, Martin.«

Der Kommissar war ebenfalls stehen geblieben. Er schaute kurz nach oben. Die Wolkendecke, die sich seit den Vormittagsstunden über die Stadt geschoben hatte, zeigte sich inzwischen in einem bedrohlichen Dunkelgrau.

»Dann lass hören, aber beeil dich. Ich fürchte, es wird gleich regnen.«

Braunberger setzte sich in Bewegung. »Die schwarze Dame und ihre drei Schwestern, damit hat er aller Wahrscheinlichkeit nach Spielkarten gemeint. Und wenn man die richtigen Damen im Blatt hat, dann kann das zuweilen sehr einträglich sein.«

Merana verstand. Sein Fährtenleser hatte recht. »Und welche schwarze Dame hat er jetzt im Besonderen gemeint? Die Kreuz-Dame oder die Pik-Dame?« Und bevor Otmar Braunberger etwas äußern konnte, wusste Merana selbst die Antwort. »Er hat die ›Pique Dame‹ gemeint. So heißt der Poker-Club in Salzburg-Maxglan. Danach sollen wir Antholzer befragen. Das werden wir, darauf kann er sich verlassen.« Und wie zur Bestätigung fielen erste dicke Tropfen aus der mittlerweile schwarzen Wolkendecke, doch das machte den beiden Männern nichts aus. Sie hatten ihren Dienstwagen, der auf dem Mozartplatz stand, erreicht.

Als Merana gegen 20 Uhr nach Hause kam, schaltete er den Fernseher ein. Er wollte noch schnell die Flash-Nachrichten der ›Zeit im Bild‹ mitbekommen. Der Polizeieinsatz und die Abschiebung der Familie aus dem Kosovo waren immer noch in den Schlagzeilen. Merana schaute sich das kurz an, dann holte er sein Handy aus der Tasche. Er wählte die Nummer von Jutta Ploch, einer befreundeten Journalistin, die für eine überregionale Salzburger Tageszeitung arbeitete. Nach dem dritten Freizeichen meldete sich die vertraute Stimme.

»Hallo, Merana, was verschafft mir die Ehre deines Anrufes? Willst du mich wieder einmal zum Essen einladen, um mir die letzten Geheimnisse zu entlocken, die ich über Salzburgs Society weiß?«

Merana kontaktierte die Journalistin hin und wieder, wenn er Hintergrundinformationen brauchte. Sie hatte ihm auch beim Jedermann-Fall im vergangenen Sommer geholfen.

»Nein, Jutta. Ich möchte dich etwas anderes fragen. Wie wird sich, deiner Meinung nach, die Geschichte mit der bosnischen Familie entwickeln?«

Ein paar Sekunden war es ruhig am anderen Ende der Leitung. Dann antwortete sie, bemüht sachlich.

»Was ich von Polizeieinsätzen gegen Kinder halte, und mögen sie noch so sehr im Rahmen einer fragwürdigen Legalität sein, brauche ich dir nicht zu sagen. Du kennst mich, und ich weiß, dass du das ähnlich siehst. Ich bin auch ziemlich sicher, dass die Sache noch nicht ausgestanden ist. Es ist endlich ein Aufschrei durch dieses Land gegangen, lauter als die menschenverachtende Hetze aus den bekannten Ecken. Dem Innenminister rücken jetzt sogar Leute aus den eigenen Reihen auf den Pelz. Ein hoher Polizeiverantwortlicher in Wien steht vor der Ablöse. Da wird sich noch einiges tun.«

Merana dachte kurz nach, dann meinte er. »Würde dich eine Story interessieren, bei der es darum geht, dass beim gestrigen Einsatz eine Salzburger Polizistin sich während der Amtshandlung weigerte, bei der Abschiebung der Kinder mitzumachen, obwohl sie sich dadurch gegen den Befehl ihrer Vorgesetzten stellte?«

»Tatsächlich?« Die Stimme der Journalistin klang

jetzt aufgeregter. »Her mit den Fakten, Merana. Wie heißt sie?«

Merana machte eine kurze Pause, bevor er antwortete. »Ich möchte nicht, dass du sie an die Öffentlichkeit zerrst. Ich will nur, dass du ein wenig nachstocherst. Wenn du das versprichst, kriegst du den Namen.«

Am anderen Ende der Leitung war so etwas wie ein verächtliches Schnauben zu hören. »Merana, was soll das? Ich pflege niemanden an die Öffentlichkeit zu zerren. Das ist nicht der Stil meiner Zeitung.«

Merana wäre dazu eine Menge eingefallen, aber er wollte jetzt nicht diskutieren. »Versprochen, Jutta?«

»Versprochen. Und jetzt sag schon. Wie heißt sie?«

Merana nannte ihr den Namen. Für einen Moment war es still in der Leitung. »Lichtenegger? Ist das nicht die hübsche Streifenbeamtin, mit der du beim Jedermann-Fall zu tun hattest?«

»Ja, das ist sie.« Wieder ein kurze Pause. Er konnte sich das Lächeln vorstellen, das nun über das Gesicht der Journalistin huschte. Er hörte es auch in ihrer Stimme.

»Okay, Merana. Ich werde die junge Dame vorerst in Ruhe lassen und nur ein wenig in Polizeikreisen ›herumstochern‹. Dir zuliebe. Gute Nacht. Und fühl dich auf die Wange geküsst.« Dann legte sie auf.

DONNERSTAG

Charlotte Berger setzte die Heckenschere leicht schräg an, damit sie die äußeren Triebe der Sträucher besser abschneiden konnte. Sie hatte gegen 10 Uhr zusammen mit Elke Haitzmann begonnen, die Sträucher im oberen Teil des Parks zu stutzen. Nun lag schon ein schönes Stück Arbeit hinter ihnen. In der Nacht hatte es geregnet. Vor einer Stunde war dann die Sonne durch die dicke Wolkendecke gebrochen. Die Sonnenstrahlen erwärmten den Boden, das Gras und die Bäume. An manchen Stellen stieg leichter Dampf auf. Wie durch einen zarten Schleier ließen sich in einiger Entfernung die weißen Statuen ausmachen, die das Wasserparterre zierten.

»Mein Gott, wie schön!«, jauchzte Elke und setzte für einen Moment die Heckenschere ab. »Das ist ja wie im Märchen. Gleich wird sich der Nebel ganz heben und ein Prinz wird auf einem schneeweißen Ross durch den Park reiten, direkt auf uns zu. Das wäre doch was. Was meinen Sie, Frau Berger?« Auch wenn es Charlotte Berger gar nicht danach zumute war, musste sie dennoch kurz lächeln. Sollte sie der Kleinen sagen, wie viele falsche Prinzen ihr im Leben schon untergekommen waren, und dass keiner davon etwas getaugt hatte, bis auf den einen, den sie schließlich geheiratet hatte. Aber der war kein Prinz gewesen, sondern ein gelernter Bäcker, der sich später zum Gärtner ausbilden ließ. Ein schwerer Knoten zog sich in ihrem Magen zusammen. Nur jetzt keine Sentimentalitäten. Von Erinnerungen an ihren Mann und ihre verstorbene Tochter wurde sie ohnehin genug gequält. Sie drehte sich zur

Seite und hielt sich an einem der stärkeren Triebe der Hecke fest. Das junge Mädchen hatte von Charlotte Bergers Schwächeanfall nichts bemerkt, sondern munter weitergeschwafelt.

»Hier ist es tausendmal schöner als in der schrecklichen Gärtnerei, wo ich vorher war. Dort haben mich die Kolleginnen nur gemobbt und der Alte wollte mir dauern unter den Kittel greifen, der alte Geilspecht. Aber hier bin ich gerne. Und dass ich für die Sonderschicht am Sonntag trotzdem die versprochene Zulage bekommen habe, obwohl ich doch umgekippt bin und eigentlich gar nichts gemacht habe, das finde ich auch toll. Ich spare nämlich auf einen todschicken Rock, den ich in der Linzergasse in einer Auslage gesehen habe, müssen Sie wissen. Und ich bin auch schon fleißig am Abnehmen. Bis zum Sommer werden es sieben Kilo sein. Dann passt mir der Rock auch.« Irgendwie erinnerte die junge plappernde Frau Charlotte Berger an Theresa, ihre Tochter. Die hatte auch immer gestrotzt vor Unbekümmertheit. Und all die großen Vorsätze, die sie gefasst hatte, und die sie nie eingehalten hatte, genauso wie das Mädchen neben ihr mit seinem Vorhaben, abzunehmen. Elke würde im Sommer noch genau so eine Figur haben wie jetzt. Vielleicht sogar noch ein wenig molliger. Denn ihre Vorliebe für Süßigkeiten war Charlotte nicht entgangen. Auch darin glich sie Theresa. »Was schauen Sie mich so an, Frau Berger. Ist etwas?« Die 19-Jährige fuhr sich mit der Hand durchs Haar. »Habe ich etwas auf dem Kopf? Blätter von der Hecke vielleicht?«

»Nein, Elke, entschuldigen Sie. Ich habe nur daran gedacht, dass Sie mich manchmal an meine Tochter erinnern.«

»Ehrlich?«, staunte die junge Frau. »Das freut mich aber ... Ich meine, es freut mich, dass ich ihr ..., also nicht, dass Sie jetzt denken, mit dem Freuen meine ich etwa ...«

Sie kam ins Stottern, wusste nicht mehr weiter.

»Lassen Sie es gut sein, Elke. Ich habe Sie schon verstanden.« Charlotte Berger drehte sich wieder zur Hecke und setzte ihre Arbeit fort. Eine Zeit lang schnitten die beiden Frauen schweigend vor sich hin. Charlotte bemerkte, dass ihr Elke ab und zu einen Blick zuwarf. Schließlich begann Elke vorsichtig.

»Das mit Ihrer Tochter tut mir sehr leid, ehrlich. So jung und dann so eine schreckliche Krankheit.« Charlotte erwiderte nichts. Sie arbeitete einfach ruhig weiter. »Es hätte doch eine neue Behandlungsmethode in den USA gegeben. Warum haben Sie das nicht mehr versucht. War es schon zu spät?«

Charlotte Berger drehte sich abrupt zu der jungen Frau. »Woher wissen Sie das mit der Behandlungsmethode?«

Elke erschrak ein wenig über die plötzliche Heftigkeit, mit der Charlotte Berger ihre Frage stellte. »Von meiner Freundin Marion, die als Führerin in den Wasserspielen arbeitet. Ihr verstorbener Mann hat es ihr erzählt.«

»Was hat er Ihrer Freundin sonst noch erzählt?« Auch diese Frage klang scharf. Elke bemühte sich, ruhig zu bleiben. »Keine Ahnung. Wahrscheinlich nichts. Aber wenn es für Sie wichtig ist, kann ich Marion ja noch einmal fragen. Oder Sie können auch selbst mit ihr reden.«

Charlotte Berger winkte ab. »Lassen Sie es gut sein,

Elke. Es ist nicht so wichtig.« Sie spürte wieder den schmerzenden Knoten in ihrem Magen und versuchte, sich an der Hecke abzustützen. Es kostete sie einige Mühe, die Schere mit halbwegs ruhiger Hand anzusetzen. Aber sie schaffte es. Mit anderen hat er offenbar darüber geredet, dachte sie verbittert, nur mit mir nicht. Mir hat er nie etwas gesagt. Bis zum Schluss nicht. Und sie musste an das Gespräch mit dem Bankangestellten denken, das sie heute geführt hatte. Und an die vielen Schulden. Der Knoten in ihrem Inneren zog sich wieder enger zusammen. Aber sie kämpfte gegen den aufkommenden Schwindel an.

»Elke, erzählen Sie mir etwas. Wie schaut denn der Rock aus, den Sie sich kaufen möchten?« Das Geplapper des Mädchens würde sie ablenken. Elke tat nichts lieber als das. Schon sprudelten die Worte aus ihrem Mund, begleitet von weit ausholenden Handbewegungen, die ihre Begeisterung unterstrichen.

Kurz nach 13 Uhr waren sie fertig mit der Arbeit. Zeit für die Mittagspause. Die beiden Frauen zogen die grauen Arbeitsjacken wieder an, die sie während der Arbeit wegen der zunehmenden Wärme abgelegt hatten.

»Kommen Sie mit in die Kantine?«, fragte Elke und bot sich an, die Arbeitsgeräte zu tragen.

»Nein, ich bin nicht hungrig. Außerdem habe ich noch etwas zu erledigen.« Sie gingen nebeneinander bis zum Ausgang des Parks. Im Ehrenhof trennten sich ihre Wege. Elke Haitzmann schaute der kleinen Frau nach. Vielleicht hätte ich mit ihr über den Wassermeister reden sollen, dachte sie. Schließlich war die Berger schon so lange hier und kannte alle Leute. Sie hätte vielleicht eine Erklärung für die Szene gehabt, die Elke am dritten Tag nach ihrem Arbeitsantritt beobachtet hatte. Sie war am späten Abend, lange nach Dienstschluss, nach Hellbrunn zurückgekehrt, um ihr Handy zu holen, das sie in ihrem Spind hatte liegen lassen. Dabei hatte sie in der Tischlerei gegenüber Stimmen gehört. Zwei Männer stritten heftig. Sie war näher geschlichen und hatte durch eines der Fenster gelugt. Sie konnte zwar nicht genau verstehen, worum es ging, aber sie sah ihren obersten Chef, Wolfram Rilling, im Streit mit einem Mann, von dem sie damals noch nicht wusste, dass es Otto Helminger, der Wassermeister war. Sie hätte am Montag fast dem Kommissar und der strengen Polizistin von diesem Vorfall erzählt. Aber dann hatte sie sich doch nicht getraut. Sie wollte nichts falsch machen, schließlich war sie erst seit einigen Wochen hier und sie wollte unter gar keinen Umständen diesen Job verlieren. Ich werde mit der Berger reden, wenn ich das nächste Mal mit ihr allein bin, entschied sie bei sich und wandte sich nach rechts zu den Personalräumen in den Gebäuden an der Schlossauffahrt.

Charlotte Berger ging auf die ‹Fürstenschenke› zu. Candusso hatte sie gestern gebeten, ob sie sich nicht einmal die Zimmerlinde im Fasanenzimmer anschauen könnte. Die wachse nicht mehr so richtig und zeige eigenartige Flecken an den Blättern. Charlotte betrat das Lokal, sah Candusso mit einer Weinflasche in der Hand auf einen Tisch zugehen und gab ihm ein Zeichen.

Der Gastwirt kam zu ihr. »Hallo Charlotte, das ist nett, dass du dir Zeit nimmst. Möchtest du etwas essen? Oder etwas trinken? Ich bin sofort bei dir, ich muss nur den Italienern da hinten die Vorzüge unseres steirischen Morillon erklären.«

Charlotte lehnte ab. »Nein danke, ich bin nicht hungrig. Ein Glas Wasser reicht. Ich warte an der Theke.« Fünf Minuten später war Candusso zurück. Charlotte hatte inzwischen ein stilles Mineralwasser zu sich genommen.

»Ich hoffe, Charlotte, dein legendärer grüner Daumen kann auch unserer Zimmerlinde helfen. Aber du hast mit deinem gutem Gespür noch jede Pflanze wieder hinbekommen, da mache ich mir keine Sorgen.« Dann plauderte er über die italienischen Gäste, denen er eben den Morillon serviert hatte, während sie zum Fasanenzimmer gingen. Er fügte begeistert schwärmend hinzu, dass die Herrschaften aus Siena kämen und dass er selber an diese Stadt nur die allerbesten Erinnerungen hätte. Charlotte konnte Männer, die dauernd reden nicht ausstehen. Sie fühlte sich dabei, als bekäme sie einen Hautausschlag. Allerdings war ihr auch die angeborene Verschwiegenheit ihres Mannes oft sauer aufgestoßen. Sie erreichten rasch das Fasanenzimmer und Candusso beendete seinen Redeschwall. Der Raum war bis auf ein paar wenige Tische leer. Das Fasanenzimmer fand nur für Seminare Verwendung oder für große Festlichkeiten, wenn die vorderen Gastzimmer nicht ausreichten. An den Wänden hingen wertvolle Teppiche mit Fasanendarstellungen. Zwei ausgestopfte, besonders prächtige Exemplare von Goldfasanen zierten den Raum. Charlotte brauchte nur einen Blick, um zu erfassen, was der Zimmerlinde in der Ecke neben dem Fenster fehlte.

»Wer hat denn das verbrochen?«, rief sie, ging auf den

etwa einen Meter hohen Baum zu und befühlte vorsichtig dessen Blätter. »Der Linde ist es viel zu heiß hier. Durch dieses Fenster sticht permanent die Sonne. Das tut ihr nicht gut. Die Blätter sind ja fast verbrannt. Ein Wunder, dass sie überhaupt noch lebt. Die Linde braucht es schon hell, aber ein südseitig gelegenes Fenster mit ständigem Sonnenlicht wie hier, ist das Falsche. Außerdem dürfte der Raum im Winter oft beheizt gewesen sein. Das mag sie auch nicht.« Sie ging in die Hocke und untersuchte den Topf und die Erde. »Wer ist denn hier für's Gießen zuständig? Die Linde benötigt regelmäßig Wasser, besonders wenn es warm ist, weil ihre weichen Blätter das Nass schneller verdunsten lassen. Aber ihr sollt sie nicht ersäufen!« Sie richtete sich wieder auf.

Der Gastwirt hatte kein Wort gesprochen, sondern ihren präzisen Ausführungen verblüfft zugehört. »Das war eine faszinierend klare Analyse, Charlotte. Fast wie in einer CSI-Fernsehfolge, wenn die Ermittler in einem Labor etwas Organisches untersuchen.«

Die Berger ging darauf nicht ein. »Am besten, ihr stellt die Linde in einen anderen Raum. Der hier ist nicht sehr geeignet.« Sie schickte sich an zu gehen.

»Könntest du dich darum kümmern, Charlotte? Einen Platz im Restaurant suchen, wo es für den Baum ideal ist. Und vielleicht könntest du auch unserem Personal genaue Anweisungen geben, was zu tun ist?«

Auch das noch! dachte die Frau mürrisch. Was glaubt der eingebildete Kerl eigentlich, wozu ich alles Zeit habe? Ich habe Wichtigeres zu tun. Aber die Linde tat ihr leid. Sie stand da mit ihren traurig verkrümmten Ästen und den von der Hitze verwundeten Blättern. Charlottes Herz war seit Langem verhärtet. Sie hatte

Schreckliches durchgemacht, Mann und Tochter verloren. Doch das Bild des traurigen Baumkümmerlings kratzte an dem Panzer, der ihre Seele umschloss.

»Ich werde schauen, was ich machen kann«, beschied sie ihn barsch. »Ich komme am späten Nachmittag noch einmal, wenn weniger Betrieb im Restaurant ist.« Dann ging sie durch die Tür.

Candusso eilte ihr nach. »Danke, Charlotte. Mir liegt viel an der Linde. Sie ist ein Geschenk von meiner Schwester. Kennst du sie?«

Charlotte Berger blieb stehen. »Nein. Ich wüsste auch nicht, woher.«

»Sie war schon öfter hier im Lokal. Und sie war auch kurz beim großen Geburtstagsfest am Samstag hier. Wolfram hatte sie eingeladen.« Die Berger hörte ihm schon nicht mehr zu. Sie ging nach draußen. Candusso holte sie ein, reichte ihr die Hand zum Abschied. »Weißt du, Charlotte. Unser guter Sittikus wird mir abgehen. Keine rauschenden Feste mehr. Keine überraschenden Spiele.«

»Du hast dich an seinen Spielen beteiligt?« »Nicht an allen.« Candusso zwinkerte ihr zu. »Nur an denen, wo es auch etwas zu holen gab.« Dann drehte er sich um und verschwand im Restaurant.

Um exakt 12.32 Uhr erreichte Merana der Anruf von Frau Schaber, der Sekretärin des Polizeipräsidenten.

»Der Herr Hofrat möchte Sie gerne sehen. Wenn möglich, sofort.« Es war möglich. Eine Minute später saß Merana seinem Chef gegenüber. Der fixierte ihn lange und fragte dann:

»Was weißt du über die Sache mit der Lichtenegger?«

Merana zuckte kurz mit den Schultern. »Nicht viel mehr, als alle wissen. Warum fragst du?«

Der Hofrat beugte sich vor und klopfte mit der flachen Hand auf den Schreibtisch. »Die Ploch hat mich eben angerufen und hat mir ein paar Fragen gestellt. Irgendwer muss ihr etwas gesteckt haben.« Merana wiederholte das Schulterzucken und schaute seinen Chef mit Unschuldsmiene an. »Du kennst doch die Ploch ganz gut, Martin, du bist doch mit ihr sehr vertraut, oder?«

Merana versuchte ein Lächeln und bekam es auch ganz gut hin. »Ja, ich kenne sie von ein paar Ermittlungen. Welche Fragen hat sie dir denn gestellt?«

Der Polizeipräsident schnitt unwirsch mit der Hand durch die Luft. »Sie wollte wissen, ob es stimmt, dass sich eine Salzburger Polizistin beim Einsatz am Dienstag geweigert hat, mitzumachen.«

»Was hast du geantwortet?«

»Ich habe gesagt, dass es sich hier um interne dienstliche Angelegenheiten dreht, zu denen ich keine Stellung nehmen kann.« Wieder schlug er mit der flachen Hand auf den Tisch, dieses Mal um eine Spur heftiger. »Das ist eine saublöde Sache. In Wien rumort es schon wegen der Art und Weise des Einsatzes. Unsere Kollegen haben sich befehlsgemäß korrekt verhalten. Und es geht nicht an, dass da plötzlich die Medien kommen und vielleicht jemanden zu einer Art Heldin hochjubeln, die ...«

»Die sich offenbar als Einzige anständig verhalten hat«, unterbrach ihn Merana. »Wolltest du das sagen?«

Nun musste die kleine venezianische Gondel dran glauben, als die flache Hand des Präsidenten wie eine Steinplatte auf den Schreibtisch niederdonnerte. Die Gondel bekam Schlagseite.

»Nein«, brüllte der Hofrat. »Das wollte ich nicht sagen, das weißt du ganz genau. Es geht nicht an, dass diese Person in der Öffentlichkeit als Vorbild hingestellt wird, obwohl sie gegen die Vorschrift gehandelt hat und gegen das Gesetz, das dieser Vorschrift zugrunde liegt.«

Merana blieb ganz ruhig. »Du hörst dich an wie ein reaktionäres Fünf-Sterne-Arschloch aus einem Kriegsverbrecherprozess im Kino, egal ob Nazizeit oder Vietnamkrieg.«

Der Hofrat starrte ihn an. Da ihm dazu kein passendes klassisches Zitat einfiel, keuchte er nur mit hochrotem Kopf. »Das nimmst du auf der Stelle zurück.«

»Was? Reaktionär oder Arschloch?«

»Alles! Du kannst doch den Einsatz vom Dienstag nicht mit einem Kriegsverbrechen vergleichen!«

Merana hob beschwichtigend die Hände, eine Geste, die es dem Hofrat erlaubte, sich wieder zurückzulehnen und Dampf abzulassen.

»Ja, du hast recht, Günther. Der Vergleich ist etwas drastisch. Aber was die moralische Frage von blindem Gehorsam und ziviler Selbstverantwortung betrifft, liege ich nicht ganz falsch damit.« So schnell, wie der Präsident in Fahrt gekommen war, beruhigte er sich auch wieder. »Reden wir nicht lange darum herum. Hast du eine Idee, Herr Kommissar?«

»Halt den Deckel drauf. Es wird dir bei deinen Möglichkeiten nicht schwerfallen, dass die Sache elegant aus der Welt geschafft wird. Noch dazu, wo das Ganze offenbar schön langsam auch dem Büro des Innenministers peinlich ist.«

»Du meinst, ich soll das plötzliche Auftauchen von

Erinnerungslücken fördern, dass eine Polizeibeamtin eklatant gegen die Vorschriften verstoßen hat?«

»Es wäre nicht das erste Mal, dass durch deine Mithilfe irgendwo Erinnerungslücken auftauchen, Günther«, grinste Merana und stand auf. »Und was gedenkt der Herr Kommissar in dieser Angelegenheit zu tun?« Der so Angesprochene drehte sich an der Tür noch einmal um. »Der Herr Kommissar gedenkt im Falle einer für alle Beteiligten wohlwollenden Entwicklung der Angelegenheit mit der ihm so vertrauten Journalistin zu reden, sie möge ihr Herumstochern einstellen.« Damit ging er.

Die Team-Sitzung um 14 Uhr brachte keine wesentlichen neuen Erkenntnisse. Carola Salmann und Gebhart Kaltner berichteten über ihre Ermittlungen im Umfeld des Ehepaares Zobel. Dass die Ehe seit Jahren nicht zum Besten lief, hatten einige aus dem Bekanntenkreis bestätigt. Aurelia sei nun mal eine lebenslustige Person gewesen, die sich gern auf Partys und in der Öffentlichkeit zeigte, und das oft mit anderen Männern. Das sei jedoch in den Kreisen, in denen die Befragten zu verkehren pflegten, nicht ungewöhnlich, wie man zugab, da gäbe es auch andere Beispiele. Irgendwelche Eskapaden von Edmund Zobel wollte niemand bestätigen, der Arzt gebe sich eher zurückgezogen, sei aber immer wieder einmal bei Charity Events anzutreffen. Eine gewisse Cornelia Plauscher, stadtbekannte Societydame und von Hauptberuf Architektengattin, habe allerdings unter Aufbietung aller Sorgenfalten, die ihr makellos geliftetes Gesicht herzugeben bereit war, betont, sie habe Edmund Zobel zusammen mit Tamara Jankens gesehen, einmal beim Charity

Event in Fuschl, wo sich die beiden auffällig lange miteinander unterhalten hätten und einmal im Café Tomaselli. Sie könne nicht ausschließen, dass es im Tomaselli nicht auch ein verstecktes Händchenhalten gegeben habe.

»Hat sie tatsächlich ›verstecktes Händchenhalten‹ gesagt?«, fragte Merana amüsiert. »Ja«, bestätigte Kaltner, »aber ich würde darauf nichts geben. Ich kenne die gute Cornelia. Meine Frau Gisela sagt immer: Salzburg ist eine Gerüchteküche. Und die Köchin, die darin den größten Kochlöffel schwingt, heißt Cornelia Plauscher.«

»Trotzdem«, betonte Merana, »lasst dieses Steinchen in unserem Gesamtmosaik nicht völlig aus den Augen.« Zu den finanziellen Verhältnissen der Zobels konnten Carola und Kaltner nichts Neues beisteuern. Auf den ersten Blick schien alles bestens. Einsicht ins Testament von Aurelia Zobel hätten sie noch keine gehabt, das stehe noch aus. Merana versprach, die Staatsanwältin anzurufen, falls es mit dem richterlichen Beschluss Schwierigkeiten geben sollte. »Habt ihr die Leute überprüft, mit denen Aurelia Zobel in den letzten Tagen telefoniert hatte?«

»Noch nicht alle. Die gute Aurelia pflegte einen regen Handyverkehr. Sie hat vor ihrem überraschenden Ableben offenbar mit Gott und der Welt telefoniert: Gärtnerei, Reisebüro, Elektrohändler, Fitness-Center, Firmen, die mit internationalen Geschäften zu tun haben, jede Menge Privatpersonen, die wir noch nicht zuordnen können. Wir tasten uns durch den Kontakt-Dschungel.«

»Gibt es weitere Zeugenaussagen zu beiden Mordfällen, die ich noch nicht kenne? Wissen wir mehr über die Nacht, in der Rilling ermordet wurde? Was ist mit dem Jogger, den der Bauer ungefähr zu jener Zeit gesehen hat, als Aurelia Zobel starb?« Auch dazu gab es nichts Neues.

Dann war Otmar Braunberger an der Reihe.

»Ich habe mich gestern über den Pokerclub in Maxglan informiert. Nach außen hin soll das ›Pique Dame‹ ein ganz normaler Spielclub sein, für jedermann zugänglich, mit überschaubaren Spieleinsätzen. Einige meiner inoffiziellen Informanten deuteten aber an, dass da auch regelmäßig um ziemlich hohe Summen gezockt werde, in den ›Hinterzimmern‹, wie es immer so schön heißt. Der Club gehört einem gewissen Ronald Raucher. Er ist noch an anderen Clubs beteiligt und mischt auch kräftig in der Salzburger und Münchener Rotlichtszene mit. Gestern war der ›Pique Dame‹ Club geschlossen. Aber heute Abend werde ich den Zockern einen Besuch abstatten.«

»Hat sich der Fiaker-Rudi gemeldet?«

»Nein, leider nicht. Ich gebe dir sofort Bescheid, wenn sich da etwas tut.« Merana war nicht zufrieden. Sie steckten fest, aber diese Situation kannte er. Seine Leute waren Profis, sie beherrschten ihr Handwerk. Und sie würden jeder noch so kleinen Spur nachgehen. Das wusste er. Und er konnte sich auf noch eine Eigenschaft seiner Mitarbeiter verlassen: auf die vorteilhafte Mischung aus Intelligenz und Intuition. Selbst bei Kaltner konnte er dies feststellen. Sein Team würde nicht nachlassen. Irgendwann würde sich der eine entscheidende Hinweis zeigen, und jemand aus dem Team würde ihn erkennen und aus all den anderen irreführenden Indizien ans Licht bringen. Vielleicht morgen, vielleicht übermorgen, vielleicht erst in einem Monat, aber es würde passieren. Nur im Augenblick traten sie am Platz. Das spürte Merana mit all seiner Erfahrung und das machte ihn unruhig. Nein, er konnte im Moment wirklich nicht zufrieden sein. Am allerwenigsten mit sich selbst. Er beendete die Sitzung und lud die gesamte Runde zu Kaffee und Apfelkuchen in die Kantine ein. 20 Minuten Auszeit würden sie sich gönnen. Danach würde sich jeder von ihnen wieder in die Arbeit stürzen.

Bernhard Candusso erschrak, als er kurz nach 17 Uhr das Fasanenzimmer betrat. Er hatte die schwarze Gestalt im düster wirkenden Zimmer nicht gleich bemerkt. Draußen präsentierte sich der Himmel wieder wolkenverhangen. Spärliches Licht fiel durchs Fenster in den Raum. Im ersten Augenblick hatte Candusso gedacht, ein Gespenst aus einer anderen Welt stehe da vor seiner Zimmerlinde mit bedrohlich erhobenen Armen. Der Schreck, der ihn dabei packte, war heftig. Dann erkannte er die Gestalt. Es war Charlotte Berger. Sie hatte ihm den Rücken zugekehrt und stand mit ausgebreiteten Armen vor dem Baum. Um die Schultern trug sie ein großes schwarzes Tuch aus Wolle. Durch die ausgesteckten Arme bekam das Tuch die Form eines aufgespannten schwarzen Dreieckes mit der Spitze nach unten. Sie stand da wie eine Zauberin aus einem Fantasyfilm. Ihre Gestalt erinnerte an einen überdimensionalen Raben. Dazu erfüllte ein seltsames Murmeln den Raum. »Charlotte!«, rief der Gastwirt und drehte das Licht an. »Jetzt habe ich mich aber erschreckt. Was machst du da?«

Die Frau ließ die Arme sinken und drehte sich um.

»Ich rede mit deiner Linde.«

»Du *redest* mit der Linde? Du sprichst mit einem Baum?« Die leichte Verwirrung war Candusso anzumerken.

Charlotte Berger wirkte müde. Und sie war mürrisch wegen der Störung.

»Ja, ich rede immer mit den Pflanzen. Besonders, wenn es ihnen schlecht geht. Und deine Linde ist ziemlich übel dran. Aber ich habe schon einen neuen Platz für sie gefunden, draußen im Restaurant. Und ich habe auch mit deinem Personal gesprochen. Außerdem werde ich in den nächsten Tagen selbst immer wieder nach dem Baum schauen.« Damit drehte sie sich wieder zur Ecke, wo die Linde stand, und blieb starr stehen, die Arme angelegt. Sie wartete offenbar, dass Candusso wieder das Zimmer verließ. Sie ist doch eine seltsame Frau, dachte der Gastwirt auf seinem Weg zurück in den vorderen Teil des Lokals. Er wäre nie und nimmer auf die Idee gekommen, mit einem Baum zu reden. Was erzählte man so einer Linde? Wie unterhielt man sich mit einer Tanne? Anders als mit einer Birke? Und hatte je ein Baum eine Antwort gegeben? Eines musste man der Berger jedoch lassen. Sie hatte noch jede Pflanze wieder hinbekommen, wie ihm berichtet worden war. Er blieb stehen und begann über sich selbst zu lachen. War er doch tatsächlich vorhin erschrocken! Vor einer Frau, die nichts anderes tat, als seine Linde am Leben zu erhalten. Er drehte sich um und erschrak erneut. Charlotte Berger stand neben ihm.

»Ich komme später wieder«, sagte sie. Candusso bemerkte, dass ihr Blick auf etwas hinter seinem Rücken gerichtet war. Als er sich umwandte sah er Otto Helminger langsam näherkommen. Was wollte der schon wieder?

»Ich muss mit dir reden, Bernhard.« Candusso schnaufte durch. Er wusste jetzt schon, was der Wassermeister von ihm wollte.

»Ich habe jetzt keine Zeit, komm später wieder, Otto. Oder morgen.« Dann stieß er die Tür zur Restaurantküche auf und verschwand dahinter. Chefkoch Fabian Miklas erwartete ihn mit einer Kostprobe des Apfel-Rhabarber-Biskuits, das es heute Abend als zusätzliches Dessert geben würde. Candusso nahm das dargebotene Stück und schob es in den Mund. Er wusste, was er an seinem Meisterkoch hatte. Im Gastraum standen sich Charlotte Berger und der Wassermeister gegenüber.

»Ist etwas, Charlotte? Was starrst du mich so an?« Die Frau sagte nichts, warf sich das halb herunter gerutschte Tuch über die Schulter und ging.

Das ›Da Sandro‹ war wie immer bis auf den letzten Platz gefüllt. Merana hatte am Nachmittag auf Birgits Wunsch einen Tisch reserviert. Nun saßen sie in einer Ecke unter einem Ölgemälde, das einen Blick vom Monte Erice auf das Meer zeigte. Der Berg mit seiner malerischen kleinen Stadt lag im Westen von Sizilien in der Nähe von Trapani. Wann werde ich endlich einmal nach Sizilien kommen?, hatte Merana gedacht, als sie sich an den Tisch setzten. Sandro versuchte ihn seit Jahren dazu zu überreden. Aber er schaffte es ja nicht einmal bis in den Pinzgau, um die Großmutter zu besuchen. Merana mochte das Bild. Der sizilianische Lokalbesitzer hatte es extra an diese Stelle gehängt, damit sein Stammgast es von seinem Lieblingstisch aus betrachten konnte. Früher hing es über dem Eingang. Was Merana an diesem Bild besonders faszinierte, war das Gefühl der Weite. Im Vordergrund spürte man die Kraft der Erde und des Sonnenlichtes. Ein sattes Grün mit vereinzelten Brauntönen zog sich von den angedeuteten Bäumen über die lichterfüllten Häuser der kleinen Stadt. Dann öffnete sich der Blick auf das Meer bis zu einem unendlich fern scheinenden Horizont. Das ist Freiheit, dachte Merana jedes Mal, wenn er sich in das Bild vertiefte.

»Allora, amici, wann werdet ihr endlich mit Freund Sandro in seine wunderbare Heimat reisen? Der Blick von Monte Erice auf die Meer ist in Wirklichkeit noch piu bella als auf dem Gemälde.« Sandro stellte den Wein auf den Tisch. Merana hatte sich für einen Malvasia entschieden. Für Birgit gab es ihren Lieblingsrotwein, einen Nero d'Avola.

»Die Frage musst du an mein Gegenüber richten, Sandro«, lachte Birgit und kostete vom Wein. Sie schnalzte mit der Zunge. »Immer wenn wir es schaffen würden, ein paar gemeinsame freie Tage zu haben, lässt sich der Herr Commissario eine Leiche vor die Türe legen. So ist er nun mal.«

»Und wenn wir einmal keine Leichen haben, dann lässt sich dein verehrter Parteivorsitzender garantiert eine Gemeinderat-Sondersitzung oder eine mehrtätige Clubklausur einfallen«, konterte Merana. Birgit war Mitglied der Bürgerpartei und saß als Abgeordnete im Stadtparlament.

»Da bin ich aber molto felice, dass ihr beide wenigstens immer wieder Zeit findet, meine bescheidene Osteria zu besuchen, in der es heute zum Beispiel eine Sogliola auf die Steinpilze gibt, molto buono, und davor empfiehlt der Chef des Hauses eine einfache Pasta mit ein klein wenig Asparagi.«

»Asparagi?«, fragte Merana.

»Die Spargel!«, erklärte Sandro und schloss die Finger der rechten Hand zu einer typisch italienischen Bewegung zusammen, um die Wichtigkeit der Botschaft zu unterstreichen.

Merana musste lachen. »Irgendwann werde ich bei dir einen Italienischkurs belegen, Sandro«, rief er dem Sizilianer nach, der schon auf dem Weg zurück in die Küche war.

»Ja, irgendwann werden wir alles nachholen, was wir in diesem Leben versäumen«, sagte Birgit leise und ihre Miene wurde nachdenklich. »Im nächsten Leben oder im übernächsten. Warum machen wir das alles nicht einfach schon in diesem Leben?« Sie griff nach dem Glas und hob es in die Höhe. »Prost, Martin, ich habe eine schlechte Nachricht für dich.« Das war typisch Birgit. Eben noch nachdenklich, ein wenig philosophisch versonnen. Im nächsten Augenblick funkelte es in ihren Augen und sie konnte einen Satz in den Raum stellen, der alle überraschte. Einen wie ›Ich habe dein Badezimmer von einem Feng-Shui Spezialisten untersuchen lassen‹ oder wie jetzt ›Prost, ich habe eine schlechte Nachricht für dich‹.

»Was für eine Nachricht? Bist du endlich deinem Traummann begegnet und du hast entdeckt, das bin nicht ich?« Er wollte das witzig sagen, aber es kam nicht ganz rüber.

»Nein, Martin. Viel schlimmer. Ich soll dich von den Randolphs grüßen. Sie haben mich heute angerufen. Sie hätten den Aufenthalt in this beautiful Salzburg wahnsinnig genossen. Und deshalb wollen sie zu Weihnachten gleich wieder kommen.« Merana hätte sich beinahe verschluckt. Der Malvasia schoss ihm zu schnell durch die Speiseröhre und hinterließ dabei einen säuerlichen Geschmack.

»Das ist jetzt nicht dein Ernst, Birgit.«

»Doch, Martin, genau so hat es die gute Lynn am Telefon ausgedrückt.«

»Dann nehme ich mir zu Weihnachten zwei Wochen Urlaub und haue ab nach Sizilien. Vielleicht ist es da auch im Winter schön.«

In diesem Moment erschien Sandro mit einem fröhlichen »Attenzione, prego!« und stellte die Teller mit der dampfenden Pasta auf den Tisch. Damit war das Thema ›Besuch aus den USA‹ vorerst beendet und Merana und Birgit griffen erfreut nach den Gabeln. Die Pasta bestand aus extra breiten Tagliatelle und schmeckte hervorragend. Die in Butter geschwenkten, mit Panna verfeinerten Spargelstücke waren zart und dennoch bissfest. Auch die anschließende Seezunge machte der ohnehin bekannt guten Küche des ›Da Sandro‹ alle Ehre. Nachdem die Teller abgeräumt waren, ließen sich Merana und Birgit noch Wein nachschenken. Der Geräuschpegel im Lokal war angewachsen. An allen Tischen wurde herzhaft zugegriffen, ein angenehmer Duft von Rosmarin, Basilikum und gebratenen Meeresfrüchten zog durch den Raum. Gläser wurden gefüllt, ausgetrunken, erneut gefüllt. Ab und zu schälte sich ein helles, fröhliches Lachen aus dem angeregten mehrsprachigen Stimmengewirr. Birgit hatte sich zurückgelehnt. Sie hielt ihren Weinkelch leicht schräg gegen das Licht der Kerze, beobachtete das Funkeln der Strahlen, die Reflektionen an der samtroten Oberfläche des Weines. Sie drehte das Glas. Die Reflektionen änderten sich, ein neues Strahlenmuster entstand. Sie hob den Kopf und blickte eine Weile auf das Ölgemälde an der Wand, ließ den Eindruck des Meeres, das Gefühl der Weite in ihrem Inneren nachschwingen. Dann nahm sie einen kräftigen Schluck, behielt ihn einen Moment lang im Mund, spürte, wie die Duftstoffe ihre Geschmacksnerven umspielten, ehe sie den Wein hinuntergleiten ließ. Das wiederholte sie noch zwei Mal. Schließlich stellte sie das fast leere Glas vor sich hin und sah ihr Gegenüber lange an.

»Was ist los, Martin? Du bist so schweigsam.«

Merana fuhr aus seinen Grübeleien hoch, bemerkte, dass er schon geraume Zeit gedankenverloren mit der Serviette gespielt hatte. »Beschäftigt dich dein Fall so? Oder ist es etwas anderes?« Merana stellte fest, dass sie ihn mit ernstem Blick ansah. Er ließ noch ein wenig das eben Gedachte in sich nachklingen.

Dann sagte er. »Was für eine Art Beziehung haben wir beide eigentlich, Birgit?« Der Ausdruck ihres Gesichtes änderte sich nicht. Ihr Blick wurde nur intensiver, als versuchte sie in seinem Innern zu lesen.

»Was für eine Art von Beziehung sollten wir deiner Meinung nach haben, Martin?« Er ließ die Frage auf sich wirken. Mehr als eine Minute lang. Seine Finger spielten wieder mit der Serviette.

»Ich weiß es nicht«, flüsterte er dann, und seine Stimme klang müde. Er spürte plötzlich das Vibrieren seines Mobiltelefons in der Tasche. Er holte das Handy heraus. Es war ein Anruf von Otmar Braunberger. Merana drückte auf die Sprechtaste. »Otmar, was gibt es?«

»Hallo, Martin, entschuldige die Störung. Aber ich komme gerade aus dem ›Pique Dame‹.« Braunberger sprach ziemlich laut. Er stand offenbar auf der Straße, musste den Verkehrslärm im Hintergrund übertönen. Merana spürte ein leichtes Kribbeln auf seiner Haut. Wenn Otmar ihn um diese Zeit noch anrief, dann hatte er eine neue Spur. »Anfangs haben hier zwar alle versucht, die Nummer ›Ich bin Hase und weiß von nichts‹ abzuziehen«, berichtete Braunberger weiter. »Aber nachdem ich auf charmante Art die Herrschaften von der Dringlichkeit meines Anliegens überzeugt hatte, sind sie doch mit der Wahrheit herausgerückt. Und die ist so, wie wir das nach dem kryptischen Hinweis unseres geschätzten Fiaker-Barons schon vermutet hatten:

Einer, der hier regelmäßig zockt, und das nicht eben um Glasmurmeln, ist tatsächlich der uns inzwischen gut bekannte Gerald Antholzer.« Merana warf einen schnellen Blick auf Birgit. Aber die starrte ihn einfach nur an, mit reglosem Gesicht. Wie eine steinerne Sphinx. »Gut. Er spielt dort um hohe Summen. Aber was sagt uns das, Otmar?«

»Das sagt uns nach allem, was ich erfahren habe, dass wir dem stellvertretenden Herrn Gartenamtsdirektor dringend ein paar ganz gezielte Fragen stellen sollten.«

»Wann?«

»Wie wäre es mit jetzt gleich?« Merana sah auf die Uhr. Es war fast 23.30 Uhr. Ziemlich spät für eine Vernehmung, aber Otmar würde schon seine Gründe haben. Merana schaute wieder zu Birgit. Die Sphinx hatte sich nicht bewegt. Vielleicht war es gut, hier wegzukommen. Dann musste er das Gespräch von vorhin nicht fortsetzen. »Gut, Otmar, gib mir Antholzers Adresse. Wir treffen uns dort.«

»Zwergensteinstraße 131.«

»Danke.« Merana legte auf und drehte sich mit entschuldigendem Achselzucken zu Birgit.

»Ich muss leider weg.« Birgit erwiderte nichts, nickte nur langsam. Sie gab Sandro im Hintergrund des Lokales ein Zeichen und deutete auf ihr leeres Glas. Merana stand hastig auf, küsste Birgit flüchtig auf die Stirn und ging rasch nach draußen. Sein Abgang hatte etwas von Flucht.

Der Anruf vor einer Stunde hatte Gerald Antholzer kurz irritiert. Als das Handy läutete, hatte er gedacht, es wäre Dagmar und sich noch gewundert, dass auf dem Display ›Unbekannter Teilnehmer‹ stand. Sie war es nicht. Antholzer brauchte ein paar Sekunden, bis er die Stimme erkannte.

»Hör zu, Gerald«, hatte der Anrufer gesagt, leise, als hätte er Angst, jemand könnte ihn belauschen, »mir wird die ganze Angelegenheit langsam zu brenzlig.« Antholzer hatte versucht, den anderen zu beruhigen. Mit mäßigem Erfolg, denn der Anrufer blieb aufgeregt.

»Ich habe heute von vertraulicher Seite einen Hinweis bekommen. Jemand schnüffelt rum.«

»Wer?«

»Du wirst es nicht glauben. Dieser komische Alte von den Fiakern.« Doch, er glaubte es. Antholzer konnte sich das gut vorstellen. »Keine Sorge, den kenne ich. Der ist im Grunde harmlos.« Er war zwar nicht ganz überzeugt von dem, was er da sagte, aber er wollte den anderen nicht noch mehr verunsichern.

»Und wenn es doch rauskommt?«
»Dann haben wir einen Sündenbock.«
»Aber der ist tot!«
»Eben.«

Am Ende des Gespräches hatte sich der Anrufer schließlich doch ein wenig beruhigen lassen, aber Antholzers Gelassenheit war nicht ganz so, wie er vorgab. Er spürte wieder diese Unruhe in sich und griff nach der Schnapsflasche, schenkte sich ein Glas voll ein. Unberührt blieb es auf dem Tisch stehen. Dafür begann er im Zimmer auf und abzugehen. Er spürte, wie sich in seinem Kopf etwas zusammenbraute, etwas, das mit Wut und Verzweiflung zu tun hatte. Doch er durfte sich nicht beirren lassen, er musste seinen Weg weiter gehen.

Erneut klingelte das Handy. Dieses Mal war es Dagmar. Sie war immer noch auf der Autobahn, steckte vor dem Tauerntunnel im Stau. Im Tunnel habe es einen Unfall gegeben.

»Das kann noch gut zwei, drei Stunden dauern, bis wir endlich zu Hause sind.«

Er versicherte, er würde in jedem Fall auf bleiben, bis sie da wären.

»Hast du für die Buben das Zelt im Garten aufgestellt?«

»Ja, habe ich. Aber wenn ihr so spät kommt, dann sollen die Jungs heute lieber im Haus schlafen. Im Zelt können sie auch morgen noch übernachten.«

»Gut, ich ruf' dich an, wenn wir kurz vor Salzburg sind. Vergiss nicht, dass wir morgen Abend die Einladung bei den Hintermaiers haben. Warst du auf der Bank? Was ist mit den Kreditraten?«

»Alles in Ordnung.«

Er legte auf. Kreditraten, Essenseinladungen, für die Herren Söhne ein Zelt aufstellen! Er hatte zur Zeit ganz andere Sorgen. Er warf einen Blick auf die Uhr. Gleich Mitternacht. Das Schnapsglas stand immer noch unberührt auf dem Wohnzimmertisch. Als er danach griff und es an den Mund führen wollte, schellte die Türglocke. Besuch? Um diese Zeit? Wer wollte jetzt noch etwas von ihm? Er stellte das Glas zurück auf den Tisch und ging ins Vorzimmer, wo gleich neben dem Spiegel der Türöffner und die Gegensprechanlage angebracht waren.

Otmar Braunberger drückte ein drittes Mal auf den Knopf der Glocke.

»Ja, bitte?«, krächzte es aus dem kleinen Lautsprecher in der Gartenmauer.

»Guten Abend, Herr Antholzer. Entschuldigen Sie die späte Störung. Abteilungsinspektor Braunberger und Kommissar Merana. Können wir kurz mit Ihnen reden?« Anstelle einer Antwort hörten sie das Summen des Öffners. Braunberger drückte die kleine Gartentür auf und ging voran. Schon beim ersten Schritt reagierte der Bewegungsmelder. Die Scheinwerfer über der Haustüre flammten auf und schickten einen breiten Lichtteppich bis zum Garteneingang. Das Haus war nicht sehr groß, Erdgeschoss und erster Stock. Links vom Eingang sah Merana eine kleine Veranda mit Gartenmöbeln. Auf der rechten Hausseite konnte man einen stattlichen Kirschbaum erkennen, der weit über das Flachdach hinaus reichte. An einem der Äste hing eine Schaukel. Daneben stand ein kleines Kuppelzelt mit aufgespanntem Vordach. Die Indianerfedern, die an den

Stützen baumelten, passten nicht ganz zum modernen Styling des Zeltes, aber Merana fand die Kombination ganz originell. Er blieb kurz stehen. Das erinnerte ihn an seine eigene Kindheit. Er und seine Freunde hatten zwar kein so nobles gehabt wie dieses, eine Decke und ein paar Stangen mussten genügen, aber Indianerfedern hatten sie auch.

»Guten Abend, die Herren. Was verschafft mir die Ehre zu so später Stunde?«

Merana drehte sich wieder um. Gerald Antholzer stand in der offenen Tür und machte eine einladende Handbewegung. Sie folgten dem Hausherrn bis ins Wohnzimmer. Als sie sich vorhin vor dem Gartentor getroffen hatten, war Braunberger mit Merana schnell die Details seiner Ermittlungen im Pokerclub durchgegangen. Sie waren übereingekommen, dass Otmar bei der Vernehmung die Gesprächsführung übernehmen sollte.

»Ein schönes Haus haben Sie da«, lobte Braunberger, nachdem sie am Esstisch Platz genommen hatten. Er ließ seinen Blick durchs Wohnzimmer schweifen, ignorierte das volle Schnapsglas und die Flasche, schaute dann nach oben, als schätze er ab, was das Haus noch alles zu bieten habe. Die Vorhänge an den Fenstern und an der Verandatür waren nicht zugezogen. »Ist auch eine schöne Lage hier. Top Wohngegend.«

»Ja, wir hatten Glück, als wir vor zehn Jahren das Grundstück erwarben. Heute sind die Baulandpreise gerade im Süden der Stadt ja astronomisch hoch.«

»Da haben Sie ja rechtzeitig zugeschlagen. Und wie schaut es derzeit aus? Schuldenfrei? Schon alles abbezahlt?«

Antholzer zögerte mit der Antwort. »Im Großen und Ganzen.«

Braunberger musterte ihn. »Wie meinen Sie das?« Es war Antholzer anzusehen, dass er abzuchecken versuchte, wohin diese Fragen führen sollten. »Na ja, die eine oder andere Rate ist schon noch fällig, aber das meiste ist schon bezahlt.«

»Verstehe.« Otmar Braunberger schaute sich noch einmal kurz im Zimmer um. Dann begann er: »Herr Antholzer, ich war heute Abend im ›Pique Dame‹ Pokerclub, ein Spielcasino, das Sie gut kennen, wie man mir erzählte.«

Der Magistratsbeamte straffte ein wenig den Oberkörper, blieb aber sonst ganz ruhig. »Ja, ich schaue da gelegentlich vorbei.« Braunberger zog sein berühmtes braunes Notizbuch aus der Jackentasche und warf einen kurzen Blick hinein.

»Im Club hat man mir bestätigt, dass Sie seit etwa zwei Jahren dort verkehren, im Schnitt zwei Mal die Woche, vorwiegend Dienstag und Freitag, macht bis dato rund 200 Besuche. Wenn Sie das ›gelegentlich‹ nennen wollen, soll es uns recht sein. Wir sollten uns nicht in Details verlieren.« Antholzer lehnte sich langsam zurück. Er versuchte weiterhin einen gelassenen Eindruck zu vermitteln. »Das ist ja nichts Unrechtes. Das Spielen ist für mich eine Art Ausgleich zu meiner oft sehr stressigen Arbeit. Andere golfen oder fahren Rad oder gehen regelmäßig ins Theater. Ich spiele halt ein wenig Poker.«

Der Abteilungsinspektor ging nicht darauf ein. »Wie man mir ebenfalls berichtete, kommen Sie in der Regel allein in den Club. Ein paar Mal brachten Sie allerdings fremde Leute mit. Können Sie sich noch erinnern, wer das war?«

»Wenn es für Sie von Bedeutung ist, dann werde ich versuchen mich zu erinnern.« Antholzer dachte nach. »Einmal war ein Kollege vom Magistrat dabei. Ich glaube, es war der Ludwig Wallner, vom Bauamt. Und zwei oder drei Mal der Berger.«

»Berger?«, fragte Merana dazwischen.

»Dominik Berger. Einer unserer ehemaligen Mitarbeiter. Er ist leider vor zwei Monaten verstorben.«

»War er auch ein Spieler?«

»Nein. Das war mehr ein Zufall. Er hat eine Zeit lang versucht, Geld aufzutreiben für die Behandlung seiner krebskranken Tochter. Und da ich irgendwann so ganz nebenbei erwähnte, ich hätte beim Pokern gewonnen, hatte er mich gefragt, ob ich ihn einmal mitnähme.« Merana erinnerte sich an das Gespräch mit der alten Frau auf der Parkbank in Hellbrunn. An ihren Kummer. Und an seinen eigenen, als er von Franziska erzählt hatte. Frau Bergers Mann tat ihm nachträglich wegen seiner vielen Bemühungen leid, die im Grunde wenig gebracht hatten. Doch Merana konnte die verzweifelten Bemühungen nachvollziehen. Wenn es vor 15 Jahren irgendeine Chance gegeben hätte, Franziska vor dem Sterben zu retten, dann hätte er sogar mit dem Teufel gespielt. Um jeden Einsatz.

»Hat Herr Berger gewonnen?« Die Frage kam wieder von Braunberger.

»Leider nein.« Das Bedauern in Antholzers Stimme klang echt. »Der Gute hat es auch bald wieder sein lassen.«

»Und Sie, Herr Antholzer, haben Sie gewonnen?«

»Manchmal ja, manchmal nein. So ist Poker eben. An manchen Tagen sind dir die Asse treu, an anderen weniger.« Der Abteilungsinspektor ließ sich Zeit. Er blätterte in seinem Buch, als suche er etwas Bestimmtes. Dann hatte er es offenbar gefunden. »So im Gesamten betrachtet neigten die Asse in Ihrem Fall wohl eher zu Untreue. Uns interessiert nicht so sehr, dass in manchen Räumlichkeiten des Clubs auf eine Art und Weise gespielt wird, die mit dem Glücksspielgesetz, streng genommen, schwer vereinbar ist. Uns interessiert viel mehr, dass Sie innerhalb eines Dreivierteljahres die stattliche Summe von 275.000 Euro verloren haben. Was sagen Sie dazu?« Noch immer blieb der Magistratsbeamte erstaunlich ruhig. Er legte die Hände vor sich auf den Tisch, drehte die offenen Handflächen nach oben. Das hat er sicher in einem Führungskräfte-Seminar über Körpersprache gelernt, ging es Merana unwillkürlich durch den Kopf. Offene Handflächen, das heißt: Schaut her, ich bin ein ehrlicher Mensch. Ich meine es gut mit euch. Aber dabei sollte man auch überzeugend lächeln, wusste Merana, der Seminare dieser Art ebenfalls zur Genüge absolviert hatte. Doch das Lächeln in Antholzers Gesicht wirkte eine Spur zu gequält.

»Ja, ich hatte einige Monate eine ziemliche Pechsträhne. So etwas kommt vor. Aber ich habe das Geld inzwischen zurückbezahlt.« Braunberger nickte. »Wissen wir. Hat die Clubgeschäftsführung bestätigt. Vor drei Wochen haben Sie die gesamte Summe in bar beglichen. Einen Tag, bevor die Frist abgelaufen war. Woher stammte das Geld?«

»Ein bisschen was hatte ich inzwischen beim Roulette gewonnen, den Rest habe ich so zusammengebracht.«

Braunberger konsultierte wieder sein Buch.

»Stimmt, am 3. April haben Sie im Casino Klesheim beim Roulette 8.450 Euro gewonnen.« Merana war überrascht. Das hatte ihm Otmar vorhin gar nicht erzählt. Sein bester Fährtenleser war an diesem Abend offenbar besonders fleißig gewesen. »Woher, Herr Antholzer, hatten Sie das übrige Geld? Den bescheidenen Rest von 266.550 Euro. Wer hat Ihnen geholfen?« Für einen Augenblick zuckte es im Gesicht von Gerald Antholzer. Die Handflächen hielt er noch immer brav offen.

»Wolfram Rilling.«

Otmar Braunberger ließ sich nicht anmerken, ob ihn diese Antwort überraschte oder nicht. Der Abteilungsinspektor war die Ruhe selbst. So mancher Gegner hatte den gemütlich wirkenden Polizeibeamten schon gehörig unterschätzt und dabei den Kürzeren gezogen. Da könnte Merana einen ganzen Abend lang Geschichten darüber erzählen.

»Hat Ihnen Herr Rilling das Geld einfach so gegeben oder existiert eine schriftliche Vereinbarung? Wir haben in seinen Unterlagen keinen Schuldschein gefunden.«

»Er war ein wirklicher Freund, verstehen Sie. Einer, der den anderen nicht hängen ließ. Ich habe ihm von meinen Problemen erzählt und er hat gesagt: Gerald, ich helfe dir. Und mach dir keine Sorgen wegen des Geldes. Wenn es dir wieder besser geht, dann kannst du es mir ja irgendwann einmal zurückgeben.«

»Ein wahrlich noble Geste«, warf Merana ein.

»Ja, so war er, unser Sittikus.«

»Und jetzt, wo er tot ist, brauchen Sie sich ja über das Zurückzahlen keine Gedanken mehr zu machen«, fügte Braunberger hinzu und schloss sein Notizbuch.

»Wie meinen Sie das?«

»So, wie ich es gesagt habe«, erwiderte der Abteilungsinspektor und stand auf. »Danke für Ihre Auskünfte. Wir finden allein hinaus.«

Otmar Braunberger brachte Merana zu dessen Wohnung in Aigen, im Südosten der Stadt. Der Kommissar war mit dem Taxi zu Antholzers Haus gekommen. Die ganze Fahrt über sprach Merana kein einziges Wort.

»Bist du fertig mit Grübeln?« fragte Braunberger, als sie ihr Ziel erreichten. Der antwortete, immer noch nachdenklich:

»Irgendetwas ist mir vorhin aufgefallen, Otmar. Irgendein Detail hat mich ganz vage an etwas anderes erinnert, und ich weiß einfach nicht, woran. Weder, was es war, noch woran es mich erinnern sollte.« Er blieb noch sitzen, obwohl die Beifahrertür bereits geöffnet war.

Otmar nahm die Hände vom Lenkrad und ließ Teile des Gespräches noch einmal gedanklich Revue passieren.

»Vielleicht war es sein merkwürdiges Verhalten, als er uns nicht so recht Auskunft geben wollte, ob auf dem Haus noch Schulden liegen oder nicht.«

Merana horchte in sich hinein.

»Nein. Das war es nicht. Es ist etwas anderes. Und ich komme nicht drauf.« Er blieb noch eine Weile sitzen. Dann klopfte er mit der Hand auf das Armaturenbrett und stieg aus. »Ich komme nicht weiter. Es steckt irgendwo in meinem Kopf und ich kriege es nicht zu fassen. Lassen wir es für heute. Es ist spät genug. Gute Nacht, Otmar.«

»Gute Nacht.«

FREITAG

Es war wieder keine gute Nacht. Merana war todmüde ins Bett gefallen und auch gleich eingeschlafen. Aber nach zwei Stunden war er wieder aufgewacht. Und dann hatte es begonnen, in seinem Kopf zu rumoren. Die Gedanken schoben sich kreuz und quer durch sein Gehirn. Zuvorderst pochte die Frage, welche Beziehung er sich mit Birgit im Grunde tatsächlich wünschte. Dazu tauchte immer wieder Birgits sphinxartiges Gesicht vom vergangenen Abend auf. Ihr Blick, der ihn fixiert hatte. Warum lebte er immer noch allein, obwohl Birgit in den letzten drei Jahren mehr als einmal die Frage aufgeworfen hatte, ob sie nicht zusammenziehen sollten? Warum konnte er Franziska nicht loslassen, wie Otmar behauptet hatte? Dazwischen versuchte ein Teil seines Denkapparates sich pausenlos in Erinnerung zu rufen, was um alles in der Welt ihm bei ihrer Begegnung mit Antholzer in dessen Haus aufgefallen war, das er nicht fassen konnte. Über alles schob sich wie eine zähe Decke das Bild zweier Toter, die mit eingeschlagenen Schädeln da lagen, umgeben von großen Wasserlachen. Er hatte keine Ahnung, wie diese beiden Fälle zusammenhingen. Es war zum Verrücktwerden. Er versuchte, an etwas anderes zu denken: an das Gemälde in Sandros Lokal mit dem Blick aufs weite Meer, aber es nützte nichts. Gegen 3.30 Uhr stand er auf und ging in die Küche. Er trank ein Glas Wasser. Dann überlegte er, ob er seine alte Klarinette hervorholen sollte. Er hatte es sich vor ein paar Monaten angewöhnt, wieder regelmäßig auf dem Instrument zu üben. Das beruhigte ihn. Er hatte sogar schon mit dem Gedanken gespielt, das Angebot des Kollegen Steiner von der Verkehrsstreife anzunehmen, in dessen Amateur-Ensemble mitzuspielen. Man traf sich einmal die Woche zur Probe. Auf dem Weg ins Wohnzimmer, wo die Klarinette in einer Kommode lag, fiel ihm ein, dass seine Hausherrin, die im Erdgeschoss des Hauses wohnte, gestern aus dem Pfingsturlaub zurückgekommen war. Auch wenn die pensionierte Zahnärztin eine äußerst aufgeschlossene und tolerante Person war, würde sich Merana seinen Sympathiebonus bei seiner Vermieterin wohl gehörig verscherzen, wenn er um fast 4 Uhr morgens anfing, auf der Klarinette Tonleitern zu spielen. Er kehrte um und legte sich wieder ins Bett. Schlafen konnte er dennoch nicht. Um 6 Uhr stand er auf, schlüpfte in seinen Trainingsanzug und griff nach den Laufschuhen. Eine Stunde joggen würde ihm vielleicht helfen, den Kopf frei zu bekommen.

Als er gegen 8.30 Uhr auf dem Weg ins Büro war, erreichte ihn ein Anruf von Otmar.

»Seine Durchlaucht scheint auf eine interessante Spur gestoßen zu sein. Einige Leute in der Controlling-Abteilung des Magistrats sind ziemlich nervös. Man sucht dort offenbar seit Tagen nach fehlenden Geldbeträgen.«

»In welcher Höhe?«

»Das weiß der Rudi nicht. Aber es schaut nicht so aus, als habe da jemand nur einmal schnell in die Portokasse gegriffen.«

»Was sagen die im Magistrat?«

»Die sagen gar nichts. Und die werden auch nichts sagen, bis sie keine eindeutigen Beweise haben.«

»Danke, Otmar, bleib dran.«

Natürlich würden die im Magistrat mauern, so lange es geht. Merana konnte sich das gut vorstellen. Auch innerhalb der Polizei würde man ähnlich reagieren. Erstens würde man nach außen nicht so ohne weiteres zugeben, dass in den eigenen Reihen Mist gebaut worden war, und zweitens ließ man nicht einfach Kollegen anschwärzen, bevor nicht alles offen auf dem Tisch lag. Es würde schwer sein, zum jetzigen Zeitpunkt etwas auf offiziellem Weg rauszukriegen. Er schaute auf die Uhr am Armaturendisplay: 8.45 Uhr. Birgit hatte heute erst um 9 Uhr Unterricht. Meranas Freundin war nicht nur Gemeinderatsabgeordnete der Bürgerpartei, sie war auch Lehrerin, unterrichtete Deutsch und Biologie an einem Salzburger Gymnasium. Er wählte ihre Nummer. Er hatte Glück, sie war noch im Lehrer-Konferenzzimmer.

Sie klang ein wenig reservierter und kürzer angebunden als sonst, aber das konnte auch daran liegen, dass sie bald in die Klasse musste. Merana erzählte ihr von Otmars Anruf.

»Kannst du dir vorstellen, was da im Magistrat läuft, Birgit? Ihr seid doch die große Aufdeckerpartei. Hat deine Parteiführung eine Ahnung davon? Und wenn ja, was wisst ihr im Detail.« Sie versprach, sich darum zu kümmern. Sie würde in der großen Pause versuchen, Reinhard zu erreichen. Reinhard Decker war der Vorsitzende der Bürgerpartei ›Unsere Stadt‹.

In der Polizeidirektion führte ihn sein erster Weg zum Chef. Er berichtete ihm kurz von den möglichen

Ungereimtheiten im Magistrat und erzählte dann ausführlich vom gestrigen Besuch bei Gerald Antholzer.

»Nach Golde drängt, am Golde hängt doch alles.« Der Herr Hofrat konnte sich eines seiner geliebten klassischen Zitate nicht verkneifen, als er die Höhe von Antholzers Spielschulden erfuhr. »Das klingt mir nicht mehr einfach nur nach ausgefallenem Hobby, Martin. Das offenbart schon krankhafte Züge.« Günther Kerner wusste, wovon er sprach. Sein jüngerer Bruder Max war spielsüchtig. Diese fatale zwanghafte Leidenschaft hatte Max Kerner die erhoffte glänzende Anwaltskarriere versaut. »Wenn wir schon bei den Süchtigen sind, wie geht es Carola mit ihrem Mann?«

»Nicht gut. Friedrich hatte vor drei Tagen einen Rückfall. Ich bin noch nicht dazugekommen, dir davon zu erzählen.«

»Hält Carola die Belastung aus, oder sollen wir sie aus dem Team nehmen?«

Merana schüttelte den Kopf.

»Nein, sie will unbedingt arbeiten. Das hilft ihr, sagt sie.«

»Gut, Martin, gib Bescheid, wenn es doch nicht mehr gehen sollte. Wenn sie durchhält, bin ich froh. Ich bin zwar weiterhin dran, Verstärkung für dein Ermittlungsteam aufzutreiben, aber mach' dir keine allzu großen Hoffnungen.«

Die machte Merana sich ohnehin nie.

»Wie sieht es aus mit den Erinnerungslücken der am Einsatz beteiligten Beamten? Spürt man schon etwas?« Der Polizeipräsident sah nicht von seinen Unterlagen auf. »Ich habe keine Ahnung, wovon du redest. Aber ich denke, du hast Wichtigeres zu tun, als hier in meinem Büro 'rumzustehen.«

Nach dem Besuch beim Chef ging er in die Kantine, ließ sich eine Tasse Kaffee geben und ein Croissant, und nahm beides mit. Kaum hatte er sich an seinen Schreibtisch gesetzt, klopfte es an der Tür.
»Ja, bitte.« Die Tür wurde geöffnet.
»Andrea«, sagte Merana erstaunt. »Sind Sie wieder im Dienst?«
»Nein, ich bin noch beurlaubt.« Sie kam näher, reichte ihm die Hand und blieb vor seinem Schreibtisch stehen. »Entschuldigen Sie, dass ich hier einfach so reinplatze, aber ich brauche Ihren Rat.«
»Setzen Sie sich doch.« Sie nahm auf einem der Stühle Platz. Erst jetzt fiel ihm auf, dass sie keine Uniform trug, sondern eine dunkle Hose und eine Jeansjacke. Er ahnte, was sie ihm sagen wollte. Als sie zu sprechen ansetzte, kam er ihr zuvor.
»Sie möchten mir doch nicht sagen, Andrea, dass sie den Dienst quittieren wollen?«
Sie schaute ihn an. Er spürte wieder dieses Gefühl der Wärme in ihrem Blick.
»Doch«, räusperte sie sich und ihre Stimme klang nicht so ruhig wie sonst. »Ich bin ernsthaft dabei, diesen Schritt zu machen.«
»Und was wollen Sie dann tun?«
Sie zuckte mit den Schultern. »Ich weiß es nicht. Ich habe daran gedacht, wegzugehen. Vielleicht nach Wien.«
»Nach Wien?«, entfuhr es Merana erstaunt. Das konnte er sich beim besten Willen nicht vorstellen. Aus-

gerechnet nach Wien? In eine Großstadt mit 1,7 Millionen Menschen? Wo es Andrea, die wie Merana vom Land kam, schon schwerfiel, in einer Stadt wie Salzburg mit knapp 150.000 Einwohnern zu leben.

»Warum das, Andrea? Warum wollen Sie weggehen?« Sie sah ihm lange in die Augen. »Vielleicht ist es gut, wenn ich zu einigen Dingen Abstand bekomme«, meinte sie dann. »Und auch zu ... einigen Menschen.« Ihr Blick war nach wie vor auf ihn gerichtet. Zu einigen Menschen? Meinte sie ihn damit?

»Welchen Rat wollten Sie von mir, Andrea?«

»Ich wollte hören, was Sie dazu sagen.«

Was sollte er ihr sagen? Dass er sie für eine fähige Polizistin hielt, eine gute Ermittlerin? Dass er sich vorstellen könnte, sie einmal in sein Team aufzunehmen, wenn sie die entsprechende Ausbildung absolvierte? Konnte er sich das wirklich vorstellen? Oder sollte er einfach sagen, dass ihm etwas abgehen würde, wenn sie nicht mehr da wäre. Dass er jedes Mal, wenn er sie sah, sich wohl fühlte. Sollte er sie in sein Herz blicken lassen, in eine Ecke, in die er sich nicht einmal selber hinzuschauen getraute? Andrea saß kerzengerade auf ihrem Stuhl, den Blick auf ihn gerichtet. Ihr Gesicht war weich, nicht so versteinert wie das von Birgit am Vorabend. Was sollte er ihr nur sagen, der Streifenbeamtin Andrea Lichtenegger? Die Sekunden verrannen. Auf seinem Schreibtisch läutete das Telefon. Zwei Mal, drei Mal. Er schaute immer noch auf die junge Frau. Das Telefon läutete weiter. Er löste sich aus seiner Erstarrung, murmelte »Entschuldigen Sie« und nahm den Hörer.

»Merana ...«

Eine Frau war am Telefon. Sie klang aufgeregt.

»Grüß dich, Martin, da ist die Anni ...« Anni? Anni Lassinger, die Nachbarin seiner Großmutter? Merana fühlte, wie ihm plötzlich flau wurde im Magen. Wenn Anni ihn anrief, dann konnte das nur bedeuten, dass mit der Großmutter etwas nicht stimmte.

»Martin, deine Oma ...«, die Frau war ziemlich durcheinander, »die Rettung war da und der Notarzt ... irgendetwas mit dem Herzen ... sie bringen sie ins Krankenhaus nach Zell am See.«

»Ist es schlimm?« Er hatte Angst vor der Antwort.

»Ich weiß es nicht, Martin, sie war nicht bei Bewusstsein, hat der Arzt gesagt. Ich warte, bis meine Enkeltochter vom Einkaufen zurück ist, dann fahre ich sofort ins Krankenhaus.«

»Ich komme auch hin, danke, Anni. Danke vielmals.« Sie legte auf. Merana spürte, wie ihm kalt wurde. Bitte, lieber Gott, lass sie am Leben, dachte er. Wann hatte er das letzte Mal gebetet? Das war schon lange her. Wahrscheinlich am Krankenbett von Franziska. Es hatte nichts genützt. Dieser Gott, wenn es ihn überhaupt gab, war kein lieber. Der ließ Menschen sterben, wie es ihm gerade in den Kram passte. Er hielt immer noch den Telefonhörer in der Hand. Die Handfläche war feucht. Andrea Lichtenegger hatte sich erhoben und war einen Schritt auf ihn zugegangen.

»Ist etwas passiert, Herr Kommissar?« Er sah sie an. Sie stand da wie das blühende Leben. 23 Jahre jung. Mit Stupsnase und einem Hauch von Sommersprossen an den Wangen. Ihr Gesicht war besorgt.

Merana legte den Hörer auf die Gabel.

»Können wir dieses Gespräch ein anderes Mal fortsetzen?« Er stand auf. »Meiner Großmutter geht es nicht gut. Ich muss dringend zu ihr ins Krankenhaus nach Zell am See.« Er blieb einen Augenblick vor ihr stehen, berührte sie mit der Hand an der Schulter. Dann verließ er rasch das Büro.

Eine Viertelstunde später war er schon an der Stadtgrenze von Bad Reichenhall und nahm die Straße Richtung Lofer. Er fuhr über das sogenannte ›kleine deutsche Eck‹. Er hatte Carola verständigt und Birgit eine Nachricht auf deren Handy hinterlassen. Gerne wäre er schneller unterwegs gewesen, aber die Straße entlang der Saalach war eng und kurvenreich und es herrschte starker Verkehr in beiden Richtungen. So konnte er den Milchtransporter vor ihm nicht überholen. Er kannte die Straße gut, war sie sicher schon Hunderte Mal gefahren, seit er aus dem Pinzgau weggezogen war. Bevor er sich an der Universität Salzburg für Jus und Politologie eingeschrieben hatte, war er ein halbes Jahr lang bei einer Spedition beschäftigt gewesen. Auch später hatte er immer gearbeitet, um sich das Studium zu finanzieren. Anfangs hatte er sich fast jedes Wochenende frei genommen, um nach Hause zu kommen, in den Pinzgau. Dabei war er immer übers kleine deutsche Eck gefahren. Meist hatte er bei günstiger Verkehrssituation von der Stadt Salzburg bis in den Oberpinzgau nicht viel mehr als eine Stunde gebraucht. Im Winter oft etwas länger. Merana war bei der Großmutter aufgewachsen. Seine Vorfahren waren in den 1940er-Jahren aus Südtirol in den Pinzgau gekommen. Die Großmutter war damals 16 Jahre alt gewesen. Mit 19 hatte sie Balthasar Wildner kennengelernt, Forstarbeiter aus Piesendorf mit bayerischen Vorfahren, ein begnadeter Musikant und Wirtshaussänger.

»Du erinnerst mich oft an deinen Großvater, Martin. Wenn du nur nicht immer so ernst wärst, könntest du auch stundenlang einen gesamten Wirtshaussaal unterhalten«, hatte die Großmutter öfter gesagt. Ein Jahr nachdem sie ihren Balthasar kennengelernt hatte, war Meranas Mutter Rosalinde auf die Welt gekommen. Als uneheliches Kind. So wie Merana selbst auch, 20 Jahre später. Seine Großeltern hatten nie geheiratet. Merana trug den Familiennamen seiner Großmutter. Erinnerungen aus seiner Kindheit stiegen auf, während Merana auf der kurvenreichen Straße die Kilometer nach Zell am See abspulte. Gleich nach Lofer wurde der Gegenverkehr auf der B 311 schwächer. Das muss sich ausgehen bis zur nächsten Kurve, entschied Merana, scherte mit dem Wagen nach links aus, überholte den Milchtransporter vor ihm und gleich auch noch das holländische Wohnmobil. Nun hatte er für ein, zwei Kilometer überhaupt kein Fahrzeug vor sich und kam schneller voran. Natürlich war es ihm von Jahr zu Jahr mehr bewusst geworden, dass die Großmutter eines Tages nicht mehr da sein würde. Immerhin war sie jetzt schon Mitte 80. Aber ernsthaft auseinandergesetzt mit ihrem möglichen Ableben hatte er sich dennoch nie. Die Großmutter war immer da gewesen, soweit seine Erinnerung reichte. Und wenn sie jetzt starb, dann hatte er gar keine Familie mehr. Seine Mutter war ums Leben gekommen, als er neun war. Beim Klettern ausgerutscht und abgestürzt, an einem klaren, farbenleuchtenden Herbsttag, der zum Weinen schön war. Und bis heute war Merana tief in seinem Innersten überzeugt, dass er, Martin, schuld daran war. Sie hatten am Tag zuvor gestritten. Seine Mutter hatte behauptet, er hätte vergessen, die Tür am Hühnerstall zu verriegeln, und so hatte der Marder sieben Hühner reißen können. Ein Blutbad. Den Schaden würde sie ihm vom Taschengeld abziehen. Aber das stimmte nicht. Er hatte die Tür verriegelt. Sie hatte ihm nicht geglaubt und ihm eine Ohrfeige gegeben. Er hatte die halbe Nacht geweint und sich gewünscht, seine Mutter würde dafür bestraft, dass sie ihm Unrecht tat. Das Bild, wie der helle Sarg mit den Alpenveilchen, den Lieblingsblumen seiner Mutter, sich in die schwarze Grube senkte, hatte er immer noch vor Augen. Von seinem Vater wusste Merana so gut wie nichts. Er hatte nicht einmal eine Ahnung, ob er noch lebte. Die paar Erinnerungsfetzen an diesen Mann waren fast verblasst. Nur an die dunklen Augen konnte Merana sich erinnern, und an das Motorrad, auf dem er einmal mitfahren durfte, vorne auf dem Tank hockend. Sie waren nicht weit gefahren, nur bis zum Nachbarhof und wieder zurück.

»Er war ein lieber Mensch«, hatte ihm die Großmutter einmal erzählt. »Aber er hatte kein Vertrauen zu seinen eigenen Talenten. In ihm war viel Furcht. Er konnte jedem anderen mit seinem Charme Freude ins Leben zaubern. Nur sich selbst nicht. Als er ging, hat er wahrscheinlich das Liebste zurückgelassen, das er je haben würde, dich und die Mama. Aber er konnte einfach nicht anders.« *Das Herz denkt nicht immer logisch. Vor allem, wenn es Angst hat.* Dieser Satz von Carola fiel ihm wieder ein. Er wischte sich unwirsch mit dem Handrücken der Linken über die Augen und konzentrierte sich wieder auf die Straße.

Im Krankenhaus Zell am See hastete er durch den Eingang, orientierte sich an den Schildern und erreichte mit schnellem Schritt die Abteilung für Innere Medizin. Dort wartete schon Anni Lassinger auf ihn, die Nachbarin der Großmutter. Sie stand auf dem Gang neben ihrer 20-jährigen Enkelin, die Merana nur flüchtig kannte. Er grüßte und gab beiden Frauen die Hand. Bevor er mehr sagen konnte, ging neben ihnen eine der großen Türen auf und ein Mann in weißem Kittel erschien, begleitet von einer Krankenschwester.

»Da ist eh schon der Herr Professor, Martin«, informierte die Nachbarin und deutete auf den Arzt. Anni Lassinger war auch schon Anfang 70 und hielt sich Halt suchend am Arm ihrer Enkelin fest. Merana kannte den Abteilungsvorstand, Primar Anton Wieshuber, noch aus seiner Jugendzeit im Pinzgau. Sie waren ein Jahr lang in die selbe Volksschulklasse gegangen.

»Hallo, Martin«, der Arzt schüttelte ihm die Hand. »Wir haben uns ja eine Ewigkeit nicht mehr gesehen.«

»Grüß dich, Toni.« Merana freute sich auch, den großgewachsenen sportlich wirkenden Mann zu sehen, der während ihrer Schulzeit immer Ringelnattern und Frösche mit in den Unterricht gebracht hatte. Aber jetzt war keine Zeit für Erinnerungen. »Wie geht es meiner Großmutter?«

»Ihr Zustand ist einigermaßen stabil, Martin, doch im Augenblick kann ich nicht viel mehr sagen. Es war jedenfalls ein großes Glück, dass jemand bei ihr war, als sie den Infarkt hatte. Dadurch konnte der Notarzt schnell zur Stelle sein.«

»Der Eitzenberger Poidl, unser alter Briefträger war zufällig bei ihr, Martin«, mischte sich die Nachbarin mit leiser Stimme ein. »Deine Großmutter hatte einen Rhabarberkuchen gebacken und auf den Poidl gewartet, um ihm ein Stück anzubieten. Der Poidl hat dann sofort per Handy die Rettung verständigt.«

Gott sei Dank haben sie die Poststelle in unserem Dorf noch nicht gestrichen, dachte Merana. Und glücklicherweise gibt es auf dem Land noch Zusteller, die sich Zeit nehmen für 85-jährige Damen und deren Wunsch nach einem kleinen Plausch bei einem Stück Kuchen.

»Die rasche Notversorgung hat das ihre dazu beigetragen, dass deine Großmutter zumindest noch am Leben ist. Das Rettungsteam hat ihr an Ort und Stelle intravenös ein Thrombolytikum verabreicht, ein Medikament zur Auflösung des Gerinnsels im Herzkranzgefäß. Der langsame Verschluss einer Herzkranzarterie läuft oft ohne vorangehende Beschwerden ab. Ein operativer Eingriff wird vorerst nicht nötig sein, kann aber nach weiterer Abklärung später erforderlich werden. Wir haben sie in einen künstlichen Tiefschlaf versetzt wegen des schweren Herzinfarktes mit Atemnot. Die nächsten ein, zwei Tage sind kritisch, aber im Moment ist ihr Zustand stabil. In ein paar Tagen sehen wir weiter.«

Merana schluckte den bitteren Geschmack hinunter, der sich in seinem Mund ausgebreitet hatte. »Kann ich sie sehen?«

Der Primar nickte und ging voraus. »Sie liegt auf der Intensivstation.«

Eine kalte Faust griff nach Meranas eigenem Herz, als er hinter dem Arzt den Raum betrat. Hier herrschte die medizinische Technik. Apparaturen standen am Rand der beiden Betten. Gezackte Linien, Zahlen und wandernde Farbbalken huschten über Monitore. Aus einem der Geräte führte ein Sauerstoffschlauch zu einer Maske.

Diese lag über Mund und Nase einer kleinen, weißhaarigen Gestalt, die in einem der riesigen Betten lag, darin fast verschwand. ›Kristina Merana‹ stand auf einer Tafel, die am Bett befestigt war. Merana ging langsam näher. Die Gesichtshaut der Großmutter wirkte wie aus Wachs modelliert. Die Augen hatte sie geschlossen. Der Apparat neben dem Bett mit dem Schlauch und der Maske half ihr, zu atmen. Die Verbindung aufrecht zu halten mit dieser Welt. Merana hob die Hand, um der Großmutter übers Haar zu streichen. Er warf dem Arzt einen fragenden Blick zu. Der gab durch Kopfnicken sein Einverständnis. So behutsam wie möglich setzte Merana die Finger auf das dünne Haar der alten Frau, das sich immer noch wie Seide anfühlte. Langsam strich er darüber, wiederholte die Berührung mehrmals. Dazwischen hielt er auch seinen Handrücken an die kühlen eingefallenen Wangen.

»Hallo, Oma«, sagte er leise. »Du kannst jetzt nicht so einfach gehen. Ich muss noch über so vieles mit dir reden. Wir werden zusammen Weihnachten feiern und ich werde mit dir das alte Hirtenlied aus Südtirol singen, das du so gerne magst.« Er spürte, wie ihm die Tränen in die Augen stiegen. »Ich weiß, dass dein Herz schon über 80 Jahre schlägt, aber es ist immer noch jung. Du wirst wieder aufwachen. Versprichst du mir das?« Er wusste nicht, wie lange er da gestanden hatte. 10 Minuten, 20 Minuten, eine halbe Stunde? Irgendwann legte ihm jemand eine Hand auf die Schulter. Er wandte sich um und sah in das Gesicht der alten Nachbarin. Ihre glasigen Augen waren gerötet. Er drehte sich wieder zum Bett, drückte der Großmutter einen behutsamen Kuss auf die Wange, nahm die Nachbarin beim Arm

Nichtsdestotrotz habe ich hier eine eigene Grotte. Die Kronengrotte hieß früher Midasgrotte. Candussos Sätze hallten in Meranas Schädel. Der Schrei ließ seine Angst anwachsen. Mein Gott, hoffentlich komme ich nicht zu spät, dachte er. Sein Herz pochte bis zum Hals und pumpte wie wild Blut durch seinen Kreislauf. Er rannte so schnell er konnte den Fürstenweg entlang, achtete darauf, in der Dunkelheit nicht zu stolpern. Vorbei an der Venusgrotte, vorbei an den kleinen Grotten mit den Wasserautomaten. Dann war er am Mechanischen Theater. Von Weitem sah er, dass aus der nahen Kronengrotte ein schwacher Lichtschein fiel, kaum wahrnehmbar. Auf der Höhe der Minervastatue bog er links ab. Die Tür zur Kronengrotte stand weit offen. Er stoppte vor dem Eingang und betrat vorsichtig das Innere der künstlichen Höhle. Das Licht war kümmerlich und kam von irgendwo aus der Tiefe der Grotte. Er konnte nur wenige Details ausmachen. Vor ihm ragte der Felsen auf mit den ineinander verschlungenen Wassertieren und der kleinen Metallkrone. Dahinter erkannte er das hohe steinerne Pult mit dem Armaturenkasten. Durch die Öffnung der nach innen gerundeten Mauer, die die Grotte in zwei Abschnitte teilte, sah er im Hintergrund einen Teil der Statue des Apoll, der dem Marsyas die Haut abzog. Ein Röcheln drang an Meranas Ohr. Er drehte sich schnell nach links. Er konnte eine Gestalt erkennen, die auf dem Boden lag und schwach stöhnte. Darüber beugte sich eine zweite Gestalt, ein Mann, der in diesem Augenblick aufschaute. Merana war überrascht. Es war Otto Helminger. Damit hatte der Kommissar nicht gerechnet. In der Hand hielt der Wassermeister ein kurzes Rohr. Merana griff nach seiner Pistole. Gott sei Dank hatte er die Dienstwaffe eingesteckt.

DUNKELHEIT

Der Schlammmann war verwirrt. Von allen Seiten stürmten Gedanken auf ihn ein.

Die Bilder begannen ineinander zu schwimmen. Was wollte dieser Mann hier? Es war alles nicht so gekommen, wie es hätte sein müssen. Der Schlammmann spürte, wie er allmählich den Halt verlor. Die Stimmen wurden lauter. Was sollte er nur tun?

Das Wasser. Das Wasser musste fließen.

»Herr Helminger, lassen Sie das Rohr fallen. Und gehen Sie von der Person weg!«

Merana streckte die Hände mit der Pistole nach vorn. Der Wassermeister schaute ihn völlig entgeistert an.

»Herr Kommissar, er braucht Hilfe«, stotterte er dann. Er kauerte immer noch neben der am Boden liegenden Gestalt. Seine Haltung war wie erstarrt.

»Gehen Sie zur Seite! Sofort!« Merana setzte vorsichtig einen Fuß vor den anderen. Die Pistole zielte direkt auf Helmingers Schulter.

»Herr Kommissar, das ist nicht so, wie Sie meinen«, stotterte der Wassermeister und legte vorsichtig das Rohr auf den Boden.

»Hände in die Höhe und langsam aufstehen!«

Im selben Augenblick als die Augen des Wassermeisters sich in ungläubigem Entsetzen weiteten, als hätte er hinter Meranas Rücken etwas gesehen, schoss das Wasser aus allen Ecken. Merana hörte das Prasseln des dicken Wasserstrahles, der hinter ihm die Krone vom Schlangenfelsen hob und in die Höhe trieb. Er wirbelte herum und hatte im nächsten Moment das Gefühl, sein

DÄMMERUNG, VIER STUNDEN VOR MITTERNACHT

Der Schlammmann schaute auf das Bild. Gedanken krochen heran. Andere Gedanken, die nicht aus dem Schlammmeer kamen. Er verscheuchte sie. Fixierte das Bild. Das machte ihn stark. Die Hand, die das Bild hielt, zitterte leicht. Der verhärtete Klumpen aus Wut begann in der Tiefe zu vibrieren. Schickte Wellen aus. Das Zittern hörte auf. Das Bild wurde zurückgestellt. Wieder machten sich fremde Gedanken bemerkbar. Versuchten, sich heranzudrängen. Stimmen hallten durch den Raum. Wurden lauter. Der Schlammmann beachtete sie nicht. Er begann seine Kraft zu sammeln. Er konzentrierte sich nur auf das Telefon. Und auf den Hammer.

Als Merana und Carola mit dem Elektrohändler in der Polizeidirektion ankamen, war es schon fast finster. Die Chefinspektorin nahm Schernthaner mit in ihr Büro. Merana suchte Braunberger und fand ihn in der Kantine.

»Hallo, Martin, habe seit dem Frühstück nichts mehr in den Magen bekommen. Willst du auch eines?« Er deutete auf seinen Teller. Darauf lagen drei kleine Brötchen mit Salami und Käse. Merana lehnte dankend ab und setzte sich. Er berichtete dem Abteilungsinspektor vom Gespräch mit dem Fiaker-Rudi und von den Aussagen Schernthaners. Otmar Braunberger hörte zu, während er bedächtig kaute und ab und zu einen Schluck von seinem Rotbuschtee nahm.

Nach seinem Bericht fragte Merana:

»Was hat die Untersuchung der Zeltschnur ergeben?«

Bürotür. »Gehen Sie. Wir warten hier auf Sie.« Schernthaner bückte sich und hob das Handtuch vom Boden. Carola schaute ihm nach, als er den Raum verließ.

»Denkst du dasselbe wie ich, Martin?«

»Ja. Ich glaube auch nicht, dass er es war. Es ergibt keinen Sinn. Trotzdem nehmen wir ihn mit. Die übliche Prozedur, das ganze Programm. Und die Akten für den Herrn Staatsanwalt werden immer dicker.« Carola musste lächeln. Sie stellte sich vor, wie das Hyänengesicht von Oberholzer hinter meterhohen Aktenbergen verschwand.

»Ich übernehme Schernthaner, Martin. Du kümmerst dich um die anderen Spuren.«

»Aber solltest du nicht besser zu Hause sein? Was ist mit den Kindern?«

»Das geht schon in Ordnung. Meine Mutter ist da.« Er sah sie an. Sie versuchte ein schwaches Lächeln, wohl um ihm Zuversicht zu signalisieren.

»Und Friedrich?«

»Der bleibt in der Klinik.«

»Wird er sich einer weiteren Entziehungskur unterziehen?«

Sie versuchte krampfhaft, das zuversichtliche Lächeln zu behalten. Aber es gelang nicht.

»Ich weiß es nicht. Versprochen hat er es. Aber das kann morgen schon wieder anders sein.« Ihre Augen wirkten müde. Dann schwiegen beide. Zehn Minuten später stand ein frisch geduschter Ingo Schernthaner vor ihnen und begleitete sie zum Wagen.

»Verdammt noch mal, ja. Ich habe ihr gedroht. Ich habe ihr klar gemacht, dass ich mich an die Medien wenden würde. Und das wäre wohl für sie und das Image ihrer piekfeinen Wirtschaftskanzlei sicher kein gutes Renommee. Ich habe sie am Samstagabend in der Nähe ihres Hauses abgefangen, als sie mit ihrem gelben Flitzer unterwegs war. Aber das Luder hätte mich fast über den Haufen gefahren. Ich habe sie daraufhin noch zwei Mal angerufen. Wir hatten vereinbart, dass sie am Dienstag in der Früh zu mir ins Büro käme und wir die Sache dann endgültig regeln. Aber dazu ist es nicht mehr gekommen.«

»Man hat Dienstag früh einen Jogger auf dem Gaisberg gesehen, in der Nähe der Zobel'schen Villa. Waren Sie das?«

»Nein, das war ich nicht!«, schrie er, sprang auf und stellte sich hinter seinen Stuhl, als müsse er einen Schutzwall vor sich aufbauen. Die Hände presste er auf die Lehne. »Das können Sie mir nicht anhängen. Warum hätte ich sie umbringen sollen? Sie war meine einzige Hoffnung, dass ich an mein Geld komme.«

»Wir verstehen Ihre Aufregung, Herr Schernthaner.« Carola schaute ihm unverwandt ins Gesicht. »Aber es ist wohl besser, wenn Sie wieder Platz nehmen.« Der Elektrohändler starrte sie erst nur wütend an, doch dann löste er die Hände von der Lehne, griff nach dem Handtuch auf dem Schreibtisch und setzte sich.

»Woher kannten Sie Frau Zobel?« Er erwiderte zunächst nichts, wischte sich nur den Schweiß von der Stirn. Carola wiederholte die Frage, dieses Mal etwas eindringlicher. Er stieß ein kurzes, kehliges Lachen aus.

»Vom Tennisclub. Bei der letztjährigen Weihnachtsfeier ist sie mit mir bis 4 Uhr früh in der Bar gesessen.

Wir hatten einiges getrunken und dann sind wir ...« Er sprach nicht weiter. Seine Finger krampften sich um das Handtuch, das er immer noch hielt. »Ich bin ein solcher Idiot«, flüsterte er dann und begann, verzweifelt den Kopf zu schütteln. »Ein verdammter Idiot.« Eine Minute lang herrschte Schweigen im Raum.

Schließlich sagte Merana: »Wissen Sie, ob auch Gartenamtsleiter Wolfram Rilling an dem Pyramidenspiel beteiligt war? Hat Frau Zobel je etwas erwähnt?«

Er stellte sein Kopfschütteln ein.

»Ja, sie hat einmal eine Bemerkung dazu gemacht. Das sollte mir wohl auch zeigen, dass ich mich beruhigt beteiligen könne.«

»Kennen Sie sonst jemanden, der bei diesem Spiel mitgemacht hat?«

»Nein, aber sie werden sicher noch ein paar so Idioten wie mich finden, denen das Wasser bis zum Hals steht und die in ihrer Verzweiflung nach jedem Strohhalm greifen.« Sein Blick bekam einen Ausdruck von Leere. Dann beugte er sich erschöpft vor, stützte die Ellbogen auf die Knie. Den Kopf ließ er nach unten hängen.

Merana erhob sich. »Wir müssen Sie bitten, mitzukommen, Herr Schernthaner. Wir fahren in unsere Dienststelle, um mit Ihnen ein Protokoll aufzunehmen. Außerdem brauchen wir Ihre Fingerabdrücke und Ihre DNA zum Vergleich mit den Spuren, die wir in Aurelia Zobels Haus gefunden haben.«

Der Mann nickte. Dann stand er langsam auf. Er machte den Eindruck, als hätte er jegliche Energie verloren.

»Kann ich mich vorher duschen und umziehen? Ich bin in zehn Minuten zurück. Wenn Sie Angst haben, dass ich abhaue, dann kommen Sie mit.« Merana deutete zur

DUNKELHEIT, EINE STUNDE VOR MITTERNACHT

Der Schlammmann triumphierte. Es war so einfach gegangen. Die Hand zitterte nur mehr ganz leicht, als sie das Telefon ablegte. Wieder erhoben sich die Stimmen. Er achtete nicht darauf. Er hatte einen Auftrag. Die Hand wurde ruhiger, als sie nach dem Hammer griff und dem Rucksack.

Der kleine Parkplatz vor dem Schlossgelände war voll mit Autos, keine Lücke war zu sehen. Merana scherte sich nicht darum und stellte seinen Wagen einfach dicht an den geschlossenen Kiosk. Dann lief er schnell die paar Schritte bis zum Schlosshof und betrat die ›Fürstenschenke‹. Ein Schwall von Gelächter und Essensgerüchen schwappte ihm entgegen. Alle Tische waren besetzt. Er winkte der Kellnerin.

»Wo finde ich Herrn Candusso?« Die Kellnerin balancierte gerade eine Flasche Rotwein und fünf langstielige Gläser auf einem Tablett durch den Saal. Eine Dame neben Merana stand auf, drängte sich mit einem »Entschuldigen Sie bitte« an ihm vorbei und verschwand in Richtung Toilette.

»Ich weiß es nicht«, sagte die Kellnerin, »ich habe ihn nicht gesehen. Fragen Sie in der Küche nach.« Merana machte kehrt und eilte mit schnellen Schritten zur Küche. »Ah, Herr Kommissar, ich habe gar nicht mitbekommen, dass sie heute hier sind«, empfing ihn der Küchenchef. »Haben Sie schon ein Dessert bestellt?«

Merana verzichtete auf jede weitere Erklärung.

»Herr Miklas, ich suche Herrn Candusso. Wissen Sie, wo er ist?« Der Küchenchef nahm zwei Teller mit Eis und Früchten und reichte sie an eine junge Frau in weißer Schürze weiter. Trotz der späten Stunde herrschte in der Küche immer noch emsiger Betrieb.

»Tut mir leid, Herr Kommissar. Ich glaube, er ist weggegangen.«

»Wissen Sie, wohin?«

»Bedaure, das entzieht sich meiner Kenntnis. Ich habe nur registriert, dass er einen Anruf bekam und gleich darauf verschwand.«

»Wann war das?«

»Vor etwa 20 Minuten.«

»Weiß jemand von Ihnen, wo Herr Candusso hingegangen ist?«, rief Merana mit lauter Stimme und schaute auf die Mitarbeiter, die in dampfenden Töpfen rührten oder Dessertteller garnierten. Allgemeines Achselzucken und Verneinen.

»Haben Sie Candussos Handynummer?«

»Moment«, bat der Küchenchef und zog einen kleinen Zettel von einem Bord, an dem Bestelllisten und ein Blatt mit Diensteinteilungen hingen. »Hier, bitte.«

Merana tippte die Nummer. Das Handy war ausgeschaltet. Es meldete sich sofort die Mobilbox.

»Danke, Herr Miklas. Wenn Sie etwas von Herrn Candusso hören, sagen Sie ihm bitte, dass ich ihn dringend sprechen muss.«

»Geht in Ordnung, Herr Kommissar. Möchten Sie die Crème brûlée probieren?«

Doch Merana war schon aus der Küche gestürmt. Er lief durch den Ausgang und befand sich wieder im Schlosshof. Es war frisch draußen. Eine kühle Brise zog durch das Areal.

»Verdammt«, knurrte Merana halblaut. »Warum

haben wir heute kein Glück? Antholzer ist nicht aufzutreiben, von Zobel keine Spur, und jetzt ist auch noch Candusso weg.« Hatte dessen Verschwinden etwas zu bedeuten, oder verrannte er sich da in irgendetwas? Es musste ein wichtiger Anruf gewesen sein. Immerhin hatte der Gastwirt sein voll besetztes Restaurant mitten im Abendgeschäft verlassen. Er begann, auf dem Ehrenhof auf und ab zu marschieren und vor sich hinzumurmeln. Ein Mann kam aus dem Restaurant, schaute kurz verwundert zu dem dahinstapfenden Kommissar und verschwand dann in Richtung Parkplatz.

Pyramidenspiel.

Das Wort ließ Merana nicht los. Hatte auch Candusso etwas damit zu tun? Liefen in seinem Lokal die Fäden zusammen? War der Wirt einer der Drahtzieher? Oder nur ein zufälliger Mitwisser? Und wenn ja, warum hätte er dann Wolfram Rilling und Aurelia Zobel umbringen sollen? Merana hielt inne. Die Mosaiksteine passten einfach nicht zusammen. Die Brise, die durch den Schlosshof zog, war stärker geworden. Merana bekam es nicht mit, zu sehr war er mit seinen Gedanken beschäftigt, die in seinem Kopf Ringelspiel fuhren. Jeder Sessel dieses Karussells war mit einer anderen Person besetzt. An jeder Kette hing ein mögliches Motiv. Alles drehte sich unaufhörlich im Kreis. Er war auf seinem unkontrollierten Weg durch den gekiesten Schlosshof an der großen Freitreppe stehen geblieben, unmittelbar vor der darunter liegenden Grotte. Er konnte das Ensemble der Skulpturen ausmachen. Ein Wilder Mann, ein Satyr mit Blätterwerk im Haar, hielt zwei Steinböcke umschlungen, versuchte, die Naturkraft der beiden Tiere zu zähmen. *Numen vel dissita iungit* fiel ihm ein, der Spruch des alten Erzbischofs, der ein Stockwerk höher im Prunksaal des Schlosses angebracht war, über dem Wappen von Markus Sittikus. Er dachte an die verborgene Botschaft, die hinter Spruch und Wappen steckte. An diesem Ort waren Gegensätze vereint. Steinbock und Löwe umarmten einander. Merana sah ganz deutlich das Wappen vor sich. Er hob den Kopf und fixierte die Fensterreihe im oberen Stockwerk. Dann drehte er sich um, überblickte den gesamten Hof, die Schlossauffahrt und den Park, der sich hinter den Gebäuden auf der rechten Seite befand, um sich danach wieder umzuwenden und erneut an der Schlossfassade hochzublicken. Merana konnte später nicht mehr genau sagen, was es schlussendlich gewesen war. Das Bild der beiden so gegensätzlichen Tiere, Steinbock und Löwe, die einander auf dem Wappen umschlungen hielten, der Spruch über der Darstellung, die Tatsache, dass in Hellbrunn für alles, das man vorfand, immer auch ein Gegenteil existierte. Wasser und Land. Licht und Schatten. Offener Park und dunkle Grotten. Freude und Trauer. Orpheus und Apoll. Menschliche Liebe und göttliche Grausamkeit. Und nichts war an diesem Ort so, wie es auf den ersten Blick schien. Hinter allem steckte immer noch etwas Verborgenes, Überraschendes. Vielleicht war es diese Erkenntnis, dass sich hinter einem scheinbar klaren Bild immer noch etwas anderes verbarg, die in seinem Hirn plötzlich einen Blitz aufzucken ließ, und zwar so unvermutet, dass er kurzzeitig zu taumeln begann. Er griff sich mit der Hand an den Kopf.

»Mein Gott«, entfuhr es ihm. Löwe und Steinbock. Es war alles immer da gewesen. Ganz offen vor ihm. Er hätte es sehen müssen. Schon viel früher.

Sie werden wohl noch ein paar Idioten gefunden

haben, denen das Wasser bis zum Hals steht und die in ihrer Verzweiflung nach jedem Strohhalm greifen.

Mit einem Mal passte alles zusammen. Die Schlinge, die Farbe, der Tod, das Spiel, der Verrat, der Ort, das Wasser. Und wie mit einer Löwenpranke griff die Angst nach ihm, dass ihm fast schwarz wurde vor Augen. Benommen sah er sich um. Ihm war glühend heiß. Wenn er recht hatte, dann konnte alles schon zu spät sein. Was sollte er tun? Was war die richtige Entscheidung? Die Sekunden verrannen. Herrgott, Merana, verlass dich auf deine Intuition, sagte er sich. Er ließ seine Augen kreisen, versuchte wahrzunehmen, was ihn umgab. Das Schloss. Das Gasthaus. Die Auffahrt mit den Werkstätten. Das Tor zum Park. Die Orangerie. Die Schlosskapelle. Er drehte sich um die eigene Achse. Mehrmals. Wo war der richtige Ort? Hier oder anderswo?

Wasser.

Er hielt in der Bewegung inne.

Wasser.

Die Chance, dass er richtig vermutete, war klein. Aber er hatte keine bessere. Er rannte los, quer über den Hof. Passierte das Hasentor, hielt sich links, vorbei an den Autos, über die Brücke, durch die Fasanerie in Richtung Wasserspiele. Er erreichte das Gittertor, fasste an die Stäbe, zog daran. Das Tor ließ sich öffnen, es war nicht zugesperrt. Das konnte bedeuten, dass er richtig lag.

Wohin sollte er laufen? Er entschied sich für die rechte Seite, für den ersten Tatort, hastete den Weiher entlang und erreichte nach ein paar Sekunden das Römische Theater. Nichts. Trotz der Dunkelheit erkannte Merana, dass hier niemand war. Der steinerne Tisch und die Hocker waren leer. Die Statuen der klagenden Frauen boten nicht genügend Schutz, dass sich dahinter jemand hätte verbergen können. Ganz kurz stieg das Bild in seiner Erinnerung auf, wie er am Sonntagmorgen den toten Wolfram Rilling mit eingeschlagenem Schädel hier vorgefunden hatte. Alles ringsum war nass gewesen. Er wandte sich um und eilte weiter zur Orpheusgrotte. Die Höhle war offen, aber er konnte in ihrem Innern kaum etwas erkennen. Nur ganz schwach schimmerten in der Dunkelheit die Umrisse der Statuen des griechischen Sängers Orpheus und der vor ihm hingestreckten Eurydike. Wieder hatte er die Taschenlampe im Auto liegen lassen. Es war zu spät, sie zu holen. Merana tastete sich vorsichtig ins Innere der Grotte. Nichts. Auch hier war niemand. Er setzte seinen Weg im Laufschritt fort, entlang des Weihers mit den beiden Tritonen und erreichte den Eingang zu den Grotten auf der Rückseite des Schlosses. Unter den beiden Hirschköpfen, die nun keine Wasserfontänen von der Schlossmauer spritzten, betrat er langsam die Neptungrotte. Auch hier war es ziemlich dunkel, nur wenig Licht fiel von außen herein, gerade so viel, dass er die Statue des Meeresgottes samt Dreizack und die metallene Maske des Germaules ausmachen konnte. Er tastete sich nach links, aber er kam nicht weit. Der Eingang zur Muschelgrotte und der dahinter liegenden Ruinengrotte war versperrt. Er versuchte es auf der rechten Seite. Doch auch das Gittertor, das zur Spiegelgrotte und Vogelsanggrotte führte, war verschlossen.

»Dann also weiter!«, rief er sich selber zu und eilte aus der Neptungrotte wieder ins Freie. Gerade, als er neben dem Sternweiher auf den Altemps Brunnen mit der Perseusstatue zulief, hörte er den Schrei. Der kam von links. In dieser Richtung lag das Mechanische Theater. Und dahinter die Kronengrotte.

Auch den Rest der Strecke konnte er sich nur schwer aufs Fahren konzentrieren. Dass er sich mit hohem Tempo dem großen Campingplatz bei Unken näherte, hatte er mehr unbewusst wahrgenommen. So übersah er den Kleinbus, der plötzlich aus der Campingplatzzufahrt in die Bundesstraße einbog. Merana reagierte reflexartig. Sein rechter Fuß trat die Bremse bis zum Anschlag durch, er verriss das Steuer, das Auto kam ins Schlingern, verfehlte den weißen Kleinbus um die sprichwörtliche Haaresbreite und geriet auf die andere Straßenseite. Der Fahrer des bosnischen Autotransporters, der auf der Gegenfahrbahn entgegenkam, bremste, was die Hydraulik hergab, und kam keine zwanzig Zentimeter vor der Kühlerhaube von Meranas Wagen zum Stillstand. Die Fahrerin des Kleinbusses, eine Blondine Mitte 30, stieg aus und lief auf Meranas Auto zu. Ihr Gesicht war weiß, ähnelte der Farbe ihres Autos. Sie rief etwas, das Merana nicht verstand. Eine Mischung aus Deutsch und Dänisch. Er winkte ihr beruhigend zu.

»Alles in Ordnung, nichts passiert.« Sie blieb stehen, hob die Hand und ging erleichtert zurück zu ihrem Fahrzeug. Auch dem LKW-Lenker war das Entsetzen ins Gesicht geschrieben, doch der Mann fing sich schnell. Er brachte sogar ein halbwegs sympathisches Grinsen zusammen, als er von seiner Fahrerkabine aus Merana den nach oben gedrehten Daumen zeigte. Die Großmutter wird vielleicht Weihnachten erleben, kam es Merana in den Sinn, aber ich garantiere nicht, wenn ich so weitermache. Er spürte die Wirkung des Adrenalin, das mit Hochgeschwindigkeit durch seine Blutbahnen schoss. Er fuhr langsam am bosnischen Transporter vorbei und hob noch einmal grüßend die Hand.

Eine halbe Stunde später erreichte er die Stadtgrenze von Salzburg und geriet dort in den nächsten Stau. Auch hier stürmten die Kunden am Freitagnachmittag die Baumärkte und Einkaufszentren. Während Merana sich in Geduld übte und sich nur im Schritttempo seinem Ziel, der Polizeidirektion in der Alpenstraße, näherte, beschlich ihn wieder mit einem Mal dasselbe Gefühl, das er gestern Abend nach Antholzers Einvernahme gehabt hatte. Auch wenn der Schreck über den Infarkt der Großmutter und die Sorge um ihre Gesundheit den Großteil seiner Aufmerksamkeit beanspruchten, hatte er dennoch den Eindruck, er hätte vorhin so ganz am Rande etwas mitbekommen, das mit den Mordfällen zu tun hatte. Was, um alles in der Welt, konnte das nur sein? Er rief sich alle Bilder und Eindrücke noch einmal ins Gedächtnis, von der Fahrt in den Pinzgau bis jetzt. Hatte es mit der Kirche zu tun? Mit dem Bild auf dem Hochaltar? Mit dem Beinaheunfall? Er kam nicht drauf. Kurz bevor er von der Hofhaymerallee in die Nonntaler Hauptstraße einbog und es nicht mehr weit war bis zum Präsidium, erreichte ihn Birgt noch telefonisch.

»Martin, ich habe einen Namen für dich. René A. Koller. Er gehört zu den Controllern im Magistrat. Reinhard und ich haben ihn nach langer Überzeugungsarbeit dazu überreden können, sich mit dir zu treffen. Allerdings will er das nur inoffiziell. Weder in der Polizeidirektion noch in einem der Amtsräume des Magistrates. Ich habe ihm das Café ›Gambit‹ vorgeschlagen, um 18.30 Uhr. Passt dir das?« Das passte gut. »Danke, Birgit.« Für einen Moment überlegte Merana, ob er ihr erzählen sollte, dass er vor einer Stunde dem Sensenmann gerade noch von der Schaufel gesprungen war,

das Kriegerdenkmal neben dem Hotel ›Post‹ und ging in die Kirche. Im Inneren steckte er eine Zwei-Euro-Münze in den kleinen Metallkasten neben dem Eingang, nahm eine Kerze aus einer der Boxen, zündete sie an und steckte sie auf einen Ständer neben dem Hochaltar. Merana sah sich um, er war der einzige Besucher in dem kleinen Gotteshaus. Er setzte sich in die erste Bankreihe und versuchte die Hände zu falten. Doch das fühlte sich seltsam an. Also legte er die Hände etwas unbeholfen in den Schoß. Erst jetzt bemerkte er das Bild auf dem Hochaltar. Es zeigte einen knienden Mann, den er sofort erkannte. Es war der Heilige Martin, sein Namenspatron. Daran hatte er vorhin gar nicht gedacht. Er hatte von der Straße aus nur den hohen, spitzen Kirchturm wahrgenommen, der wie eine steinerne Nadel in den grauen Himmel stach und war, ohne viel nachzudenken, abgebogen. Nun saß er in einem Gotteshaus, das seinem Namenspatron, dem Heiligen Martin geweiht war. Zufall? Fügung? Egal. Merana dachte nicht weiter darüber nach. Gab es in der unendlich scheinenden Reihe der christlichen Heiligen auch ein Heilige Kristina? Er hatte keine Ahnung, betrachtete weiterhin das Bild auf dem Hochaltar. Dann beschlich ihn der Wunsch zu beten. Aber er wusste nicht, wie. Und auch nicht, zu wem. So saß er einfach da und ließ die Stille auf sich wirken. Nach einigen Minuten hörte er, wie die große Kirchentür hinter ihm geöffnet wurde. Er stand von der Bank auf und wandte sich zum Ausgang. Eine alte Frau, die sich auf einen Stock stützte, humpelte langsam an ihm vorbei. In einer Hand hielt sie einen großen Strauß frischer Chrysanthemen. Er grüßte sie im Vorbeigehen und verließ die Kirche.

und beide verließen langsam das Zimmer der Intensivstation.

Als er auf dem Parkplatz in seinen Wagen stieg, läutete das Handy. Es war Birgit. Sie fragte besorgt, wie es der Großmutter gehe. Merana berichtete, was er vom Arzt erfahren hatte. Nach dem Gespräch ließ er sich über die Auskunft mit Leopold Eitzenberger verbinden, dem Briefträger, und bedankte sich für dessen Hilfe.

»Ich konnte ja nicht viel mehr tun, als die Rettung rufen«, bedauerte der Mann und erkundigte sich nach dem Zustand der Patientin. Merana wiederholte, was er schon vorhin Birgit erzählt hatte.

»Ihre Großmutter ist so eine wunderbare Frau. Ich wünsche ihr sehr, dass sie noch viele Rhabarberkuchen backen kann.« Merana bedankte sich noch einmal und legte auf. Dann fuhr er mit dem Auto vom Parkplatz des Krankenhauses und nahm die Straße Richtung Salzburg. Er passierte Maishofen und musste in Saalfelden an beiden Kreisverkehren warten, weil sich die Autos rings um das Einkaufszentrum stauten. Es war Freitagnachmittag, da war ein Stau nichts Außergewöhnliches. So richtig bekam Merana gar nicht mit, was rings um ihn passierte. Zu sehr kreisten seine Gedanken noch um das Zimmer mit den lebenserhaltenden Geräten und der kleinen weißhaarigen Frau im Bett. Nach etwa zehn Minuten löste sich der Stau auf und er kam gut voran. Als er durch St. Martin bei Lofer fuhr, hatte er plötzlich eine Eingebung. Er bog nach links in den kleinen Ort und parkte das Auto auf dem Parkplatz vor dem Gemeindeamt. Dann machte er etwas, das er seit seiner Kindheit nicht mehr getan hatte. Er stieg aus, passierte

Herz setze aus. Vor ihm stand eine Gestalt mit hochgerissenen Armen, in den Händen einen Hammer, bereit zuzuschlagen.

»Nein!«, schrien Merana und der Wassermeister hinter ihm nahezu gleichzeitig. Merana taumelte einen Schritt zurück. Die Gestalt war in ihrer Bewegung erstarrt.

»Nein!«, rief Merana noch einmal und versuchte trotz wildem Herzschlag und Zittern in den Knien, seiner Stimme einen ruhigen, festen Klang zu geben. »Das wollen Sie doch gar nicht.« Er legte langsam seine Waffe auf den Boden. Dann streckte er die Hand aus und ging einen Schritt auf die Gestalt zu.

»Geben Sie mir den Hammer, Frau Berger, dann wird alles gut.« Die kleine drahtige Frau mit dem dunklen Tuch über ihren Schultern hatte immer noch die Arme erhoben. Das von allen Seiten spritzende Wasser rann ihr über die kurz geschnittenen grauen Haare und das fahle, tief zerfurchte Gesicht. In ihren Augen glomm etwas Fremdartiges. Etwas, das Merana an Schlamm erinnerte. Merana trat vorsichtig noch einen Schritt auf sie zu. Die Hand hielt er immer noch ausgestreckt. Charlotte Berger starrte ihn nach wie vor mit dumpfem, abwesendem Blick an. Eine halbe Minute standen sie so. Zu hören war nur das Prasseln des Wassers und das schwache Stöhnen aus dem Hintergrund der Höhle. Dann ließ die Frau ganz langsam die Arme sinken wie in Zeitlupe. Merana nahm ihr behutsam den Hammer aus der Hand. Ihr kleiner Körper begann zu zittern, als würde sie plötzlich frieren. Merana legte ihr sacht die Hand auf die Schulter und drehte sich zu Helminger um. Der stand da wie versteinert und glotzte die beiden mit offenem Mund an.

»Ich bleibe bei Frau Berger«, sagte Merana so gefasst wie möglich. »Nehmen Sie mein Handy und verständigen Sie, bitte, die Rettung und meine Dienststelle.«

Der immer noch perplexe Mann erwachte aus seiner Erstarrung. Er nickte ruckartig.

Merana reichte ihm sein Telefon. »Und schalten Sie bitte das verdammte Wasser ab!«

Als Merana die stumme Frau an seiner Seite behutsam zum Ausgang der Grotte leitete, ertönten aus der Ferne die Schläge einer Turmuhr. Zwölf helle, vier dunkle Schläge: Mitternacht.

SONNTAG

Die große Uhr an der Wand zeigte 4.15 Uhr. Das Wasserglas stand immer noch unberührt auf dem Tisch des Vernehmungsraumes. Sie wollte nichts trinken, nicht einmal den Tee, den ihr Otmar Braunberger im Laufe der Vernehmung hingestellt hatte. Ihr Blick war die ganze Zeit starr auf die Tischplatte gerichtet gewesen. Nur einmal hatte sie den Kopf gehoben, als Merana sie nach ihrem Mann gefragt hatte.

»Mit anderen hat er geredet, mit mir nicht«, hatte sie geflüstert. Ihre Augen hatten sich dabei ganz langsam mit Tränen gefüllt, als würden diese aus ihrem Inneren behutsam hervorsickern. Mehr hatte sie an Regung nicht gezeigt. Während des gesamten Verhöres nicht. Sie hatte auch keine Fragen beantwortet. Einmal hatte sie mit gesenktem Kopf etwas Unverständliches gemurmelt, als Merana ihr mitteilte, er habe eben aus dem Krankenhaus erfahren, dass Bernhard Candusso durchkommen werde. Der Schlag mit dem Hammer habe seinen Kopf nicht voll getroffen. Ein Schädelknochen sei zwar verletzt, aber nicht lebensgefährlich. Dann hatte er ihr das Bild hingelegt, das sie aus ihrer Wohnung geholt hatten. Es zeigte ihren Mann und ihre Tochter. Eine fröhliche junge Frau, die sich an ihren Vater schmiegte, einen hageren älteren Herrn im karierten Hemd. Im Hintergrund waren Zweige eines Weihnachtsbaumes zu erkennen, mit Kugeln daran. Neben das Bild hatte Merana den Abschiedsbrief gelegt, den sie ebenfalls in der Wohnung gefunden hatten. In einer Schublade, in der auch Teile einer roten Schnur lagen. Eine Schnur, wie man sie auf

Segelbooten fand oder an Zelten. Extremsportler benützten solche Schnüre ebenfalls, auch gut ausgerüstete Bergsteiger. Sie hatten in der Wohnung Bergschuhe und Rucksäcke sichergestellt und Sportbekleidung. Auch ein Stück der roten Schnur hatte Merana vor sie hingelegt. Sie hatte nicht reagiert. Weder auf die Schnur, noch auf das Bild, noch auf den Abschiedsbrief. Sie hatte zwar einmal kurz aufgeschaut, aber nichts gesagt. Als Merana dabei in ihren Augen las und den stumpfen Blick bemerkte, der darin lag, war ihm klar, dass sie nichts mehr sagen würde. Nicht in dieser Nacht. Und nicht am nächsten Tag. Vielleicht überhaupt nie mehr. Etwas in ihr hatte sich zurückgezogen. Auch das dunkle Schlammartige konnte er nicht mehr erkennen. Da war nur mehr Leere. Gleich nach ihrem Eintreffen in der Polizeidirektion hatte Merana den Staatsanwalt und den Polizeipräsidenten aus dem Bett geklingelt. Dann hatte er Kaltner angerufen und ihm mitgeteilt, er könne die Suche nach Edmund Zobel einstellen. Dabei hatte der ihn schon gefunden. Danach hatte er Carola verständigt und sie davon abgehalten, ins Präsidium zu kommen. Ihre Kinder brauchten sie jetzt nötiger. Außerdem hatte er ja Otmar und die Kollegen von der Bereitschaft. Der Abteilungsinspektor hatte bei seiner Suche nach Antholzer weniger Glück gehabt als Kaltner. Merana hatte auch den Amtsarzt und die Polizeipsychologin verständigen lassen und mit der Vernehmung gewartet, bis beide eingetroffen waren. Aber weder der Arzt noch die Psychologin konnten die kleine schweigsame Frau mit ihrem großen schwarzen Schultertuch dazu bewegen, etwas zu äußern. Nach zwei Stunden hatte Merana das Verhör beendet und das Aufnahmegerät, das die Vernehmung aufgezeichnet hatte, ausgeschaltet. Es gab nichts mehr zu sagen. Der Amtsarzt veranlasste, dass Charlotte Berger zunächst unter psychiatrische Aufsicht zu stellen sei, bevor Staatsanwalt und Richter etwas anderes entschieden. Als die kleine Frau von zwei Streifenbeamten hinausgeführt wurde, herrschte betretenes Schweigen in der Abteilung.

»Ob wir wohl je erfahren werden, was in dieser Frau vorgegangen ist?«, murmelte Otmar Braunberger und stellte dem Kommissar einen Becher Kaffee hin, den er aus dem Automaten geholt hatte. Für sich selber hatte er ein Bier mitgebracht. Sie saßen in Meranas Büro.
»Ich weiß es nicht.« Merana griff nach dem Plastikbecher. Er war heiß. Er probierte vorsichtig einen Schluck. »Es ist auch nicht mehr unsere Sache.«
»War Candusso auch an dieser Angelegenheit beteiligt? Hat er den bedauernswerten Dominik Berger dazu überredet, einen Kredit aufzunehmen und das Geld in dieses Pyramidenspiel zu stecken?«
»Ich weiß es nicht, im Abschiedsbrief sind namentlich nur der Rilling und die Zobel erwähnt. Wir werden ihn fragen, sobald es ihm besser geht. Aber meiner Einschätzung nach wusste er nichts davon. Doch ich kann mich irren.«
»Wenn nichts in dem Brief steht, warum hat sie dann versucht, auch ihn umzubringen?«
»Keine Ahnung. Vielleicht hat er einmal eine Bemerkung gemacht, die sie missverstanden hat. Wir werden es hoffentlich von ihm erfahren.«
»Wie ist es ihr gelungen, ihn in die Grotte zu locken?«
»Sie hat ihn angerufen. Bevor Candusso von den Rettungsleuten abtransportiert wurde, hat er mir noch in

ein paar wirren Sätzen zu verstehen gegeben, dass sie ihm am Telefon erzählt hatte, sie wüsste etwas über den Mord an Rilling, und das habe mit der Midasgrotte zu tun. Sie wolle es ihm dort zeigen.«

»Und wie ist der Wassermeister dazugekommen?«

»Durch Zufall und durch seine Wachsamkeit. Helminger hatte vor Monaten etwas mit Candussos Schwester. Die hat ihn dann stehen lassen, weil sie hinter Rilling her war. Aber Helminger ist immer noch verliebt in die Frau und wandte sich ständig an Candusso, er möge seine Schwester überzeugen, wieder zu ihm zurückzukommen. Er hat ihn heute Abend im Lokal verpasst, genau wie ich. Als Helminger dann in die Werkstatt hinüber ging, weil er noch etwas zu erledigen hatte, bemerkte er, dass die Schlüssel für die Wasserspiele fehlten. Da wollte er nachschauen und hat sich vorsichtshalber mit einem Stück Rohr bewaffnet.«

»Er hat wohl durch sein Eintreffen Candusso das Leben gerettet.«

»Mag sein. Aber vielleicht hätte sie ohnehin kein zweites Mal mehr zugeschlagen. Sie hat auch beim ersten Schlag nicht mehr richtig getroffen. Sie wirkte völlig verstört. Die Morde müssen ihr mehr zugesetzt haben, als sie verkraften konnte.«

Eine Weile herrschte Stille im Raum. Die beiden Männer schwiegen und hingen ihren Gedanken nach. Dann begann Braunberger langsam den Kopf zu schütteln.

»Es ist nur schwer vorstellbar, was da alles vorgefallen ist. Die Tochter hat Krebs und man glaubt an eine Behandlung im fernen Amerika. Der Mann versucht auf die aberwitzigste Weise Geld zu beschaffen und verspielt alles. Er wendet sich an die, die ihn da reingeritten haben, aber die denken nicht daran, ihm zu helfen. Dann stirbt die Tochter. Der Vater packt das nicht und hängt sich auf.«

Merana starrte ins Leere. Vor ihm tauchte das Bild des sonnendurchfluteten Hellbrunner Parks auf, mit zwei in majestätischer Ruhe ihre Bahn ziehenden Schwänen auf dem Weiher. Und einer zierlichen Frau in einer Strickjacke, die auf einer Bank sitzt. Die Erinnerung tat ihm weh.

»Das Schlimmste für sie war wohl, dass ihr Mann mit ihr nicht darüber geredet hat. Sie fühlte sich schuldig an seinem Tod.« Seine Stimme klang eigenartig belegt.

»Mit dieser Schuld konnte sie nicht umgehen. Dann findet sie den Abschiedsbrief und etwas in ihr macht ›Knacks‹,« ergänzte der Abteilungsinspektor. Wieder herrschte Schweigen im Raum. »Warum hat die Zobel sie wohl ins Haus gelassen?«

Merana räusperte sich, um den Belag in seinem Hals wegzubekommen, ehe er antwortete. Er versuchte sich aufzurichten. Alles in ihm war müde.

»Bis zur letzten Gewissheit werden wir das wohl nie erfahren. Aber erinnerst du dich an die Aussage des Bauern, der einen Jogger mit Kapuze gesehen hat? Das könnte die Berger gewesen sein. Sie war früher sehr sportlich, war bis vor Kurzem noch viel in den Bergen unterwegs. Ich kann mir den Hergang so vorstellen: Es ist sehr früh, fast niemand ist unterwegs. Das Haus der Zobels liegt abseits. Sie läutet an der Tür, die Zobel öffnet. Sie sagt, ihr wäre beim Joggen schlecht geworden, ob sie vielleicht ein Glas Wasser haben könnte. Sie folgt der ahnungslosen Zobel in die Küche und schlägt zu.«

»Ja, so ähnlich könnte es gewesen sein. Und wo hatte sie den Hammer her?«

»Den hatte sie wohl in demselben kleinen Rucksack, den wir auch heute bei ihr gefunden haben.«

Braunberger nickte. »Ziemlich raffiniert ausgedacht.«

»Ja, etwas in ihr hat sie mit großer Präzision gesteuert.«

»So, wie schon beim ersten Mord.«

»Sie hat gut geplant. So wie alle anderen wusste sie, dass Rilling gerne nach Festen noch im Römischen Theater ein Glas Wein trinkt. Da sie gleich in der Nähe wohnt, hat sie wohl einfach auf gut Glück nachgeschaut und die Gelegenheit, dass er allein war, genutzt.«

»Warum hat sie das erste Mal nicht den Hammer genommen, sondern einen der Fackelständer?«

Merana zuckte mit den Schultern. »Keine Ahnung.«

»Und das Wasser. Hast du eine Erklärung dafür, warum sie das aufdrehte?«

Er wusste es nicht. Es gab in diesem Fall so vieles, was sie wohl nie mit Gewissheit erfahren würden. Die Worte des Symbolforschers fielen ihm wieder ein. *Wasser steht generell für Leben.* Sie hatten an zwei Schauplätzen des Todes das Symbol für Leben gefunden. Aber Wasser stand auch für Reinigung, für Wegwaschen. Für das Wegspülen all dessen, was einem schmutzig vorkommt. Vielleicht war es das. Und dazu die Schlinge und die Farbe rot als Zeichen für Verrat. Sie war sehr belesen. Das hatte Merana an den Büchern in ihrer Wohnung festgestellt. Aber vielleicht war Rot nur ein Zufall und sie hatte den beiden Opfern eine Schlinge um den Hals gelegt, weil sie das an den Tod ihres Mannes erinnerte. In dem kleinen Rucksack, den sie in der Kronengrotte dabei hatte, war eine weitere Schlinge gewesen. Wie viel sie bei ihrem Vorhaben mit klarer Absicht gemacht hatte und wozu sie der verworrene Drang aus ihrem Unterbewusstsein gelenkt hatte, wusste Merana nicht. Der Druck, dem sie sich ausgesetzt hatte, war nicht nachvollziehbar. Sie hätte von Anfang an psychiatrische Hilfe gebraucht.

»Ich war mir die ganze Zeit über ziemlich sicher, dass der Antholzer hinter den Morden steckt. Wahrscheinlich hat er nur Dreck am Stecken wegen der Unterschlagung. Aber das sollen ihm andere nachweisen. Ist nicht mehr unser Bier«, bemerkte der Abteilungsinspektor und stellte die Flasche auf den Boden.

Merana nickte. »Ich zählte auch den Antholzer zum engsten Kreis der Verdächtigen. Bis heute. Dabei hätte ich viel früher auf die Wahrheit stoßen können.«

»Warum?«

»Ich bin in Hellbrunn neben ihr auf einer Parkbank gesessen. Ich habe ihr von Franziskas Tod erzählt. Wie furchtbar es mir dabei gegangen ist. Dabei hat sie mich für einen Augenblick in ihr eigenes Herz blicken lassen. Und ich habe nicht erkannt, wie groß ihre Verzweiflung war. Ich hätte mehr auf sie eingehen sollen. Dann wären mir vielleicht die wahren Zusammenhänge schneller klar geworden.«

Braunberger sah ihn lange von der Seite her an. Dann sagte er mit leichtem Erstaunen: »Du hast mit ihr über Franziskas Tod geredet?«

»Ja. Und es war mir so wohl dabei.«

Eine Weile herrschte Schweigen zwischen den beiden Männern.

»Ich finde es gut, dass du mit ihr über Franziskas Tod gesprochen hast. Du solltest öfter mit jemandem darüber reden.«

Der Kommissar zuckte hilflos mit den Schultern.

»Das mag schon sein. Aber in diesem Fall hat es mich zu sehr davon abgelenkt, die richtige Spur zu wittern. Selbst das Motto von Hellbrunn hätte mich der Lösung näher bringen können, wenn ich sensibel genug gewesen wäre.«

Sein Gegenüber sah ihn fragend an.

»Numen vel dissita iungit. Gegensätzliches, das zusammenkommt. Der Steinbock umarmt den Löwen. Es existiert immer beides.«

»Ich verstehe nicht, was du meinst, Martin.«

»Wir sehen nach außen hin eine begabte Gärtnerin, eine Frau, die für blühendes Leben sorgt. Und gleichzeitig ist in ihrem Inneren etwas ganz anderes. Verzweiflung. Schrecken. Tod.«

»Aber Martin, so etwas kommt öfter vor. Du kannst doch nicht hellsehen.«

»Hellsehen nicht. Aber mein Gespür hätte mich früher auf den richtigen Weg leiten können.«

Braunberger sah den Kommissar lange an. Dieser schwieg, hielt den Kopf gesenkt. Starrte auf irgendeinen Punkt am Boden. Der Abteilungsinspektor griff nach der Bierflasche und trank den letzten Schluck.

»Obwohl ich bei der Vernehmung des Chirurgen nicht dabei war, sondern nur das Protokoll kenne, hatte ich den Zobel nicht wirklich in Verdacht.«

»Ich auch nicht.« Merana musste kurz schmunzeln, als ihm das Telefonat mit Kaltner einfiel. »Edmund Zobel hat übrigens zugegeben, dass er in der Nacht von Samstag auf Sonntag tatsächlich unterwegs nach Hellbrunn war. Er hat Kaltner erzählt, er wisse nicht mehr, was ihn dazu veranlasst habe. Doch schon während der Fahrt sei ihm das Vorhaben lächerlich vorgekommen und so wäre er in Morzg wieder umgedreht und heimgefahren.«

»Pech für Wolfram Rilling. Wenn Zobel rechtzeitig gekommen wäre und dem Sittikus von Hellbrunn eine in die Fresse geknallt hätte, wäre der vielleicht heute noch am Leben.«

»Möglich.«

»Wo hat Kollege Kaltner den Herrn Professor dann schließlich aufgetrieben?«

Aus Meranas Schmunzeln wurde ein schwaches Grinsen.

»Du wirst es nicht glauben. In der Wohnung einer Dame.«

»Nein?« Braunberger war unwillkürlich lauter geworden.

»Doch.«

»Die Marketinglady?«

»Erraten.«

Nun grinste auch der Abteilungsinspektor.

»Sieh einer an. Hat die gute Cornelia Plauscher mit ihren Vermutungen doch nicht so schief gelegen. Ja, man sollte gelegentlich doch nicht außer Acht lassen, was Tratschweiber so alles von sich geben.«

Merana griff nach dem Plastikbecher. Er war noch halb voll. Der Kaffee war inzwischen kalt. Er trank ihn trotzdem aus. Beide erhoben sich von ihren Stühlen.

»Fährst du nach Hause, Martin?«

»Ja, aber ich werde vielleicht vorher noch einen kleinen Umweg machen.«

Der Schlosshof lag noch im Dunkeln, aber das verblassende Licht der Sterne deutete an, dass es bald Tag werden würde. Merana stand mitten auf dem Platz und schaute auf die Fassade des Schlosses. Die Müdigkeit in ihm schmerzte. Er fühlte sich, als trüge er ein schweres Kettenhemd, das mit schwarzen Eisenringen seine Schultern zusammenschnürte. Es war still im Hof. Das Schloss mit seinen turmartigen Flanken und die daran anschließenden Gebäude bildeten eine schweigende Mauer gegen den heller werdenden Himmel. Die Kronen der Bäume im Bereich der Wasserspiele auf der Rückseite des Schlosses wirkten wie dunkle Wächter, die aus der Entfernung diesem Platz Schutz gaben. Merana fiel die Nacht von Sonntag auf Montag ein, als er in den Wasserspielen den verdächtigen Schatten bemerkt hatte. War das Charlotte Berger gewesen? Hatte etwas sie zurückgetrieben an den ersten Tatort? Auch das würde er wohl niemals mit deutlicher Klarheit erfahren. Es war auch nicht mehr wichtig. Er schaute wieder auf die Vorderfront des Schlosses. Drei der Fenster waren offen, die anderen geschlossen. Wie bei einem Adventkalender, dachte Merana. Er blieb einfach in der Mitte des Platzes stehen und ließ die Stille auf sich wirken. Sie legte sich behutsam wie ein Schleier auf ihn, kroch langsam in sein Inneres und verschmolz mit der Müdigkeit. Merana richtete seinen Blick hoch zu der großen Sonnenuhr, die am oberen Ende des Maueraufsatzes jenes Gebäudes angebracht war, das schon zur ›Fürstenschenke‹ gehörte. Er ließ seine Augen nach unten wandern. Zwischen den in Kübeln stehenden Gastgartenbäumchen mit den kleinen kugelartigen Kronen entdeckte er einige leere Getränkekisten. Er holte sich zwei der größeren Kisten und stellte sie mitten auf den Platz. Er setzte sich drauf. Er schloss die Augen und versuchte, seine Umgebung einfach zu spüren: das Schloss, die Gärten, die Teiche. Das unvergleichliche Ambiente dieses rätselhaften Ortes, wo in den letzten Tagen so viel geschehen war. Das Bild der kleinen weißhaarigen Gestalt der Großmutter tauchte in seinem Innern auf. Morgen würde er nach Zell am See fahren. Vielleicht würde er sogar noch einmal in St. Martin bei Lofer stehen bleiben und wieder eine Kerze anzünden. Die Großmutter würde wieder gesund werden, davon war er überzeugt. Er schaute auf die Uhr. Es war 5.20 Uhr. Wenn er sich beeilte, konnte er Birgit noch auf dem Salzburger Hauptbahnhof erreichen, ehe sie in den Zug nach Wien einstieg. Er zögerte kurz, horchte in sich hinein. Dann blieb er sitzen. Er wollte lieber hier bleiben. Hellbrunn hatte ihm immer gut getan. Er würde, wenn die Sonne aufgegangen war, in den Park gehen und langsam um die Weiher schlendern. Den Stören zuschauen. Sich an die Sockel lehnen, auf denen die Einhörner thronten. Die letzte Strophe aus einem Gedicht von Georg Trakl über Hellbrunn fiel ihm ein.

Die Wasser schimmern grünlichblau
und ruhig atmen die Zypressen
Und ihre Schwermut unermessen
fließt über das Abendblau
Tritonen tauchen aus der Flut,
Verfall durchrieselt das Gemäuer
Der Mond hüllt sich in grüne Schleier
Und wandelt langsam auf der Flut.

Plötzlich hörte er das Zwitschern eines Vogels. Eine erste zaghafte Vogelstimme in der Morgenstille. Gleich darauf setzten andere Vögel ein. Er kannte sich mit Vogelstimmen nicht besonders gut aus, aber das könnten Amseln sein. Oder Kohlmeisen. Er war so vertieft in das erwachende Gespräch der Vögel, dass er die Schritte hinter seinem Rücken gar nicht wahrgenommen hatte.

»Herr Kommissar?«

Er drehte sich überrascht um.

»Andrea?«

Sie stand direkt vor ihm. In dunkler Hose und heller Jacke. Das Haar fiel offen auf ihre Schultern. In den Augen erblickte er das ihm schon so vertraut gewordene Glänzen.

»Was machen Sie hier?«

»Abteilungsinspektor Braunberger hat mich angerufen.«

»So früh?«

»Ich habe ohnehin nicht geschlafen. Er meinte, ich könnte Sie hier finden, wenn ich will. In ›Ihrem‹ Hellbrunn, wie er sagte.«

Otmar, sein bester Fährtenleser. Sein Freund. Fand immer die richtige Spur. Sie stand nun an seiner rechten Seite.

»Ich kann Ihnen in ›meinem‹ Hellbrunn leider keinen bequemeren Platz anbieten.«

Er klopfte zur Bestätigung mit der Hand auf die übereinandergestapelten Getränkekisten.

»Wird schon reichen«, lächelte sie und setzte sich ganz dicht neben ihn. Ihr Oberschenkel an seinem fühlte sich warm an. Er nahm ihre Hand. Sie sah ihm lange in die Augen.

Auf der obersten Rundung des Schlossdaches zeigte sich ein erstes schwaches Aufblitzen, die Reflexion von

Licht. Um Punkt 5.37 Uhr ging an diesem Sonntag, dem 22. Mai, in Hellbrunn, im Süden der Stadt Salzburg, die Sonne auf.

Und es wurde mit jeder Sekunde wärmer.

ENDE

Ich danke den guten Geistern von Hellbrunn, Amtsleiter Wolfgang Saiko und Schlosshauptfrau Ingrid Sonvilla, für die intensive Unterstützung. Dank auch dem Salzburger Landespolizeikommandanten Ernst Kröll für ein mit Einblicken begleitetes Frühstück sowie Dr. Klaus und Nerina Wessely für medizinischen Nachhilfeunterricht.

*Weitere Krimis finden Sie auf den
folgenden Seiten und im Internet:
www.gmeiner-verlag.de*

MANFRED BAUMANN
Jedermanntod
....

372 Seiten, Paperback.
ISBN 978-3-8392-1089-5.

BÜHNENREIF Salzburg im Sommer, belagert von Touristenscharen und Festspielgästen. Auf der »Jedermann«-Bühne vor dem Dom liegt ein Toter. Ein prominenter Toter. Der Tod höchstpersönlich. Hans Dieter Hackner, der gefeierte Darsteller des Todes in Hofmannsthals »Jedermann«. In seiner Brust steckt die Kopie eines Renaissance-Dolches, an seinen Füßen fehlen die Schuhe. Alles viel zu theatralisch, denkt Kommissar Martin Merana, und beginnt seine Ermittlungen in einer Welt, die ihm fremd ist: die Welt der Salzburger Festspiele mit ihren extrovertierten Künstlern und fädenziehenden Managern ...

CHRISTIANE TRAMITZ
Himmelsspitz
....

274 Seiten, Paperback.
ISBN 978-3-8392-1182-3.

SCHICKSALSBERG Hamburg, Mitte der 60er. Isabel macht sich Sorgen um ihre achtjährige Tochter Lea, die schlafwandelt und von heftigen Alpträumen geplagt wird. Die Ärzte raten zu einem Urlaub in den Bergen. Zusammen mit Isabels Lebenspartner Horst machen sich Mutter und Tochter auf den Weg nach Fuchsbichl, einem kleinen Dorf in den Ötztaler Alpen, das am Himmelsspitz gelegen ist. Diesen Berg hat Lea im Fotoalbum ihrer Mutter entdeckt. Doch die Reise wird für die Familie zu einer harten Auseinandersetzung mit der Vergangenheit, die auf mystische Weise mit dem Schicksal der Fuchsbichler Bergbauern verwoben ist. Sie stoßen auf Missgunst, dunkle Geheimnisse, zerbrochene Beziehungen – und tödliche Gewalt.

Wir machen's spannend

HERMANN BAUER
Philosophenpunsch
....

270 Seiten, Paperback.
ISBN 978-3-8392-1192-2.

SCHÖNE BESCHERUNG Weihnachtszeit in Wien. Im Café Heller finden zeitgleich die Weihnachtsfeier der Bekleidungsfirma Frick und die Debatte eines Philosophenzirkels statt. Die ganze Aufmerksamkeit gilt der offenherzigen Veronika Plank, die mit mehreren Männern auf die eine oder andere Weise verbandelt zu sein scheint. Nach einigen Gläsern Punsch kommt es zum Streit und Veronika verlässt das Kaffeehaus. Kurz darauf wird ihre Leiche im frischen Schnee entdeckt, offenbar wurde sie mit einem Schal erwürgt.

Ganz klar, dass dieser delikate Fall auch Chefober Leopold nicht kalt lässt ...

PIERRE EMME
Zwanzig/11
....

323 Seiten, Paperback.
ISBN 978-3-8392-1174-8.

WELT IN ANGST Wien, im November 2011. Max Petrark wacht am Krankenbett seines Bruders Maurice. Dieser hat einen schweren Autounfall nur knapp überlebt und liegt im Koma. Während die Polizei von einem Selbstmordversuch ausgeht, macht sich Max auf die Suche nach der Wahrheit. Doch diese scheint unbequem, ja sogar tödlich zu sein. Und allmählich begreift er das ganze Ausmaß der Ereignisse: Zehn Jahre nach den Terroranschlägen von New York zeichnet sich eine neue Tragödie von weltpolitischer Bedeutung ab – in einem Zug zwischen Salzburg und Wien.

Wir machen's spannend

RUPERT SCHÖTTLE
Damenschneider

275 Seiten, Paperback.
ISBN 978-3-8392-1177-9.

SCHÖNHEITSWAHN Ein schwerer Motorradunfall gibt der Wiener Polizei schon seit Längerem ein Rätsel auf. Erst als die Inspektoren Kajetan Vogel und Alfons Walz in einer Zeitung auf ein anonymes Leserfoto des Unglücks stoßen, kommt Bewegung in die Sache: Sie besuchen das Unfallopfer im Krankenhaus, um Näheres herauszufinden. Dabei lernen sie den serbischen Krankenpfleger Bojan Bilovic kennen, der behauptet, früher Chirurg in Belgrad gewesen zu sein. Als er tags darauf tot in seiner Wohnung aufgefunden wird und das Gerücht aufkommt, Bilovic habe illegale Schönheitsoperationen durchgeführt, nimmt der Fall eine dramatische Wendung.

ANDREAS PITTLER
Mischpoche

321 Seiten, Paperback.
ISBN 978-3-8392-1188-5.

WIENER KRIMINALAKTEN Der Polizeibeamte David Bronstein muss weisungsgemäß bei der Ausschaltung des Österreichischen Nationalrats 1933 zugegen sein. Er spürt, dass hier etwas zerbricht, und fragt sich unwillkürlich, wie es überhaupt so weit kommen konnte, liegt doch die Aufbruchstimmung nach dem Ersten Weltkrieg noch gar nicht so lange zurück ...

In 14 Geschichten ermittelt der jüdischstämmige David Bronstein von der Wiener Mordkommission in realen Verbrechen aus der Zeit der ersten Österreichischen Republik von 1919 bis 1933.

Wir machen's spannend

WILLIBALD SPATZ
Alpenkasper
....

229 Seiten, Paperback.
ISBN 978-3-8392-1175-5.

HOCHZEIT MIT HINDERNISSEN Panik in Augsburg. Birne ist verschwunden! Und das kurz vor seiner Hochzeit mit Katharina. Zum Glück gibt es da Jakob, Birnes Bruder. Der macht sich auch gleich auf die Suche. Doch seine einzige heiße Spur ist schnell kalt: Ein Rentner, zu dem Birne zuletzt Kontakt hatte, wird vor seinen Augen ermordet. Was hat der dubiose Heilpraktiker Lugner, den Jakob auf einer Premierenparty im Stadttheater kennenlernt, mit der Sache zu tun? Warum verhält sich Katharina so seltsam? Und wieso werden Birnes Kollegen auf einem Schützenfest fast gelyncht? Fragen über Fragen, auf die nur einer die Antworten weiß: Birne – Augsburgs letzter Krimiheld!

SABINE THOMAS (HRSG.)
Tod am Tegernsee
....

174 Seiten, Paperback.
ISBN 978-3-8392-1195-3.

TEGERNSEE-MORDE Der malerische Tegernsee in der oberbayerischen Alpenregion ist nicht nur Heimat von Prominenten, Millionären und Milliardären, sondern auch Schauplatz von mörderischen Geschichten. Elf namhafte Autoren haben sich zusammengefunden und präsentieren spannende Kurzkrimis von Gmund über Tegernsee, von Rottach Egern über Kreuth bis Bad Wiessee. Eine Tretbootfahrt endet tödlich, eine Zockerin setzt im Spielcasino alles auf eine Karte, ein Bauer sucht eine Frau und findet den Tod …

Wir machen's spannend

Unsere Lesermagazine
2 x jährlich das Neueste aus der Gmeiner-Bibliothek

DIN A6, 20 S., farbig   10 x 18 cm, 16 S., farbig   24 x 35 cm, 20 S., farbig

GmeinerNewsletter
Neues aus der Welt der Gmeiner-Romane

Haben Sie schon unsere GmeinerNewsletter abonniert? Monatlich erhalten Sie per E-Mail aktuelle Informationen aus der Welt der Krimis, der historischen Romane und der Frauenromane: Buchtipps, Berichte über Autoren und ihre Arbeit, Veranstaltungshinweise, neue Literaturseiten im Internet und interessante Neuigkeiten.

Die Anmeldung zu den GmeinerNewslettern ist ganz einfach. Direkt auf der Homepage des Gmeiner-Verlags (www.gmeiner-verlag.de) finden Sie das entsprechende Anmeldeformular.

Ihre Meinung ist gefragt!
Mitmachen und gewinnen

Wir möchten Ihnen mit unseren Romanen immer beste Unterhaltung bieten. Sie können uns dabei unterstützen, indem Sie uns Ihre Meinung zu den Gmeiner-Romanen sagen! Senden Sie eine E-Mail an gewinnspiel@gmeiner-verlag.de und teilen Sie uns mit, welches Buch Sie gelesen haben und wie es Ihnen gefallen hat. Alle Einsendungen nehmen automatisch am großen Jahresgewinnspiel mit attraktiven Buchpreisen teil.

Wir machen's spannend

Alle Gmeiner-Autoren und ihre Romane auf einen Blick

ANTHOLOGIEN: Tod am Tegernsee • Drei Tagesritte vom Bodensee • Nichts ist so fein gesponnen • Zürich: Ausfahrt Mord • Mörderischer Erfindergeist • Secret Service 2011 • Tod am Starnberger See • Mords-Sachsen 4 • Sterbenslust • Tödliche Wasser • Gefährliche Nachbarn • Mords-Sachsen 3 • Tatort Ammersee • Campusmord • Mords-Sachsen 2 • Tod am Bodensee • Mords-Sachsen 1 • Grenzfälle • Spekulatius **ABE, REBECCA:** Im Labyrinth der Fugger **ARTMEIER, HILDEGUNDE:** Feuerross • Drachenfrau **BAUER, HERMANN:** Philosophenpunsch • Verschwörungsmelange • Karambolage • Fernwehträume **BAUM, BEATE:** Weltverloren • Ruchlos • Häuserkampf **BAUMANN, MANFRED:** Wasserspiele • Jedermanntod **BECK, SINJE:** Totenklang • Duftspur • Einzelkämpfer **BECKER, OLIVER:** Das Geheimnis der Krähentochter **BECKMANN, HERBERT:** Die Nacht von Berlin • Mark Twain unter den Linden • Die indiskreten Briefe des Giacomo Casanova **BEINSSEN, JAN:** Todesfrauen • Goldfrauen • Feuerfrauen **BLANKENBURG, ELKE MASCHA** Tastenfieber und Liebeslust **BLATTER, ULRIKE:** Vogelfrau **BODE-HOFFMANN, GRIT / HOFFMANN, MATTHIAS:** Infantizid **BODENMANN, MONA:** Mondmilchgubel **BÖCKER, BÄRBEL:** Mit 50 hat man noch Träume • Henkersmahl **BOENKE, MICHAEL:** Riedripp • Gott'sacker **BOMM, MANFRED:** Blutsauger • Kurzschluss • Glasklar • Notbremse • Schattennetz • Beweislast • Schusslinie • Mordloch • Trugschluss • Irrflug • Himmelsfelsen **BONN, SUSANNE:** Die Schule der Spielleute • Der Jahrmarkt zu Jakobi **BOSETZKY, HORST (-KY):** Promijagd • Unterm Kirschbaum **BRÖMME, BETTINA:** Weißwurst für Elfen **BUEHRIG, DIETER:** Der Klang der Erde • Schattengold **BÜRKL, ANNI:** Ausgetanzt • Schwarztee **BUTTLER, MONIKA:** Dunkelzeit • Abendfrieden • Herzraub **CLAUSEN, ANKE:** Dinnerparty • Ostseegrab **CRÖNERT, CLAUDIUS:** Das Kreuz der Hugenotten **DANZ, ELLA:** Ballaststoff • Schatz, schmeckt's dir nicht? • Rosenwahn • Kochwut • Nebelschleier • Steilufer • Osterfeuer **DETERING, MONIKA:** Puppenmann • Herzfrauen **DIECHLER, GABRIELE:** Glutnester • Glaub mir, es muss Liebe sein • Engpass **DÜNSCHEDE, SANDRA:** Todeswatt • Friesenrache • Solomord • Nordmord • Deichgrab **EMME, PIERRE:** Zwanzig/11 • Diamantenschmaus • Pizza Letale • Pasta Mortale • Schneenockerleklat • Florentinerpakt • Ballsaison • Tortenkomplott • Killerspiele • Würstelmassaker • Heurigenpassion • Schnitzelfarce • Pastetenlust **ENDERLE, MANFRED:** Nachtwanderer **ERFMEYER, KLAUS:** Irrliebe • Endstadium • Tribunal • Geldmarie • Todeserklärung • Karrieresprung **ERWIN, BIRGIT / BUCHHORN, ULRICH:** Die Reliquie von Buchhorn • Die Gauklerin von Buchhorn • Die Herren von Buchhorn **FINK, SABINE:** Kainszeichen **FOHL, DAGMAR:** Der Duft von Bittermandel • Die Insel der Witwen • Das Mädchen und sein Henker **FRANZINGER, BERND:** Familiengrab • Zehnkampf • Leidenstour • Kindspech • Jammerhalde • Bombenstimmung • Wolfsfalle • Dinotod • Ohnmacht • Goldrausch • Pilzsaison **GARDEIN, UWE:** Das Mysterium des Himmels • Die Stunde des Königs

Wir machen's spannend

Alle Gmeiner-Autoren und ihre Romane auf einen Blick

GARDENER, EVA B.: Lebenshunger **GEISLER, KURT**: Friesenschnee • Bädersterben **GERWIEN, MICHAEL**: Alpengrollen **GIBERT, MATTHIAS P.**: Zeitbombe • Rechtsdruck • Schmuddelkinder • Bullenhitze • Eiszeit • Zirkusluft • Kammerflimmern • Nervenflattern **GORA, AXEL**: Das Duell der Astronomen **GRAF, EDI**: Bombenspiel • Leopardenjagd • Elefantengold • Löwenriss • Nashornfieber **GUDE, CHRISTIAN**: Kontrollverlust • Homunculus • Binärcode • Mosquito **HAENNI, STEFAN**: Scherbenhaufen • Brahmsrösi • Narrentod **HAUG, GUNTER**: Gössenjagd • Hüttenzauber • Tauberschwarz • Höllenfahrt • Sturmwarnung • Riffhaie • Tiefenrausch **HEIM, UTA-MARIA**: Feierabend • Totenkuss • Wespennest • Das Rattenprinzip • Totschweigen • Dreckskind **HENSCHEL, REGINE C.**: Fünf sind keiner zu viel **HERELD, PETER**: Das Geheimnis des Goldmachers **HOHLFELD, KERSTIN**: Glückskekssommer **HUNOLD-REIME, SIGRID**: Janssenhaus • Schattenmorellen • Frühstückspension **IMBSWEILER, MARCUS**: Die Erstürmung des Himmels • Butenschön • Altstadtfest • Schlussakt • Bergfriedhof **JOSWIG, VOLKMAR / MELLE, HENNING VON**: Stahlhart **KARNANI, FRITJOF**: Notlandung • Turnaround • Takeover **KAST-RIEDLINGER, ANNETTE**: Liebling, ich kann auch anders **KEISER, GABRIELE**: Engelskraut • Gartenschläfer • Apollofalter **KEISER, GABRIELE / POLIFKA, WOLFGANG**: Puppenjäger **KELLER, STEFAN**: Totenkarneval • Kölner Kreuzigung **KINSKOFER, LOTTE / BAHR, ANKE**: Hermann für Frau Mann **KLAUSNER, UWE**: Kennedy-Syndrom • Bernstein-Connection • Die Bräute des Satans • Odessa-Komplott • Pilger des Zorns • Walhalla-Code • Die Kiliansverschwörung • Die Pforten der Hölle **KLEWE, SABINE**: Die schwarzseidene Dame • Blutsonne • Wintermärchen • Kinderspiel • Schattenriss **KLÖSEL, MATTHIAS**: Tourneekoller **KLUGMANN, NORBERT**: Die Adler von Lübeck • Die Nacht des Narren • Die Tochter des Salzhändlers • Kabinettstück • Schlüsselgewalt • Rebenblut **KÖHLER, MANFRED**: Tiefpunkt • Schreckensgletscher **KÖSTERING, BERND**: Goetheglut • Goetheruh **KOHL, ERWIN**: Flatline • Grabtanz • Zugzwang **KOPPITZ, RAINER C.**: Machtrausch **KRAMER, VERONIKA**: Todesgeheimnis • Rachesommer **KRONENBERG, SUSANNE**: Kunstgriff • Rheingrund • Weinrache • Kultopfer • Flammenpferd **KRUG, MICHAEL**: Bahnhofsmission **KRUSE, MARGIT**: Eisaugen **KURELLA, FRANK**: Der Kodex des Bösen • Das Pergament des Todes **LASCAUX, PAUL**: Mordswein • Gnadenbrot • Feuerwasser • Wursthimmel • Salztränen **LEBEK, HANS**: Karteileichen • Todesschläger **LEHMKUHL, KURT**: Dreiländermord • Nürburghölle • Raffgier **LEIMBACH, ALIDA**: Wintergruft **LEIX, BERND**: Fächergrün • Fächertraum • Waldstadt • Hackschnitzel • Zuckerblut • Bucheckern **LETSCHE, JULIAN**: Auf der Walz **LICHT, EMILIA**: Hotel Blaues Wunder **LIEBSCH, SONJA / MESTROVIC, NIVES**: Muttertier @n Rabenmutter **LIFKA, RICHARD**: Sonnenkönig **LOIBELSBERGER, GERHARD**: Mord und Brand • Reigen des Todes • Die Naschmarkt-Morde **MADER, RAIMUND A.**: Schindlerjüdin • Glasberg

GMEINER

Wir machen's spannend

Alle Gmeiner-Autoren und ihre Romane auf einen Blick

MAINKA, MARTINA: Satanszeichen **MISKO, MONA:** Winzertochter • Kindsblut **MORF, ISABEL:** Satzfetzen • Schrottreif **MOTHWURF, ONO:** Werbevoodoo • Taubendreck **MUCHA, MARTIN:** Seelenschacher • Papierkrieg **NAUMANN, STEPHAN:** Das Werk der Bücher **NEEB, URSULA:** Madame empfängt **ÖHRI, ARMIN / TSCHIRKY, VANESSA:** Sinfonie des Todes **OSWALD, SUSANNE:** Liebe wie gemalt **OTT, PAUL:** Bodensee-Blues **PARADEISER, PETER:** Himmelreich und Höllental **PARK, KAROLIN:** Stilettoholic **PELTE, REINHARD:** Inselbeichte • Kielwasser • Inselkoller **PFLUG, HARALD:** Tschoklet **PITTLER, ANDREAS:** Mischpoche **PORATH, SILKE / BRAUN, ANDREAS:** Klostergeist **PORATH, SILKE:** Nicht ohne meinen Mops **PUHLFÜRST, CLAUDIA:** Dunkelhaft • Eiseskälte • Leichenstarre **PUNDT, HARDY:** Friesenwut • Deichbruch **PUSCHMANN, DOROTHEA:** Zwickmühle **ROSSBACHER, CLAUDIA:** Steirerblut **RUSCH, HANS-JÜRGEN:** Neptunopfer • Gegenwende **SCHAEWEN, OLIVER VON:** Räuberblut • Schillerhöhe **SCHMID, CLAUDIA:** Die brennenden Lettern **SCHMITZ, INGRID:** Mordsdeal • Sündenfälle **SCHMÖE, FRIEDERIKE:** Lasst uns froh und grausig sein • Wasdunkelbleibt • Wernievergibt • Wieweitdugehst • Bisduvergisst • Fliehganzleis • Schweigfeinstill • Spinnefeind • Pfeilgift • Januskopf • Schockstarre • Käfersterben • Fratzenmond • Kirchweihmord • Maskenspiel **SCHNEIDER, BERNWARD:** Flammenteufel • Spittelmarkt **SCHNEIDER, HARALD:** Räuberbier • Wassergeld • Erfindergeist • Schwarzkittel • Ernteopfer **SCHNYDER, MARIJKE:** Matrjoschka-Jagd **SCHÖTTLE, RUPERT:** Damenschneider **SCHRÖDER, ANGELIKA:** Mordsgier • Mordswut • Mordsliebe **SCHÜTZ, ERICH:** Doktormacher-Mafia • Bombenbrut • Judengold **SCHUKER, KLAUS:** Brudernacht **SCHULZE, GINA:** Sintflut **SCHWAB, ELKE:** Angstfalle • Großeinsatz **SCHWARZ, MAREN:** Zwiespalt • Maienfrost • Dämonenspiel • Grabeskälte **SENF, JOCHEN:** Kindswut • Knochenspiel • Nichtwisser **SPATZ, WILLIBALD:** Alpenkasper • Alpenlust • Alpendöner **STAMMKÖTTER, ANDREAS:** Messewalzer **STEINHAUER, FRANZISKA:** Sturm über Branitz • Spielwiese • Gurkensaat • Wortlos • Menschenfänger • Narrenspiel • Seelenqual • Racheakt **STRENG, WILDIS:** Ohrenzeugen **SYLVESTER, CHRISTINE:** Sachsen-Sushi **SZRAMA, BETTINA:** Die Hure und der Meisterdieb • Die Konkubine des Mörders • Die Giftmischerin **THIEL, SEBASTIAN:** Die Hexe vom Niederrhein **THADEWALDT, ASTRID / BAUER, CARSTEN:** Blutblume • Kreuzkönig **THÖMMES, GÜNTHER:** Malz und Totschlag • Der Fluch des Bierzauberers • Das Erbe des Bierzauberers • Der Bierzauberer **TRAMITZ, CHRISTIANE:** Himmelsspitz **ULLRICH, SONJA:** Fummelbunker • Teppichporsche **VALDORF, LEO:** Großstadtsumpf **VERTACNIK, HANS-PETER:** Ultimo • Abfangjäger **WARK, PETER:** Epizentrum • Ballonglühen • Albtraum **WERNLI, TAMARA:** Blind Date mit Folgen **WICKENHÄUSER, RUBEN PHILLIP:** Die Magie des Falken • Die Seele des Wolfes **WILKENLOH, WIMMER:** Eidernebel • Poppenspäl • Feuermal • Hätschelkind **WÖLM, DIETER:** Mainfall **WYSS, VERENA:** Blutrunen • Todesformel **ZANDER, WOLFGANG:** Hundeleben

Wir machen's spannend

Braunberger griff zur Serviette und wischte sich die letzten Brösel von seinem Mund. »Das Material ist sehr ähnlich, aber es stammt nicht von der selben Schnur. Wir müssen warten, bis wir Antholzers Haus durchsuchen können.«

»Das wird dauern. Ich habe vorhin mit dem Chef telefoniert. Oberholzer hat ihm zugesagt, am Montagmorgen den Richter zu kontaktieren. Er sehe aufgrund der Aktenlage keine Notwendigkeit für überstürztes Handeln.« Der immer so gemütlich wirkende Abteilungsinspektor stieß einen Knurrlaut aus.

»Ich lasse doch nicht wegen so einer Pfeife von Staatsanwalt unseren Hauptverdächtigen von der Angel.« Merana kannte seinen besten Fährtenleser und wusste, was er vorhatte.

»Nein, Otmar. Du wirst nicht ohne Durchsuchungsbefehl in das Haus einbrechen. Lassen wir es für heute. Es war ein langer Tag. Fahr heim.«

»Einen Dreck werde ich!«, entgegnete der Abteilungsinspektor und stand auf. Er griff nach dem leeren Teller und der Teetasse. »Okay, Martin. Keine Hausdurchsuchung ohne richterliche Verfügung. Dann muss es halt anders gehen. Ich werde Antholzer finden. Und wenn ich sämtliche Pokerclubs von Salzburg und Umgebung abklappern muss.« Sprach's und stapfte davon wie ein Stier. Doch bevor er den Raum verließ, stellte er noch das leere Geschirr auf das dafür vorgesehene Regal. In der Kantine hatte sich Otmar Braunberger noch immer an die Vorschriften gehalten.

Auf dem Weg zurück in sein Büro erreichte Merana ein Anruf von Kaltner. Auch der ließ sich nicht dazu überreden, nach Hause zu gehen. Er wollte weiterhin nach Edmund Zobel suchen. Und außerdem habe ihm sein Schwiegervater den Kontakt zu einem Juristen des Magistrates vermittelt, der vielleicht mehr über den möglichen ›gezinkten Buben‹ wusste. Der Jurist hocke allerdings derzeit im Großen Saal des Mozarteums und lasse ein Klavierkonzert über sich ergehen.

»Danke, Herr Gruppeninspektor. Und, bei allem Eifer: Übernehmen Sie sich bitte nicht.«

Als er an seinem Schreibtisch saß, suchte er den Block, auf dem er die Namen aller an diesem Fall beteiligten Personen aufgelistet hatte, mit den Notizen über die dazugehörenden Beziehungen untereinander. Er wollte den Namen Schernthaner und den Begriff ›Pyramidenspiel‹ hinzufügen und überprüfen, wie beides ins bisherige Bild passte. Auf dem Schreibtisch konnte er den Block nicht finden. Er zog eine der Schubladen auf. Sein Blick fiel auf die kleine grüne Karte mit Andreas Handschrift. Er nahm die Karte heraus. *Ich weiß noch nicht, wie ich mich entscheiden werde. Denke darüber nach.* Eine Zeit lang hielt er die Karte in der Hand, dann legte er sie zurück. Und wie soll ich mich entscheiden? ging es Merana durch den Kopf. Wie sollte es mit Birgit weitergehen? Und was war mit Andrea? Entscheidungen, die er wohl mit dem Herzen treffen sollte, obwohl er solche lieber mit dem Verstand fällte. Da war er geübter. Schließlich fand er den Block in einer anderen Schublade. Er zog ihn heraus und legte ihn vor sich hin. Er ergänzte seine Aufzeichnungen und zog neue Verbindungslinien zwischen den Namen. Gleichzeitig öffnete er die

Ermittlungsdateien in seinem Computer, um manche Details aus den Aussagen zu überprüfen.

Die Uhr auf dem Bildschirm zeigte 22.10 Uhr, als Carola zu ihm ins Zimmer kam. Sie war mit der Protokollierung von Schernthaners Vernehmung fertig. Auch die übrigen ermittlungstechnischen Untersuchungen waren abgeschlossen.

»Ich habe ihm gesagt, er müsse für uns erreichbar bleiben und habe ihn heimgeschickt. Wenn sonst nichts mehr anliegt, dann gehe ich jetzt. Du solltest auch Schluss machen, Martin.« Merana streckte sich. Sein Rücken schmerzte. Er war zu lange völlig verkrümmt über den Aufzeichnungen gehangen.

»Ja, Carola, ich lasse es auch bald. Viel werden wir heute nicht mehr ausrichten. Grüß deine Mutter und die Kinder von mir. Nimm dir morgen frei. Wir sehen uns dann in bewährt jugendlicher Frische am Montag.« Obwohl ihr Gesicht müde war, was auch die letzten spärlichen Spuren von Schminke an ihren Augen nicht übertünchen konnte, lächelte sie. Sie gab ihm einen Kuss auf die Wange und ging. Gleich darauf läutete das Telefon. Es war Birgit. Sie klang distanziert.

»Sehen wir uns heute noch, bevor ich morgen früh fahre?« Wohin fuhr sie morgen früh? Hatte er etwas übersehen?

»Ach, Martin, du hast es wohl wieder verschwitzt. Ich fahre morgen um 6 Uhr mit meiner Klasse nach Wien. Für eine Woche. Das habe ich dir doch erzählt.«

Er hatte es tatsächlich vergessen. Er zögerte mit der Antwort. Wollte er sie heute noch sehen? Irgendwie schon. Andererseits auch wieder nicht. Er war hundemüde.

»Bist du noch im Büro?«

»Ja.«

Es entstand eine Pause.

»Dann bleib bei deiner Arbeit. Ich rufe dich während der Woche von Wien aus an.«

»Danke, das ist lieb.«

»Gute Nacht.«

»Gute Nacht.«

Sie legte zuerst auf. Er starrte noch eine Weile auf sein Handy. Schließlich legte er das Telefon zur Seite und begann wieder, in seinen Aufzeichnungen zu blättern.

Pyramidenspiel. Er hatte den Begriff dick eingekreist. Hatte der Tod von Wolfram Rilling und Aurelia Zobel damit zu tun? Oder lag der Grund für die beiden Morde in persönlichen Motiven? Eifersucht? Hass? Was war mit Antholzers Spielschulden, die er mit einem Schlag zurückzahlen konnte? Es fehlten Beträge im Magistrat, das hatte ihm der Controller bestätigt. Eine Untersuchung war angelaufen. Führte die Spur bei dieser Unterschlagung tatsächlich zu Antholzer, wie sie heute Vormittag beim Team-Meeting anhand der Indizien als mögliche Theorie herausgearbeitet hatten? Und wenn, führte die Spur nur zu ihm? Oder würde sich zusätzlich Kaltners ›gezinkter Bube‹ finden lassen? War Rilling in die Sache involviert gewesen oder hatte er keine Ahnung davon? Was war mit der Zeltschnur? Warum hatten die Toten eine Schlinge um den Hals? Welche Rolle hatte Aurelia Zobel in der ganzen Angelegenheit eingenommen?

Pyramidenspiel.

Man müsste mehr über das Schema dieses Betrugssystems wissen. Merana sah auf die Uhr. Kurz vor 22.30 Uhr. Er öffnete die Outlook-Kontakt-Datei mit den polizeiinternen Rufnummern.

»Anton Taboric. Kurzwahl 5594«, las er halblaut. Taboric war innerhalb der Salzburger Kriminalpolizei zuständig für Wirtschafts- und Betrugsdelikte. Wenn er Glück hatte, erreichte er den Kollegen zu Hause. Schließlich war heute Boxkampf im Fernsehen, wie Merana sich erinnerte.

»Taboric.«

Im Hintergrund konnte Merana lautes Geschrei ausmachen und die hektischen Stimmen zweier Sportkommentatoren.

»Hallo, Anton, entschuldige, dass ich dich vom Boxkampf im Fernsehen abhalte, aber ich brauche kurz deine Hilfe.« Das Hintergrundgeräusch war plötzlich weg. Wahrscheinlich hatte sein Gesprächspartner kurzerhand den Ton ausgeschaltet. »Kein Problem, Martin. Sie sind beide ziemliche Nieten. Ich bin froh, wenn ich nicht dauernd hinschauen muss, sonst geht mir die Galle hoch.« Anton Taboric war selbst Boxer und vor drei Jahren sogar österreichischer Polizei-Box-Staatsmeister gewesen.

»Anton, bei den Ermittlungen zu meinem aktuellen Fall bin ich auf ein Pyramidenspiel gestoßen, an dem angeblich einige Salzburger beteiligt sein sollen. Weißt du etwas darüber?«

»Um ehrlich zu sein, so gut wie nichts. Ich habe zwar ein paar vage Andeutungen gehört, aber es laufen keine Ermittlungen in diese Richtung. Es gibt keine Anzeigen.«

»Ist das üblich?«

»Ja. Normalerweise ist das Personennetz bei solchen betrügerischen Spielsystemen sehr weit gespannt. Die Teilnehmer kennen einander kaum. Dass vor zwei Jahren in der Steiermark ein solcher Betrug aufgeflogen ist, hatte nur damit zu tun, dass einige Beteiligte in einer überschaubaren Talgegend wohnten.«

»Um welche Summen kann es bei solchen Pyramidenspielen gehen?«

»Das hängt davon ab, wie lange das Spiel läuft, bis es gestoppt wird. Du musst dir das so vorstellen: Je breiter die Pyramide wird, desto mehr Geld fließt, desto mehr kassieren die, die im oberen Bereich der Pyramide sind. Wenn das Spiel ausläuft, weil keine neuen Teilnehmer mehr gefunden werden, dann verlieren die am unteren Bereich der Pyramide alle ihre Einsätze.«

Merana stellte sich in Gedanken eine solche Pyramide vor. Angenommen eine Person beginnt mit dem Spiel und überredet zehn andere Personen, ihr eine bestimmte Summe zu geben. Dann müssen diese zehn Leute wiederum zehn andere finden, die zahlen. Und die tun das, weil sie von den nachfolgenden Teilnehmern ja ebenfalls Geld erhalten wollen. Merana rechnete kurz im Kopf nach. Bei einer solchen Vorgangsweise wären es schon ab der vierten Runde 10.000 Personen! Und wenn es nicht nur eine Person ist, die den Prozess startet, sondern zwei oder drei? Merana wurde schwindlig, als er an die Summen dachte, die dabei in die oberen Etagen der Pyramide flossen.

»Hast du eine Ahnung, wo Anwerbungen für so ein Spiel in der Regel stattfinden?«

»Das kann überall sein. Bei den Fällen, die mir bekannt sind, waren die Zentralstellen meistens irgendwelche Clubs oder Vereine, aber auch Stammlokale und kleine Gewerbebetriebe mit überschaubarer Belegschaft.«

»Und warum gibt es so wenige Anzeigen, wenn die Pyramide stoppt und der Betrug auffliegt?«

»Weil es im Grunde schwer ist, den Betrug nachzuweisen. Die Leute werden ja nicht genötigt, sie machen freiwillig mit. Und keiner will zugeben, wie gierig er im Grunde selbst war. Die meisten gehen damit auch nicht an die Öffentlichkeit, weil es ihnen peinlich ist und sie sich schämen.« Außer es steht ihnen das Wasser bis zum Hals und die eigene Firma steht vor dem Konkurs wie beim guten Schernthaner, dachte Merana. Er bedankte sich bei seinem Gesprächspartner und legte auf.

Pyramidenspiel.

Obwohl er den Begriff schon dick eingeringelt hatte, zog er noch einmal mit dem Filzstift eine Schleife darum und ließ die Linie weiterlaufen zu den Namen Rilling, Zobel und Schernthaner. Dann zog er eine gestrichelte Linie zum Namen Antholzer und setzte ein Fragezeichen dazu.

Pyramidenspiel.

Persönliches Motiv. Hass. Eifersucht.

Betrug. Unterschlagung. Angst vor Aufdeckung.

All diese Begriffe waren eingekreist. Merana ließ in seinem Kopf noch einmal Revue passieren, was ihm der Betrugsexperte eben erzählt hatte.

Clubs. Vereine. Stammlokale. Kleine Gewerbebetriebe notierte er.

Er ließ die Begriffe in seinem Gedankengebäude rotieren.

Gasthäuser ergänzte er plötzlich. Er legte den Stift zur Seite.

Wie hatte der Langwieswirt gesagt?

Ein Wirtshaus ist wie eine eigene kleine Welt. Hier treffen sich alle. Da gibt es keine Unterschiede. Hier werden Projekte ausverhandelt, Verlobungen geschlossen und geheime Abschlüsse besiegelt.

Merana wurde es plötzlich ganz heiß. Seine Hände kribbelten. Manchmal sah er den Wald vor lauter Bäumen nicht. Es gab ein Wirtshaus in diesem Fall. Und sowohl Rilling als auch die Zobel hatten dort verkehrt. Er starrte auf seine Unterlagen.

Fürstenschenke stand dort. Doppelt unterstrichen. Und daneben ein Name. *Candusso.*

Er nahm sich gar nicht mehr die Zeit, seinen PC auszuschalten. Er griff nach seinen Autoschlüsseln und stürmte aus dem Büro.

sen, legte sich der amtliche Controller keinen weiteren Zwang mehr auf und erklärte:

»Weil es eine sehr komplexe Sache ist. Einerseits könnte es im Zuge komplizierter Auftragsvergaben zu Unregelmäßigkeiten gekommen sein. Durch doppelte Rechnungslegung. Durch fingierte Abrechnung ohne entsprechende Gegenleistung, alles im Zuge der umfangreichen Renovierungsarbeiten in Hellbrunn im Vorjahr. Da sind wir schon ein gutes Stück weitergekommen und die Nebel beginnen sich zu lichten.« Irgendwie kam Merana das bekannt vor. Es erinnerte ihn an den vor gar nicht so langer Zeit aufgedeckten Finanzskandal rund um die Salzburger Osterfestspiele. Auch da war mit fingierten Rechnungen bei mangelnder Kontrolle auf Teufel komm raus betrogen worden. »Andererseits«, fuhr Koller fort, »und das macht die Angelegenheit besonders schwierig, dürfte das meiste an Ungereimtheiten rund um die Finanzierung von aufwändigen Hellbrunn-Sonderprojekten passiert sein, bei Ausstellungen im Schloss, Installationen im Park, bei luxuriösen Festen und Charity-Abenden, et cetera. Diese Großereignisse wurden nahezu ausschließlich durch Sponsoren finanziert, die in der Regel alle Wolfram Rilling aufgetrieben hatte. Im Akquirieren von Geldgebern war er ja Meister. Allein für das dreitägige ›Fest der Faune‹ im vergangenen Herbst ist es ihm gelungen, fast eine Million Euro an Sponsorgelder zu lukrieren, aber die Details der Finanzgebarung dieser Events sind nahezu undurchdringlich. Dagegen war die Lösung von Fermats letztem Satz eine simple Schlussrechnung.« Merana erinnerte sich vage an das Problem, das Pierre de Fermat, ein französischer Mathematiker aus dem 17. Jahrhun-

theoretisch, die Lichtjahre hinter uns lassen, was könnte die eventuell aufkommende Gewissheit dann möglicherweise bestätigen?«

»Dass ein ziemlich hoher Betrag fehlt.«

»Wie hoch?«

Der Controller zögerte mit der Antwort. »Was verdienen Sie ungefähr im Jahr, Herr Kommissar, nach Abzug aller Steuern.«

Merana sagte es ihm.

»Dann könnte, grob geschätzt, das 30-fache fehlen.«

Merana rechnete im Kopf nach und pfiff durch die Zähne. Gerade so laut, dass die Schachmeister beim Entwickeln ihrer Zugkombinationen nicht gestört waren. Das musste über eine Million Euro sein.

»Und wer soll das veruntreut haben? Immer noch rein theoretisch?«

Es war dem armen René A. Koller an jedem Detail seiner Miene abzulesen, dass er inzwischen hundertfach bereute, sich auf dieses Gespräch eingelassen zu haben.

Er atmete tief durch. Dann sagte er:

»Der kürzlich aus dieser Welt verschiedene Wolfram Rilling.« Merana war überrascht und zugleich wieder nicht. Wenn er ehrlich war, hatte er so etwas fast erwartet oder es zumindest in Erwägung gezogen. Liegt hier ein Schlüssel zur Lösung des Falles?, fragte sich Merana sofort. Ist das die Antwort auf die Frage, die wir uns seit Tagen stellen, woher Rilling das Geld für seinen Lebenswandel hatte.

»Und warum ist das alles so vage und theoretisch?«

Nachdem er sich nun ohnehin schon zum Eingeständnis einer inoffiziellen Mutmaßung hinreißen hatte las-

mein Großvater. Eine höchst seltene Mischung. Nur noch übertroffen durch meinen Onkel, Sexualtherapeut und Theologe. Das René in meinem Namen verweist auf René Descartes, Philosoph und Mathematiker, 1596 bis 1650.« Merana kämpfte mit einem Lachreiz. Durch die Kellnerin, die eben den biotauglichen Kamillentee servierte, wurde er abgelenkt und es gelang ihm, sich zu beherrschen.

»Nun geschätzter Herr René Archimedes Koller. Ich bedanke mich, dass Sie sich Zeit nehmen für unsere kleine Unterhaltung. Frau Moser und Herr Decker haben Ihnen ja schon gesagt, wofür ich mich interessiere. Für eventuelle finanzielle Unregelmäßigkeiten im Bereich des Magistrates.« Man sah dem verhinderten Schubert-Darsteller an, dass er sich nicht wohl fühlte in seiner Haut. Zunächst nahm er die Nickelbrille ab, putzte sie mit seiner Krawatte, die er schlampig um den Hals trug. Dann trank er vom Kamillentee, der ihm offenbar mundete, auch wenn er sich deutlich wahrnehmbar die Zunge verbrannte. Schließlich setzte er die Brille wieder auf, lehnte sich zurück, spürte das Stechen der Schusterpalme am Hals, kam wieder in die Ausgangslage zurück und presste dann langsam, aber schwer verständlich zwischen den Zähnen hervor:

»Lieber hochverehrter Herr Kommissar. Bis jetzt gibt es nicht mehr als den Ansatz eines möglichen Verdachtes, der am Beginn einer noch Lichtjahre entfernten kaum wahrnehmbaren eventuellen späteren Gewissheit steht.«

»Gut«, beruhigte ihn Merana, nachdem er den Satz noch einmal in sich nachschwingen ließ, um ihn auch zur Gänze zu verstehen. »Wenn wir jetzt einmal, rein

Koller. Einen ›Controller‹ hatte er sich anders vorgestellt. Er hatte eher einen schlaksigen Typen erwartet, mit Designer-Hornbrille und kontrollierten Bewegungen, eben einen, der sich in der nüchternen Welt von Zahlen und Bilanzen zu Hause fühlte und der das auch ausstrahlte. Der sich durch nichts aus der Ruhe bringen ließ. Aber René A. Koller entsprach all dem ganz und gar nicht. Merana sah einen kleinen, dicklichen Mann mit Nickelbrille und breiter Stirn, die ansatzlos in eine Halbglatze überging. Nur am Hinterkopf türmten sich struppige dunkle Locken nach allen Richtungen. Er sah aus wie die schlechte Karikatur eines in die Jahre gekommenen Franz Schubert. Während der Magistratsbeamte die Kellnerin fragte, ob der Kamillentee auch tatsächlich von einem amtlich zertifizierten Biohersteller stamme, und dabei die Stimme hob, fiel ihm auch noch die dicke Mappe, die er bei sich hatte, mit einem hellen Knall auf die Tischplatte, was gleich ein doppelter Fauxpas gegen das unausgesprochene Schweigegelübde in diesen Räumlichkeiten war. Die Köpfe der Hälfte aller Schachspieler im Lokal drehten sich nahezu gleichzeitig in ihre Richtung. Die anderen waren weiterhin tief über das jeweilige Schachbrett gebeugt. Die Kellnerin versicherte in verschwörerischem Flüsterton, sie könne für den Kamillenproduzenten die Hand in die Bienenwachskerzenflamme halten und entfernte sich.

»Was bedeutet das A in Ihrem Namen?«, fragte Merana gerade laut genug, damit ihn sein Gegenüber auch verstand.

»Archimedes«, erwiderte der Magistratscontroller nun in einer der Situation angepassten Lautstärke. »Mein Vater war Altphilologe und Mathematiker. Genau wie

boutique gute Figur machen würden, mit sanft gerunzelter Stirn über die Position eines simplen Bauern grübeln, der eben zu einem Gabelangriff auf Dame und Springer ansetzte. An diesem Freitag waren nahezu alle Tische am Fenster und im Eingangsbereich besetzt. Es herrschte die gewohnt ehrfürchtige Atmosphäre wie im Refektorium eines Trappistenklosters. Spieler und Kellnerinnen verständigten sich durch eine Art Zeichensprache für Insider. Ab und zu war ein metallisches Klacken zu vernehmen, wenn einer der Spieler auf den Knopf der mechanischen Schachuhr drückte. Selbst das Geräusch der großen Espressomaschine hinter der Bar wirkte hier gedämpfter als anderswo. Merana nahm am letzten Tisch in der hintersten Ecke Platz, halb abgeschirmt von einer eher mickrigen brusthohen Schusterpalme. Er bestellte ein alkoholfreies Bier. An den Wänden hingen kleine gerahmte Poster mit Aufschriften wie ›Zukertort-Blackburne. London, 1883‹ oder ›Kasparow-Topaljew. Wijk aan Zee, 1999‹. Merana vermutete, dass diese Poster auf berühmte Schachpartien von legendären Großmeistern verwiesen. Der Name Kasparow sagte ihm etwas. An den ehemaligen russischen Großmeister Garri Kasparow konnte er sich gut erinnern. Und an dessen legendären Kampf gegen Anatoli Karpow, den er 1985 auf spektakuläre Art und Weise besiegte und somit zum jüngsten Schachweltmeister aller Zeiten wurde. Die anderen Namen auf den Postern sagten ihm gar nichts. Die Kellnerin hatte das Bier gebracht und war ebenso lautlos wieder entschwunden, wie sie aufgetaucht war. Erst jetzt fielen Merana die dicken Teppichfliesen auf, die das Geräusch der Schritte im gesamten Lokal dämpften. Dann erschien René A.

dank der Reaktionsschnelligkeit eines bosnischen LKW-Fahrers, ließ es aber bleiben.

Im Café ›Gambit‹ konnte man sich allenfalls halblaut unterhalten. Flüstern war noch besser. Deshalb passte der Treffpunkt für ein eher konspiratives Treffen, wie es Merana aufgedrängt worden war, ganz gut. Hierher kam man nicht, um zu plaudern, um lautstark seine Meinung über die Stärken und Schwächen heimischer Fußballmannschaften abzugeben oder sich gar gegenseitig die Ohren vollzusingen mit Klagen über schlechte Fernsehserien und noch mieser Urlaubserlebnisse.

Nein, ins ›Gambit‹ kam man wegen Sizilianischer Eröffnungen, Königs-Indischer Gegenangriffe und dem Bestreben, dem schwarzen Damenflügel möglichst elegant ein Übergewicht zu verleihen, was unter Umständen am wirkungsvollsten mit der Benoni-Verteidigung zu bewerkstelligen war, wenn man das Risiko liebte. Es konnte mit Benoni aber auch ins Auge gehen, wofür sich gerade im ›Gambit‹ eine ganze Reihe hervorragender Zeugen finden ließ. Denn das Café ›Gambit‹ im Süden der Stadt war ein beliebter Treffpunkt für Salzburgs Hobbyschachspieler jeglicher Herkunft. Hier schoben schon 10-jährige Mini-Schach-Genies aus der vierten Volksschulklasse ihre weißen Damen-Läufer von c4 nach f7, um hernach triumphierend vom Pfirsich-Eistee zu kosten. Hier versuchten hochbetagte emeritierte Universitätsprofessoren der drohenden Fesselung ihres Turmes am Königsflügel mit einem ausgeklügelten Angriff über neun Züge zuvorzukommen. Hier sah man auch 20-jährige gelockte Schönheiten, die als Verkäuferinnen in jeder Innenstadtmode-

ihn freundlich an. Bravo, Carola, dachte Merana für sich, zum richtigen Zeitpunkt die richtige Mischung aus unmissverständlicher Drohung und sanfter Einladung zur Kooperation. Die Schweißtropfen auf der Stirn des Elektrohändlers vermehrten sich, aber er achtete nicht darauf. Dann stützte er die Hände auf die Knie.

»Also gut. Ich habe ihr gesagt, ich will mein Geld wieder zurück.«

»Welches Geld?«, fragte Carola ruhig.

Seine Stimme wurde zornig. »Sie hat mich reingelegt, dieses Miststück. Sie hat mich überredet, bei so einem blöden Pyramidenspiel mitzumachen. Es sei ganz einfach, hat sie gemeint, es machten ja viele mit. Da würde ein satter Gewinn rausschauen. Ich wollte erst nicht, aber sie hat nicht locker gelassen. Und da mir ohnehin wegen der Firma das Wasser bis zum Hals steht, habe ich das letzte Geld von meinem Kredit zusammengekratzt und bezahlt. Und dann habe ich nie wieder etwas von ihr gehört.«

»Wie viel haben Sie investiert?«

Er nahm das Handtuch vom Knie und warf es wütend auf den Schreibtisch. »50.000 Euro.«

»Wem haben Sie es gegeben?«

»Einem Mann, den sie mir im Büro vorbeischickte.«

»Wie ging es weiter?«

»Ich habe nichts mehr von ihr gehört. Und von irgendeinem Gewinn auch nicht. Als ich mein Geld zurückforderte, hat sie gemeint, sie hätte nichts damit zu tun. Sie hätte nur vermittelt.«

Die nächste Frage kam wieder vom Kommissar.

»Haben Sie ihr gedroht?« Wieder schlich ein Ausdruck von Wachsamkeit in sein schweißtriefendes Gesicht, aber der Zorn in ihm war offenbar stärker als die Vorsicht.

ter ihre herausgestreckte Zunge zeigte. Schräg gegenüber befand sich ein Schreibtisch mit einem Laptop. Ein schon älteres Modell, wie Merana feststellte. Daneben stapelten sich Prospekte. Der Raum hatte nur ein Fenster, durch dessen Rollo das Licht in Streifen fiel.

Merana kam gleich zur Sache.

»Herr Schernthaner. Kannten Sie Aurelia Zobel, die Wirtschaftstreuhänderin?« Der Elektrohändler, der ihnen gegenüber saß und sich mit einem Handtuch das schweißnasse Gesicht abwischte, hielt in seiner Bewegung inne. Er äugte vorsichtig zwischen den beiden Ermittlern hin und her.

»Ja, ich kannte Frau Doktor Zobel. Warum fragen Sie?«

»Wie Sie wahrscheinlich mitbekommen haben, wurde Aurelia Zobel am Dienstag in ihrer Villa am Gaisberg tot aufgefunden. Sie wurde ermordet. Beim Überprüfen der Telefonkontakte ist uns aufgefallen, dass Sie Aurelia Zobel zwei Mal angerufen haben. Am Pfingstsonntag und am Montag. Was wollten Sie von ihr?« Schernthaners Blick war nun wachsam wie der eines Tieres, das sich in die Ecke getrieben fühlt. Er legte das Handtuch auf seine Knie. Dann erwiderte er, wobei seine Stimme leicht zitterte:

»Mir gefällt die Art und Weise Ihrer Fragestellung nicht. Ich habe mit dem Tod dieser Frau nichts zu tun.«

»Das wird sich ja herausstellen«, mischte sich nun Carola ein. »Und Sie können sicher sein, dass wir früher oder später ohnehin herauskriegen, in welcher Verbindung Sie zur Toten standen. Also sagen Sie uns besser gleich die Wahrheit.« Ihre Stimme war klar, mit der nötigen Strenge im Unterton. Gleichzeitig lächelte sie

›Elektro Schernthaner‹. Carola drückte mehrmals auf den Klingelknopf neben dem Eingangstor. Nichts tat sich. Merana hatte schon die Autotür geöffnet, um wieder einzusteigen, als sie einen Mann bemerkten, der auf sie zulief. Er trug Sportbekleidung.

»Möchten Sie zu mir?«

»Herr Schernthaner?«

»Ja.«

Er blieb vor ihnen stehen und atmete schwer, die Hände auf die Oberschenkel gestützt. Sein hellblaues T-Shirt zeigte große dunkle Flecken. Schweiß rann aus allen Poren. Merana stellte sich und seine Kollegin vor.

»Sie joggen?«, fragte Carola.

Ein wachsamer Ausdruck schlich in Schernthaners Gesicht.

»Ja, warum?«

»Auch auf dem Gaisberg?« Der Mann richtete sich auf. Sein linkes Augenlid begann leicht zu zucken.

»Ja, bisweilen führt meine Laufstrecke auch auf den Gaisberg. Ist das verboten?«

»Nein«, beruhigte ihn Merana. »Wenn man dort nur joggt, ist das nicht verboten. Können wir ins Haus gehen? Wir möchten Ihnen gerne ein paar Fragen stellen.« Der Elektrohändler zögerte kurz, dann nickte er, griff in die Tasche seiner dunkelblauen Trainingshose und holte einen Schlüssel hervor.

Das Büro im Erdgeschoss, in dem sie auf abgewetzten Rohrstühlen Platz genommen hatten, war nicht sehr groß. An der linken Wand stand ein Metallkasten mit geschlossenen Türen und dem Poster einer barbusigen Blondine im weißen String-Tanga, die dem Betrach-

Doch dort wollte ich vorerst nicht gewaltsam eindringen.«

»Bravo, Otmar. Fahr gleich rüber zu den Technikern und halte mich auf dem Laufenden. Ich werde unseren verehrten Herrn Hofrat ersuchen, er möge dem Oberholzer Dampf unterm Hintern machen.« Er drückte die Trenntaste und wählte die Kurznummer des Chefs. Der Polizeipräsident war alles andere als erfreut über die Störung an seinem freien Samstag, versprach aber, sich um die Sache zu kümmern. Merana legte auf und wandte sich wieder Carola zu.

»Hast du die Adresse vom Schernthaner, Carola?«

»Ja.«

»Bestens. Wir fahren hin.«

Es war 17.30 Uhr, als sie nach dem ›Hartlwirt‹ von der Lieferinger Hauptstraße in die Fischergasse einbogen. Zwei Minuten später hielten sie vor einem Grundstück, das von einem Zaun aus Eisenstäben umgeben war. Am oberen Ende der Stäbe steckten rostbraune Spitzen, die an kleine Lanzen erinnerten. Das Gartentor, das auch schon lange keinen Anstrich mehr gesehen hatte, verfügte über eine Art Bogenabschluss. ›Aus unserer Nostalgie-Serie‹ fiel Merana ein. Ihm war ein ähnlicher Zaun einmal in einem Gartencenter untergekommen. Allerdings war der besser in Schuss gewesen als die kümmerliche Einfriedung dieses Anwesens. Hinter dem Zaun wuchsen ein paar zerfledderte Fliederbüsche. Die breiten schmutziggrauen Platten, die vom Eingang zum Gebäude in der Mitte des Grundstückes führten, hatten Risse. Moos zeigte sich zwischen den Ritzen. Am Tor der Einfahrt hing ein altes Schild mit der Aufschrift

Schernthaner. Eine Verbindung, der man nachgehen musste.

»Habt ihr den Mann schon überprüft?«

Die Chefinspektorin schüttelte den Kopf. »Nein, dazu sind wir noch nicht gekommen. Es war genug zu tun, das engere Umfeld der Bekanntschaften Aurelia Zobels abzugrasen.«

»Setz dich, bitte, Carola, lass uns nachdenken.«

Meranas Stellvertreterin nahm Platz. Sie versuchten beide, die neuen Puzzlesteine zu den bisherigen hinzuzufügen. Rilling stand im Verdacht, an illegalen Pyramidenspielen beteiligt gewesen zu sein. Schernthaner möglicherweise auch. Wenn es stimmte, zeigte sich da eine Übereinstimmung, aber es bestand noch eine Gemeinsamkeit zwischen Rilling und Schernthaner: Aurelia Zobel. Der Elektrohändler hatte bei ihr angerufen. Warum? Meranas Handy läutete. Es war Otmar.

»Hallo, Martin, was ist mit dem Durchsuchungsbefehl? Hast du die Taubner erreicht?«

»Nein. Ich bin an den Oberholzer geraten. Und der ist nicht der Mann rascher Entschlüsse, wie du weißt.«

»So etwas habe ich vermutet. Ich bin in einer halben Stunde im Präsidium. Und ich bringe meine Beute mit.«

»Beute?«

»Ich bin hinter dem Haus über die Gartenmauer gestiegen und habe ein Stück der Zeltleine abgeschnitten. Sie ist tatsächlich rot. Aber sie kommt mir dünner vor als die Schnur, die wir bei den Opfern gefunden haben, doch das soll Brunners Truppe überprüfen. Vielleicht hat der Antholzer noch andere Schnüre im Haus.

Kristina Merana habe sich nicht verändert, erfuhr er von der Stationsschwester. Sie sei immer noch im Tiefschlaf und der Kreislauf stabil. Er bedankte sich. *Die nächsten ein, zwei Tage sind kritisch, dann sehen wir weiter,* hatte Anton Wieshuber gesagt. Es waren erst 24 Stunden, seit er die Großmutter auf der Intensivstation gesehen hatte. Doch es kam ihm vor wie ein Jahr. Dann versuchte er, sich wieder auf seine Arbeit zu konzentrieren. Wie passte das eben Gehörte zu den bisher bekannten Fakten? Rilling sollte nach den Worten des Fiakerfahrers einer der Drahtzieher bei einem Pyramidenspiel gewesen sein. Hatte er aus dieser Quelle das Geld für seinen extravaganten Lebensstil? Aber soviel Merana wusste, verdienten nur die wenigsten bei dieser Art von finanziellen Gaunereien. Die meisten zahlten gehörig drauf. Im wahrsten Sinn des Wortes? Und welche Rolle könnte Ingo Schernthaner spielen? War das eine Fährte, die rasch zum Ziel führte oder möglicherweise ein zeitaufwändiger Irrweg? Wieder fragte er sich, wo ihm ein Elektrohändler im Laufe dieser Ermittlungen untergekommen sein könnte.

In diesem Augenblick kam Carola in sein Büro. Sie hielt eine Liste in der Hand.

»Hast du vorhin Schernthaner gesagt, Martin?«

»Ja.«

»Ich bin eben die Anrufe auf Aurelia Zobels Handy noch einmal durchgegangen. Da findet sich ein Schernthaner.« Natürlich. Jetzt fiel es Merana ein. Auf der Anrufliste hatten sich viele Privat- und Firmennummern befunden. Gärtnerei, Fitness-Center, Reisebüro und auch ein *Elektrohändler*. Und dieser Elektrohändler, mit dem die Zobel telefoniert hatte, war

und versprach, dem Herrn Staatsanwalt die Unterlagen zukommen zu lassen. Es war ihm klar, dass es zwei Tage dauern konnte, bis Oberholzer sich zu einem Entschluss durchgerungen hatte. Noch dazu, wo er das Protokoll des inoffiziellen Gespräches mit René A. Koller nicht zu den Akten gegeben hatte. Das hatte er dem Controller versprochen. Aber um den Staatsanwalt zu beruhigen, wählte er Carolas Nummer und bat sie, die Unterlagen an Oberholzer zu schicken. Am Kreisverkehr in Hallein bog er zur Tauernautobahn ab und war zehn Minuten später am Ziel.

Er fand Carola in ihrem Büro.

»Was ist mit Edmund Zobel?« Er setzte sich zu seiner Stellvertreterin an deren Schreibtisch.

»Da ist Kollege Kaltner dran. Ich wollte ihn nach Hause schicken, weil er erhebliche Schmerzen hat, aber er ließ sich nicht davon abbringen.«

»Warum hat Zobel uns angelogen? Warum hat er behauptet, seine Stadtwohnung in der Nacht von Samstag auf Sonntag nicht verlassen zu haben?«

Sie hob kurz die Schultern.

»Ich weiß es nicht. Vielleicht hatte er einen guten Grund dafür, uns nicht die Wahrheit zu sagen.« Wenn er Rilling umgebracht hat, dann hat er ganz sicher einen guten Grund dafür, dachte Merana. Aber er sprach es nicht aus. Er erzählte Carola in knappen Worten, was er vom Fiaker-Rudi erfahren hatte. Dann ging er hinüber in sein eigenes Büro.

Die Nummer des Krankenhauses Zell am See kannte er inzwischen auswendig. Der Zustand der Patientin

Als Merana auf dem Parkplatz in sein Auto stieg, zeigte die Leuchtschrift auf dem Armaturenbrett: 15.20 Uhr. Er fuhr los in Richtung Norden. Er würde ab Hallein die Autobahn nehmen, bei Salzburg-Süd abfahren und wäre dann bald in der Polizeidirektion in der Alpenstraße. Er steckte das Handy in die Freisprechanlage und tippte Otmars Nummer.

Der Abteilungsinspektor meldete sich sofort.

»Ich wollte dich eben anrufen, Martin. Bei Antholzers ist niemand zu Hause, weder er noch seine Familie. Das Handy ist ausgeschaltet. Die Nachbarn wissen auch nichts. Das Gartentor ist abgeschlossen.«

»Steht das Zelt noch vor dem Haus?«

»Ja, aber ich kann von hier aus nicht erkennen, ob die Schnüre rot sind.«

»Wir brauchen einen Durchsuchungsbefehl. Ich rufe die Taubner an.«

»Gut, ich warte. Vielleicht taucht Antholzer ja noch vorher auf.«

Merana wählte die Nummer des Journaldienstes der Staatsanwaltschaft. Aber zu seiner Enttäuschung meldete sich nicht die Mezzosopranstimme von Gudrun Taubner, sondern Wismut Oberholzer, der sich bei jeder Gelegenheit anhörte, als hätte eine Hyäne Stimmbruch. Frau Doktor Taubner habe an diesem Wochenende frei, kläffte der Staatsanwalt am anderen Ende der Leitung. Merana brachte sein Anliegen vor und ersuchte Oberholzer, beim Richter einen Durchsuchungsbefehl zu beantragen. Natürlich war er mit dieser einfachen Bitte an den Falschen geraten. Die Hyäne jaulte, dass dies ohne detaillierte Einsicht in die Ermittlungsakten nicht möglich wäre. Merana schluckte einen Fluch hinunter

»Hallo, Herr Kommissar, hoffe, ich störe Sie nicht gerade beim Essen.«

»Nein, wir sind schon beim Espresso. Haben Sie den ›gezinkten Buben‹ gefunden?«

»Leider nein, der wird auch nicht so leicht aufzutreiben sein. Aber ich habe jemand anderen gefunden. Eher durch Zufall. Einen Zeugen aus dem Nonntal. Er hat in der Nacht von Samstag auf Sonntag gegen 3 Uhr früh Edmund Zobel gesehen. Der fuhr in seinem Auto in Richtung Hellbrunn.«

»Nach Hellbrunn?« Merana hatte unwillkürlich die Stimme erhoben. »Was ist das für ein Zeuge, Kaltner, der um 3 Uhr morgens weiß, wer da an ihm vorbeifährt?«

»Ein zuverlässiger, Herr Kommissar. Er kennt beides, den Mediziner und das Auto. Er arbeitet im Landeskrankenhaus als Krankenpfleger in der chirurgischen Abteilung.« Das klang wie ein schlechter Scherz. Aber Merana hatte selbst einige Fälle erlebt, die sie nur gelöst hatten, weil der Zufall die Regie übernommen hatte. Manchmal meinte es Fortuna selbst mit polizeilichen Ermittlern gut.

»Danke, Kaltner. Verständigen Sie bitte die Chefinspektorin. Wer immer Zeit hat, möge Edmund Zobel mit dieser Zeugenaussage konfrontieren. Ich komme so schnell wie möglich ins Haus.« Er beendete das Gespräch. »Entschuldigen Sie, Rudi, aber ich muss zurück ins Büro.«

Der Alte hob die Hand zum Einverständnis. »Selbstverständlich, Herr Kommissar. Eilen Sie. Sie brauchen sich auch nicht um die Rechnung zu kümmern. Dieses Mal sind Sie mein Gast.«

das Fischbesteck und begann zu essen. Der Fiaker-Rudi bestellte bei der Kellnerin ein Glas Rotwein zum Wildragout und griff ebenfalls wacker zu. Während des Essens sprach keiner der beiden ein Wort. Sie genossen das köstliche Mahl. Als die leeren Teller abserviert wurden und jeder eine Tasse Espresso vor sich stehen hatte, stützte der Alte die Ellbogen auf den Tisch und sah Merana ins Gesicht.

»Ich nehme an, Herr Kommissar, Sie wissen, was ein Pyramidenspiel ist.« Merana bejahte. Er hatte von diesen illegalen Methoden gelesen, die auf dem Schneeballsystem basierten. Wenn er das richtig im Kopf hatte, ließ man sich von Teilnehmern anwerben, denen man eine bestimmte Summe zahlte. Dann musste man selbst zahlungswillige Kunden suchen, die ihrerseits bereit waren, mit einem bestimmten Geldbetrag einzusteigen. So kamen immer mehr Leute ins Spiel.

»Ich habe aus ziemlich zuverlässiger Quelle erfahren, dass Wolfram Rilling an so einem Pyramidenspiel beteiligt gewesen sein soll. Und zwar, wenn es stimmt, als einer der Hauptdrahtzieher.«

»Rilling?« Der alte Mann nickte. »Wer noch?«

»Das entzieht sich leider meiner Kenntnis. Aber ich habe noch einen Namen für Sie.

Schernthaner. Ingo Schernthaner. Elektrohändler. Steht kurz vor dem Konkurs.«

Elektrohändler? Merana horchte auf. Elektrohändler? War da nicht etwas gewesen in einer der vielen Ermittlungsunterlagen? Er wollte dem alten Kutscher gerade die nächste Frage stellen als sein Handy vibrierte. Er murmelte ein kurzes »Entschuldigen Sie!« und nahm den Anruf an. Es war Kaltner.

»Ja«, bestätigte sein Gegenüber. »Ich kenne ihn schon viele Jahre. Und er ist der Einzige, der mich Nepomuk nennt.«

Merana wandte sich wieder dem Kutscher zu.

»Wie kommen Sie zu diesem nicht ganz alltäglichen Namen? Hat das mit Ihrer adeligen Herkunft zu tun?«

Der alte Mann schmunzelte, ein Funkeln trat in seine Augen.

»Das ist eine sehr lange Geschichte, Herr Kommissar. Wenn wir einmal mehr Zeit haben, erzähle ich Ihnen gerne ein paar Details. Eine geraffte Kurzversion könnte eventuell so lauten: Adelige Vorfahren. Stammbaum auf Vaterseite bis ins frühe 16. Jahrhundert. Bewegte Familiengeschichte. Darunter Kirchenbann aufgrund moralischer Verworfenheit und vorübergehende Enteignung wegen nicht nachzuweisenden Hochverrats, Verlust von großen Teilen des Besitzes durch Neigung zu Alkoholexzessen und Spielsucht. Degenerierung mancher Seitenlinien infolge von Inzucht und Erbkrankheiten. Rudolf taufte man mich zur Erinnerung an meinen Urgroßvater. Nepomuk heiße ich, weil mein Vater meiner Mutter auf der Karlsbrücke in Prag direkt vor der Nepomukstatue einen Heiratsantrag gemacht hat. Und falls es nicht so war, ist es zumindest eine nette Geschichte.«

»Darauf sollten wir anstoßen«, bestätigte Merana und hob sein Glas. Auch der Alte griff nach seinem Wein. Mit dem Klirren der Gläser traf die Kellnerin ein und servierte ihnen das Essen. Der Geruch des frisch gebratenen Saiblings, gewürzt mit Knoblauch und ein wenig Rosmarin, stieg in Meranas Nase. Er nahm bedächtig

Der Angesprochene stellte sein Weinglas auf den Tisch. »Wer kennt schon Gott, Herr Kommissar? Und von der großen, weiten Welt habe ich auch nicht viel Ahnung. Aber in meiner kleinen überschaubaren Welt«, er machte eine Handbewegung und deutete auf seine Umgebung, »da kenne ich mich schon halbwegs aus.«

»Das kann ich mir denken. Sie vergessen ja auch nie einen Gast, wie ich gemerkt habe. Und ich glaube, Sie bekommen so einiges mit vom Leben.«

Der Mann zeigte wieder sein offenes Lächeln und hob sein Glas.

»Ich bin ein Wirt, Herr Kommissar. Ich bin zu Hause in einem Wirtshaus. Und ein Wirtshaus ist wie eine eigene kleine Welt. Hier treffen sich alle. Da gibt es keine Unterschiede. Zu mir kommen die Bauern aus der Umgebung und die Lehrer vom Gymnasium, die Damen aus der Saunarunde und die Gäste der Salzburger Festspiele. Bei mir spielt es sich immer ab: ob Kabarett oder Bauernmarkt, ob Sparverein oder Managermeeting, ob Hochzeit, Taufe oder Leichenfeier. Das alles gehört zum Leben. Hier wird getafelt und getrunken, manchmal auch geweint und gestritten, hier werden Projekte ausgehandelt, Verlobungen geschlossen und geheime Abschlüsse besiegelt. Manchmal treffen sich bei mir auch ein Polizeikommissar und ein Fiakerfahrer, weil sie etwas Wichtiges zu besprechen haben. Das freut mich. Denn dazu ist mein Wirtshaus auch da.« Er prostete den beiden zu, erhob sich und ging in Richtung Küche.

»Ein ungewöhnlicher Mann«, bemerkte Merana und blickte dem Wirt nach.

Saibling. Beide kosteten vom Wein. Merana konnte es sich nicht verkneifen, mit der Zunge zu schnalzen. Genau sein Geschmack. Trocken ausgebaut, erfrischend am Gaumen, mit einem leichten Zitrusgeschmack im Abgang. Werden wir heute auch wieder ein ausgedehntes Anfangsritual brauchen, überlegte Merana, oder kommen wir dieses Mal schneller zum Kern der Sache? Er wollte nicht ungeduldig sein, aber er spürte dieses Kribbeln, das er immer wahrnahm, wenn sich seiner Meinung nach die Ermittlungsschritte auf die Zielgerade zubewegten. Ob Otmar inzwischen Entscheidendes über die Schnüre von Antholzers Zelt herausgefunden hatte? Kaltner hatte er noch beauftragt, nach dem ›gezinkten Buben‹ im Magistrat zu forschen, der mit Antholzer möglicherweise gemeinsame Sache gemacht hatte. Doch die Frage nach dem Ritual stellte sich zunächst nicht, denn der Wirt war inzwischen wieder an ihrem Tisch erschienen. Er hielt ein Weinglas in der Hand und nahm Platz. Er stieß mit den beiden an.

»Und, Nepomuk? Hast du dein Ross gekauft?« Der Wirt schaute den alten Mann pfiffig an.

Der schüttelte bedächtig den Kopf.

»Noch nicht, Josef. Der Rosshändler ist ein zäher Verhandler.«

Der Wirt nickte. »Ja, ich kenne ihn. Der Ablinger hat keine schlechten Rösser, ich kaufe selbst manchmal eines bei ihm. Aber pass auf, Nepomuk, er ist ein bisserl ein Schlitzohr.«

»Keine Sorge, Josef, so schnell zieht mich keiner über den Tisch.« Dann lachten sie beide.

Merana wandte sich an den Wirt. »Sie kennen wohl Gott und die Welt?«

tüm an einem der Tische im Eingangsbereich des kleinen Innenhofes.

Merana sah sich um. Der Hof war nach oben hin offen, konnte aber mit einer Zeltplanen-Dachkonstruktion geschlossen werden. So war es auch bei der Vorstellung gewesen, die Merana hier erlebt hatte. Der Landgasthof war gut besucht, und auch die Speiseräume im Inneren des Wirtshauses waren voll besetzt, wie Merana bei seiner Ankunft bemerkt hatte. Eine Kellnerin brachte ihm das Mineralwasser. »Der Chef hat gesagt, Sie warten noch auf jemanden. Möchten Sie dennoch gleich bestellen, oder später?«

»Später.«

›Musikantenstammtisch. Jeden ersten Montag im Monat‹ las Merana auf einem Plakat neben der Eingangstüre. Ein junges Paar mit einem kleinen Kind kam in den Hof, blickte sich um und zog es dann offenbar vor, sich doch einen Platz im inneren Bereich der Gaststätte zu suchen. Kurz darauf erschien Rudolf Nepomuk Glanstein, der Fiaker-Rudi. ›Erschien‹ war das richtige Wort, denn alle Köpfe drehten sich zu dem Mann mit Kaiser-Franz-Joseph-Bart, der, freundlich nach allen Seiten grüßend, mit würdevoll aufrechter Haltung auf den Tisch des Kommissars zusteuerte.

»Entschuldigen Sie die Verspätung«, lachte er, schüttelte Merana die Hand und nahm Platz. Schon war die Kellnerin wieder am Tisch und fragte nach den Wünschen der beiden Herren. Sie nahmen jeder ein Glas Weißwein, einen ›Riesling‹ aus dem Kamptal, und vertieften sich dann in die Speisekarte. Als die Kellnerin den Wein brachte, bestellten sie. Der Fiakerkutscher nahm ein Wildragout, Merana entschied sich für den

Abend erlebt. Drei Satiriker hatten dabei mit viel Witz alles Mögliche und Unmögliche aufs ironische Korn genommen, was mit Jagd und Waidmännern zu tun hat und mit dem angeborenen Jagdtrieb der Menschen. Die Vorstellung hatte Merana ganz gut gefallen, wie er sich erinnern konnte. Er hatte viel gelacht und manches entdeckt, das ihm bekannt vorkam. Schließlich war er auch eine Art Jäger, ein Fährtenleser und Spurensammler, manchmal auch ein Fallensteller. Als er den Landgasthof betrat, kam der Wirt auf ihn zu, um ihn zu begrüßen. Ein sympathischer Mann mit offenem Lachen.

»Sie waren schon einmal da«, sagte der Wirt und schüttelte ihm die Hand. »Wenn ich mich recht erinnere, sind Sie ein Kommissar oder so etwas Ähnliches. Schön, dass Sie wieder einmal vorbeischauen.« Merana war ein wenig verwundert. Es musste zwei oder drei Jahre her sein, dass er hier einen Abend verbracht hatte, aber der Langwies-Wirt vergaß offenbar keinen Gast. Das hatte ihm jemand schon bei seinem letzten Besuch erzählt. Merana sah sich um. Im Innenhof entdeckte er zwei freie Tische.

»Kann ich mich ins Freie setzen? Ich erwarte noch einen Herrn.«

»Selbstverständlich.« Der Wirt ging voraus und schnappte sich von der Theke eine Speisekarte, die er seinem Gast überreichte, nachdem dieser Platz genommen hatte.

»Wir haben heute auch frische Saiblinge, die stehen nicht auf der Karte. Was darf es zu trinken sein?« Merana bestellte ein Mineralwasser. Mit dem Wein wollte er noch warten, bis der Fiaker-Rudi kam. Der Wirt entfernte sich und begrüßte eine Dame in elegantem Kos-

Wir sind Zeugen.« Merana quittierte die Bemerkung mit einem Lachen. Doch die anderen konnten sich auf seine Reaktion immer noch keinen Reim machen.

»Seit vorgestern Abend hat mich etwas pausenlos beschäftigt. Auch gestern, als ich im Pinzgau an einem Campingplatz vorbei kam, war es wieder da und ich bin nicht dahinter gekommen.« Er wandte sich an Braunberger. »Otmar, erinnere dich. Als wir Antholzer in seinem Haus aufsuchten, stand ein Zelt im Garten. Fahr bitte sofort hin und überprüfe, ob dieses Zelt rote Schnüre hat.«

Solche Schnüre wie bei dieser Schlinge sind vielleicht nicht gerade in jedem Baumarkt zu bekommen, aber sicher in Spezialgeschäften, die Camping- und Sportausrüstung führen, hatte Thomas Brunner, der Chef der Spurensicherung gesagt. Und Gerald Antholzer besaß ein Campingzelt, das in seinem Garten stand. Vielleicht hatte er sogar mehrere. Merana schaute auf die Uhr. Die Zeit war wie im Flug vergangen. Er musste nach Bad Vigaun. Er hatte das Gefühl, dass sie endlich den entscheidenden Schritt weiter gekommen waren.

Der Gasthof ›Langwies‹ in Bad Vigaun, einem kleinen Ort südlich von Salzburg, lag direkt an der Bundesstraße und war von der Bundespolizeidirektion aus in etwa 20 Autominuten zu erreichen. Als Merana seinen Dienstwagen auf dem Parkplatz abstellte, erinnerte er sich, hier schon einmal gewesen zu sein. Das stattliche Wirtshaus, dem auch eine Landwirtschaft und ein Hotel angeschlossen waren, hatte einen stimmungsvollen Innenhof, in dem hin und wieder Veranstaltungen stattfanden. Merana hatte hier einmal einen Kabarett-

nur die Chefinspektorin zwischenzeitlich eines anerkennenden Blickes gewürdigt hatte. »Ich sage euch, es fehlt noch ein Puzzlestein. Die Beamten im Schloss Mirabell sind zwar größtenteils Schnarchnasen, wie wir wissen, und lang nicht so hell auf der Platte wie die Beamten auf dieser Seite der Salzach, hier in der Bundespolizeidirektion, aber völlig vertrottelt ist das Controllingsystem im Magistrat auch nicht. Der Antholzer hätte seine Gehirnwindungen bis zum Durchbrennen strapazieren können, er hätte kein System gefunden, bei dem nicht irgendeiner der Groschenkontrolleure doch bald hellhörig geworden wäre. Es muss einen Mitwisser in den Reihen des Magistrats geben. Irgendwo sitzt noch ein gezinkter Bube, um in der Diktion des Kartenspielers Antholzer zu bleiben.«

Die anderen nickten. Das klang überzeugend. »Und was ist, wenn der gar nicht mehr greifbar ist?«, dachte Carola laut. »Wenn es jemand ist, der bereits seine Zelte abgebrochen hat, nur mehr abkassierte und schon längst auf und davon ist?« Merana stand da wie vom Donner gerührt. Das war es! Zelte abbrechen. Das Zelt vor dem Haus. Die Zelte auf dem Campingplatz! Das war ihm dauernd im Kopf herumgeschwirrt und er hatte es nicht fassen können. Jetzt hatte ihm Carola mit ihrer Bemerkung ungewollt die richtige Tür geöffnet. Er nahm das Gesicht seiner Kollegin zwischen die Hände und drückte ihr einen Schmatz auf die Stirn.

»Danke.« Die auf diese Art Belohnte schaute ihn entgeistert an.

»Hallo, Herr Kommissar!«, ließ Kaltner sich vernehmen. »Das ist sexuelle Belästigung am Arbeitsplatz. Frau Chefinspektorin, Sie können klagen, wenn Sie wollen.

nichts davon.« Die drei Männer starrten sie an. »Ja,« fuhr Carola fort und wurde eine Spur lauter. »Rilling ging es doch sowohl um seine Selbstinszenierung, aber auch um sein Hellbrunn. Für ihn waren die Feste wichtig und die Veranstaltungen und all das Drumherum, damit sein geliebtes Hellbrunn ständig in aller Munde war, wie zur glorreichen Zeit der Fürsterzbischöfe. So banale Fragen, welcher Aufwand mit welchem Geld beglichen wurde, das wäre ihm doch viel zu lästig gewesen. Damit hätte er sich nie und nimmer beschäftigt! Da konnte der Antholzer doch schalten und walten, wie er wollte. Und das tat er auch. Antholzers penibel durchdachtes Unterschlagungssystem brachte fette finanzielle Beute. Das ging solange gut, bis irgendwann jemand im Magistrat doch anfing, Verdacht zu schöpfen. Und jetzt kam Aurelia Zobel ins Spiel. Wenn man es so sieht, dann fangen die Puzzleteile an, sich zusammenzufügen.« Sie hatte recht. So passte alles besser zusammen.

Merana sprach laut aus, was in diesem Augenblick wohl auch die anderen dachten: »Wenn Antholzer und Rilling die Sache gemeinsam ausgeheckt hätten, warum hätte Antholzer dann seinen Vorgesetzten umbringen sollen? Damit schlachtete er ja das Zugpferd, das die Sponsorengelder herbeikarrte. Aber wenn Rilling es nicht wusste und erst davon erfahren hatte, als Aurelia im Auftrag des Magistrats anfing, den undurchsichtigen Geldflüssen nachzuforschen, dann hatte Antholzer ein Problem.«

»Und zwar ein doppeltes«, fügte Braunberger hinzu. »Die Zobel, die es herausfand, und den Rilling, dem sie es wohl zuerst erzählte.« Jetzt meldete sich auch Kaltner, der die ganze Zeit über den Ausführungen zugehört und

Geld auf die Seite zu räumen. Und zwar so, dass keiner draufkommt.« Merana schaute Carola an. Er ahnte, worauf sie hinaus wollte.

»Und wenn wir deine Betrachtungsweise aufgreifen, Carola, dann finden wir in unmittelbarer Nähe zu diesem Mann jemanden, der sehr wohl die Fähigkeit hat zu organisieren. Der es gewohnt ist, im Hintergrund zu arbeiten.«

»Das heißt«, mischte sich jetzt auch noch Braunberger in die Überlegungen ein, »unser guter Herr Antholzer, mit dem unwiderstehlichen Hang zu Assen und Damen, hat das Ding mit dem Rilling höchstwahrscheinlich gemeinsam aufgezogen. Der gute Sittikus hat die spendablen Sponsoren aufgerissen und der saubere Herr Stellvertreter hat sich überlegt, wie man am besten das Geld auf die Seite schafft. Sie haben sich die Arbeit aufgeteilt wie im Betrieb. Der eine im Vordergrund als der große sympathische Strahlemann und der andere im Hintergrund als Fädenzieher. Das mit dem geliehenen Geld war nur eine Märchenstunde für dumme Polizisten. In Wirklichkeit hat der Antholzer die 275.000 Euro aus seinem Anteil aus der Unterschlagung bezahlt.«

Carola, die sonst eher die Ruhe in Person war, sah man jetzt den Eifer an, mit dem sie diesen Überlegungen folgte.

»Die Sache ist noch nicht rund. Wir haben immer noch zwei Leichen. Also lasst uns noch einen Schritt weiter gehen. Was wäre, wenn sich das Ganze so abgespielt hat? Rilling treibt Sponsoren auf, finanzstarke Mäzene für all die wunderbaren Feste und Sonderprojekte. Antholzer baut sein Betrugssystem auf, lässt riesige Summen verschwinden. Und Rilling wusste gar

hatte sein Team von Anfang an dazu ermutigt, jede auch noch so absurd scheinende Theorie laut auszusprechen, zur Diskussion zu stellen. Manchmal führten die abenteuerlichsten Umwege über einen zufällig auftauchenden Seitenpfad zur richtigen Lösung.

»Was ist, wenn es ganz anders war?« stellte Kaltner jetzt eine neue Theorie auf. »Was ist, wenn die Zobel in der ersten Mordnacht noch einmal zurückgekommen ist, entweder weil sie sich mit dem Rilling doch wieder versöhnen oder aber dem Fiesling die Augen auskratzen wollte, und wenn sie dabei zufällig den Täter gesehen hat?«

»Und warum hat sie nicht die Polizei eingeschaltet?«, zweifelte Carola.

»Vielleicht wollte sie den Täter schützen«, sinnierte Braunberger. Sie wogen das Für und Wider dieses möglichen Tatherganges ab. Dann kamen sie wieder auf den dubiosen Finanzskandal zu sprechen, überlegten, welche Rolle Wolfram Rilling dabei gespielt hatte, und wie viel Aurelia Zobel davon gewusst haben könnte. Die Diskussion kam ins Stocken. Es fehlten ihnen die entsprechenden Details.

Bis Carola Salmann auf einmal sagte:

»Vielleicht schauen wir nicht richtig hin. Vielleicht müssen wir das anders anpacken. Ich sehe einen Lebemann, der es liebt, im Mittelpunkt zu stehen, der gerne Feste feiert und sich als Nachfahre der fürstlichen Regenten von Hellbrunn sieht. Dessen Stärke es ist, Begeisterung bei anderen zu entfachen. Was ich bei diesem Mann nicht sehe, ist das Talent, im Geheimen ein hoch kompliziertes Konstrukt der Verschleierung zu organisieren, das es ihm ermöglicht, über raffinierte Wege

der in aller Seelenruhe die Karten neu mischt.« Vielleicht hatte Kaltner recht, vielleicht war es genau so gewesen. Vielleicht auch nicht. Aber der Wink mit den ›schlecht gelüfteten Seminarzimmern‹ war bei Merana angekommen.

»Gut«, entschied er, »machen wir eine Pause.« Sie standen auf. Merana und Otmar gingen nach oben in die Kantine. Der Kommissar wollte sich einen Kaffee holen und der Abteilungsinspektor seinen geliebten Rotbuschtee. »Soll ich mitkommen nach Bad Vigaun zum Termin mit dem Fiaker-Rudi?«

»Das wäre gut, Otmar. Ich bin schon sehr gespannt, was uns Seine Durchlaucht zu erzählen hat.«

»Ich auch.«

Eine Viertelstunde später saßen sie wieder alle am Tisch im Besprechungszimmer und diskutierten die bisher zusammengestellten Fakten und Vermutungen.

Edmund Zobel war aus dem Nachtdienst gekommen, hatte behauptet, er habe seine Frau tot in der Küche gefunden. Vom Zeitfenster her konnte er es auch selber getan haben. Gut, er hatte bei Merana und Carola den Eindruck erweckt, er hätte seiner Frau nie etwas antun können. Aber was war, wenn er ihnen etwas vorspielte?

»Was ist, wenn wir es mit zwei verschiedenen Tätern zu tun haben?«, fragte Braunberger. »Wenn es doch Aurelia Zobel war, die Rilling umbrachte? Aus Eifersucht. Und kurz darauf wurde dann auch sie getötet?« Sie diskutierten das, spielten einige Varianten durch, aber es brachte sie nicht weiter. Merana fand gerade diese Phase in der Ermittlung besonders wichtig. Er

auch immer, gibt ihm die entsprechende Summe. Die Frage, ob Rilling das mit dem Zurückzahlen tatsächlich so locker sah, lassen wir einmal dahingestellt. Dazu haben wir ja nur Antholzers Aussage. Also, Antholzer nimmt das Geld und ist vorerst schuldenmäßig aus dem Schneider.«

»Und wenn er dem noblen Spender mit dem Fackelständer eine über die Birne zieht und der daraufhin das Zeitliche segnet, dann braucht er an die Schuldentilgung überhaupt keinen Gedanken mehr zu verschwenden, wie Kollege Braunberger schon feststellte«, ergänzte Kaltner mit einem leicht süffisanten Grinsen.

»Das leuchtet so weit ein«, setzte Merana fort. »Doch warum tötet er auch noch die Zobel?«

»Ja, weil die doch ganz dick mit dem verblichenen Sittikus war. Weil sie mit großer Wahrscheinlichkeit gewusst hat, dass Rilling dem Antholzer die 275.000 Euro gegeben hatte, und weil sie nach dessen Ableben vielleicht anfing, zwei und zwei zusammenzuzählen. Also musste die Dame, die möglicherweise auch noch dabei war, neugierige Fragen zu stellen, aus dem Weg geräumt werden. Bumm! Der nächste Schlag. Dieses Mal nicht stilvoll mit einem geschwungenen Fackelständer aus Gusseisen. Sondern nur mit dem guten alten Hammer aus der Heimwerkerkiste.«

»Und die roten Schlingen?«

»Keine Ahnung. Ablenkung vielleicht. Oder der gute Antholzer wollte nur Verwirrung stiften, damit die eifrigen Ermittler ihre Samstage opfern und sich in schlecht gelüfteten Seminarzimmern die Köpfe über verknotete Schnüre und deren Symbolik zerbrechen, während er selbst sich ins Fäustchen lacht und vielleicht schon wie-

licherweise ich etwas für Sie tun kann. Ich habe jetzt gleich die Ehre, eine Abordnung Schweizer Hebammen durch Hellbrunn zu führen. Da man Menschen, die der dankenswerten Aufgabe nachgehen, neuen Erdenbürgern beim Eintritt in diese Welt behilflich zu sein, vielleicht mit besonderer Aufmerksamkeit begegnen sollte, hat man bei dieser Führung zu meiner Freude an mich gedacht. Vielleicht spielt auch der Umstand, dass ich des Rätoromanischen ein wenig mächtig bin, eine zusätzliche Rolle. Hernach habe ich ein wichtiges Treffen mit einem Pferdehändler in Bad Vigaun zu absolvieren. In diesem Ort genießt man die Vorzüge eines ausgezeichneten Landgasthofes, den Sie vielleicht kennen, den ›Langwieswirt‹. Es wäre mir ein besonderes Vergnügen, mit Ihnen dort ein gemeinsames Mittagsmahl einzunehmen. Ich denke, der Inhalt des Gespräches, das wir dabei zu führen uns gestatten, dürfte Sie interessieren. Können Sie sich das einrichten?«

»Ja, das wäre möglich. Ich denke, ich kann gegen 13 Uhr in Bad Vigaun sein.«

»Das passt wunderbar, Herr Kommissar. Meine besten Empfehlungen auch an den Herrn Abteilungsinspektor.« Merana legte auf und informierte die anderen über das eben geführte Gespräch.

»Was meinst du, Otmar?«

»Ich glaube, er bringt uns weiter.«

»Gut«, sagte Merana. »Bis es so weit ist, schauen wir uns Gerald Antholzer und dessen mögliche Rolle in diesem Fall noch einmal im Detail an. Er ist Rillings Stellvertreter, ein tüchtiger Mann, ein vielgepriesener Organisator und – ein Spieler. Er hat plötzlich Schulden und die sind ziemlich hoch. Rilling, der Geld hat, woher

stellvertretenden Gartenamtsdirektor von seiner Rückzahlungspflicht.« Für einige Minuten herrschte Stille im Raum. Alle blickten auf die Tafel, betrachteten die Namen, die Motive, die Linien, die über die möglichen Beziehungen etwas aussagen sollten. Jeder versuchte auf seine Weise, die richtigen Zusammenhänge zu finden. Dann läutete Meranas Telefon. Es war die Vermittlung. Wenn die Kollegin ihm ein Gespräch durchstellte, obwohl er in einer Besprechung war, dann musste es wichtig sein. Er nahm an.

»Entschuldigen Sie, Herr Kommissar, ein Herr Glanstein will Sie sprechen. Er meinte, es sei von ›nicht unbedeutender Wichtigkeit‹. So hat er sich ausgedrückt.«

Es knackte einmal in der Verbindung, dann hörte Merana die Stimme von Rudolf Nepomuk Glanstein, vulgo Fiaker-Rudi.

»Guten Morgen, Herr Kommissar. Wie geht es Ihnen und Ihrem geschätzten Kollegen Braunberger an diesem Samstagvormittag?« Auch wenn es noch so dringend war, auch wenn der Dom einzustürzen drohte oder sich alle Fiakerkutscher von Salzburg gemeinsam mit ihren windelbewehrten Pferden von der Humboldt-Terrasse stürzen wollten, Rudolf Nepomuk Glanstein würde sich immer an die Regeln höflicher Konversation halten. Dazu gehörte es, nicht gleich mit der Türe ins Haus zu fallen, sondern sich zunächst einmal nach dem Befinden seines Gegenübers zu erkundigen.

»Danke der Nachfrage, Rudi. Ich fühle mich nach Tagen zum ersten Mal halbwegs ausgeschlafen und auch Abteilungsinspektor Braunberger macht auf mich einen munteren Eindruck. Was kann ich für Sie tun?«

»Vielleicht ist es eher so, Herr Kommissar, dass mög-

der intrigenvertrauten Cornelia Plauscher nicht vergessen, die ein mögliches Techtelmechtel zwischen Zobel und der Marketingchefin andeutete. Auch wenn ich glaube, dass da absolut nichts dahintersteckt.« Merana schrieb trotzdem den Namen Tamara Jankens auf die Tafel, zog eine gestrichelte Linie zu Edmund Zobel und setzte ein Fragezeichen dazu.

»Edmund Zobel hat in beiden Fällen kein wasserdichtes Alibi. Zum Zeitpunkt des ersten Mordes behauptet er, allein in der Stadtwohnung am Mozartplatz gewesen zu sein und geschlafen zu haben. Beim Mord an seiner Frau war er gerade aus dem Nachtdienst gekommen. Er hätte also in beiden Fällen die Gelegenheit dazu gehabt.« So weit waren sich alle einig. »Dann haben wir einen zweiten möglichen Motivkreis, der mit den Vorgängen in Hellbrunn zu tun hat, mit Unterschlagung und Bereicherung. Darüber wissen wir zwar noch nicht genug, aber gehen wir einmal davon aus. Wir haben eine Frau, die die Vorgänge untersuchen sollte, worüber wir in ihren Unterlagen allerdings keine Hinweise finden. Diese Frau ist tot, auf dieselbe Art und Weise ermordet wie der Mann, mit dem sie ein Verhältnis hatte, der einen Lebensstil pflegte, der weit über sein Einkommen als Beamter hinausging und der laut Aussage des Controllers im Mittelpunkt des Betrugsverdachtes steht.«

»Außerdem haben wir einen leidenschaftlichen Spieler namens Gerald Antholzer«, ergänzte Otmar Braunberger, »der mit einem Schlag 275.000 Euro an Schulden zurückzahlen kann, weil ihm derselbe Mann das Geld gab, der laut Magistratsuntersuchung vermutlich über eine Million Euro auf die Seite räumte. Und dass dieser Mann jetzt zufällig auch noch tot ist, erlöst den Herrn

Studios zu den unnötigsten Dingen dieser Welt. So wie Fernseh-Castingshows und Heizdecken. Und den isotonischen Getränken, die man in diesen Körperertüchtigungstempeln anbot, konnte er schon gar nichts abgewinnen. Weißbier war in jedem Fall besser. Keine Frage. Merana schlug vor, die beiden Fälle von Anfang an nochmals durchzugehen und dabei alle Details wieder neu zu bewerten, in Abstimmung zu dem, was sie zuletzt über Gerald Antholzer und die möglichen Veruntreuungen im Umfeld der Hellbrunn-Abrechnungen erfahren hatten. Merana stand auf. Im Stehen und Herumgehen konnte er besser denken. Außerdem konnte er gleichzeitig die wichtigsten Details für alle sichtbar auf der Tafel notieren.

»Was haben wir?«, begann er. »Wir haben zwei Mordopfer: Wolfram Rilling und Aurelia Zobel.« Er schrieb die Namen an die Tafel. »Beide werden auf dieselbe Art getötet. An beiden Tatorten finden wir etwas, das wir bisher noch nicht einordnen können: Wasser und eine rote Schlinge. Die beiden Opfer kannten einander, hatten seit etwa drei Jahren sogar ein Verhältnis miteinander. Wir haben eine ganze Reihe von Leuten, die zu beiden Opfern in einer Beziehung standen. Da wäre einmal der Ehemann, Edmund Zobel. Mögliches Motiv: Eifersucht. Rache. Verletzte Gefühle.«

»Oder das Motiv ist das, was es meistens ist: Geld«, warf Kaltner ein. »Wir wissen zwar nicht hundertprozentig, ob der Ehemann erbt, können aber wohl davon ausgehen.« Keiner im Raum widersprach. Bevor Merana weiterredete, sagte Carola:

»Und wenn wir schon jedes noch so kleine Detail abwägen wollen, dann sollten wir die Beobachtungen

ness-Center beim Flughafen zu versuchen und da war er auch. Stemmte Hanteln wie ein Irrer und war nachher so fertig, dass er mir bei unserem Gespräch an der Bar fast vom Hocker gekippt wäre. Manche Leute halten die Schinderei ja unbedingt für notwendig. Gut, jedem das seine.« Dabei fixierte er kurz Gerald Kaltner, aber der reagierte nicht darauf. »Aber selbst wenn der gute Eusebius in besserer Verfassung gewesen wäre, hätte er nicht viel mehr zur Aufklärung beitragen können. Laut seiner Aussage sind die Zuständigkeitsbereiche der einzelnen Projekte innerhalb der Kanzlei klar getrennt. Die Überprüfung der Vorgänge im Rechnungswesen des Magistrates sei ausschließlich bei Aurelia Zobel gelegen. Er sei darüber nicht informiert.«

»Vielleicht zeigen sich auf ihrem Bürorechner Hinweise. Auf ihrem Laptop, den sie daheim hatte, war nichts zu finden, was mit dem Magistrat oder mit der Abrechnung von Veranstaltungen in Hellbrunn in Verbindung stand.«

Der Abteilungsinspektor schüttelte den Kopf.

»Nein. Das hat mir Doktor Waldbrunner schon bestätigt. Er hat nach Aurelia Zobels Tod sofort die Dokumente an ihrem Bürorechner studiert, weil er ja ihre noch offenen Projekte übernehmen musste, aber zur Magistratsaffäre gab es keine Eintragungen.«

»Dann hast du ja gestern ganz umsonst deinen Fuß in ein Fitness-Center gesetzt, lieber Otmar«, meinte Merana und klopfte dem Abteilungsinspektor mit gespieltem Bedauern auf die Schulter.

»Nein, habe ich nicht. Es hat mir wieder einmal gezeigt, welche Plätze ein vernünftiger Mensch meiden sollte.« Für Otmar Braunberger gehörten Fitness-

SAMSTAG

Merana war erstaunt, als er Carola am Tisch des Besprechungszimmers sah. Nichts deutete darauf hin, dass sie Stunden zuvor noch in Tränen aufgelöst gewesen war. Ihr Gesicht war vielleicht eine Spur bleicher als sonst, aber das perfekt aufgelegte Make-up und das Lächeln, das sie ihm zuwarf, als er den Raum betrat, trugen dazu bei, dass sie einen völlig normalen Eindruck machte. Auch Merana fühlte sich ausgeruht. Die vielen bewegenden Ereignisse des gestrigen Tages schwangen zwar noch in ihm nach, doch die vier Stunden Schlaf hatten ihm offenbar genügt. Im Gegensatz zu Kaltner. Der junge Gruppeninspektor versuchte krampfhaft, den gewohnt coolen Eindruck zu vermitteln, aber es war ihm anzusehen, dass er Schmerzen hatte. Mit diesem Schulterverband und der unnatürlichen Haltung des fixierten Armes waren die Nächte sicher auch nicht angenehm. Merana begrüßte seine Mitarbeiter und wandte sich zunächst an Braunberger.

»Ist es bei einem Weißbier gestern Abend geblieben, Otmar? Oder hast du dir mehrere gegönnt?«

Der Abteilungsinspektor lachte. Das hörte sich an, als versuche ein Frosch in einer Regentonne zu jodeln.

»Hätte ich mir gerne, aber so viel Zeit war nicht, denn ich hatte gestern noch ein Rendezvous mit Doktor Eusebius Waldbrunner.«

Komischer Vorname, dachte Merana. Eusebius. Wer nennt sein Kind so? Da bin ich mit ›Martin‹ ja gut bedient. Er hörte Braunberger aufmerksam zu. »Waldbrunners Sekretärin hat mir den Tipp geben, es im Fit-

DUNKELHEIT, VIER STUNDEN NACH MITTERNACHT

Als der Schlammmann erwachte, war es draußen noch finster. Er war ein Gedanke. Er war stark. Er war aus der braunen Masse dumpfer Ahnungen gestiegen, hatte sich behauptet. War den anderen Gedanken vorausgegangen, hatte die den Gedanken folgenden Taten auf den richtigen Weg gelenkt. Unbeirrt. Dennoch war er bedroht. Andere Gedanken hatten sich in den letzten Tagen unbemerkt herangeschlichen. Waren aus dunklen Ecken gekrochen. Hatten Gestalt angenommen. Der Schlammmann musste sich beeilen, wenn er sich weiterhin behaupten wollte. Wenn er sich nicht zurückdrängen lassen wollte vom Gedanken der Schuld. Vom Gedanken der Reue. Noch waren die anderen Gedanken schwach. Der Schlammmann probierte seine verbliebene Kraft aus, blähte sich auf. Eine Hand schob die Bettdecke zur Seite. Ein Lichtschalter wurde gedrückt. Füße glitten über den Teppich. Eine Schublade wurde aufgezogen. Die Hand tauchte in die Schublade, kam wieder heraus. Im matten Licht glänzte eine rote Schlinge. Der Schlammmann spürte, wie seine Kraft wuchs. Ein anderer Gedanke drängte sich in den Vordergrund, schob den Gedanken der Reue zur Seite. Triumph. Füße gingen zurück zum Bett. Die Hand hielt die Schlinge. Das Licht erlosch.

dann gibt es diese Momente, wo ich mich so schuldig fühle.« Ihre Stimme war zu einem Flüstern geworden.

Merana nahm ihre Hand fester.

»Das darfst du nicht tun, Carola, du darfst dich nicht schuldig fühlen, du kannst doch nichts dafür.«

Sie schaute ihn an. »Ach, Martin, du hörst dich an wie Frau Doktor Herbst.« Samantha Herbst war eine Polizeipsychologin, mit der sie oft zu tun hatten. Bei Kriseninterventionen in Katastrophenfällen, aber auch zur psychologischen Betreuung in den eigenen Reihen. »Man kann sich das hundert Mal vorsagen, Martin, aber man fühlt sich trotzdem schuldig. Das hat mit dieser vernichtenden eigenen Hilflosigkeit zu tun. Manchmal würde ich am liebsten alle Schnapsbrenner dieser Welt umbringen. Das würde zwar nichts bringen, aber vielleicht wäre mir dann wohler.« Sie schwieg wieder, starrte nur vor sich hin. Merana überlegte kurz, ob er ihr anbieten sollte, das Wochenende frei zu nehmen. Doch er ließ es. Carola würde das von sich aus entscheiden. Seine Stellvertreterin saß noch ein paar Minuten da, den Blick in die Ferne gerückt. Dann drückte sie entschlossen Meranas Hand und stand auf. »So, Herr Vorgesetzter, es wird Zeit, dass wir in unsere Betten kommen.« Ihre Stimme klang frischer. »Morgen wartet eine Menge Arbeit auf uns.« Merana erhob sich ebenfalls und nahm seine Tasche. Carola löschte die Schreibtischlampe. Sie gingen miteinander hinunter in die Tiefgarage.

Als Merana sich ins Bett legte, zeigte die Leuchtschrift auf seinem Radiowecker: 1.45 Uhr. Er lag noch eine Zeitlang wach, dachte an die Großmutter und an Franziska, sehnte sich nach Andrea und grübelte über Birgit nach. Auch Carola blieb noch lange in seinen Gedanken. Dann schlief er ein.

ein Taschentuch. Sie nahm es und begann, Augen und Wangen abzuwischen.

»Willst du ein Vitaminpräparat zur Stärkung?«, fragte er leise. »Ich habe eines in meinem Büro drüben.« Sie schüttelte nur den Kopf. Dann putzte sie sich die Nase. »Danke, Martin. Es geht schon wieder. Es muss ja.« Merana zog sich einen Stuhl heran, setzte sich neben sie. Es tat ihm bis tief in die Seele weh, seine langjährige Mitarbeiterin und Kollegin in diesem Zustand zu sehen. Diese so starke, disziplinierte, bis zur Selbstaufopferung kämpfende Frau, die sich in Arbeit verbeißen konnte wie keine andere, die ihre Partner beim Taekwondo-Training reihenweise auf die Matte legte, die sich mit unvergleichlicher Hingabe um ihre behinderte Tochter kümmerte, die saß hier auf einem Bürosessel wie ein Häuflein Elend. Er nahm ihre Hand.

»Kann ich etwas für dich tun?« Sie schüttelte nur den Kopf und strich sich die dunklen Haare aus dem verweinten Gesicht.

»Es tut schon gut, dass einfach jemand da ist.« Er hielt weiterhin ihre Hand und sagte nichts mehr. So saßen sie einige Minuten ganz still. Merana lauschte auf ihren Atem, der mit der Zeit immer ruhiger wurde. »Weißt du, Martin« begann sie mit einem Mal, »am ärgsten ist diese Hilflosigkeit. Zuschauen zu müssen, wie sich jemand, den man liebt, selber ruiniert. Und seine Umgebung dazu. Friedrich ist ein lieber Vater, ein zuvorkommender Ehemann, wenn er nüchtern ist. Und dann kann er genau das Gegenteil sein, ein besoffenes, manchmal sogar gewaltbereites Ekel. Wie können nur zwei so entgegengesetzte Extreme in ein und demselben Menschen wohnen?« Ihre Augen füllten sich wieder mit Tränen. »Und

die Treppe erreichte, sah er durch die Oberlichte, dass in Carolas Büro noch Licht brannte. Er hatte gar nicht bemerkt, dass sie wieder im Haus war. Seiner Bitte um Rückruf war sie nicht nachgekommen. Er näherte sich dem Büro seiner Stellvertreterin und klopfte. Er lauschte. War da eine Antwort von drinnen gekommen oder hatte er sich verhört? Er drückte die Schnalle und öffnete langsam die Tür. Das Zimmer war schwach beleuchtet. Nur eine kleine Lampe am Schreibtisch brannte. Carola saß in ihrem Drehstuhl mit dem Rücken zu ihm, das Gesicht dem Fenster zugewandt. Auch von der Tür aus konnte Merana sehen, dass sie weinte.

»Carola?« Sie reagierte nicht. Er stellte seine Tasche auf den Boden und ging auf sie zu. Ihr schlanker, athletisch durchtrainierter Körper zuckte in einem fort. Merana konnte sich nicht erinnern, sie je richtig weinen gesehen zu haben. Hin und wieder einmal eine kleine Träne in den Augen bei einem Moment der Rührung. Aber ein Weinen wie jetzt, bei dem der gesamte Körper haltlos bebte, das hatte er bei ihr noch nie erlebt. Er wusste nicht recht, was er tun sollte, stellte sich neben sie und legte ihr eine Hand auf die Schulter. Ein paar Sekunden blieb er so stehen. Ein weiteres herzzerreißendes Schluchzen stieg aus Carolas Körper auf. Dann drehte sie sich zu ihm, legte ihre Stirn an seinen Bauch und weinte weiter, hemmungslos. Merana versuchte, sich so wenig wie möglich zu bewegen. Er hielt Carolas Kopf und strich ihr etwas hilflos übers Haar. So wie am Nachmittag der Großmutter. Nur hatte die sich nicht bewegt, war einfach da gelegen. Nach ein paar Minuten wurde Carolas tiefes Schluchzen etwas leiser. Merana merkte, dass sie sich allmählich beruhigte. Er reichte ihr

»Es hat sich nichts verändert, Herr Kommissar. Der Kreislauf Ihrer Großmutter ist aber nach wie vor stabil, die Herzfrequenz passt. Mehr kann ich Ihnen derzeit leider nicht sagen.« Er bedankte sich und beendete das Gespräch. Die Kerze fiel ihm ein, die er am Nachmittag in der Kirche von St. Martin bei Lofer angezündet hatte. Ob sie noch brannte? Er hatte keine Ahnung, wie lange eine etwa 30 Zentimeter hohe ganz normale Wachskerze mit einem Durchmesser von drei Zentimetern Licht gab. René A. Zoller hätte ihm das sicher ausrechnen können. Aber der hatte momentan anderes zu tun.

Kurz vor Mitternacht war er fast mit der Arbeit durch. Er hatte Anfragen anderer Dienststellen beantwortet, Amtshilfeverfahren ausländischer Kommissariate mit Kommentaren versehen und an die entsprechenden Verteiler weitergeleitet. Zudem hatte er Briefe beantwortet, die mit Einladungen für Vorträge an Universitätsinstituten und Polizeiausbildungszentren zu tun hatten. Er würde einigen Einladungen gerne nachkommen, wenn es mit seiner Arbeit zu vereinbaren wäre. Dann hatte er sich noch einmal das Wesentliche aus den heutigen Ermittlungen notiert und die Mailnachrichten durchforstet, ob es neue Ergebnisse von der Spurensicherung gäbe, die ihnen vielleicht zusätzliche Hilfe bei der Aufklärung der beiden Verbrechen wären. Er hatte zwar immer noch 124 ungelesene Nachrichten in seinem Posteingang, aber keine davon war von der Spurensicherung. Er schaltete den Computer und die Schreibtischlampe aus und verließ das Büro. Es war still im Gebäude. Die Arbeitszimmer im oberen Stock waren alle längst verlassen, nur der Journaldienst im Erdgeschoss war besetzt. Als er

Otmar gewohnt. Er war verwundert über die Art und Weise, wie der Abteilungsinspektor es sagte. »Seit wann bist du so ungeduldig, Otmar?«

Durch das Telefon war Braunbergers Lachen zu hören.

»Bin ich immer, Martin. Es fällt euch nur nie auf. Ein Biertrinker trainiert schon beim Einschenken am Zapfhahn, mit der Ungeduld richtig umzugehen, aber das können Weintrinker, die sich einfach nur schnell aus der Flasche nachgießen, nicht nachvollziehen. Bier einschenken braucht richtiges Timing. Und die Ungeduld der Vorfreude auf den ersten Schluck muss entsprechend gebändigt werden.«

»Da hast du recht, Otmar. Der Punkt geht an dich.«

»Ich schaue noch auf ein Glas in der ›Weißen‹ vorbei. Wenn du willst, gebe ich dir eine Sonderlektion im richtigen Umgang mit der eigenen Ungeduld.« Die ›Weiße‹ in der Rupertgasse im Stadtteil Schallmoos auf der rechten Salzachseite, war ein Salzburger Kultlokal mit einer mehr als hundertjährigen Geschichte. Mit einer originellen Speisekarte, einem prächtigen Gastgarten, einem wohltuend durchmischten Publikum und einer eigenen kleinen Weißbierbrauerei.

»Das Angebot ist verlockend, Otmar. Ein anderes Mal mit Vergnügen. Aber ich möchte noch aufarbeiten, was in dieser Woche liegen geblieben ist.«

»Dann bis morgen, Martin.«

Bevor sich Merana an die vielen ungelesenen Mails und den Stapel Post auf seinem Schreibtisch machte, rief er noch im Krankenhaus Zell am See an. Primar Wieshuber war schon weg, aber die Dienst habende Stationsschwester wusste Bescheid.

Gegen 20.30 Uhr fuhr er zurück ins Büro. Morgen war Samstag. Es war ausgemacht, dass sie alle das kommende Wochenende durcharbeiten würden. Der Chef hatte die Überstunden genehmigt. Zu seiner Überraschung fand Merana auf seinem Computerbildschirm ein kleine grüne Karte.

›Ich hoffe, Ihrer Großmutter geht es besser. Lieben Gruß. Andrea. P.S. Bin überrascht. Es gibt kein Verfahren gegen mich. Ich soll am Montag wieder anfangen. Ich weiß noch nicht, wie ich mich entscheiden werde. Denke darüber nach.‹

Bei allem, das er heute erlebt hatte, war das ein kleiner Lichtblick. Jutta Plochs Herumstochern hatte offenbar Folgen gezeigt. Und sein Chef hatte wohl mit den richtigen Leuten telefoniert. Er schickte eine Rundmail an alle im Team und berief für morgen 9 Uhr ein Meeting ein. Dann informierte er Braunberger und Kaltner telefonisch über sein Gespräch mit dem Controller vom Magistrat. Carola konnte er nicht erreichen. Es genügte, wenn sie es morgen früh erfuhr.

»Die Zobel können wir leider nicht mehr befragen. Aber dem Waldbrunner werde ich ein wenig auf den Zahn fühlen«, brummte Braunberger am Telefon, nachdem er von Merana die Verwicklung der Kanzlei in die Angelegenheit erfahren hatte. »Den werden wir wahrscheinlich erst am Montag erreichen. Ich kann mir nicht vorstellen, dass er heute noch in seinem Büro ist«, erwiderte Merana. »Wenn wir Glück haben, können wir ihn vielleicht morgen kontaktieren.«

»Das ist mir zu spät.« Merana war verwundert. Nicht darüber, dass sich sein Fährtenleser festgebissen hatte und nicht mehr von der Spur wich. Das war er von

dert, der Nachwelt hinterlassen hatte. An dem hatten dessen Nachfolger fast 300 Jahre herumgedoktert. Ihn interessierten jetzt mehr die rechnerischen Probleme der Gegenwart im Umfeld der Tätigkeiten des Mordopfers Wolfram Rilling.

»Was ist das Komplizierte an der Finanzierung der Sonderprojekte durch Sponsorengelder?«

»Die Geldflüsse, die Abrechnungen, die Einnahmen und Zuwendungen sind schwer nachvollziehbar. Alles lief über mehrere Sonderfonds, über Stiftungen und ähnlich komplizierte Gebilde. Deshalb haben wir zur Unterstützung in dieser Angelegenheit auch eine renommierte Wirtschaftsprüfungskanzlei von außen in die internen Ermittlungen mit eingeschaltet.«

»Welche Kanzlei?«

»Die beste und vor allem die verschwiegenste, die es gibt: die Kanzlei ›Waldbrunner&Zobel‹ aus Salzburg.«

›Schach!‹, hallt es durch Meranas Kopf. Eben hatte sein struppiges Gegenüber den König von Hellbrunn mitten ins Zentrum des Interesses gestellt, den selbsternannten Nachfolger von Markus Sittikus und Co. Und jetzt stellte sich auch noch die entsprechende Dame dazu: Aurelia Zobel, Miteigentümerin von ausgerechnet jener Kanzlei, welche die möglicherweise dubiosen Machenschaften von Rilling untersuchen sollte. König und Dame. Beide waren plötzlich wieder im Spiel, obwohl der Tod sie schon längst vom Feld genommen hatte. Und Merana hatte das Gefühl, er hinke um etliche Züge hinterher. Er bedankte sich beim Spross vieler Mathematikergenerationen und lud ihn auf einen weiteren biologisch einwandfreien Kamillentee ein.